COMME UNE TRAINÉE DE POUDRE

L'ÉPOPÉE DE K'TARA
LIVRE TROISIÈME

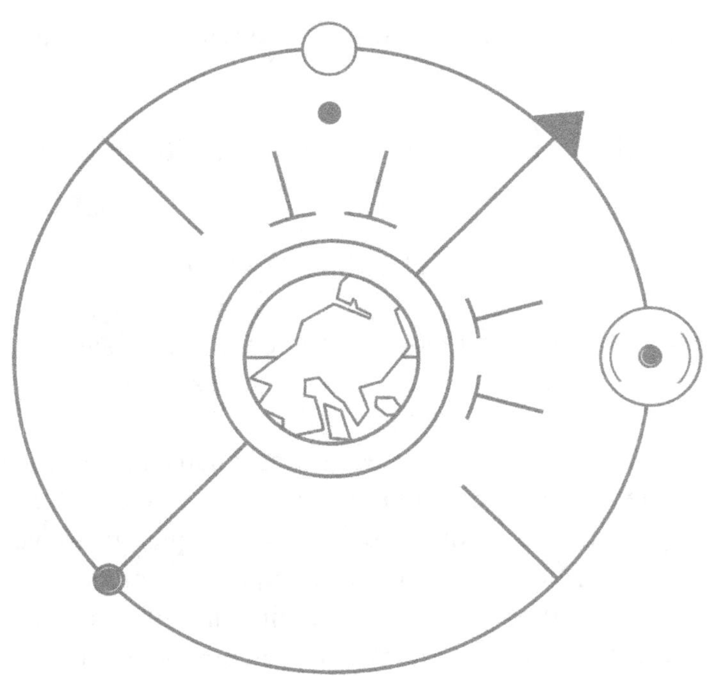

L.A. DI PAOLO
TRADUCTION DE CLAIRE BOURÉLY

Édition originale américaine sous le titre de Darkness Gains

ISBN : 978-1-734-5766-8-9
Première Édition

REMERCIEMENTS

Mes remerciements, cette fois, seront encore plus courts. Pour commencer, je tiens à remercier Mark T. Anderson, qui a succédé à Michele (Mikehleh) Parisi en tant qu'illustrateur. J'avais peur qu'un autre artiste ne soit pas capable de restituer de nouvelles scènes avec des illustrations développées par quelqu'un d'autre. Mais je pense que vous conviendrez que Mark a fait un travail fantastique en créant la couverture de ce livre sur la base des dessins du Scytale que Michele avait réalisés.

Mes remerciements vont également à Claire Bourély, qui continue la traduction du roman avec ses tournures souvent plus belles que les miennes, si bien que j'ai modifié le texte original anglais à quelques reprises pour l'aligner avec le texte de Claire.

Enfin, je voudrais remercier tout particulièrement ceux qui ont continué à m'encourager, ainsi que mon bon ami et écrivain Jim Chrichton, sans la contribution duquel l'histoire n'aurait pas été aussi bien liée.

L.A. Di Paolo

Contents

1. UNE NOUVELLE ATTAQUE DU SCYTALE

I. Alerte

Les soldats s'approchèrent de la maison de la femme, la jeune recrue les talonnant avec appréhension.

Aréto, un grand maigre, visage pâle et cheveux roux, demanda :

- Vous êtes sûrs que personne ne saura ce que nous faisons ?

L'un des soldats plus âgés répondit d'une voix trop forte pour la timide recrue :

- Vraiment, Aréto ? Es-tu un homme ou un arbre ? Un peu de douceur ne viendra pas rompre ton serment.
- Mais que se passera-t-il si le commandant l'apprend ?
- Comme on te l'a déjà dit, Aréto, il ne se passera rien du tout. Le commandant sait que ses hommes viennent souvent ici. En fait, l'ensemble du commandement des armées du roi encourage l'utilisation de ce lieu pour éviter que, lors des longues campagnes, les soldats se mettent à avoir des idées déplacées et cherchent à assouvir leurs besoins de manière inappropriée ; ça fait des siècles que ça dure.

Choqué, Aréto rétorqua :

- Je croyais que si on avait des tendances sexuelles violentes on était de fait inapte à rejoindre l'armée.
- En temps de paix, oui, mais pas quand il y a réquisition.

Le jeune garde bascula sa tête en arrière.

- D'accord, c'est bon. Mais que se passera-t-il si je développe une —

Le vétéran lui répondit d'un rire moqueur :

- Une dépendance ? Sérieusement ?

Aréto acquiesça timidement.

L'imposant Hanne lui répondit à son tour :
- As-tu déjà entendu parler d'une dépendance à des choses imaginaires ?
Aréto haussa les épaules, mais, encore hésitant, il demanda :
- Est-ce qu'elle va encore regarder ?
Avec un long soupir patient, Hanne répondit :
- Elle devra entrer dans le Lien pour se connecter à ton esprit et faire ce qu'elle fait, donc elle aura les yeux fermés. Tu n'as aucune raison de craindre qu'elle puisse voir ta bosse.
La compagnie éclata d'un rire tonitruant. Aréto rougit, grinça des dents et serra les poings. Il savait combien les soldats aimaient le taquiner. Il se laissa submerger par sa curiosité et par ses pulsions adolescentes, laissant échapper entre ses dents :
- Ouais, peu importe.
L'un des deux autres vétérans qui accompagnaient Aréto dans sa visite des provocantes – des femmes qui n'étaient pas membres de la Sororité et qui utilisaient les capacités sensorielles dont elles étaient dotées pour offrir des services intimes aux hommes – dit :
- Alors, tu viens ou non ? Nous avons d'autres voleteurs à fouetter.
Après avoir balayé l'espace autour de lui d'un œil inquiet, Aréto décida d'entrer.

***

Lina Lux Baiula surveillait déjà les alertes depuis plusieurs heures, et ses gestes lents trahissaient sa fatigue tandis qu'elle se massait le front. Sur le point de se déconnecter pour se reposer un moment, elle reçut une alerte provenant de l'une des Sœurs de Haute-Alvinorie ; cette dernière avait repéré le Scytale et tout cela ne présageait rien de bon – si elle avait correctement

2

interprété les signes. Lina Lux Baiula poussa un long soupir sonore, puis envoya à sa collègue :

- *Sais-tu où va le Scytale, Alna ?*
- *Il est en train de franchir les Monts, et s'il maintient sa trajectoire, il va finir par atteindre Capua, une petite ville de votre côté des montagnes.*

Malgré sa fatigue, Lina sentit son pouls s'accélérer. Elle jura et remercia sa Sœur avant de sortir du Lien. Elle s'élança dans son appartement un peu trop rapidement et vacilla l'espace d'un instant. Se stabilisant dans un nouveau juron, elle se rua chez la première portail aussi vite que possible, ne se souciant nullement de ce que les hommes qu'elle pourrait croiser sur son chemin vers le bureau du Cordon jaune pourraient penser d'elle.

La femme surgit dans les appartements de Laiella en hurlant :

- Première portail ! Le Scytale ! Il est revenu !

La première portail Laiella Lux Baiula – désormais *prima* de la garde princière – lisait un document, dos à la porte. Surprise par la voix alerte de Lina, elle se retourna brusquement et s'écria :

- Qu'avez-vous dit ?
- Le Scytale, il se dirige vers Capua. Nous devons tout de suite envoyer une équipe de secours là-bas.
- Qui vous a dit cela ?
- C'est Alna ; elle est à Kipoth, une ville le long de l'extrémité ouest des monts Furans.
- Est-elle certaine qu'il va vers Capua ?

La femme hocha la tête avec hésitation avant de répondre :

- En considérant sa direction et l'élévation de cette zone, il semble très probable qu'il arrive *réellement* à Capua.
- Maudit ! Alors, sonnez l'alerte !

Lina Lux Baiula ne perdit pas une seconde et déclencha l'alarme derechef en utilisant une liaison sonactique. Mais, comme elle avait passé la nuit à surveiller les alertes, ses réserves en énergie étaient faibles, et elle dut s'y prendre à deux fois pour envoyer la vibration sonactique à la cloche située au centre de la forteresse avant de réussir à l'atteindre. Au son de ce gong, toute la forteresse se mit en émoi. Rapidement, fidèles à ce que leur formation leur avait enseigné, officiers et soldats se rassemblèrent sur la place. Dans le village, le cœur des villageois s'arrêta un instant, mais, comprenant que l'alerte ne prévenait pas un danger imminent sur Col de corne – du moins cette fois – chacun retourna à ses occupations, non sans prier pour que cette menace restât à distance.

À ce moment, le seigneur commandant s'élança dans les appartements de son premier officier :

- Laiella, avez-vous sonné l'alerte ?

Le tumulte des soldats qui se rassemblaient dans la forteresse intensifia l'urgence, et Laiella lui répondit en se pressant vers la porte où se trouvait le prince :

- C'était Lina. Elle a repéré le Scytale en direction de l'Est. Il devrait apparaître à Capua. Nous devons nous y rendre immédiatement. J'espère que les quintanaux[1] sont prêts.

Toras sentit ses muscles se contracter :

- Ils le sont.

Laiella ne répondit pas et se contenta de hocher la tête en attendant que son commandant tournât les talons et quittât la pièce.

Une fois sur la place, Laiella s'approcha de l'un des deux secundi dont les hommes seraient les premiers mobilisés en tant que membres du quintanal, et dit d'une voix irritée :

- On dirait qu'il vous manque des hommes, Secundus Yuuto. Où sont-ils ?

---

[1] Quintanal : Unité d'équipe furane mise en place pour combattre le Scytale.

Yuuto jura tandis qu'il essayait d'expliquer que ses hommes étaient partis au village pour... il ne termina pas sa phrase et secoua la tête, embarrassé. Son long nez de Pargahni qui tremblotait aurait pu prêter à sourire dans d'autres circonstances, mais la gravité de la situation coupa court à une interprétation comique. Heureusement pour Yuuto et pour les gardes en question, les soldats venaient juste d'entrer dans la forteresse, juchés sur leurs vorans, et galopaient déjà vers les écuries pour échanger leurs montures contre leurs furans, manquant bousculer leurs camarades dans la hâte.

Laiella, furieuse, lâcha :

- Ah, les hommes !

Puis, s'adressant à Yuto :

- Faites en sorte qu'ils soient prêts avec les autres dans vingt minutes.

Yuuto s'en occupa sur-le-champ, et, lorsque la prima réapparut sur son propre furan, les cinquante équipes furanes étaient déjà rassemblées et prêtes à partir, soldats et montures côte à côte.

Toras chevauchait nerveusement Scratch aux côtés de Laiella, elle-même perchée sur Racine. Elle surveillait d'un œil glacial les préparatifs de la compagnie. À sa droite se tenait Xéna Lux Baiula, sur un grand furan gris, l'un des plus anciens de la meute. Malgré son grand âge, l'animal était toujours aussi fiable, mais c'était aussi une monture facile pour une furanière débutante, même si Xéna, à en juger par son apparence, était aussi prête et déterminée que les autres.

Cette nouvelle rencontre avec le Scytale serait la première pour Laiella, mais la seconde pour Xéna et la troisième pour Toras. Tandis que la première espérait les soldats prêts, les deux autres *priaient* pour qu'ils le soient, connaissant l'horreur que ces hommes avaient déjà affrontée et le lourd tribut des combats auxquels ils avaient participé.

Pourtant, une lueur d'espoir brillait dans l'esprit de Toras : la réorganisation de la Garde noire en quintanaux, des compagnies formées de cinquante équipes furanes. Ces hommes et leurs furans avaient été entraînés avec une précision et une intensité inégalées. Toras était convaincu que les quintanaux étaient prêts, même si Laiella, il le savait, avait encore des doutes quant à l'utilisation des projections et des marionnettes reliées pour leur entraînement.

À cet instant, Laiella posa les yeux sur Toras, comme si elle attendait quelque chose.

- Quoi ?
- Voulez-vous leur parler ou je m'en charge ?
- J'ai horreur des discours. Je me contenterai de donner les ordres.

Laiella leva les yeux au ciel, détourna son regard du prince pour fixer les soldats qui se trouvaient devant eux. Neuf cent cinquante paires d'yeux les observaient depuis la place et les remparts de la forteresse.

- Soldats ! L'heure est venue de prouver votre valeur. Vous n'avez pas affronté le Scytale depuis longtemps, et nous verrons si les longues et douloureuses heures d'entraînement contre la *puppae bestia* du maître Neros ont été aussi efficaces… que le seigneur commandant et moi l'espérions.

Laiella se retourna vers Toras pour s'assurer qu'il avait bien remarqué qu'elle venait d'endosser une part de la responsabilité.

- Le Scytale se dirige vers Capua ou ses environs. Nous allons voler jusque là-bas pour l'intercepter et l'empêcher de détruire un autre village.

Les hommes se mirent à taper des pieds.

- Êtes-vous prêts ?!

Les soldats répondirent en piétinant de plus belle et en poussant des cris rageurs.

Toras remercia Laiella et ajouta :

- Gardes, ce vol sera pénible, car nous devons atteindre Capua en quelques heures seulement alors qu'il nous en faudrait le double en temps normal. Alors, attachez votre équipement d'arrosage, et en route !

Le vol vers Capua s'avéra aussi pénible que Toras l'avait prédit. Les soleils ne constituaient pas un obstacle, maintenant que le bleu se dissimulait derrière son jumeau rouge, mais les vents, violents, soufflaient du sud. La compagnie sollicitait les furans autant que possible, tout en essayant de ne pas les épuiser avant l'inévitable combat – il fallait qu'il se produisît – contre le Scytale. En actionnant pour la deuxième fois la valve d'arrosage de Scratch, Toras se félicita d'avoir insisté pour que chacun emportât des outres. Habituellement, cette pratique était réservée aux longs vols durant les mois les plus chauds, les outres alourdissant un peu les furans.

Le quintanal n'était plus qu'à une dizaine de kilomètres de Capua. Cette ville, une municipalité prospère nichée au pied des monts Furans, responsable de la majorité du bois et de ses produits dérivés vendus dans tout le royaume, se dessinait à l'horizon. Les équipes traversaient cette dernière portion du ciel avec une appréhension palpable, une nervosité qui n'épargnait pas Laiella et Xéna qui échangeaient des regards inquiets tout en priant pour que leur capacité de nébuleuse fût suffisante. Elles s'étaient en effet entraînées quotidiennement à sa génération, et étaient désormais capables d'en créer plus ou moins à volonté. Toutefois, le rayon de leurs nébuleuses était plus petit que celui d'Élyana, et elles n'avaient pu tester leur efficacité ni de près ni de loin.

Si seulement elles avaient pu retourner à Urbs Lucis pour un quart ; Laiella avait appris que sa commandante en second pouvait reproduire les attaques mentales du Scytale pour entraîner les Sœurs de chaque ceinture. Eh bien tant pis, Laiella et Xéna sauraient si leurs nébuleuses étaient fonctionnelles lorsque le Scytale tenterait de griller leur cerveau.

Lorsqu'ils furent à deux kilomètres de Capua, autour de huit heures après grandjour, Toras leva la main et chacun fit ralentir son furan jusqu'à l'arrêt complet, en suspens dans les airs. Toras examina ses hommes et les furans : ils semblaient être en forme malgré l'intensité du voyage.

Toras balaya l'espace du regard à la recherche de leur adversaire – rien. Le Scytale pourrait quand même être là, tapi derrière le nuage de fumée qui s'élevait, menaçant, au-dessus du village. L'âcre fumée se tordait sous la lumière du soleil rouge lorsqu'un cri perçant les fit frémir, et des frissons parcoururent leur échine.

Laiella haussa la voix pour se faire entendre malgré le vent et demanda :

- Commandant, le voyez-vous ?

Toras secoua la tête juste au moment où le Scytale, encerclé par un nombre impressionnant de rokons, apparut derrière l'épais brouillard mortifère. L'espace d'un instant, Toras regarda les Lux Baiulae qui volaient de chaque côté de lui, d'un air mêlé d'interrogation et d'incompréhension. Rapidement, il reprit ses esprits et son cœur le rappela à l'ordre. Que *faisaient* les rokons aux côtés du Scytale ? Était-ce *réellement* des rokons ? *Sercus* [2]*!* Mille sercus! Et puis d'abord, qu'importait que ce fussent ou non des rokons ?

Toras hurla :

- Prima, il faut attaquer immédiatement !

Laiella, tout aussi déstabilisée que Toras, avait cependant pu analyser les informations que ses yeux lui transmettaient et avait évalué les risques ; elle souffla dans sa corne pour commander aux soldats de détacher leurs outres et de former dix

---

[2] Sercus : Juron latin signifiant fumier ou excrément.

pentagones. Elle envoya également une pensée à Xéna, puis, dès que les nébuleuses furent générées, le quintanal se remit en route. Sans ce vent assourdissant, les officiers auraient entendu s'élever les prières de chaque membre de la compagnie, tout comme les invectives de ceux qui peinaient à détacher les outres. Et soudain, une étrange pluie se déversa de ce côté du ciel.

À mesure que la compagnie avançait, le nombre de rokons se précisait à travers la fumée ; ils devaient être une vingtaine. Laiella pensa :

- *Espérons qu'ils ne possèdent pas les capacités du Scytale.*

Pour s'adresser aux soldats, cette fois, Laiella augmenta le volume de sa voix et cria :

- Tenez-vous prêts.

Pendant que furans et humains prenaient leur courage à deux mains en plissant les yeux, et que les humains vérifiaient leur arsenal, les rokons se divisèrent en deux factions. Une douzaine suivit le Scytale qui s'élançait vers le sud, et le reste – une autre douzaine, semblait-il – fonça sur eux.

Toras talonna le flanc gauche de Scratch pour aller vers Laiella.

- Prima, prenez avec vous la moitié du quintanal avec Xéna, et allez au-devant du Scytale ; je resterai ici avec le demi-quintanal pour m'occuper des rokons. Nous vous rejoindrons dès que notre combat sera terminé et que nous aurons sécurisé Capua.

Laiella secoua la tête.

- Qu'est-ce qui ne vous pas va ?!

Laiella aurait volontiers donné un coup de pied à Toras, mais elle se contenta de répondre :

- Nous ignorons si les plus petites créatures sont vraiment des rokons ou si elles sont capables d'ASC comme le Scytale. Vous devriez garder Xéna avec vous.

Face à l'arrivée imminente des rokons, Toras ne trouva pas le temps de discuter. En guise réponse, il grogna :

\- D'accord. Maintenant, allez-y ! Ne laissez pas ce monstre s'échapper !

Laiella acquiesça, rassembla ses vingt-cinq combattants et partit aussitôt à la poursuite du Scytale, décidée à l'arrêter avant qu'il ne pût détruire sa nouvelle cible.

Toras voulut souhaiter bonne chance aux poursuivants – ainsi qu'à Laiella – mais ne voulant pas crier, il choisit de se maudire à la place. Il jeta un œil à ses soldats et se demanda combien il allait en perdre cette fois. S'ils savaient tous comment s'y prendre pour chasser ou tuer des rokons, aucun d'eux n'avait appris à le faire ailleurs qu'au sol. Et voilà qu'ils se battaient sur le terrain de l'ennemi, pour ainsi dire. Et si ces rokons avaient la capacité de générer des ASC ? *Je prie Aiala pour que Laiella se trompe à ce sujet.*

Le prince pria aussi pour que l'entraînement contre la réplique et la projection du Scytale aidât hommes et furans à maîtriser leur peur et demeurer lucides. Il appela Marius, un médecin formé par la garde lucienne et récemment affecté à la Garde noire, et lui ordonna d'atterrir avec les furans de somme. Il se tourna ensuite vers Xéna et, après avoir reçu un signe de la part de la Cordon rouge, tous se mirent en route pour affronter les créatures.

Ne sachant ce qu'il allait trouver, Toras ordonna à ses hommes de voler le plus serré possible afin d'être sous la protection de Xéna. La grande promiscuité des ailes battant les unes contre les autres provoqua quelques heurts, mais c'était le prix à payer, et l'unité de Toras continua d'avancer vers sa cible – ou ses assaillants – qui n'était plus qu'à quelques centaines de mètres devant eux.

Bientôt, des flèches furent armées, puis tirées, dans une litanie de prières aux dieux, à K'Tara ou à dame Chance. Mais à cause des vents contraires, seules quelques flèches parvinrent à atteindre leur cible, sans aucun effet. Puis, les vents s'étaient mis à souffler en rafales intermittentes, rendant les arbalètes impuissantes. Les soldats rangèrent donc leurs arcs et dégainèrent leurs épées.

La collision fut brutale. Certes, les rokons avaient l'air ordinaires, mais ils étaient en réalité bien plus féroces – comme possédés – et leur violence effraya certains soldats et plusieurs furans. Les montures étaient en effet légèrement plus petites que leurs adversaires reptiliens et, alourdies par les humains, elles peinaient à esquiver l'ennemi, surtout en formation serrée.

Malgré leur supériorité numérique, les vingt-six équipes furanes avaient du mal à infliger des dommages aux rokons, moins nombreux, mais déchaînés, et dont les cris incessants assourdissaient tous ceux qui se trouvaient à proximité.

Alors que le combat s'intensifiait, Toras remarqua que certaines équipes furanes, bien que hors de portée de la nébuleuse de Xéna, demeuraient indemnes. Il ordonna à Scratch de se rapprocher de Xéna. Le visage de la Lux Baiula était plus dur qu'à l'accoutumée, peut-être parce qu'elle avait presque perdu le contact avec Sivolt, son furan. Toras lui cria qu'il y avait des hommes en dehors de sa nébuleuse. Elle comprit immédiatement et un sourire de soulagement se dessina sur son visage endurci.

L'instant d'après, le premier jet enflammé frappa un rokon et le précipita au sol, au grand réconfort des soldats. La mort de l'un des rokons parut effrayer les survivants qui redoublèrent de rage. D'un seul coup, ils se jetèrent avec les horribles tournoiements qui leur étaient propres et qu'ils utilisaient pour déchiqueter et attendrir les chairs de leurs victimes. Ces mouvements spiralaires rendaient les épées totalement inutiles, et Toras ordonna aux hommes de se saisir de leurs lances. Pendant ce temps, Xéna lança un nouveau jet enflammé et abattit un autre rokon, ce qui décupla la fureur de la troupe.

Toras comprit que les rokons allaient déchiqueter les équipes si elles restaient en formation, alors – dans un cri retentissant accompagné de gestes pressants – il commanda aux équipes de se disperser. Mais personne ne l'entendit. Nul ne remarqua ses gestes affolés. Tous étaient hypnotisés par les mouvements incompréhensibles des rokons et assourdis par leurs cris stridents.

Toras fulminait lorsqu'une pensée le traversa. He s'abaissa sur son furan et hurla :

- Scratch ! Dis aux autres furans de briser la formation ! Vite !

Quelques secondes plus tard, et juste avant d'être transpercés et déchiquetés par les rokons enragés, les furans plongèrent dans une dizaine de directions différentes, secouant leurs furaniers. Xéna jura contre sa propre monture qui fondit quelques mètres plus bas sur sa gauche, manquant de lui briser le cou.

Scratch plongea d'un seul coup pour esquiver les lézards qui arrivaient, et Toras sentit ses entrailles se soulever. Reprenant ses esprits, il jeta un regard derrière lui : les créatures s'apprêtaient à contrattaquer. Comme il devait donner un nouvel ordre à ses hommes, il demanda à Scratch d'attirer l'attention des autres furans. Toutes les montures pivotèrent vers lui, et les furaniers ne tentèrent pas de leur résister cette fois. Xéna, quant à elle, refusa de laisser son furan la diriger et tira sur ses rênes. Le remarquant, Toras se mit à gesticuler dans sa direction. Enfin, après un temps que Toras trouva interminable, la femme le vit et laissa son furan se tourner vers lui.

Criant et gesticulant, Toras commanda aux soldats d'attaquer deux par deux, de vérifier leurs sangles avant et arrière, et d'attacher leurs jambes aux furans afin de pouvoir se lever de leur selle et bénéficier d'une plus longue portée.

Toras fit équipe avec une jeune recrue du nom d'Aréto, qui furanait sur une petite mais robuste monture. L'homme regarda Toras plein d'appréhension tandis qu'il criait :

- Nous allons faire passer un rokon entre nous. Assure-toi d'avoir solidement attaché tes sangles, et tiens fermement ta lance !

Lorsque les rokons chargèrent à nouveau, Xéna reprit ses liaisons tandis que les autres attendaient le signal du seigneur commandant.

- À l'attaque !

Immédiatement, les onze paires et un trio se lancèrent à l'assaut des rokons pendant que Xéna déplaçait son furan, Sivolt, sur le côté du champ de bataille aérien, afin de pouvoir frapper les créatures qui arrivaient sans risquer de toucher ses propres hommes.

Elle décida de générer de plus petits projectiles et envoya chacun d'eux vers un rokon différent. Cela en ralentit quelques-uns, sans pour autant les arrêter. Elle généra une spirale enflammée et réussit à mettre un rokon en feu.

Après avoir choisi sa cible, Toras avertit son partenaire et tous deux ajustèrent la trajectoire de leurs furans pour se placer de part et d'autre du rokon qui approchait. Les autres équipes les imitèrent immédiatement.

- Trois, deux un —

Le choc du rokon contre leurs lances aurait désarçonné Toras et Aréto s'ils n'avaient pas été solidement attachés. Même les furans furent presque déviés de leur trajectoire. Mais la stratégie avait merveilleusement fonctionné, et le rokon se mit à hurler, déchiré par deux profondes entailles vissées dans ses flancs et ses ailes.

Toras s'apprêtait à crier victoire lorsqu'il aperçut deux équipes furanes et un homme tourbillonner dans les airs. Le furan du soldat s'était retourné pour tenter de le rattraper avant qu'il ne s'écrasât au sol, mais un rokon l'avait percuté et expédié dans les airs tandis que son furanier frappait le sol, se fracassait le crâne sur la roche et rejoignait les voûtes sombres en compagnie des deux autres furans et soldats.

- Oh, Fondateurs ! Je leur avais dit de vérifier leurs sangles.

Toras refusa de céder à la panique et analysa la situation. *Il reste cinq rokons et vingt-trois équipes, sans compter Xéna et son furan. Il y a de l'espoir.* Il y avait aussi un furan sans furanier, fou de rage et bien décidé à se venger. *Je ne peux plus rien faire pour lui. Tant qu'il ne se met pas en travers du chemin...* Toras demanda à Scratch d'indiquer aux autres de se remettre face à lui, et leur ordonna d'attaquer encore une fois les derniers rokons deux par deux.

Xéna, en solo, élimina un autre rokon, tandis que deux lézards se faisaient éventrer par des paires de lances qui tranchaient leurs victimes en étau ; les deux derniers ne tardèrent pas à tomber à leur tour, bien que l'un d'eux emportât dans sa chute le furan solitaire qui avait enfoncé son bec dans son cou et refusait de le lâcher.

Lorsque les cris d'effroi et de colère du dernier choc aérien cessèrent, nul ne laissa éclater sa joie. Les hommes se contentèrent de prendre un air abattu en secouant la tête, et plongèrent dans un silence morose que seul le bruit des ailes des furans flottant dans les airs, épuisés, venait perturber.

Toras rompit ce moment de deuil pour appeler Xéna et le secundus Yuuto :

- Xéna, envoyez un message à Lina Lux Baiula et demandez-lui qu'une équipe vienne enterrer les furans et récupérer les corps des défunts.

La Cordon rouge répondit avec un silence si déterminé que le pieu secundus Yuuto avala sa salive avant de dire :

- Combien de créatures extraordinaires devrons-nous encore affronter, Commandant ? Aiala ne va quand même pas laisser le Maître des ténèbres tout asservir sur K'Tara.

Pour toute réponse, le secundus obtint un long regard embarrassant qui ne cessa que lorsqu'une violente rafale fit reculer Scratch. Lorsque le furan reprit sa position initiale, Toras déclara :

- Nous devons inspecter Capua. Rassemble tes hommes, Secundus. Je descends.

À ces mots, Scratch plongea, emportant le prince vers les vestiges de ce qui fut, jadis, une grande ville.

La scène donnait à voir un spectacle d'horreur. Le Scytale avait fait à Capua bien plus de ravages qu'il n'en avait fait à Col de corne. Des gens gisants, pétrifiés dans l'effroi ; d'autres, étendus au sol, les chairs lentement digérées par les enzymes des rokons, mais laissées à la disposition des charognards ; des maisons dévastées baignant dans un silence funeste. Même les soldats ne faisaient pas un bruit jusqu'à ce que leur commandant leur ordonnât d'aller, par équipes de deux, inspecter les maisons à la recherche de survivants.

Toras se remit avec Aréto. Le jeune homme semblait avoir besoin de courage. *Je pense que la règle interdisant aux soldats de servir dans leur pays natal est une bonne chose. Mais ils doivent se demander si le même sort attend leur région. Oh, Fondateurs !*

Prince et garde pénétrèrent ensemble dans une maison dont le toit avait été partiellement arraché, mais dont l'intérieur était malgré tout intact. Dans le salon, une famille entière –père, mère et enfants – était prostrée, les visages déformés d'horreur.

Desséchés et rabougris, leurs yeux pendaient hors de leurs orbites. Le plus jeune, un nourrisson d'à peine quelques mois, était maculé d'un sang qui semblait avoir jailli des cavités de son visage déformé. Aréto, horrifié, se retourna vers son commandant et se mit à vomir.

Le prince secoua la tête et poussa un soupir lourd de sens. Il se gratta les sourcils un instant, se demandant s'il devait feindre de s'occuper ailleurs ou tenter de consoler l'homme. Finalement, il s'approcha du soldat rouquin et lui tapota l'épaule :

- Nous abattrons cette chose. Je te le jure.

Lorsque l'homme acquiesça, Toras poursuivit :

- Continuons à chercher. S'il y a des survivants, ils auront besoin de notre aide. On y va ?

Aréto hocha la tête, se leva, et suivit son commandant.

Ils inspectèrent neuf autres résidences, découvrant chaque fois le même spectacle terrifiant, avec des versions charnelles de victimes prises dans la lave. Cependant, alors qu'ils pénétraient dans la chambre de la onzième maison, ils furent accueillis par des cris stridents d'épouvante.

Une mère et sa fille avaient survécu, blotties l'une contre l'autre, au milieu des corps morts de leur famille.

Il fallut un certain temps pour que Toras parvienne à persuader la femme de lâcher son mari et son fils, et, bien qu'elle finît par se lever, ses sanglots incessants lui firent souhaiter que Xéna fût là pour s'occuper d'elle. Sa fille, en revanche, demeura silencieuse et toute droite contre sa mère. Toras, d'un signe de tête, désigna la fille à Aréto, espérant que son jeune visage éloignerait son attention de l'endroit où son esprit demeurait enfermé.

Le prince se racla la gorge plusieurs fois avant de dire :
- Madame, me reconnaissez-vous ?

Elle leva les yeux un instant avant de tourner à nouveau son regard tourmenté vers son mari et son fils décédés.

- Je suis profondément désolé de ce qui s'est passé. Si nous avions pu arriver plus tôt et empêcher tout cela, nous l'aurions fait.

La femme redoubla de sanglots.

Ne sachant que faire, le prince lui demanda son nom.

- Dame Ita, je voudrais que votre fille et vous veniez avec nous.
- Mais… Je ne peux pas… Je ne veux pas…
- Nous devons d'abord veiller à votre sécurité et à celle de votre fille, Dame Ita.

L'allusion à son enfant ramena la mère à la réalité. Se tournant vers sa fille, elle remarqua que celle-ci tenait la main du jeune soldat. Elle saisit la main de sa fille et suivit le prince, tout en serrant son enfant contre elle, comme si elle craignait que la jeune fille pût être, elle aussi, emportée sans la prévenir.

Toras les emmena vers un lieu agité. Xéna et ses soldats avaient rassemblé quelques autres survivants découverts dans les décombres. Ils se trouvaient sur ce qui avait dû être la place du village.

Quelques adultes sanglotaient ensemble ; un autre était assis, seul, catatonique ; deux garçons se tenaient à l'écart. Marius, le médecin – avec sa flamme blanche sur le bras – tentait désespérément de déclencher une réaction chez l'homme assis.

Toras interpella le médecin et lui murmura :

- J'ai bien peur que vous ne puissiez pas l'aider, Marius. Cet homme n'est pas mort, mais je vois qu'il a subi une horrible attaque mentale du Scytale.

Le médecin regarda ses patients, puis répondit au prince :

- J'aurais aimé être à col de corne lors de la première attaque. Je saurais quoi faire maintenant.

- Eh bien, vous ne le savez pas pour l'instant, mais vous le saurez la prochaine fois ! Comme je l'ai dit, vous ne pouvez plus rien pour cet homme.

Le médecin s'apprêtait à répliquer, mais se ravisa en voyant la cicatrice sur le visage du prince, celle qu'il portait depuis cet été à la suite de la bataille près de Spiritii, s'illuminer de colère.

Voyant le soldat prêt à lui obéir, Toras désigna de la tête la femme derrière lui et dit :

- Occupez-vous de dame Ita et de sa fille.

Alors que le médecin avançait pour obtempérer, Toras ajouta :

- Aéro peut vous aider. Je crois que la fille a confiance en lui.

Le jeune Aréto resta immobile un instant, puis acquiesça et alla aider Marius.

Se retournant rapidement vers son officier qui se tenait à quelques pas de là, Toras dit :

- Secundus, organisez le transfert des survivants à Col de corne. Ils doivent y trouver refuge aussi longtemps que nécessaire.

Dame Ita, qui avait entendu, hurla :

- Et mon mari ? Et mon fils ? Est-ce que le prêtre Orvald est encore vivant ? J'ai besoin de lui pour le rituel funéraire. Sinon, comment leurs corps seront emportés par les dieux le Jour de l'Union ?

Étouffant un grognement plaintif, Toras demanda au secundus Yuuto des nouvelles du clerc. Yuuto secoua la tête.

- Je suis navré, Dame Ita. Il n'y a pas d'autre survivant.

Le secundus se racla la gorge et proposa d'effectuer lui-même la cérémonie, si dame Ita y consentait.

La femme, qui connaissait la piété des Pargahni, accepta sans l'ombre d'une hésitation.

Pendant que Yuuto s'occupait du rituel, Xéna d'approcha du prince et souffla :
- Seigneur Commandant, nous devons partir dès que Yuuto aura terminé. Je viens de recevoir un faible message de Laiella et, d'après ce que j'ai compris, ils ont besoin de nous.

Le prince serra les poings avec anxiété, puis, dans un soupir d'impatience, regarda Yuuto et les Capuans.

II.   Le rapport de Neaj

Peu avant le dîner, Neaj Trebloc sollicita une audience auprès du prince. Le maître Rovali le laissa entrer avec une légère irritation.
- Mon Prince, pardonnez-moi de vous importuner à cette heure.
- Pas du tout, Maître Trebloc. Je sais que vous n'êtes pas du genre à venir bavarder pour rien, alors je vous en prie, parlez.
- Vous m'avez demandé de me renseigner sur l'acolyte de Kildare… un jeune homme nommé Luvius Arco.

Il attendit que le prince acquiesçât avant de poursuivre :
- J'ai effectué des recherches et j'ai découvert que la fortune de notre bonhomme s'amenuise depuis un certain temps. En effet, son père, Linus Arco, se présente toujours comme un marchand prospère, mais ce n'est plus le cas.

La curiosité d'Aithen lui fit lever un sourcil. Neaj continua :
- J'ai tenté de retracer les opérations de Luvius et de son père à travers factures et autres dépenses, et il se trouve que, avant de venir ici, Luvius Arco est allé à Urbs Lucis. Pendant son séjour, il a rencontré le maître Lusk Methrim dans l'un des restaurants les plus huppés de la

ville. La facture avait été rédigée au nom du maître Arco, mais c'est le maître Methrim qui l'a payée.

Aithen renifla plusieurs fois, plissant chaque fois un peu plus les yeux :

- Avez-vous découvert autre chose de suspect ?
- Non, c'est tout.
- Merci, Neaj. Bon travail.

Trebloc adressa au prince un signe de remerciement, tourna les talons et sortit.

Aithen prit quelques minutes pour réfléchir, marmonnant et se grattant le pouce droit avec son index et son majeur. Rien de particulièrement suspect dans cette rencontre entre Methrim et ce Luvius, mais juste assez pour que ce ne fût pas une coïncidence. Avec des millions d'humains en Alvinorie, dont trois cent mille dans la partie nord de la Haute-Alvinorie, cette rencontre ne pouvait pas être fortuite. *À moins que les Arcos, en difficulté financière, n'aient contacté Lusk pour profiter de son réseau de contrebande. Possible. J'espère que c'est ce qui met Kil mal à l'aise quand il évoque son nouvel acolyte… parce que j'ai des problèmes un peu plus importants à régler. Maudit !*

III. Triomphe et meurtre à Urbs Lucis

Kelysia Lux Baiula avait écouté l'appareil avec une constance presque ininterrompue depuis que Gina avait installé la fausse brique dans cette taverne de Kartak. Au début, elle peinait à comprendre les mots qu'elle percevait à travers l'inverseur qui, captant toutes les variations de la brique enchevêtrée posée à côté, les traduisait en sons. Peu à peu, elle avait fini par s'habituer à certains sons – ceux qui se répétaient le plus souvent – et avait commencé à distinguer des mots. Malgré tout, elle ne parvenait toujours pas à former des phrases à partir de ces sons ; son esprit s'attendait à ce que les mots fussent disposés d'une certaine manière, mais ce qu'elle percevait ne correspondait pas à ce schéma. Sur le point d'abandonner, Kelysia venait tout juste de poser un chiffon apaisant sur l'inverseur lorsque Gina surgit.

Gina se frotta les mains avec enthousiasme et dit :

- Ma Sœur ! Je te visualisais exactement à cet endroit, en train d'écouter. Comment ça avance ?

Gina. Je ne m'attendais pas à te voir si tôt. Tu dois être une furaniène hors pair !

Se demandant comment répondre, la femme réagit :

- Disons que les vents m'ont été favorables. Alors as-tu entendu quelque chose ?

Kelysia grommela :

- Hum, oui, quelques bricoles. J'ai réussi à déchiffrer certains sons, mais la plupart me sont encore inintelligibles.

La jeune femme répliqua sur la défensive :

- J'ai pourtant suivi tes instructions à la lettre pour installer l'appareil.

- Oh, je m'en doute. Saara et moi savions qu'il fallait améliorer l'appareil. Mais avec la guerre imminente, nous avons décidé de l'utiliser malgré tout. Les sons ne pas encore très clairs, et bien que j'aie réussi à en associer un certain nombre à des mots, je ne parviens toujours pas à comprendre les conversations.

- Eh bien, dit Gina, ça ne me surprend pas. L'opacité des sons, associée à la parlure des gens de là-bas bien différente de nous, rend forcément la tâche difficile.

Kelysia la corrigea :

- Différente de *la nôtre*.

- C'est ça.

Kelysia cligna des yeux, et Gina ajouta :

- Je veux dire que nous aurions besoin de quelqu'un qui connaît le jargon de ces voyous.

- Et à quelle Sœur penses-tu ?

- Hum, je ne parle pas les dialectes de là-bas ni leur jargon sale, vulgaire et criminel. Mais, avant de rejoindre la sororité, j'avais un frère qu'il avait des amis et des habitudes discutables.

Kelysia fronça les sourcils devant la grammaire incorrecte de Gina, mais se dit que son expérience pouvait être utile. Elle répondit :

- Dans ce cas, j'aimerais que tu essaies, s'il te plaît, Gina.

La jeune Sœur prit place devant les deux briques : le double de Kartak – le récepteur – et l'inverseur.

- Ces briques doivent avoir été faites par des hommes pour être aussi grosses.

À cette remarque, la Cordon jaune cligna des yeux, mais resta silencieuse.

Gina poursuivit :

- Si un non-sensoriel nous voyait, penchées sur ces briques avec l'émerveillement d'un enfant devant l'aquarium d'un poisson-éventail qui hypnotise sa proie, il nous prendrait pour de drôles de femmes… peut-être même des folles. J'avoue que pour ma part, la brique enchevêtrée est une chose des plus fascinantes que la nature n'a même pas créée. C'est *notre* œuvre ; une œuvre plus ou moins capable de reproduire les sons reçus par son double à des centaines de kilomètres.

Kelysia sourit. Elle partageait ce sentiment.

Gina souleva le chiffon de l'inverseur. Des sons aigus s'en échappèrent :

- On dirait que quelqu'un est en train de crier.

Entendre ces voix tout près d'elle, des voix provenant de si loin, à des centaines de kilomètres, fut l'expérience la plus exaltante que Gina eût connue jusqu'alors. C'était encore plus grisant que de partir en mission pour installer la brique source dans le mur de la taverne.

Gina se recula avec un sourire d'enfant et écouta, patiemment. Elle passa la première heure à se familiariser avec les sons et à essayer de les associer à des mots. Son visage commença à vibrer d'excitation lorsqu'elle parvint enfin à reconnaître les premiers mots, puis d'autres. À un moment, pendant la deuxième heure d'écoute, elle se mit à sauter et à applaudir frénétiquement. Kelysia – qui était assise à un autre bureau, plongée dans ses pensées, dans les notes de Saara et dans les siennes sur le fonctionnement de ces appareils – secoua la tête, agacée par cette réaction enfantine.

- Je viens de comprendre toute une phrase !
- Hein ? Alors, que disait-elle ?
- Un homme – probablement le tavernier – a dit à un autre homme que ses compagnons allaient arriver dans une cinquantaine de minutes. Et je pense qu'il a dit qu'il installerait des insonorisateurs avant leur arrivée pour leur offrir de l'intimité.

Cela attira l'attention de Kelysia :
- Es-tu sûre qu'il a parlé d'insonorisateurs ?
- Oui, je crois.
- Où est-ce qu'il les aurait trouvés ? Nous ne vendons de minéraux résonnants à personne, sauf à la Couronne, aux propriétaires terriens et aux personnes en qui nous avons confiance.

Gina haussa les épaules.

Kelysia marmonna :
- J'espère que ça n'interfèrera pas avec la brique enchevêtrée.

Gina répondit :

- Moi aussi. Je n'ai pas envie de retourner installer une nouvelle brique dans cette taverne ni ailleurs dans Kartak.

Elle reporta ensuite son attention sur l'inverseur et dit :

- Ils ne parlent plus. Je pense que ces bruits aigus ne sont que les bavardages ambiants de la taverne, distants de la brique.

- Très bien. Alors, attendons. Si le patron veut de l'intimité, c'est probablement parce qu'il va discuter de sujets qui nous intéressent. Il n'y a plus qu'à espérer que son insonorisateur ne nous gênera pas. Oh, Fondateurs ! J'irai peut-être en parler à Biléna un peu plus tard.

Sur ce, les deux Sœurs attendirent. Gina régla l'alarme sur le disque horaire et retourna s'asseoir sur son siège pour étudier ses propres notes sur la langue kartaki. Pendant ce temps, Kelysia chercha des données pouvant indiquer si la brique pouvait ou non être affectée par les minéraux résonnants d'un insonorisateur.

Un peu plus tard, Gina entendit un son provenant de l'inverseur, un son qui ne pouvait être que celui d'un pet très bruyant ; elle se mit à rire et se tourna vers Kelysia pour lui demander si elle l'avait entendu elle aussi, mais la femme avait disparu.

- Ah oui, c'est vrai, elle m'a dit il y a une minute qu'elle avait soif. Tant pis.

Gina sursauta lorsque l'alarme du disque horaire retentit. Elle déposa son carnet de notes et retourna prendre place devant l'inverseur, impatiente et inquiète. Elle ne dut pas attendre bien longtemps avant d'entendre un homme accueillir ses compagnons. Avec des papillons dans le ventre, elle s'écria :

- Kelysia !

Mais Kelysia n'était pas encore revenue. Gina lâcha un petit juron, haussa les épaules, et chassa sa collègue de son esprit.

Pendant trente minutes, les hommes n'échangèrent que des banalités. Frustrée, Gina allait remettre le chiffon apaisant sur l'inverseur quand, soudain, elle entendit des mots qui la firent frémir pour la première fois. Ils venaient de l'homme qui paraissait être le chef de la bande :

- L'Umbra… envoie… en Kynarie… gr… prêtresse et… nos cibles… doit être rapide. Nous prendrons contact après… à Urbs…

Gina sentit son pouls s'accélérer. Elle aurait tellement voulu que Kelysia fût là pour entendre cette transmission également, mais, hélas ! Une autre voix prit le relai :

- Comment… s'appelle ?

Au moment où le chef commençait à nommer la personne dont il s'agissait, Gina entendit un pas foulant le sol derrière elle. Elle se retourna d'un seul coup, un doigt sur la bouche pour dire à Kelysia de ne pas faire de bruit. Mais, à sa surprise, c'était une autre de ses Sœurs. Avant que Gina eût le temps de dire quoi que ce fût, la femme lui couvrit la bouche, et Gina sentit son cerveau exploser comme s'il venait de se déchirer. Puis plus rien ; elle était morte. L'intruse la relâcha, lissa le visage de la Cordon jaune, et quitta la pièce.

IV. Le Scytale et les rokons

Pour le prince, le vol vers Laiella et le reste de la compagnie fut chargé d'anxiété. Tout ce qui l'empêchait de sombrer dans le désespoir était de savoir, grâce à la communication de Xéna avec la portail, que Laiella était en vie. Mais chaque réponse de la Lux Baiula maintenait son niveau d'inquiétude, car, lorsqu'il lui demandait des nouvelles, elle se contentait d'un « Ils ont besoin de nous ». Et, à chaque réponse, il donnait involontairement un coup à Scratch, ce qui agaçait le furan et provoquait des mouvements d'ailes exagérés. Immanquablement, Toras recevait des coups d'aile dans les flancs.

Une quinzaine de minutes plus tard, Toras et son demi-quintanal aperçurent enfin les autres. L'unité paraissait sérieusement touchée et en difficulté, encerclée par les rokons et le Scytale. Plusieurs furans volaient sans furanier. L'estomac de Toras se noua.

Pourtant, quelque chose lui fit espérer que son unité pourrait aider les autres à se libérer de l'étau dans lequel ils se trouvaient. En effet, ni Laiella ni leurs ennemis ne semblaient avoir remarqué leur présence. Toras leva le bras et rassembla les autres équipes autour de lui pour élaborer une stratégie.

Il cria, mais à peine assez pour couvrir le bruit du vent provoqué par tous les furans, et demanda :

- Xéna, est-ce que le Scytale utilise son attaque mentale ?

Xéna entra dans le Lien et secoua la tête.

- Parfait, nous pouvons alors attaquer en toute sécurité.

Il fallut quelques minutes à Toras, quelques minutes pénibles et interminables pendant lesquelles il ne cessait de jeter des regards inquiets vers le combat, pour que les soldats acceptassent d'utiliser la tactique qu'ils avaient pratiquée contre la puppae bestia à Col de Corne.

- Tout le monde en position ! Espérons que l'unité de Laiella suivra notre exemple et se regroupera aussi en quintets. Marius ! Voyez s'il y a des survivants là-bas, et prions pour que plus personne ne tombe.

Les équipes furanes se formèrent par quintets et Xéna généra une nébuleuse autour d'eux, au cas où le Scytale déciderait d'utiliser son ASC. À cet instant, un garde vit l'une des équipes assaillies se faire frapper par un rokon : il hurla pour le signaler à son commandant qui regardait un autre homme et son furan précipités vers le sol. La colère de Toras éclata : il leva le bras pour donner le signal d'attaque, mais Xéna l'arrêta :

- Non !

Toras se retourna, les yeux étincelants de colère :

- Pourquoi non ?
- La première portail vient de m'envoyer un message pour me dire de ne pas attaquer tout de suite, Commandant.
- Quoi ? Pourquoi ?
- Je ne sais pas.
- Alors, demande-le-lui !

Xéna essaya de contacter Laiella, en vain.

Le seigneur commandant jura abondamment. Sa patience atteignit sa limite lorsqu'il vit une autre équipe de Laiella terrassée par un rokon. Indifférent aux nouvelles protestations de Xéna, il ordonna à ses soldats d'attaquer, et talonna Scratch pour qu'il se hâtât, ce dont, cette fois, le furan ne se plaignit pas.

Le Scytale tourna la tête dans leur direction et lança aussitôt l'alerte dans un cri de rage, envoyant sur eux cinq cyclones déchiqueteurs qui se déchaînèrent avec toute la fureur des Enfers.

Priant pour que la tactique qu'il avait élaborée pour terrasser le Scytale fonctionnât également contre ses congénères, Toras hurla :

- Soldats ! N'oubliez pas de laisser vos furans prendre le contrôle s'ils vous le demandent !

Les humains se préparèrent au combat, les uns, mâchoires serrées et rênes tenues à blanc, les autres traversés de tics nerveux qui excitaient les furans.

Le prince choisit sa cible, la pointa du bras et cria aux membres de son quintet :

- Celui-là !

Aussitôt, Toras et les quatre autres furaniers ajustèrent leur vol pour forcer le rokon à passer entre eux.

Le choc fut terrible, mais, grâce à cette tactique, trois formations, y compris celle de Toras, réussirent à éviscérer chacune un rokon. Tout à coup, deux lézards, tournoyant à toute allure, fondirent sur les quintets, leurs mouvements spiralaires déroutant les soldats et lacérant les flancs des furans comme des furaniers.

Ce premier affrontement s'acheva par des cris d'agonie retentissant de toutes parts, tandis que six hommes et leurs furans s'écrasaient au sol, rejoignant les cadavres ensanglantés des reptiles.

Juste avant que le reste des rokons ne se retournât, Toras jeta un regard vers Laiella et ses équipes. Il secoua la tête et gémit, voyant qu'ils étaient toujours acculés par le Scytale et ses acolytes. De leur côté, ses équipes se réorganisaient pour former de nouveaux quintets. Un cri attira soudain l'attention du prince.

- Commandant, un autre rokon !
- En formation !

Toras s'affola en voyant le rokon foncer droit sur l'une des équipes furanes du circadis[3] au lieu d'aller dans le piège tendu. Il cria :

- Il faut voler vers lui, le forcer à passer dans le circadis ! Vite !

Pendant que les soldats poussaient leurs furans à avancer, Toras indiqua à Scratch de dissoudre la formation et de se poster au centre de ce qui était devenu un quartet. Sous les cris et jurons de ses hommes, Toras leva un bras pour les apaiser.

Le prince posta Scratch quelques mètres derrière le quartet et lui ordonna de garder sa position. Il serra fermement sa lance et poussa un rugissement pour attirer l'attention du rokon. La créature réagit sur-le-champ, fondant sur eux dans un sifflement infernal, et tourbillonnant tel un cyclone déchaîné. Toras esquissa un sourire, entre épuisement et exaspération, indifférent aux appels de ses hommes.

- Lances !

---

[3] Le circadis désigne l'équipe furane disposée en cercle

Les lances, aiguisées la veille comme des lames de rasoir, firent jaillir le sang du rokon, comme d'un meugleur égorgé, quand il pénétra enfin au centre du quartet. La bête hurla tandis que les lames le lacéraient. Un liquide tiède gicla sur ses assaillants. Mais protégé par ses ailes tandis qu'il traversait le quartet à toute vitesse, le rokon s'en tira sans blessures graves. Toujours vivant et furibond, il se rua sur Scratch.

Le furan poussa un cri et se cabra, les pattes tendues dans une posture improbable à trois cents mètres d'altitude, toutes griffes sorties.

Lorsque le rokon heurta Scratch, Toras sentit son corps se séparer de sa monture, et son cœur s'emballa un instant. Puis, dans un réflexe, il tendit les bras vers l'encolure du furan. Son pouls se calma enfin lorsque ses doigts rencontrèrent la fourrure de l'animal et s'y agrippèrent.

Scratch s'efforçait à présent de se débarrasser du rokon, pendant que Toras essayait en vain d'aider sa monture avec son épée. Furan et rokon se livrèrent à un combat acharné durant de longues minutes, le premier luttant pour s'échapper, le second cherchant à plonger son bec dans la nuque de Scratch, tandis que Toras subissait tantôt les coups de Scratch, tantôt ceux du rokon, au milieu des battements d'ailes qui les maintenaient dans les airs.

Dans sa position précaire, Toras n'avait plus aucun espoir d'aider Scratch ; il maudit les dieux, le rokon ainsi que lui-même d'être devenu aussi inutile. Et il maudit encore davantage lorsqu'il entendit un faible gémissement empreint de douleur s'élever de Scratch en même temps que ses muscles se contractaient. Toras pensa qu'ils étaient perdus. Mais, soudain, le rokon poussa un hurlement sauvage et relâcha Scratch. Tandis que la créature dégringolait, Toras aperçut une flèche fichée dans son échine. En face de lui, Aréto, fier et droit sur son furan, affichait un large sourire, gonflé de soulagement.

Toras hocha la tête pour le remercier et reporta son attention sur Scratch. Le furan portait de multiples entailles sur l'abdomen et sur les flancs, mais, par chance, elles provenaient des serres du rokon, et non de la dentition venimeuse dont son ventre et la partie externe de ses ailes étaient recouverts. Toras prit une rapide inspiration, qui l'apaisa malgré tout, avant de s'enquérir :

- Peux-tu continuer, Scratch ?

Le furan acquiesça, et le prince ordonna à ses hommes de se remettre en formation. Ravalant leur indignation, ils le regardèrent, médusés, regagner le circadis.

Toras s'accorda une courte pause pour analyser la situation, et choisir sa nouvelle cible.

- Dix-sept équipes de notre côté, et…

Toras avala sa salive en dénombrant les forces restantes dans le demi-quintanal de la prima.

- … huit du côté de Laiella.

Une ombre d'inquiétude et de dégoût passa sur le visage de Toras.

- Et un, deux, trois… six rokons plus le Scytale dans le camp opposé. Cinq quintets contre sept adversaires, à moins que Xéna et Laiella ne parviennent à terrasser deux autres rokons avec une liaison.

Cette lueur d'espoir s'éteignit rapidement quand Xéna rejoignit un quintet et ne s'occupa plus de lancer des projectiles reliés sur les créatures.

Toras tourna le regard vers Laiella et vit un rokon se ruer sur elle. Son cœur se contracta. Il voulut voler à son secours lorsque le Scytale arrêta son regard sur lui, le toisa et émit un sifflement mortel qui traversa l'espace aussi aisément qu'une parole divine tombée du firmament. Le cri résonna dans les os de chacun. Toras rugit et ordonna à son unité de charger la créature abjecte.

À deux cents mètres du cœur de la mêlée, un hurlement déchirant fendit les cieux, et tous dans l'équipe de Toras – hommes et furans – furent pris d'horribles maux de tête.

Xéna proféra des jurons à l'encontre du prince tout en tentant de générer une nébuleuse. Hélas, les sucres ingérés quelques minutes auparavant n'avaient pas suffi à raviver son énergie, et ses efforts ne firent qu'atténuer faiblement l'intensité des vibrations du Scytale.

Désormais, les furans évoluaient selon des trajectoires erratiques et saccadées ; les ordres, invectives et suppliques de leurs furaniers se perdaient, ignorés par les montures agonisantes.

Consciente de son impuissance à utiliser le Lien dans son état, Xéna envoya un message à sa Sœur :

- *Laiella, m'entends-tu ?*

Un temps s'écoula avant que la première portail ne réponde :

- *Oui.*

- *Que devons-nous faire ? Ma nébuleuse ne suffit pas ; je suis trop faible. Il faut que ça cesse.*

La réponse de Laiella arriva dans une colère sourde :

- *Oui. Maudit soit le prince ! Mais je suis à court d'alternatives.*

- *Que —*

Xéna prit sa tête entre ses mains lorsque le Scytale intensifia brusquement ses liaisons.

Laiella, épuisée après deux heures de combat et de résistance face au Scytale, et malgré la perte de deux tiers de son unité, fixa le prince avec fureur, colère et désespoir.

Mais ce n'était pas le moment de céder aux émotions. Elle fit une pause pour envisager les possibilités. Heureusement pour elle, elle avait encore assez d'énergie pour se protéger, elle et son furan, de l'ASC du Scytale. Et pourtant, même cette petite nébuleuse commençait à faiblir, et elle pouvait sentir les vibrations débilitantes pénétrer dans son cerveau. Une seule solution s'offrait à elle, la seule qui pourrait terrasser le Scytale même si elle risquait fort d'y laisser sa peau.

Dans un élan de désarroi, elle renifla, puis tourna le dos au prince avant de commander d'une voix ferme à Racine de passer à l'action. Ce dernier, rassemblant son courage, s'élança vers le reptile pour le dépasser. Dès que Laiella aperçut l'échine du Scytale, elle rassembla tout son courage, prépara son corps à résister aux sucs gastriques du monstre, et sauta de son furan.

Son atterrissage sur le dos du Scytale s'accompagna d'une douleur aigüe due à la lacération de ses jambes. Par chance, ses mains, protégées par des gants, échappèrent aux coupures des dents qu'elle sentit percer le cuir. Le Scytale, furieux d'être assailli de la sorte par un être aussi insignifiant, poussa un rugissement de colère. Sans perdre une seconde, la portail enfonça ses épaisses semelles dans les écailles dorsales de la bête pour sécuriser sa prise, au cas où celle-ci se mettrait à tournoyer. D'un geste leste et précis, elle plongea ensuite son glaive entre les omoplates de la créature. Ne sachant pas si cela réussirait à l'affaiblir, elle attendit la réaction du Scytale.

Ses hurlements et vociférations, alors qu'il déversait un flot d'insultes contre son assaillante, furent si assourdissants que Laiella dut recourir au Lien pour en bloquer le son, de peur que l'intensité ne la terrassât ou ne lui déchirât les tympans.

La créature tenta d'atteindre Laiella avec son bec, mais la douleur l'arrêta net. Au lieu de cela, le Scytale se mit à tournoyer, la forçant à s'aplatir sur son dos, à s'agripper à ses écailles avec son poignard et à se cramponner avec ses pieds et ses cuisses. La Lux Baiula pria pour que son foie eût toute l'énergie nécessaire pour neutraliser le venin qui entrait en elle par toutes les entailles de son corps.

Après deux minutes qui lui parurent une éternité et durant lesquelles le Scytale s'acharna à tenter d'expulser l'humaine de son dos tandis qu'elle luttait pour se maintenir en place malgré ses blessures lancinantes et malgré les nombreux moments où elle se voyait chuter, ce fut à son tour de pousser un cri terrifiant : le Scytale avait intensifié son attaque mentale et la dirigeait directement contre elle. Sa nébuleuse disparut et une douleur atroce envahit son esprit, comme un étau enserrant son cerveau.

Le Scytale envoya à la portail :

- *Tu endureras une souffrance sans pareille, comme nul humain ne l'a jamais éprouvée ! Tu —*

Les Ailes du Maître ne put achever sa menace : Laiella, puisant dans ses dernières réserves, enfonça son épée encore plus profondément dans le dos de la créature qui émit un hurlement déchirant et se débattit avec tant de violence que la Lux Baiula fut désarçonnée et précipitée vers le sol.

Racine entendit son cri désespéré et, sans l'ombre d'une hésitation, plongea pour sauver sa furanière. Mais soudain heurté de plein fouet par un rokon surgissant devant lui, Racine lança un gazouillis d'urgence avant de sombrer dans l'inconscience. Scratch, qui, comme Toras, venait de se remettre des assauts du Scytale, alerta son maître. Ce dernier, se retournant dans la direction indiquée par son furan, sentit son cœur se serrer en voyant Laiella tomber dans le vide et hurla de toutes ses forces pour attirer l'attention de Xéna. Ne sachant pas que son cri avait terrorisé Xéna et sa monture, et qu'il avait fait brutalement sursauter Sivolt, Toras se mit à gesticuler dans tous les sens pour lui dire de s'en prendre au Scytale. Xéna, de son côté, peinait à maîtriser son furan, et Toras se lança finalement à la rescousse de Laiella. Xéna maudit le prince.

Alors qu'ils se rapprochaient à nouveau du Scytale, Scratch fut le premier à en subir les attaques mentales. Il tressaillit.

- Oh, Fondateurs ! Scratch, tiens bon !

Il ne restait plus qu'une dizaine de secondes à Laiella avant qu'elle ne percutât le sol rocailleux. Toras porta alors la main à son front, persuadé qu'ils étaient tous condamnés. Puis, tout à coup, l'offensive du Scytale s'interrompit : la lame logée dans son échine avait enfin eu raison de lui. Scratch corrigea sa trajectoire du mieux qu'il pût et, sentant son maître étendu sur son encolure, les pieds tendus vers l'avant – le signe de la chute –, il fondit vers le sol tel une flèche décochée depuis les cieux. Toras dut se concentrer pour ne pas vomir avec son estomac comprimé par la tension de la sangle arrière.

Alors que Toras se rapprochait de la femme inconsciente à quelques mètres de l'impact fatal, son corps se contracta et ses jambes se resserrèrent autour des flancs de Scratch. Ensemble, ils se préparèrent à rattraper la Lux Baiula. L'instant d'après, Toras tira sur les rênes de Scratch qui dévia brusquement de sa trajectoire, et le corps inerte de Laiella tomba lourdement sur eux. Scratch vacilla sous le choc et Toras écarquilla ses yeux d'horreur lorsque Laiella lui glissa des mains. Il n'était plus temps de réfléchir : avec autant de précision et de rapidité que l'urgence le requérait, il redressa sa compagne sur ses jambes, détacha sa sangle arrière et l'attacha à elle, avant de prendre une profonde inspiration et de commander à Scratch de ralentir leur chute vertigineuse.

En examinant la situation, le prince comprit qu'aucune stratégie ou tactique ne pouvait désormais garantir leur victoire. Se résolvant donc à battre en retraite, il murmura à l'oreille de Scratch :

- Nous devons abandonner.

Il tenta, en vain, d'atteindre sa corne qui était coincée sous le corps de Laiella. Sans perdre une seconde, il ordonna à Scratch de rappeler les autres furans.

Ceux qui portaient encore leur furanier répondirent immédiatement à l'appel et se mirent aussitôt en formation derrière Scratch. Mais les trois animaux solitaires, mus par une rage indomptable, ignorèrent l'ordre de revenir et se jetèrent sur le Scytale, dans un dernier assaut désespéré contre cette créature invincible. L'un fut saisi par le bec du Scytale et lança un cri de détresse déchirant avant que son échine ne se brisât. Les furaniers grincèrent des dents tandis que les montures échangeaient des lamentations funèbres. De leur côté, les deux autres furans poursuivirent leur assaut perdu d'avance contre le Scytale et ses derniers suppôts.

Fort heureusement, ni le Scytale ni les rokons encore en vie ne poursuivirent ce qui restait du quintanal de Toras. Ne sachant pas si leur salut venait du sacrifice des deux furans héroïques ou de l'épée de Laiella toujours fichée dans le dos de la bête, Toras ne put qu'éprouver en silence une profonde gratitude : ils avaient survécu pour voir se lever un autre jour et combattre à nouveau.

***

Ce fut dans de lourds mouvements et de nombreux râles que, une demi-heure plus tard, la troupe de Toras atteignit l'avant-poste de Mont-Lac. Les soldats, hagards et en proie à des maux de tête lancinants, mirent pied à terre avec une lenteur et une maladresse inhabituelles. Quant aux furans, ils s'effondrèrent sur le sol, indifférents aux selles qui encombraient encore leur dos, et poussèrent de longs gémissements avant de sombrer dans un profond sommeil.

Le sergent Tamas était déjà sur place avec ses hommes prêts à aider les combattants, humains comme bêtes. Voyant Toras tenir dans ses bras sa prima, inanimée, Tamas s'élança pour lui prêter main-forte.

Alors qu'il s'apprêtait à prendre les jambes de la prima, le sergent demanda :

- Seigneur Commandant, que s'est-il passé ?

35

Toras secoua la tête et lui répondit :

- Il faut la soigner immédiatement, Sergent. Pour le reste, cela ne vous regarde pas !

Tamas voulut rétorquer, mais il se ravisa, et son air de surprise céda la place à la compassion.

Marius s'avança vers le prince et prit délicatement la prima dans ses bras pour la transporter jusqu'aux casernes. L'homme mûr au visage glabre interrogea le sergent :

- Avez-vous une infirmerie ?

- Oui, Lento, notre apprenti médecin, va vous y conduire.

Marius acquiesça et emboîta le pas au jeune homme aux cheveux bouclé qui venait d'arriver.

Toras observa alors tristement ses hommes qui se lamentaient avec autant de véhémence que les furans. Scratch, quant à lui, restait silencieux, mais s'affairait à soigner doucement plusieurs plaies.

Le prince émit à son tour un murmure plaintif, en proie à un atroce mal de tête. Il se frotta le front, puis, d'une voix étranglée par la douleur, s'adressa à Tamas :

- Sergent, veillez à ce que vos hommes s'occupent de mes soldats et des montures.

- Bien sûr, Seigneur Commandant. Mais vous devriez peut-être vous faire sonder vous aussi.

- Ça ira, Sergent. Faites ce que je vous demande, je vous prie.

Sans discuter, Tamas s'élança pour coordonner les secours. Alors qu'il suivait des yeux les déplacements de l'homme, Toras perçut une anomalie dans l'avant-poste. Il s'écria :

- Sergent ! Que s'est-il passé ici ? Pourquoi y a-t-il un trou béant dans la toiture de l'enclos des furans ? Est-ce que le Scytale et ses rokons vous ont aussi attaqués ?

L'officier se retourna et répondit :

- Non. Des bourras nous ont assaillis hier soir, et le seul moyen qu'ont trouvé nos montures pour leur échapper a été de s'enfuir par le toit ; sans cette brèche, elles auraient toutes péri.

Rongé d'inquiétude, Toras demanda :

- Combien en avez-vous perdu ? Et vos hommes ?
- Nous avons perdu trois furans et un homme.
- Maudits soient les Fondateurs ! Qu'ils soient maudits et tous les sercus qu'ils répandent pour je ne sais quelle raison !
- Vous avez donc été attaqués par cet infâme Scytale et… *des rokons* ? Et ils vous ont fait ça ?
- Oui. Des rokons enragés, sous la coupe du Scytale, se sont jetés sur nous, sans se soucier de leurs pertes pourvu qu'ils nous écrasent.

Tamas, hésitant, osa finalement demander :

- Et vous Commandant, quelles ont été vos pertes ?
- Bien trop grandes ! La moitié de notre quintanal…
- Votre quinta quoi ?

Toras secoua la tête.

- Nos nouvelles compagnies de cinquante hommes, formées pour terrasser le Scytale.

Tamas hocha la tête :

- Et le Scy — ?
- Le Scytale et les quelques rokons rescapés ont poursuivi leur route vers le sud. Mais j'en ai assez de vos questions, Sergent. Je vais voir la —

Contrit, Tamas s'apprêtait à s'excuser à son commandant lorsque l'ombre de Xéna apparut.

La cordon rouge hésita un instant, tiraillée entre le respect dû au rang du prince et la fureur qui l'animait. Enfin, d'une voix aussi lasse que tranchante, elle dit :

- Commandant, la première barrière Laiella requiert des soins et une expertise que nul ici ne peut lui fournir. J'ai déjà envoyé un message à mes Sœurs de la cordonneté blanche des environs, et Mara Lux Baiula s'est engagée à dépêcher l'une de ses collègues de Spiritii d'ici demain. Mara assure qu'elle saura soigner la première portail Laiella des blessures mentales infligées par… *ces événements funestes.*

Le visage de Toras se figea et ses yeux s'embrasèrent de rancœur. Il répondit :

- Pourquoi ce *ton de reproche*, Lux Baiula ?
- Votre prima vous avait demandé de vous tenir éloigné du conflit, mais vous n'en avez fait qu'à votre tête. Et maintenant, elle se bat contre un mal indicible alors que vous, vous êtes toujours là, sain et sauf.

Le sergent Tamas pressentant que cette conversation allait mal tourner, se retira et fit signe à tout le monde de ne pas s'en mêler et de garder ses distances, alors que le prince bouillonnait, incrédule et furieux face à l'audace de la cordon rouge.

- Qu'avez-vous dit, femme ?
- Que tout est de votre faute, Commandant.
- De *ma* faute ?

Toras émit un reniflement de mépris, abasourdi par l'effronterie de son interlocutrice.

- C'est moi qui commande ici. Mes décisions s'appuient sur des faits.
- La première portail m'avait chargée de vous prévenir : elle redoutait que si le Scytale s'apercevait que nous – vous, en particulier – allions engager le combat, il utiliserait à nouveau son ACS. Nous n'avions pas l'énergie suffisante pour générer des nébuleuses adéquates. Et il s'est avéré qu'elle avait raison : le Scytale a *en effet* utilisé son attaque mentale et vous

avez vu le résultat. Sans l'héroïsme de la première portail, nous aurions tous péri.

- Et comment étais-je censé le savoir, puisque vous ne m'avez rien dit ?
- Si vous aviez modéré vos ardeurs, vous l'auriez su.
- Je l'aurais su ?! Vous auriez dû me communiquer ces renseignements essentiels dès le début ! C'était votre devoir. Mais vous ne l'avez pas fait et j'ai dû prendre une décision seul. Et maintenant, grrrrr !

Soudain, Toras sentit son cœur se serrer comme si une main invisible tentait de le faire éclater : il venait de prendre conscience des regards qui pesaient sur lui et savait, par expérience, qu'un affrontement verbal en public ne ferait qu'envenimer la situation. Comme il avait besoin de l'aide de Xéna malgré le dégoût qu'elle lui inspirait à présent, il serra les dents et se dirigea d'un pas décidé vers l'infirmerie.

De son côté, Xéna ne put ignorer le poids des regards des soldats qui pesaient sur elle. Devait-elle les soutenir, les défier, ou simplement s'en éloigner ? Après un moment d'hésitation, elle prit un air glacial et s'éclipsa vers la forêt, en quête d'un lieu calme et propice à la méditation.

Le seigneur commandant trouva Marius au chevet de Laiella dans la petite pièce faisant office d'infirmerie. Lento agissait comme infirmier.

Tentant de dissimuler sa culpabilité sous un air renfrogné, le prince s'affligea à la vue du terrible état dans lequel était la soldate à la chevelure de feu et à la peau émeraude. Son visage, habituellement imperturbable et rayonnant, était à présent déformé par la douleur et rougi par le début d'une terrible fièvre. Son corps était secoué de tremblements.

Sans accorder un regard au prince, le médecin réclama avec précipitation :

-   J'ai besoin d'eau froide.

Lento, manifestement agacé par la présence du prince, s'empressa d'aller chercher un seau d'eau glacée, lançant au passage au seigneur commandant un regard chargé de reproches.

Mâchoire crispée, le prince poussait des soupirs sonores et se passait nerveusement la main dans les cheveux tandis qu'il regardait sa prima. De plus en plus irrité, il dit :

-   Il faut la couvrir.

À ces mots, il se dirigea vers un coin de la pièce où se trouvait une couverture légère.

La réaction du médecin, qui n'avait pas entendu ce que le prince venait de dire, lorsque Toras s'approcha pour envelopper Laiella, acheva d'énerver Toras.

Marius interrompit le geste du prince d'une main ferme et expliqua :

-   Pardon, Seigneur Commandant, mais les Bréminois, en
    raison de leur constitution, ne doivent jamais être
    couverts.

Un grognement de frustration commença à se former dans de la gorge de Toras, mais il se contenta de serrer les dents et abandonna la couverture qu'il tentait de replier d'un geste désordonné.

Soudain, le médecin explosa :

-   Où diable est passé Lento ?! Pourquoi n'y a-t-il pas
    d'eau froide ici ?

Toras resta muet.

Le médecin se leva, intima son commandant de ne pas toucher la prima, et partit chercher l'eau lui-même.

Peu après, Hanne fit irruption dans la pièce pour s'enquérir de l'état de la prima. Devant l'air courroucé de son commandant, il tenta de le rassurer :

-   Je sais que vous n'avez jamais voulu que la prima soit
    blessée, Commandant, je sais combien vous vous

préoccupez de la santé de vos hommes. Je vous ai vu de mes yeux braver le danger pour nous garder sains et saufs, même si ça nous a agacés.

Toras ne répondit pas, perdu dans ses pensées : *Si seulement Kendor avait été là, tout cela ne serait pas arrivé. Et pourtant…* Lorsqu'il posa à nouveau son regard sur la prima qui frissonnait, il ne put retenir un cri :

Maudits Fondateurs !

Ne sachant que faire, Hanne ajouta :

- Ne soyez pas aussi dur envers vous-même, Commandant. Je vous connais depuis bien avant notre arrivée à Col de Corne, et je sais —
- Je n'ai pas besoin que vous me remontiez le moral, Hanne. Tout ça n'aurait jamais dû arriver, et, maintenant, ça pourrait lui coûter —

Le prince s'interrompit lorsque Lento et Marius revinrent avec l'eau froide.

- Merci, Hanne. Docteur, faites tout ce qui est en votre pouvoir pour la sauver.

Marius acquiesça et répondit :

- Je ferai de mon mieux pour soigner son corps, Commandant. Pour les blessures mentales qu'elle a subies, il nous faut une cordon blanche au plus vite, car je ne peux rien y faire.

Toras se massa le front avec des relents de culpabilité, lança un dernier regard à Laiella agonisante, puis s'adressa à ses deux soignants sans les regarder :

- Il y en aura une demain. D'ici là, faites de votre mieux et tenez-moi informé de tout changement.

En quittant la pièce, il se dit : *Je dois trouver Tamas ; j'ai été injuste envers lui. Il faudra ensuite que j'aille voir comment vont Scratch… et mes hommes. Oh, Fontateurs !*

V.   À Zéblina

Avec un mépris à peine dissimulé, une voix de femme s'éleva, tranchante :

- Conseillère Éternelle, pourquoi ne pas utiliser les hommes ? Ils ne nous servent plus à rien, de toute façon ; n'est-ce pas ce que vous avez déclaré à Sa Grandeur, la reine Zébula ?

Le grand bureau, théâtre de leur querelle, était un capharnaüm d'objets hétéroclites, disposés avec une précision maniaque sur les murs et les étagères, triés par type, couleur et taille selon six permutations distinctes. Un tel arrangement, aussi ancien que la mémoire de la conseillère éternelle, avait toujours déconcerté les visiteurs, et l'invitée du jour n'y faisait pas exception.

D'une voix parfaitement ajustée, rendue plus grave par les années, malgré sa jeunesse préservée, la conseillère éternelle répondit :

- J'ai en effet tenu ces propos, Générale Marikai. Mais j'ai bien peur qu'en emmenant les hommes, ils ne se retournent contre nous ou ne désertent. Je vous conjure donc de limiter leur nombre, si tant est que vous deviez en prendre.
- Et où logerons-nous les Alvinoriens que nous capturerons si nous gardons nos shutsha ici ?

Avec un geste dédaigneux, la conseillère éternelle rétorqua :

- Il existe d'autres moyens d'éliminer les indésirables. Je sais bien pourquoi vous souhaitez emmener vos mâles, mais vous n'avez pas besoin d'eux ; les Lux Baiulae ne sont pas de taille face à vos Janarae. Mes calculs sont formels, j'en suis certaine maintenant : vous les vaincrez facilement avec une stratégie militaire adéquate.

Manifestement indignée, la générale rétorqua d'une voix trahissant son sentiment :

- Une stratégie militaire adéquate ?

Pour qui se prenait-elle pour oser lui donner des conseils militaires ? Elle n'était rien ! Comme le disait son nom : *Nihildrina*. La générale Marikai baissa le regard pour prendre une profonde inspiration avant de déclarer :

- Une stratégie militaire *adéquate* exige que nous employions les forces d'élite pour porter le coup fatal, et non simplement pour affaiblir les rangs de l'ennemi. Les hommes ne poseront aucun problème, je vous l'assure, et j'en mobiliserai suffisamment pour minimiser les pertes parmi mes Janarae dans cette guerre absurde. À moins que vous ne soyez en train de suggérer que les shutsha valent plus que les Janarae, *Conseillère Éternelle ?*

L'accent de la générale, qui accentuait les mauvaises syllabes, agaçait Nihildrina :

- Générale, vous av — vous savez que la reine a approuvé notre stratégie, et qu'il incombe donc à chacune de nous d'assurer son succès. Cela implique que nous ayons toutes foi en la mission. Nous ne pouvons pas douter de sa pertinence, car cela remettrait en question la décision de la reine et ébranlerait la détermination de celles qui sont chargées de l'exécuter.

Nihildrina marqua une pause, puis fixa la générale d'un air provocateur :

- Croyez-vous en la mission ?

Le visage de la générale, jusque-là empreint d'une désinvolture moqueuse, se durcit soudain comme s'il allait se briser. La générale Marikai se félicita intérieurement de ne pas porter d'arme, car elle aurait pu commettre un acte que la reine lui aurait fait regretter.

Nihildrina interpréta sa réaction comme celle d'une personne peu habituée à être mise au défi. Sans adoucir son regard, elle ajouta :

- Générale, la question que je vous ai posée est celle à laquelle nous sommes toutes tenues de répondre en tant que sujettes de notre souveraine. Je vous la pose à nouveau : Croyez-vous en la mission ?
- J'exécuterai les ordres pour mener à bien cette tâche, Conseillère Éternelle.

Nihildrina scruta la générale avec un regard aiguisé par des années d'expérience, analysant chaque infime détail de son visage pour en déceler les motifs cachés, les intentions inavouées. Côtoyant la générale depuis vingt ans, elle la connaissait bien maintenant ; cette réponse, elle l'avait déjà donnée maintes fois. La générale la justifiait par une équation illogique qui inversait cause et effet, prétendant que si le résultat de ses actions coïncidait avec les désirs de la reine, alors cela attestait de sa foi en la mission. Nihildrina avait toujours douté de cette logique, mais elle n'avait jamais été capable de prouver la déloyauté de la générale. Bien sûr, elle savait que la générale désapprouvait l'invasion de l'Alvinorie – le royaume le plus puissant des Terrae Regis – dans le seul but d'acquérir des mâles afin de les utiliser pour renouveler leurs créatiques. Cette idée révoltait encore plus Zénara Marikai que la reine.

- Parfait. Comme d'habitude, j'accepte votre réponse. Si vous persistez à vouloir engager nos hommes pour l'infanterie, je suggèrerai à la reine de ne mobiliser qu'une fraction des troupes initialement prévues pour l'Alvinorie.

La générale resta de marbre, mais elle esquissa un sourire forcé et quitta le bureau de la conseillère éternelle, reniflant avec dédain dans un hochement de tête, tandis qu'elle jetait un dernier regard aux ornements extravagants qui tapissaient les murs.

Lorsque la porte se referma derrière la générale, Nihildrina se dirigea vers l'auvent à l'arrière de son bureau. Son sanctuaire – sa demeure depuis quatre cents ans – se trouvait à la périphérie de Zéblina. Debout devant la fenêtre, elle s'arrêta pour contempler le paysage zébulonien, grandiose et impitoyable, une terre emprisonnée dans le froid la majeure partie de l'année. Les vents violents qui s'élevaient depuis les pentes du Sagr jusqu'au ciel apportaient avec eux des neiges éternelles. La civilisation zébulonienne aurait pu se soumettre à la nature, se concentrer uniquement sur la chaleur et la nourriture, mais sous la gouvernance éclairée de Nihildrina, elle avait choisi une autre voie. Elle s'était épanouie en une société puissante, articulée avec précision dans tous ses aspects : physiologiques, sociaux, civiques. Devant la propriété de Nihildrina, les pentes scintillaient d'un blanc pur, mais plus bas, dans la capitale que Nihildrina pouvait apercevoir sur sa droite, la neige se faisait rare. En effet, toutes les grandes villes de Zébulonie nettoyaient leurs artères et places grâce à d'énormes déneigeuses tirées par des varagons. On utilisait même des liaisons pour déneiger les toits de certains bâtiments qui, pour des raisons obscures, étaient plats ; on pulvérisait des algues pour empêcher la formation du verglas, ce qui transformait les rues, les routes et les cours en toiles luminescentes aux fils rouge-orangé faisant l'émerveillement des enfants et parfois même de Nihildrina. La plupart des bâtiments, semblables à de gigantesques cylindres émergeant du sol à un angle de quarante-cinq degrés, arboraient une face nord entièrement vitrée. Nihildrina laissa échapper un soupir mélancolique en fixant de nouveau les montagnes enneigées. Ces neiges de Zébulonie, si différentes des neiges poussiéreuses et grisâtres d'un autre lieu, d'une autre époque, la faisaient souvent douter de l'authenticité de sa mémoire.

En tournant la tête vers la porte, la chirurgienne éternelle et conseillère de la reine se dit à haute voix :

- Ce n'est pas exactement ce que je voulais. Elle risque d'économiser sa force d'alterintrant et revenir encore plus forte. Et l'idée que cette générale puisse revenir à la tête d'une armée triomphante me déplaît au plus haut point.

Nihildrina ne craignait pas d'être espionnée, car elle avait protégé sa propriété contre les vibrations indésirables.

- Je dois contacter Lusk pour lui demander une mise-à-jour sur les stratégies défensives alvinoriennes. Mais avant, je dois rencontrer Zébula et lui rappeler que je pars cet après-midi. Ce sera bon de passer un peu de temps dans un climat plus doux, bien que j'ignore à quel point j'apprécierai les rit — Ah ! Je ne peux pas me présenter devant Zébula en commettant encore ce genre d'erreurs !

VI. Dans le bureau de la Magna Mater

Dans le bureau de la Magna Mater, la tension était pour le moins palpable. Larca faisait état de la disparition d'une troisième Sœur en autant de quarts, toutes des femmes de sa cordonneté, envoyées en éclaireuses à travers le royaume.

Krystiana demanda :

- Et vous n'avez aucune idée de ce qui s'est passé ? Vos éclaireuses ne doivent-elles pas toujours rester connectées ?

La praefecta milites grimaçait de colère :

- Évidemment, Mater. Si elles ont été tuées ou enlevées, leurs assassins ou ravisseurs savaient exactement comment faire ; ils se sont assurés de les prendre par surprise, sans leur laisser le temps de réagir ou d'envoyer un message.

- Pourquoi partez-vous du principe qu'elles ont été tuées ou enlevées ? Ce n'est pas possible qu'elles aient été corrompues et qu'elles aient décidé elles-mêmes de se déconnecter pour se joindre à l'ennemi ?

La tresse de Larca se hérissa sur sa tête. Biléna, qui ressentit le besoin d'atténuer la froideur qui existait entre les deux femmes depuis dix ans – vint à la rescousse de la générale suprême. Elle toussa et dit :

- Comme vous le savez, Mater, lorsqu'une Sœur se déconnecte volontairement d'une autre, soit nous recevons un avertissement, soit la communication est totalement coupée. Dans le cas de ces disparitions, leur officière a perçu une vibration qui a piqué son cortex télésensoriel comme si un élastique avait claqué dans son cerveau. Cela me porte à croire que les éclaireuses ne se sont pas déconnectées de leur plein gré.

Krystiana acquiesça, adhérant à ce raisonnement.

Biléna ouvrit son esprit à l'essence même de ce qui émanait de Larca, et fut heureuse d'intercepter une légère vibration ondulatoire : de la gratitude. Elle résista à la tentation de lever les yeux au-dessus de son long nez pargahnien en signe de reconnaissance. Au lieu de cela, elle émit une vibration semblable et se laissa envelopper par le sentiment d'une possible victoire.

L'échange n'avait pas échappé à Krystiana. Comme elle n'était pas certaine du sens qu'elle devait lui donner, elle archiva mentalement cet instant pour y réfléchir plus tard, puis demanda :

- Admettons qu'elles aient été capturées ou… tuées. Qu'allez-vous faire, et comment comptez-vous éviter d'autres pertes ?

- J'ai déjà envoyé des équipes sonder les derniers endroits où elles ont été repérées pour la dernière fois. Ces équipes ont pour ordre de revenir à la fin du quart si elles n'ont rien trouvé, ou d'attendre des renforts en cas de découverte. Pour ce qui est des stratégies visant à prévenir d'autres disparitions, nous sommes encore en train d'y réfléchir.

- J'en prends note. Tenez-moi au courant, Générale. Ces nouvelles sont très troublantes, même si je suis bien consciente des risques des missions de reconnaissance.

Larca acquiesça et Krystiana se recula dans son confortable fauteuil en feuilles de lacora. Mains croisées, index au bord des lèvres, ses yeux explorant les recoins de son esprit tandis qu'elle s'efforçait de chasser ses inquiétudes et de se concentrer sur le sujet suivant.

Lorsque son regard se posa enfin sur les praefectae, elle demanda :

- Alors, Saara, que nous a appris notre Zébulonien ?

La praefecta medicas se gratta le cou machinalement avant de répondre :

- Eh bien, nous avons probablement appris tout ce que nous pouvions apprendre de lui, Mater. Et cela n'a pas été une mince affaire.

Krystiana leva les sourcils.

- Je suis sûre que vous avez entendu parler de son charme envoûtant qui, d'un simple regard, transforme n'importe quelle femme, qu'elle soit du peuple ou une Lux Baiula, en bêleuse. J'ai donc dû superviser la plupart des interrogatoires, ce qui m'a… pour le moins épuisée.

Krystiana répondit :

- Oui, j'ai cru comprendre que vous seule pouvez résister à ses charmes. Êtes-vous certaine qu'il ne représente pas un danger pour nous ? Que son irrésistibilité n'est pas la preuve qu'il est… un Temptator ?

Ces mots firent frémir les praefectae. Croyait-elle vraiment qu'elles allaient laisser l'un des sbires du maître des ténèbres avoir carte blanche dans leur Sanctum ?

Biléna prit la parole :

- Mater, c'est une inquiétude – un risque, en fait – dont nous avons été conscientes dès le début. Mais rien ne suggère qu'il n'est pas celui qu'il dit être : un guérisseur.

Krystiana se tourna vers Saara pour lui demander sa confirmation.

D'une voix plus rauque qu'à l'accoutumée, Saara déclara :

- Je suis de l'avis de Biléna, Magna Mater. Je ne peux que supposer que les étranges vibrations hypnotisantes qui émanent de lui viennent de sa nature zébulonienne.

Krystiana rétorqua :

- Les filles sont des Zéboluniennes. Sentez-vous ces mêmes vibrations étranges chez elles ?

Les deux femmes esquissèrent un geste d'incertitude.

- Comment se fait-il que vous ne sachiez pas si vous percevez ou non les mêmes vibrations chez ces filles ?

Biléna, après s'être éclairci la voix, répondit :

- Elles sont semblables à bien des égards, et différentes à d'autres ; il est possible que les mâles zébuloniens émettent des vibrations distinctes de celles de leurs homologues féminines. En fait, nous avons constaté que leurs hommes et leurs femmes hébergent des flores microbiennes distinctes entre eux et aussi distinctes des nôtres.

Dans un soupir, Krystiana demanda :

- D'accord. Alors, qu'avons-nous appris de lui qui pourrait nous servir ?

Saara fronça les sourcils, ne sachant par où commencer.

- À la fois beaucoup et pas grand-chose. Ce que je veux dire, c'est que nous avons beaucoup appris sur la physiologie des Alterintrants Zébuloniens et sur les façons dont ils accèdent au Lien et dont ils l'utilisent ; nous avons aussi appris qu'ils sont insensibles aux maladies à moins que leur peau ne soit abimée, car il semble que ce soit le seul moyen pour les microbes ou les parasites de les infecter. Et nous avons eu la confirmation qu'ils abritent six fois plus de M. Fulgur que nous. En théorie, cela pourrait en faire de grands sensoriels qui ont la maîtrise du feu.

- Autre chose ?

Saara et Biléna secouèrent la tête.

D'une voix qui traduisait une certaine amertume, la Magna Mater conclut :

- En somme, tout ce que nous savons, c'est que les Janarae pourraient être plus puissantes que nous, et que leur physiologie pourrait leur offrir l'endurance nécessaire pour nous vaincre lors d'un combat prolongé.

En fronçant les sourcils, Krystiana faillit défaire les praefectae de leur air imperturbable, mais elle poursuivit :

- D'autre part, nous savons qu'il nous suffit d'abimer leur peau pour les rendre sensibles à la vitacsis. Pas très encourageant, dirais-je. Plutôt décevant, même.

Les praefectae manifestèrent leur malaise en remuant les lèvres, dodelinant de la tête et ajustant leur position sur leur chaise. Mais aucune n'osa prendre la parole. Krystiana continua :

- Avez-vous des suggestions sur la manière dont nous pourrions nous préparer, malgré ces informations hautement insuffisantes obtenues auprès de notre invité zébulonien ?

Larca saisit l'occasion de donner son avis :

- Savez-vous pourquoi nous n'avons pas encore appris à les combattre, Magna Mater ? Je vais te le dire. C'est parce que nous n'avons encore jamais envoyé nos Sœurs les affronter. Pourtant, c'est le seul moyen de savoir ce que valent les unes et les autres, et d'ajuster nos compétences en fonction de cela.

- Proposez-vous de les attaquer ? Ou peut-être que vous suggérez que nos Sœurs testent leurs pouvoirs face à Lusk Methrim – un guérisseur ?
- Je propose que nous nous mesurions aux Janarae ; que nous les affrontions dans une situation contrôlée pour nous offrir la chance d'apprendre tout ce que nous devons savoir avant de les affronter dans une vraie guerre.

Les praefectae tremblèrent, mais la Magna Mater se recula dans son siège et se frotta les mains, la tête inclinée vers le bas, réfléchissant à la proposition.

- Continuez, Générale.

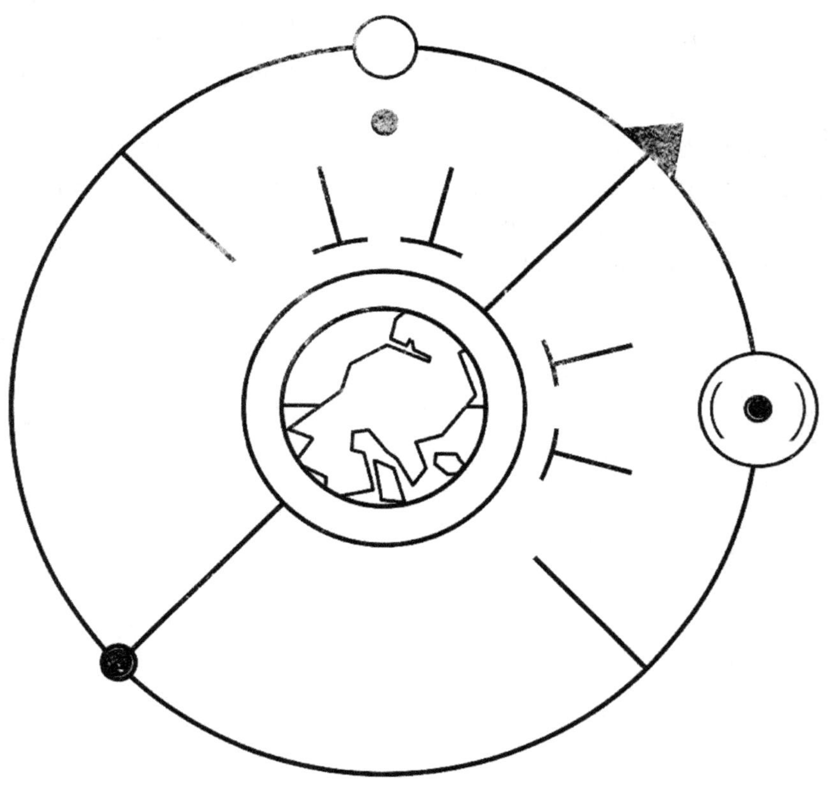

2. INCERTITUDE

I.   La confrontation

Un peu moins tendue que lorsqu'elle était entrée dans son bureau, Élyana écoutait la cheffe de son obédience en essayant de déchiffrer ses mots et leur signification, d'évaluer la gravité des sanctions qui pourraient découler de la façon dont elle avait neutralisé l'assassin à la foire.

- En fait, vous ne pouvez pas être punie parce ce que vous possédez une capacité qu'il est interdit d'enseigner et donc d'apprendre. Si vous fouillez un peu, je ne serais pas surprise que vous découvriez que nous sommes nombreuses à posséder des capacités qui ont mauvaise presse. Et, même si Larca aimerait sanctionner les Sœurs qui ont des capacités interdites, on ne peut nous reprocher que l'usage que nous en faisons, et votre utilisation du... du viol mental était pour protéger quelqu'un, et pas n'importe qui, d'ailleurs.

Face à l'hésitation de la cheffe, les lèvres d'Élyana frémirent très légèrement.

Pour Raméla, une sensorielle émérite, cet indice involontaire ne passa pas inaperçu. Elle dit :

- Si j'ai hésité, ce n'est pas à cause de la nature répréhensible de votre acte, mais à cause de la terrible terminologie qui évoque un acte laid et délictueux.

Les lèvres d'Élyana frémirent de nouveau de manière à peine perceptible :

- Pour ma part, je ne le considère pas ainsi, mais votre acte était et demeure interdit.

Les espoirs d'Élyana s'évanouirent d'un seul coup.

Raméla se frotta le lobe droit un instant, pesant ses prochains mots. Puis, levant la tête, elle demanda :

- Si vous étiez à ma place, Élyana, et que c'était moi qui
  venais à vous après avoir agi de la sorte, que me
  conseilleriez-vous ? Avez-vous, dans vos mémoires
  transférées, une Sœur qui pourrait nous éclairer ?

L'ouverture d'esprit de sa supérieure prit Élyana au
dépourvu. Elle esquissa plusieurs gestes avortés pendant que
Raméla l'observait d'un œil froid mais chargé d'espoir, puis elle
finit par répondre sur un ton moins confiant qu'à l'accoutumée :

- J'imagine que je suivrais les conseils de Procta Lux
  Baiula et que je vous demanderais de reconnaître
  l'illégalité de votre acte et d'en accepter les
  conséquences. D'un autre côté, j'exigerais que la loi soit
  révisée compte tenu des nouvelles réalités, pour que
  d'autres Sœurs puissent utiliser certaines capacités si
  elles se retrouvent confrontées à devoir le faire… mais
  dans le cadre d'une nouvelle loi.

La praefecta consuasores écarquilla les yeux, puis hocha la
tête, trouvant confirmation à des éléments qu'elle pressentait :

- Procta Lux Baiula. Je me rappelle avoir étudié son cas.
  Elle était impliquée dans ce qui est connu sous le nom
  de « Jours de péremption nécessaire »[4] au cours de la
  Guerre trionique.

Élyana acquiesça.

- Donc, êtes-vous revenue ici prête à défendre cette
  position ?

Après un bref instant d'hésitation, Élyana hocha la tête
d'une façon ambiguë.

- Oui ou non ?
- Je crois que Procta a… raison – je suis désolée, je n'ai
  jamais réussi à parler des femmes dont je transporte la

---

[4] Jours de péremption nécessaire : Période de l'histoire de l'Alvinorie au
cours de laquelle un grand nombre de lois durent être annulées en raison des
impératifs de la guerre.

mémoire – mais je ne défendrai pas sa position sans votre soutien, car je ne voudrais pas outrepasser votre autorité.

Alors qu'un léger sourire se dessinait sur ses lèvres, Raméla laissa échapper un petit soupir amusé :

-   Ce n'est pas le conseil que je vous aurais donné, Élyana, bien que j'en saisisse la sagesse. Je me demande parfois si ma *una memoria*[5] me rend moins apte à occuper mes fonctions. Toutes les autres praefectae possèdent au moins une mémoire transférée, mais je n'en ai aucune sur laquelle m'appuyer lorsque je dois évaluer et résoudre de nouveaux problèmes.

Élyana recula sa tête, surprise.

-   Quoi qu'il en soit, je suis d'accord avec le conseil de Pro – avec ce conseil.

Raméla s'interrompit, ses lèvres esquissant une curieuse expression. Elle continua :

-   Je comprends ce que vous voulez dire en parlant de ta difficulté à parler de la propriétaire d'une mémoire transférée.

Élyana acquiesça :

-   Nous en parlons rarement. Au mieux, nous évoquons leurs mémoires.

-   Eh bien, comme je le disais, je suis d'accord avec ce conseil, et je vous soutiendrai, si c'est la position que vous souhaitez défendre lorsque vous vous présenterez devant le Conseil de la lumière.

Élyana ferma les yeux, puis, lorsqu'elle les rouvrit, une expression pleine d'espoir et de gratitude se dessina sur son visage.

-   Merci, Praefecta.

----

[5] Una memoria : Particularité d'une Lux Baiula qui n'a que sa propre mémoire.

Avec un sourire bienveillant, Raméla lui dit :

- Le fait est que vous êtes l'une des figures les plus respectées au sein de l'Ordre, Élyana, et cela devrait vous conférer le bénéfice du doute. Mais, même nous, les Lux Baiulae, avons tendance à laisser un acte en apparence horrible ou répréhensible voiler notre jugement et nous effrayer. Lorsque cela se produit, on oublie presque la réputation de la personne qui a perpétré cet acte. Mais moi, je n'oublierai jamais qui vous êtes, et Krystiana non plus. Et je pense qu'avec nous deux pour témoigner en votre faveur, le Conseil de la lumière pourrait se ranger de votre côté.

Élyana acquiesça aux paroles aussi prudentes qu'encourageantes de sa cheffe, puis joignit ses mains encore agitées par l'émotion. Un pli se forma entre les sourcils de Raméla, et Élyana lui demanda :

- Praefecta. L'inquiétude que vous avez formulée… à propos de votre statut —

Une portail fit irruption dans le bureau de la praefecta, les traits tirés de son visage trahissant sa détresse. Les dents serrées, elle adressa un rapide signe de respect à la cheffe de la cordonneté mauve et un autre plus forcé à son invitée, et déclara :

- Praefecta, Manu Dextra, votre présence est requise par la Magna Mater dans le laboratoire auditif immédiatement.
- Pourquoi ? Que se passe-t-il ? demanda Raméla.
- Pardon, Praefecta, mais je ne peux pas le dire. Vous devez me suivre tout de suite.

Raméla se tourna vers Élyana, le visage empreint d'une inquiétante prémonition. Elle prit une profonde inspiration, se leva, et suivit la portail, Élyana lui emboitant le pas.

II.   Il faut de nouvelles méthodes

Une timide voix masculine s'éleva pour interroger Ylana Marin Dar'Muntake :

- Avez-vous envisagé, Prêtresse Suprême, la possibilité que les conflits qui se préparent puissent nécessiter un plus grand nombre d'animaux entraînés ?

Toujours mesurée dans ses réponses, Ylana répondit :

- J'y ai en effet pensé, Prêtre-Dresseur Morek, mais je n'ai pas encore pris de décision. Où trouverions-nous ces animaux supplémentaires ?

Visiblement mal à l'aise, Morek, un homme d'âge moyen, rétorqua :

- Dans la nature, Prêtresse Suprême. Ce sera long et difficile selon l'évolution du conflit. Rien que pour les pisteurs, nous pourrions avoir besoin de récolter plus de mille lincots de différentes sous-espèces pour nous assurer que nos prêtresses pisteuses soient capables de les distinguer des populations locales.

- Encore une fois, je ne suis pas convaincue de la pertinence d'une telle augmentation de notre troupeau, Prêtre-Dresseur. Que ferions-nous de tous ces animaux par la suite ?

De plus en plus mal à l'aise à l'idée de devoir capturer autant d'animaux sauvages, mais ne voyant aucune autre solution, le prêtre-dresseur répondit :

- Eh bien… pour être honnête, je ne sais pas, Prêtresse Suprême. À moins que vous ne décidiez de garder la Kynarie à l'écart de la guerre, ce sera le prix à payer.

Ylana, avec un reniflement sonore, prit la parole :

- Avant toute chose, Prêtre-Dresseur, nous ne pouvons pas demander à la nature de *payer le prix* d'un conflit humain. Il est évident que nous ne pourrons pas rester totalement en dehors de la guerre ; d'une manière ou d'une autre, nous devrons apporter notre soutien à Octavius. Mais je préfèrerais que nous trouvions une façon de nous connecter directement aux animaux sauvages locaux pour les pister *eux*. Quoi qu'il en soit, j'aimerais que vous trouviez un moyen de former davantage de Lux Baiulae, comme vous l'avez fait avec Maréna, pour que nous n'ayons pas besoin d'engager nos clercs dans cette guerre.

Alors que Morek commençait à protester, Ylana leva la main et poursuivit :

- Je sais que ce que je vous demande n'est pas facile, et je me souviens de ce que j'ai dit lors du bal, mais *c'est* faisable. Il en va de notre devoir de contribution à la guerre.

Le clerc se tortilla sur son siège :

- Je comprends, Prêtresse Suprême. Mais vous devez savoir que nous avons essayé pendant des années de trouver un moyen de nous connecter aux animaux sauvages pour les pister directement, sans y parvenir. Former Maréna nous a aussi pris plusieurs années. De plus, je ne sais pas comment nous pourrions évaluer la sécurité et l'efficacité de la connexion d'un prêtre ou d'une prêtresse à un animal sauvage si cet animal ne se trouve pas dans un environnement contrôlé et visible en tout temps.

- Morek ! Plutôt que de dresser une liste d'excuses pour ce que vous ne pouvez pas faire, retournez à votre bureau et revenez me voir lorsque vous aurez trouvé une solution à nos problèmes.

III. Solution possible

- Aria, as-tu compris ce que la prêtresse suprême a demandé au prêtre-dresseur Morek d'accomplir ?
- Oui.
- Aria, la méthode que tu as élaborée, tu dois leur en parler.
- Quoi ?!
- C'est peut-être justement la solution qu'ils recherchent pour résoudre leur problème.
- Tu te moques de moi. Pourquoi m'écouteraient-ils, moi, une simple néo avancée ? En plus, ma technique n'a jamais été testée.
- Je suis sûre qu'ils t'écouteront, Aria. J'en suis certaine !
- D'abord, tu me dis que tu ne veux pas l'apprendre parce que c'est interdit, et maintenant, tu veux que je leur dise que j'ai élaboré une nouvelle technique en dehors des cours ?

Carasina acquiesça.

- La situation a changé maintenant. La guerre est à nos portes.

Aria entortilla ses doigts nerveusement.

- Aria, si tu n'es pas à l'aise à l'idée de parler directement aux cheffes, peut-être que tu pourrais en glisser un mot à ta tante. Elle pourrait parler en ton nom, les préparer à t'écouter.

Aria hésitait et paraissait contrariée par l'insistance de son amie.

- Aria, tu sais bien que ta tante t'écoutera une fois qu'elle aura digéré le fait que, encore une fois, tu as transgressé les règles ; c'est évident.

La mêlée répondit avec un soupir :

- D'accord. Je lui parlerai de la technique ce soir. Mais j'aimerais que tu viennes avec moi.

- Pourquoi ? Risque-t-elle de se fâcher tant ?

Aria haussa les épaules avec embarras.

- C'est bon.

Mais Aria ne semblait pas satisfaite. Ses traits tirés témoignaient plutôt d'une grande anxiété.

- Qu'y a-t-il, Aria ? Qu'est-ce qui te dérange, maintenant ?

Après un moment d'hésitation, la princesse avoua :

- En fait, ma technique fait parfois souffrir les animaux.

Les yeux de Carasina s'écarquillèrent et elle comprit soudain ce que son amie voulait dire :

- Donc, les convulsions de Brutus, c'était à cause de toi ?

Aria acquiesça.

- Hum, je suis sûre qu'il y a un moyen d'ajuster ta connexion pour qu'ils ne souffrent pas. En plus, c'est peut-être juste Brutus, parce que nous avons beaucoup travaillé avec lui.

- Non, c'est également arrivé aux oiseaux qui nichent dans l'arbre devant la Maison des Disciples.

Carasina tenta d'encourager son amie en lui suggérant qu'il suffisait sans doute d'ajuster l'intensité des connexions, mais Aria ne cessait de répondre d'un air déprimé :

- Peut-être.

Après un moment de silence, Carasina fronça les sourcils et se mit à grimacer. Aria s'écria alors :

- Quoi ?

- C'est pour ça que nous ne sommes pas censées essayer des choses toutes seules…

Aria cligna des yeux, confuse.

- Tu ne viens pas de me dire que je pourrais sauver la situation grâce aux capacités illicites que j'ai développées ?

- Si, mais je mets simplement le doigt sur une réalité. Quoi qu'il en soit, je serai là quand tu parleras à ta tante. Tu vas le faire, n'est-ce pas ?

Aria poussa un soupir et remercia son amie. Elle doutait pourtant que les choses pussent se passer aussi bien que Carasina l'imaginait.

IV. Alerte

Élyana et Raméla découvrirent les trois autres praefectae ainsi que la Magna Mater, Kelysia et la seconde portail dans le laboratoire auditif.

Saara Lux Baiula était en train de sonder le corps inerte de Gina, grimaçant et reniflant, incrédule. Larca et Biléna se tenaient près de Krystiana et regardaient avec consternation leur Sœur morte, tandis que Kelysia était pétrifiée, le visage entre ses mains, et que la seconde portail Sasha affichait un regard assassin et scrutateur.

Biléna, dont la pâle peau amalorienne était à présent spectrale, et dont la voix trahissait presque son entraînement lucien, déplora :

- Qui a pu faire ça ? À elle ?

La Magna Mater répondit d'un ton aussi stoïque que possible :

- Je n'en sais rien, Biléna. Mais nous devons effectuer le transfert de mémoire au plus vite. Avec un peu de chance, la réceptrice saura qui lui a fait ça.

D'une voix rauque, que la situation rendait encore plus rocailleuse, la praefecta medicas déclara :

- Je ne pense pas que nous apprendrons quoi que ce soit de la réceptrice, Mater. Si la personne qui a fait cela est l'une des nôtres, elle aura effacé ses souvenirs.

La praefecta milites répondit :

- Ça peut être l'une ou l'un de nos invités ! Comment pourrait-il s'agir de quelqu'un d'autre ? Nous sommes toutes liées par le serment de protection de la Sororité.

Élyana intervint prudemment, sachant que personne n'avait encore remarqué son entrée ou celle de Raméla :

- Je ne crois pas que ce soit nos invités ; je pense que c'est l'une de nous.

Biléna, Larca et la seconde portail se retournèrent, adressant à Élyana des regards hostiles ou totalement glaciaux, mais offrant à Raméla des signes de reconnaissance timides.

Larca, très irritée, inspira bruyamment et chuchota en expirant :

- Mater, je ne pense pas qu'Élyana devrait être ici, maintenant.

- Elle est toujours la Manu Dextra, Larca, et tant qu'elle le sera, elle conservera le droit de me conseiller, où que je sois.

Voyant que Larca semblait prête à répliquer, Saara s'interposa et déclara avec fermeté :

- Elle a raison, Larca. Et je suis d'ailleurs d'accord avec Élyana.

La praefecta milites laissa échapper un souffle sarcastique avant de se tourner vers Kelysia, cherchant visiblement à avoir le dessus dans la conversation :

- De quoi vous souvenez-vous de la nuit dernière, Kelysia ? Quand avez-vous laissé Gina seule ? Où es-tu allée ? Qui as-tu rencontré et pour quelle raison ?

Dans un élan de désespoir, Kelysia secoua la tête :

- Je ne sais pas, Praefecta. Je n'ai aucun souvenir après avoir quitté Gina.

- Mais vous vous rappelez être partie ; pourquoi l'avez-vous quittée ?

- Je… Je ne me rappelle pas. Je crois que… non… je ne m'en souviens pas.
- Comment se fait-il que vous soyez encore vivante et qu'elle soit morte ?

Son sang-froid durement élaboré se dissipa complètement face à cette question malveillante, et Kelysia s'effondra, incapable de retenir un sanglot qui s'échappa de sa gorge nouée.

Biléna, horrifiée par la scène, tenta de défendre sa collègue, mais Larca balaya ses arguments.

Krystiana, doublement révoltée, se demanda si cette nouvelle Guerre des ténèbres n'allait pas détruire la Sororité. Elle ressentit le besoin pressant d'aller se recueillir auprès de ses sphères de marbre dans son bureau afin de consulter les Magnae Matres disparues. Peut-être plus tard. Pour l'instant, elle se frottait le front d'un air frustré. Elle lança un regard plein de colère à Larca et déclara à l'intention de toutes :

- Ça suffit ! Tout cela est honteux et indigne de nous.

Ces paroles firent sursauter les femmes. Élyana fut encore plus interloquée que les autres, elle qui n'avait jamais entendu Krystiana parler ainsi, avec une telle sévérité.

Krystiana poursuivit :

- La meurtrière se trouve ici. Et je crois que c'est effectivement l'une de nous. Et puisqu'aucune Sœur n'aurait fait cela de son plein gré, cette personne est une converse ou, à tout le moins, sous l'influence d'un Temptator.

L'horreur déformait le visage de toutes les Sœurs, chacune réagissant à sa manière à l'idée que l'une d'entre elles pût être la coupable. Finalement, Raméla prit la parole :

- J'espère que non, Mater.

Puis, se tournant vers Saara et Élyana, elle demanda :

- Qu'est-ce qui vous fait dire que c'est l'une de nous ?

La plus âgée répondit en désignant l'établi de la tête :

-   Le dispositif qui devrait être à côté de la brique a disparu, et personne, en dehors de la Sororité, n'était au courant de son existence.

Élyana ajouta :

-   Et Gina a été tuée avec une liaison.

La seconde portail Sasha répliqua :

-   Alors c'est peut-être ce mâle, Lusk Methrim. C'est un alterintrant, et il est ici depuis assez longtemps pour être au courant de l'expérience.

Biléna répondit :

-   Non, nous l'avons sondé et testé plusieurs fois depuis qu'Élyana l'a amené ici, et nous n'avons jamais ressenti en lui aucunes vibrations indiquant qu'il est l'un d'*eux*. En fait, nous l'avons justement sondé hier.

La seconde portail marmonna quelques paroles contestataires inintelligibles, puis cracha :

-   Alors, soit vous vous êtes trompées, soit c'est bel et bien l'une de nous.

Personne ne remarqua le profond malaise de Saara. Krystiana hocha la tête à contrecœur et, se tournant vers Biléna et Saara, dit :

Praefectae, je sais que vos méthodes ne sont pas encore tout à fait au point pour détecter correctement un Temptator ou l'un de ses converses ou pervertis – peu importe le nom qu'on lui donne – mais vous devez nous tester, toutes, ici et maintenant. Vous commencerez par vous sonder mutuellement. Puis, se tournant vers Sasha, elle ajouta :

-   Seconde Portail ! Allez chercher Kita ; elle vient tout juste d'arriver de Pargah, donc ce n'est pas la meurtrière ; elle pourra surveiller les vibrations des praefectae et détecter des signes de violence pendant qu'elles se testent mutuellement. Une fois que nous saurons – aussi imparfaites que soient nos méthodes –

que vous n'êtes coupables ni l'une ni l'autre, vous pourrez sonder le reste d'entre nous ici.

À cet instant, n'importe quel non-sensoriel aurait pu interpréter la raideur de ces femmes comme le signe de leur nature froide et inhumaine, mais toutes les personnes qui les connaissaient auraient vu leur consternation et leur désarroi figeant leurs lèvres, leurs mains et tous les autres muscles de leur corps.

Enfin, incapable de supporter le silence plus longtemps, Larca dit, un trémolo indigné dans la voix :

- Pensez-vous vraiment que l'une de nous pourrait être une traitresse ?

Krystiana soupira doucement avant de répondre :

- Non, mais une converse ne se rend pas forcément compte qu'elle l'est, comme Saara l'a déjà expliqué plusieurs fois.

Larca s'opposa :

- Mais, hier soir, j'étais avec mes officières. Et d'autres ici pourraient aussi avoir de bons alibis. Je n'ai pas envie de me soumettre à une méthode qui n'a pas fait ses preuves.

Saara répondit à la place de la Magna Mater :

- Larca, puisqu'il est très facile – pour une alterintrante – de mentir et de perturber l'esprit de ses interlocuteurs pour qu'ils ne se souviennent pas de certains événements, je suis de l'avis de Krystiana : nous devons toutes être testées.

- Vous êtes de son avis ?? Vous ne savez pas faire autre chose qu'être d'accord, vous, ce soir !

Krystiana jeta un regard acéré à sa générale, qui se détourna un instant pour reprendre ses esprits.

La praefecta consuasores saisit cette occasion pour demander :

- Saara et Biléna, bien que je ne partage pas la logique de Larca, j'ai également des doutes quant à la faisabilité de cette méthode expérimentale.

Larca n'appréciait pas particulièrement ce commentaire, mais elle accueillit son scepticisme avec soulagement, et hocha la tête en signe de gratitude, à la surprise de Raméla.

La praefecta philosophas répondit à cela avec réticence :

- Celles que nous avons formées sont capables d'identifier les converses à quatre-vingts pour cent.

Inquiète, Larca tenta une question :

- Est-ce que vous voulez dire que, dans vingt pour cent des cas, elles identifient à tort des converses qui n'en sont pas, ou qu'elles ne les reconnaissent pas lorsqu'elles le sont ?

- Heureusement, le premier cas n'arrive pas. Mais nous avons des faux négatifs.

Raméla se précipita pour parler avant que Larca ne reprenne la parole :

- Il est donc possible que nous ne trouvions jamais la coupable dans tous les cas.

Saara et Bilena acquiescèrent, Saara étant de son côté plus mesurée que sa collègue.

Mais Larca n'entendait pas en rester là, et, alors que ses lèvres se mettaient à bouger, Krystiana l'interrompit :

- Étant donné la nature des converses, nous commencerons le travail ici, Larca, aussi imparfaite que soit la méthode.

À cet instant, Raméla émit une autre objection :

- Mater, comment l'une de nous cinq pourrait avoir été convertie ? Nous ne quittons pratiquement jamais Urbs Lucis.

Saara répondit :

- C'est pourtant arrivé à votre prédécesseuse Ulota Lux Baiula, pendant la Guerre des ténèbres, Raméla. C'est certain que nous ne connaissons pas les circonstances de sa perversion, mais nous devons garder en tête que cela *peut* se produire.

Saara lança un regard provocateur à Larca avant de terminer sa pensée. Comprenant, à la posture de la femme que, pour une fois, celle-ci n'allait pas répliquer, elle continua :

- Krystiana a raison d'aller dans cette direction.

Soulagée, Krystiana vit enfin toutes les Sœurs donner leur consentement :

- Biléna, dès que nous serons toutes innocentées, vous procèderez au transfert de mémoire. Qui est la prochaine sur la liste des réceptrices ?

Biléna cligna des yeux et dit :

- En fait, c'est Kita, Mater.
- Quelle coïncidence ! Quoi qu'il en soit, si nous ne trouvons pas la coupable parmi nous ce soir, nous procèderons au transfert de mémoire, et ensuite…

Krystiana marqua une pause avant de poursuivre :

- … ensuite, nous mettrons le Sanctum-Intérieur en confinement. Personne ne devra ni y entrer ni en sortir tant que nous n'aurons pas sondé tout le monde, Sœurs et invités compris. Sasha, si vous êtes innocentée…

Ces mots imprimèrent une grimace d'indignation au visage de la portail qui fronça les sourcils, mais la Magna Mater chassa cette inquiétude dans un soupir :

- … vous verrouillerez personnellement toutes les portes et veillerez sur elles jusqu'à ce que d'autres portails puissent prendre votre relève.

Saara secoua la tête comme si elle n'était pas d'accord. Krystiana le remarqua :

- Vous contestez mes ordres ?

- Non. C'est juste que ces tests vont prendre une éternité, Mater. Et si nous ne trouvons la coupable, elle pourrait bien continuer avant que nous mettions la main sur elle.

Élyana intervint en cherchant du regard l'assentiment de Krystiana :

- Nous sonnerons l'alerte et confinerons tout le monde dans ses quartiers. Chaque Sœur innocentée recevra l'ordre de surveiller les autres.

Larca fusilla la cordon mauve du regard :

- Vous êtes folle ? Déclencher l'alerte ?

Krystiana répondit à la place d'Élyana :

- Non, elle n'est pas folle, Larca. C'est exactement ce que nous allons faire. À présent, Portail, allez chercher Kita et ramenez-la sur-le-champ.

Alors que Sasha s'apprêtait à exécuter ses ordres, Krystiana leva la main et demanda à Élyana de l'accompagner, au cas où Sasha serait la traitresse. La femme, agacée, poussa un soupir.

Tandis que les autres partaient, Biléna ajouta :

- Mater, tu sais probablement que nous allons toutes être perturbées de sentir des soupçons peser sur nous, n'est-ce pas ?
- Oui, et c'est bien, car si nous ne parvenons pas à trouver le visage du ou de la coupable dans les souvenirs de Gina, peut-être que nous pourrons le découvrir de manière traditionnelle : grâce au regard suspect qu'elle affichera, Lux Baiula ou non.

Lorsque Sasha et Élyana revinrent avec Kita Lux Baiula, elles trouvèrent les autres plongées dans leurs réflexions ou en pleine méditation. Toutes, sauf Krystiana qui, après avoir étudié le visage de sa défunte collègue, se tourna vers la cordon jaune, une femme d'âge moyen, mince, blonde, mouchetée de taches de rousseur :

- Kita, je vous ai fait venir parce que l'une de nous a été assassinée, et qu'une autre…

Elle jeta un regard dans la direction de Kelysia et poursuivit :

- … une autre a été rendue inconsciente pendant le meurtre de sa Sœur.

Kita dut s'empêcher de faillir en entendant la nouvelle :

- J'ai besoin que vous surveilliez les vibrations des praefectae Saara et Biléna et que vous vous concentriez sur les mensonges et les signes de violence pendant qu'elles se sondent mutuellement en utilisant le nouveau… test pour détecter les converses. Si elles sont innocentes, elles vous testeront à leur tour. Je sais que, comme vous venez d'arriver, vous ne pouvez raisonnablement pas être une suspecte, mais n'importe qui dans le royaume aurait pu subir une perversion. Si vous réussissez, vous recevrez les souvenirs de Gina. Vous devrez les étudier immédiatement. Je sais que ce n'est pas ainsi que nous procédons habituellement, mais nous devons savoir si l'identité de la coupable se trouve dans cette mémoire au cas où nos tests ne réussiraient pas à la démasquer.

Kita Lux Baiula accepta sa mission dans un mélange d'incrédulité et d'embarras. Non seulement elle avait du mal à croire que l'une d'elles pût être la meurtrière, mais l'idée de surveiller les vibrations des praefectae la mettait très mal à l'aise. Elles étaient tout de même des praefectae ! Pour elle, c'était pire que de toucher à un roi, à une reine, ou à n'importe quel chef. D'un autre côté, le fait de recevoir les souvenirs de Gina la rendait profondément triste : Gina avait toujours été aimable, respectueuse et joyeuse. Pourquoi quelqu'un aurait voulu mettre fin à ses jours ? Et, bien qu'elle voulût connaître l'identité de cette personne, elle savait que ce souvenir – si elle le trouvait – allait être terrifiant.

Saara et Biléna mirent dix minutes à se sonder mutuellement et à faire de même pour Kita, avec autant d'intensité que d'angoisse. Tout le monde poussa un soupir de soulagement, à l'exception de Saara, Krystiana et Élyana, qui savaient pertinemment que ce test ne prouvait rien à part une *présomption* d'innocence. Larca remarqua leurs réserves et protesta, demandant comment elles étaient censées se faire confiance si des doutes subsistaient.

- Nous devrons rester vigilantes, Larca. Mais nous devons aussi être rationnelles lorsque nous observons des signes de perversion chez nos Sœurs, sinon nous risquons fort de nous détruire nous-mêmes. La raison est notre force, après tout.

Lorsque Larca en eut fini de proférer ses jurons, Krystiana continua :

- Vous, Larca ainsi que Sasha, êtes les suivantes. Ensuite, ce sera le tour des autres, puis le mien.

Après une longue demi-heure de tension, toutes les femmes du laboratoire auditif furent provisoirement lavées de tout soupçon.

Krystiana se tourna vers Sasha et répéta ses instructions, après quoi la femme partit pour sonner l'alerte et sécuriser le Sanctum ; huit paires d'yeux la suivirent, chacune ayant des raisons différentes d'être inquiète.

Biléna appela alors Kita et lui ordonna de se déconnecter de tous les stimuli externes, et d'entrer dans le Lien. Biléna fit de même et commença le transfert de mémoire.

Élyana se tourna vers Krystiana et lui dit :

- Mater, je pense qu'il serait judicieux de cacher Kelysia et de ne pas révéler que nous l'avons trouvée inconsciente.

- Vous croyez que cela pourrait nous aider à démasquer le ou la coupable ?

Élyana acquiesça.

- Très bien, Kelysia, vous avez entendu ce que vient de proposer Élyana ?
- Oui, Mater.
- Restez ici, je vais envoyer quelqu'un pour vous accompagner dans l'une des chambres des souterrains.

Sans perdre une minute, tendue et chancelante, Krystiana partit avec les autres pour informer tout le monde de ce qui se passait.

La minute suivante, l'alerte retentit avec le bruit strident de l'assourdissante corne reliée. À ce son caractéristique, tout le monde, homme ou femme, se figea dans le Sanctum-Intérieur. Enseignants et apprenants, ceux qui lisaient et ceux qui écrivaient, ceux qui parlaient et ceux qui écoutaient, ainsi que ceux qui soignaient blessés et malades, tous s'arrêtèrent – tous, sauf les inconscients qui ne bougeaient déjà pas. Le moment passa. Certains se précipitèrent à leur fenêtre, d'autres abandonnèrent ce qu'ils étaient en train de faire pour se hâter vers la place, tandis que d'autres encore se contentèrent de jurer pour continuer de mener à bien leur expérience ou procédure de soin, tout en ignorant l'alerte.

Heureusement que les Lux Baiulae savaient parfaitement maîtriser leurs émotions et leurs réactions, sans quoi Tiana Lux Baiula aurait pu libérer des substances toxiques dangereuses provenant du foie de sa patiente. Mais ce n'était pas le cas de toutes. Certaines n'avaient pas encore développé l'art du contrôle de soi des Lux Baiulae, comme une jeune Sœur qui, alors qu'elle apprenait à invoquer les spirales enflammées, mit le feu à la matière qu'elle venait de ramasser pour générer l'arme, juste devant elle, enflammant sa propre chevelure.

L'interrogation régnait sur le visage de ceux qui étaient rassemblés dans la cour. Certains se regardaient en se demandant si les autres en savaient davantage ; d'autres étaient aussi raides qu'anxieux – surtout les non-initiés. Les rares hommes dans la cour se démarquaient comme des brindilles sur un cocon de meugleur, et tout particulièrement Lusk, entouré de quatre apprenties dans leur tenue couleur crème. Les portails se tenaient droites autour de la foule que leur présence maintenait en état d'inquiétude, une inquiétude encore plus forte lorsque le chant des Voces Lucianis s'interrompit brutalement afin que Krystiana pût délivrer son message.

Depuis le haut des marches du palais, la Magna Mater et ses conseillères observaient la foule assemblée.

Krystiana fit un signe de la main à Élyana pour attirer son attention, puis lui envoya une pensée. :

- *Et si l'une de nos portails était la meurtrière ?*

- *Je crois que Larca a établi une connexion mentale avec elles ; comme cela, si l'une d'elles est la coupable et qu'elle a l'intention de recommencer, Larca le saura.*

Krystiana acquiesça discrètement, ce qui n'échappa pas à Larca. La praefecta milites avait senti que la Magna Mater était en train de communiquer avec sa Manu Dextra. Cette idée la perturbait, mais que pouvait-elle y faire ? Elle préféra se tourner vers la foule, observant ses portails en proie à des émotions conflictuelles.

Krystiana glissa doucement à Larca :

- Avez-vous envoyé des portails inspecter les bâtiments ? Surtout l'école de médecine, au cas où il resterait des personnes qui ne peuvent pas se déplacer ?

Sur un ton glacial, la générale répondit :

- Je l'ai fait, Mater.

Krystiana prit une grande inspiration afin de se calmer, et se prépara à prendre la parole, tandis qu'une apprentie destinée au cordon jaune installait un communicateur étendu devant elle, pour que toute la foule pût l'entendre, sur la place comme à l'intérieur.

Sans préambule, Krystiana déclara :

- Le Sanctum-Intérieur a été placé en alerte, car un meurtre a été commis la nuit dernière.

Avant que la Magna Mater n'eût le temps d'ajouter quoi que ce fût, de longs soupirs s'élevèrent dans la cour, et des mouvements de tête cherchant confirmation de ce qui venait d'être dit s'emparèrent de la foule. À l'intérieur des bâtiments, la voix de Krystiana retint tout le monde, même les docteures qui se mirent, une fois de plus, à proférer des jurons. Des voix sur la place exigeaient de savoir qui avait été assassiné. La réponse produisit un choc ; certaines femmes se couvrirent le visage, tandis que d'autres détournèrent simplement les yeux pour cacher leur émotion.

Quand un certain calme fut revenu, la Magna Mater avala sa salive avant de poursuivre. Comme elle se préparait, elle se demanda si l'une de ses prédécesseuses avait déjà dû faire une telle chose, et elle fut surprise d'en entendre une l'interpeler pour lui conseiller la prudence. *La prudence ? Mais prudence à pro —*

Krystiana fut interrompue dans ses pensées par un chuchotement qui siffla à son oreille :

- Mater, tout le monde vous attend.

La Magna Mater répondit avec un grognement agacé très inhabituel chez elle, ce qui surprit les praefectae qui se tournèrent vers elle, inquiètes.

Après s'être blâmée pour sa réaction, Krystiana s'approcha du communicateur étendu et dit ce qu'elle s'était préparée à dire : que le Sanctum-Intérieur était en confinement et que tout le monde devait regagner ses appartements pour y rester jusqu'à être convoqué pour être sondé.

Un vent de malaise traversa la place comme le flot quotidien de la marée qui enflait le fleuve Argon.

Élyana déglutit instinctivement et se tordit les mains : à présent que Krystiana avait annoncé que tout le monde allait être sondé, la meurtrière allait en profiter pour protéger ses pensées – ou *le* meurtrier, bien qu'elle espérât que ce ne fût pas Lusk, car si tel était le cas, elle ne pourrait se le pardonner. Pourtant, trop d'indices pointaient vers lui, malgré le fait qu'autant d'indices prouvaient qu'il était simplement celui qu'il prétendait être. Elle devait trouver un moyen de lever le voile et découvrir ce qu'il cachait – s'il cachait quelque chose.

- Veuillez vous retirer dans vos appartements et attendre votre convocation.

Puis, se tournant vers Larca, Krystiana continua :

- Générale, je vous prie de faire examiner vos Sœurs en premier, car je préférerais que l'assassin ne se trouve pas parmi celles qui protègent le Sanctum.

Le visage de Larca commença à se défaire et à afficher une grimace offensée, mais le regard de la Magna Mater se ferma, montrant que ce n'était pas le moment de se rebeller. Ainsi, Larca acquiesça et s'en alla obéir à ses ordres.

Krystiana suivit des yeux sa générale qui se frayait un chemin à travers la foule sans prêter aucune attention aux personnes qui se trouvaient sur son passage. Sans se retourner, elle dit à sa Manu Dextra, une pointe d'irritation dans la voix :

- Sombre journée, Élyana, dont je ne saurais anticiper les conséquences.

Élyana ne répondit pas, mais esquissa des gestes maladroits.

Un raclement de gorge venant de sa droite attira l'attention de la Magna Mater. Krystiana pivota et Saara dit :

- J'aimerais que mes Sœurs soient sondées juste après les cordons rouges, Mater, afin qu'elles puissent profiter de cette… occasion pour apprendre quelle est la différence entre les personnes affectées et celles qui ne le sont pas – en supposant que nous trouvions la coupable, bien sûr.

Krystiana la reprit :

- Ou le coupable, dit-elle en regardant Lusk qui saluait Moradien et son groupe.

Élyana la regarda perplexe :

- Mater, excusez mon insistance, mais, comme l'a dit Biléna un peu plus tôt, il a été sondé pas plus tard qu'hier ; ça ne peut pas être lui. Clara Lux Baiula, l'une de nos meilleures sensorielles, travaille avec lui tous les jours pour former les filles razébiennes, et elle n'a jamais ressenti quoi que ce soit d'anormal venant de lui.

Krystiana se raidit et répondit :

- Nous le sonderons de nouveau, ainsi que toutes les personnes qui se trouvaient ici hier soir. Et vous pouvez inviter autant de Sœurs que vous le souhaitez pour assister à cet examen… une fois qu'elles seront déconfinées.

La persistance non dissimulée de Krystiana à douter de leur capacité à déclarer qu'une femme n'était pas sous une influence extérieure fit grimacer Élyana et Saara.

Élyana fut cependant intriguée par l'attitude de Saara, sans qu'elle pût dire de quoi il s'agissait. *Elle ne tapotait pas ses doigts, mais son pouce touchait son annulaire malgré elle ; elle nous cache quelque chose.* Tiraillée par l'envie d'interroger la Sœur aînée et une injonction survenue pour lui dire de ne pas le faire, elle fronça les sourcils ; l'avertissement provenait de Procta Lux Baiula. Élyana pensa : *Tu commences à m'exaspérer, Sœur.* La voix intérieure renifla : cette voix qui exprimait les pensées emprisonnées dans les souvenirs transférés de la défunte apparemment toujours consciente et capable d'apprendre. Élyana apaisa son visage, s'excusa, adressa un hochement de tête dissimulant une question non formulée à Saara, et retourna dans son bureau.

Tandis qu'elle se retournait, son regard tomba sur Lusk Methrim. Elle interrompit son geste un instant et jura en silence pendant que deux pensées conflictuelles surgissaient : elle ne voulait pas voir en lui un meurtrier, et pourtant, ce serait mieux pour tout le monde que ce fût lui et non l'une de ses Sœurs, même si cela risquait de nuire à sa position dans l'Ordre, puisqu'elle avait insisté à plusieurs reprises pour qu'un lui fît confiance.

V. Surprise

Le Scytale patientait au sommet du mont Vert, au cœur de la chaîne du Sagr. Il attendait l'Umbra, se lamentant d'être réduit à transporter la créature du Fondateur jusqu'à Mo'Tarkoth, comme une vulgaire monture.

Je suis les Ailes du Maître, et il doit *me respecter… ou je le précipiterai dans la mer de Tarkoth,* au nom de tous mes créateurs, *je le ferai !*

Le Scytale remua sur le sol moussu pour se débarrasser de pierres qui le dérangeaient, puis se détendit et expira, résolu. Ce faisant, il sentit la douleur lancinante de la blessure infligée par un poignard entre ses omoplates se propager jusqu'à sa queue, pour une raison qu'il ignorait, la blessure cicatrisait à un rythme anormalement lent. K'Tara avait effectué une révolution complète depuis que cette folle, cette misérable humaine, avait sauté sur son dos et y avait fiché son poignard, et pourtant, la blessure le faisait toujours souffrir.

Le Scytale se déplaça afin que la douleur s'atténuât. En attendant, il contemplait le soleil rouge qui descendait lentement, se demandant ce que pouvait bien faire son jumeau bleu. Sans réponse à sa question, il se demanda pourquoi il pensait à cela, à ces choses futiles, tandis qu'un vent chaud –

inhabituel à cette période de l'année dans le sud, surtout sur le Sagr – soufflait du milieu de la crête des monts. Il chassa ses idées et laissa la douce brise apaiser sa douleur.

Après une trentaine de minutes, un voranier enveloppé dans une épaisse cape apparut en contrebas, juché sur un voran des neiges. Derrière lui, un grand hurleur tirait une charrette contenant une selle et deux énormes paniers.

Le voran des neiges était un splendide animal, doté d'un beau pelage blanc et d'une crinière noire. Mais, bien que le Scytale appréciât la carrure du voran des neiges, plus robuste que celle de son homologue alvinorien, il trouvait son cri particulièrement ridicule. Il se demanda même si les humains avaient inventé les trompettes pour imiter le cri des vorans, ou si les vorans avaient été éduqués pour sonner comme des trompettes, car il savait combien les créatures pouvaient être transformées facilement : son maître avait fait cela avec lui. Noctiferus l'avait créé, *lui*, à partir d'un simple rokon.

Tandis que le voran délogeait quelques roches en atterrissant sur le plateau, le Scytale adressa un grognement de bienvenue peu sincère à l'Umbra.

Le voran poussa son stupide cri, et le Scytale rugit en réponse, ce qui fit cabrer l'animal. Mais la créature se calma rapidement grâce à la caresse apaisante de son maître.

- Tu devrais modérer tes râles, Alis.

Le Scytale se redressa sur ses pattes arrière et répondit par un grognement sourd, suivi d'une longue plainte plus sonore.

L'Umbra le regarda avec perplexité tandis qu'il descendait de son voran.

Le Scytale cracha :

- Nous avons croisé les humains de Col de corne sur notre chemin.

L'Umbra l'examina et dit :

- Est-ce pour cela que tu m'as demandé d'apporter une trousse de secours ? Ta peau semble fraîchement cicatrisée et tu as l'air d'avoir croisé une autre Lux Baiula.

Le Scytale siffla sa réponse :

- Tout à fait. Elle faisait partie d'un groupe de furans montés – une cinquantaine. Mais mes rokons les ont tous terrassés, et j'ai massacré les habitants d'un village des montagnes centrales du nord.

- As-tu perdu des rokons ?

- Quatre et dix.

- Cum eis confligere non debuisti! Rokones non iam parati sunt.[6]

- Je ne suis pas de cet avis. Je les maîtrise parfaitement tous. Ils font ce que je leur demande et se battent bien, aussi bêtes soient-ils.

- Alors, pourquoi en as-tu perdu autant ?

Dans un nouveau sifflement, le Scytale répondit :

- Parce qu'il y en a plein d'autres.

L'Umbra mit la tête dans ses mains :

- C'est une stratégie idiote qui finira par te laisser seul et sans défense. Tu ne dois plus affronter d'humains tant que je ne juge pas que nos rokons sont prêts.

Le Scytale en colère grogna puis émit un gémissement de douleur.

- Seras-tu quand même capable de me porter jusqu'à notre destination ?

Le Scytale ne répondit pas immédiatement. Oscillant entre résignation et défiance, il finit par choisir la première option et dit :

---

[6] Tu n'aurais pas dû combattre avec eux ! Les rokons ne sont pas encore prêts.

- Je peux te porter, mais j'ai d'abord besoin que tu soignes ma blessure.

L'Umbra ferma les yeux, agacé par le manque de respect du Scytale. Puis il fit face à son voran, lui tapota doucement l'épaule et le renvoya chez lui du côté nord de Zéblina, en lui glissant à l'oreille :

- Rentre.

L'animal tourna la tête pour regarder son maître, acquiesça, puis s'envola en poussant un nouveau cri.

L'Umbra se dirigea alors vers le hurleur pour prendre sa trousse de secours dans l'un des paniers qui se trouvaient sur son dos.

Le Scytale lui demanda :

- Pourquoi tiens-tu autant à ce voran ?
- Les vorans des neiges sont des bêtes rares.
- Je suis encore plus rare.

L'Umbra prit une grande respiration, bloqua son souffle un instant, puis expira et s'approcha du Scytale sans dire un mot. Il ôta bottes et chaussettes, adapta son pied pour qu'il pût se tenir aux écailles semblables à des incisives sur la peau du reptile, puis grimpa sur son dos. Il n'eut pas besoin de chercher longtemps pour trouver la blessure infligée par le poignard entre les ailes de la bête.

- Comment as-tu pu laisser cette humaine sauter sur ton dos ?
- Le prince – Toras – et sa garde se sont entraînés. Non seulement pour se défendre contre moi, mais pour me *combattre*. Je ne sais pas comment ils s'entraînent, mais cela rend les choses plus difficiles que jamais. Heureusement que les rokons étaient à mes côtés.

Tout en écoutant le récit de la dernière attaque du Scytale, l'Umbra sortit de la trousse de secours une éponge et l'imbiba d'alcool pour désinfecter la plaie qui était recouverte d'une croûte, mais toujours sale et enflammée. À l'aide d'un scalpel, il retira la croûte et nettoya la lésion à nouveau. Il prit ensuite un petit flacon, l'ouvrit, le fit tourner pour mélanger le liquide rouge-argenté, et en versa une goutte sur la plaie. La chair du Scytale se referma aussitôt.

Les Ailes du Maître poussa un long soupir de soulagement, puis remercia, à contrecœur, l'Umbra de l'avoir soigné.

Pendant ce temps, l'Umbra récupéra dans la charrette la selle et les deux paniers, qui auraient nécessité deux hommes pour les porter, et les plaça à terre, à côté du grand hurleur.

D'un claquement de langue, l'Umbra fit s'abaisser le hurleur pour attacher des sangles autour de lui et y fixer les paniers qui pendraient à présent à un mètre sous l'animal dans les airs. Il s'approcha ensuite du Scytale avec la selle. Ce dernier demanda :

- Te souviens-tu où va la selle ?

L'Umbra ne répondit pas. Il le *savait*. Il se rappelait *très bien*, même si c'était il y a longtemps, la dernière fois qu'il était monté sur le dos du Scytale. La selle, qu'il avait fait fabriquer sur mesure avant la Guerre des ténèbres, était restée étonnamment souple et confortable.

Après avoir vérifié la sécurité des attaches, l'Umbra commanda :

- Partons ! Et ne me fais pas regretter ma patience. Nous devons être Yeltchek dans quatre jours.

L'Umbra s'attacha et la créature s'envola. Le vent généré par les ailes courba l'herbe au sommet du mont sur des dizaines de mètres dans toutes les directions.

Peu après, le grand hurleur décolla. Il grogna lorsque les sangles se tendirent sous le poids des paniers. Mais le vent lui donna l'impulsion dont il avait besoin, et sa charge ne lui parut plus si lourde, et, bien qu'il dût battre des ailes deux fois plus vite que le Scytale pour ne pas se faire distancer, il avait l'endurance d'une bellique et pouvait aisément le suivre jusqu'à leur destination, de l'autre côté de l'océan, tant que les vents restaient favorables.

3. ENTRAÎNEMENTS ET CONFRONTATIONS

I.   Entraînements

Au cœur d'Urbs Lucis, sur le camp d'entraînement – un terrain d'un kilomètre carré jonché de cibles de différentes formes et tailles, destinées à être capturées, déplacées, saisies, mutilées, explosées ou anéanties – trois cordons rouges et un jaune étaient prêtes à enseigner à leurs élèves, novices, apprenties et Sœurs de toutes les cordonnetés, l'art des liaisons offensives et défensives.

Après les événements de la veille, certaines avaient demandé s'il ne valait pas mieux que ces entraînements fussent remis à plus tard. Mais Krystiana et Larca convinrent que cela n'était pas nécessaire. Tout le monde avait été sondé et le ou la coupable n'avait pas encore été découverte. Soit elle était partie, soit elle échappait aux moyens de détection actuellement employés par la Sororité. Et comme il était impossible de mettre l'Ordre entier en suspens jusqu'à ce que de nouvelles méthodes de détection fussent mises au point, les activités habituelles devaient reprendre, malgré les risques. Des mesures de protection seraient néanmoins mises en place, comme une vigilance accrue et l'ordre de demeurer accompagnée en tout temps, et ce jusqu'à ce que la menace fût écartée.

Cependant, une décision plus délicate restait en souffrance. Il s'agissait de décider d'implanter ou non le moniteur des Locari dans l'esprit de toutes les Sœurs, comme cela avait été prévu. Cette question faisait justement l'objet d'un débat animé dans le bureau de la Magna Mater, alors que les élèves se rassemblaient sur le camp d'entraînement.

Larca faillit perdre une nouvelle fois son sang-froid – une réaction qu'elle avait appris à réfréner depuis qu'elle avait été chargée de la préparation à la guerre – lorsque Saara suggéra que le moniteur fût implanté dans l'esprit de chaque Sœur.

La générale s'insurgea, déclarant qu'il était absurde de songer à implanter cette vibration dans l'esprit de *même une seule* Sœur. Elle ajouta qu'il faudrait peut-être retirer celle d'Élyana – si cela était possible. Cette proposition lui attira des regards indignés.

Mais Larca insista :

- Implanter ce moniteur dans nos esprits, alors qu'il est fort probable que la coupable soit encore parmi nous, donnerait à notre ennemi un avantage *considérable*.

Saara riposta :

- Alors, que proposez-vous, Larca ?
- Que nous ne l'implantions que dans l'esprit de celles en qui nous avons une confiance absolue.

Krystiana intervint :

- Pouvons-nous réellement avoir une confiance *absolue* en qui que ce soit ?

Élyana et Saara soupirèrent en silence.

Raméla se racla la gorge. Lorsque les Sœurs se tournèrent vers elle, elle déclara :

- Je pense que nous *devrions* l'implanter en chacune de nous. Ainsi, nous serons toutes mieux protégées, même si cela donne un avantage à nos ennemis.

Larca grogna et leva les mains au ciel, tandis que la Magna Mater faisait les cent pas dans son bureau, évaluant leurs options.

Krystiana demanda :

- Comment pouvons-nous trancher entre ces deux positions, Praefectae, Manu Dextra ? Elles sont toutes deux défendables.

Dissimulant son hésitation persistante, tout en se préparant aux objections que Larca pourrait lui adresser lorsqu'elle donnerait son opinion, Élyana déclara :

- Je ne pense pas qu'elles soient tout à fait équivalentes, Mater.

À la surprise d'Élyana, ce ne fut pas la Praefecta milites qui la contesta, mais Biléna, avec une hostilité inhabituelle :

- Que veux-tu dire, Élyana ?

Élyana résista à l'envie de chercher du regard le soutien de Krystiana, et répondit calmement :

- Si nous ne l'implantons que dans l'esprit de quelques-unes, dont la meurtrière, notre ennemi aura l'avantage et n'aura aucun scrupule à diffuser le moniteur dans ses rangs. Par conséquent, il *est* préférable de l'implanter en chacune de nous.

Sans surprise, Biléna s'opposa au conseil d'Élyana. La praefecta philosophas rétorqua :

- Je ne suis pas d'accord, Élyana. D'un point de vue statistique, le fait de limiter au plus petit nombre réduira considérablement la probabilité que la coupable reçoive…

Élyana interrompit sa collègue d'une voix sincèrement peinée, mais déterminée :

- Je suis désolée, Biléna, mais les statistiques ne sont pas pertinentes ici. Bien que ta proposition puisse réduire la probabilité que l'ennemi soit parmi celles qui recevraient le dispositif, les conséquences pour nous – si cela devait tout de même arriver – seraient tellement graves que nous ne pouvons pas nous permettre de prendre ce risque. Nous serons dans une bien meilleure posture si toutes nos Sœurs reçoivent ce dispositif, même si cela signifie que notre ennemi l'aura aussi.

Évaluant l'humeur de la Magna Mater avant de dire quoi que ce fût, et voyant que Krystiana pouvait encore supporter quelques désaccords sur le sujet, Larca s'éclaircit bruyamment la voix et lança :

- Élyana, vous devez savoir, en tant que Manu Dextra qui sait ce qui se trame au sein de la Sororité, qu'il existe d'autres objections à ton plan, et une en particulier, qui n'a pas encore été soulevée.

Élyana inspira profondément pour dissiper ses tensions, tandis que Larca et Biléna échangeaient des regards empreints d'une solidarité inattendue :

- Depuis votre retour, une faction s'est érigée contre l'idée de se voir implanter la liaison d'une créature, surtout une liaison qui n'a encore pas été étudiée par la cordonneté jaune *ou* blanche. Comment pouvons-nous être sûres que ce… moniteur, comme vous l'appelez, ne présentera aucun danger ?

Raméla, d'une voix toujours égale, baissa la tête un instant, puis demanda à Élyana de lui céder la parole.

- Un danger, Larca ? Le prince et Élyana ont tous deux reçu l'implant sans subir le moindre préjudice. Je reconnais que deux cas ne constituent pas une preuve irréfutable de la sécurité de cette liaison, mais le fait est qu'ils sont tous deux en parfaite santé. Qui plus est, nous avons des docteures ici, et je suis convaincue que Saara sera d'accord pour leur demander de veiller sur chacune de nous au cours des jours suivants, afin de prévenir toute complication.
- Cela ne suffira pas à les rassurer, Raméla. Une surveillance ne garantira pas l'absence de dommages.

Raméla médita un moment sur l'argument de sa collègue et en perçut la pertinence. Elle était cependant convaincue de la justesse de la démarche préconisée par Élyana : l'implantation de la liaison chez toutes les Sœurs. Elle se tourna alors vers Biléna, pour lui demander ce que disaient les données expérimentales jusqu'à présent, espérant que les appréhensions de cette dernière n'influenceraient pas l'interprétation des résultats obtenus par ses collègues sur la fiabilité du dispositif.

Biléna, visiblement contrariée par cette question directe, savait qu'elle n'avait d'autre choix que d'y répondre. Avec une pointe d'irritation dans la voix, elle répliqua :

- Le moniteur est en phase d'étude depuis à peine un quart, gardez cela en tête. Néanmoins, les analyses du lobe temporal d'Élyana, où a été placée la liaison, indiquent un fonctionnement normal. Aucune autre zone de son cerveau n'a été affectée et… Saara peut attester que ni sa santé, ni son activité cérébrale, ni son jugement ou ses impulsions n'ont subi de modifications notables.

Larca fixa l'aînée des Lux Baiulae, guettant la moindre hésitation, tandis que Raméla, Élyana et Krystiana espéraient le contraire.

Saara, fidèle à son franc-parler, appuya les dires de Biléna. Une ombre de dégoût passa sur le visage de Larca, tandis que la résignation régnait sur celui de Biléna.

Krystiana, marcha, impatiente, de long en large, et esquissa un geste inachevé en direction des sphères en lévitation sur son bureau, puis, avec résolution, se tourna vers ses praefectae pour déclarer :

- La Manu Dextra a raison, et, comme l'implantation s'avère ne comporter aucun risque, nous allons initier chacune de nous à cette capacité.

Larca bondit et sortit du bureau de la Magna Mater aussi vite qu'elle le pût sans pour autant offenser Krystiana, tandis que les autres s'éloignaient d'un pas mesuré, arborant des visages obscurcis ou illuminés – non totalement apaisés – selon leurs émotions.

***

Le camp d'entraînement était en effervescence et résonnait de clameurs lorsque la praefecta milites fit son entrée, ruminant son échec sur son voran rouan. Au lieu d'immobiliser l'animal grâce à l'habituelle liaison – un signal vibratoire qui venait pincer le haut de l'encolure pour que le voran s'arrêtât net –, Larca tira d'un coup sec sur les rênes, provoquant une brusque réaction de l'animal. La femme lâcha un juron, puis s'efforça de retrouver son calme avant que la situation ne dégénérât ; elle n'était pas une lectrice animale, après tout, et la seule façon d'apaiser sa monture était de maîtriser ses propres émotions contradictoires.

Dès qu'elle fut à terre, Larca confia son voran à une portail qui gardait l'entrée, secoua la tête pour chasser de son esprit le souvenir de la décision de la Magna Mater, puis examina l'étendue du camp d'entraînement d'un œil critique. Une tension palpable flottait dans l'air.

Remarquant l'expression de la praefecta, la portail – une aînée à la posture plus rigide qu'une apprentie – dit :
- Les élèves sont là depuis sept agn[7], elles trépignent d'impatience, Générale. Je n'ai, de mémoire de Lux Baiula, jamais assisté à un tel entraînement. Pensez-vous que cela va fonctionner ? Former autant de femmes en si peu de temps ?
- Si K'Tara le veut, cela fonctionnera. Et même sans sa volonté, nous ferons en sorte que cela fonctionne, Bietta, parce que si nous échouons ici, nous échouerons plus tard, sur le champ de bataille.

---

7 Agn : Après grandnuit.

La Sœur aînée marmonna une approbation, puis salua la praefecta avant de s'éloigner avec le voran vers l'enclos voisin.

Larca gravit un promontoire où se trouvait une table et une chaise, lui offrant une vue imprenable sur l'ensemble du terrain. Un sourire fugace illumina son visage lorsqu'elle entendit la voix de Sasha Lux Baiula.

La seconde portail, droite comme un I, la main gauche accrochée à sa ceinture, donnait des ordres aux élèves, leur annonçant qu'elle consacrerait la matinée à aiguiser leurs capacités de liaison offensive et défensive, et l'après-midi à pratiquer le combat rapproché.

Un rire s'échappa de Larca lorsqu'elle entendit Sasha ordonner à Iyawa – l'une des instructrices – de préparer les élèves à repousser le quatiô[8] dans dix minutes ! Chez la femme, détermination et concision étaient de mises.

Tandis que les instructrices menaient leurs groupes vers divers secteurs, Larca observa Iyawa d'un œil sceptique et inquiet. En effet, Iyawa était la seule des cordons rouges qu'Élyana avait réussi à former à l'art de générer des nébuleuses. Cette réalité angoissait Larca et la frustrait énormément, car cela impliquait que, lors du prochain combat contre le Scytale, nombre de ses Sœurs pourraient se retrouver contraintes à la défense plutôt que d'exploiter leurs capacités à l'anéantir.

Tous les espoirs de Larca reposaient sur une seule chose, qu'elle répugnait cependant à admettre : l'acuité sensorielle remarquable d'Iyawa. Cette sensibilité lui permettait de percevoir les vibrations les plus subtiles de chaque liaison, et de les reproduire avec une précision et une constance infaillibles. Cela faisait aussi d'elle une instructrice hors pair, apte à sentir si ses élèves exécutaient correctement les liaisons enseignées et à

---

[8] Quatiô : Terme inventé par la Sororité pendant la Guerre des ténèbres pour designer les attaques mentales du Scytale, connues au moment des événements sous le nom d'ASC (attaques de survoltage cérébral).

les guider à faire les ajustements nécessaires pour avancer vers la maîtrise de ces capacités – dans la mesure où la maîtrise de telles capacités était possible pour elles. Larca nourrissait l'espoir que la femme eût assimilé avec exactitude la capacité de génération des nébuleuses, connaissance acquise lors d'un transfert d'esprit d'Élyana. Elle soupira : *Je suppose que nous découvrirons bientôt si nous enverrons nos Sœurs à leur perte ou à la victoire.*

Soudain, quelque chose attira l'attention de Larca et creusa une ride d'inquiétude sur son front. Élyana venait d'arriver et s'était arrêtée pour s'entretenir avec Sasha, probablement pour l'informer de la décision relative à l'implantation du moniteur. La portail n'avait pas l'air contente. Il était évident que Sasha faisait partie des opposantes à la procédure imposée. De surcroît, elle n'avait pas encore pardonné à Élyana son impunité dans l'affaire du viol mental utilisé pour appréhender le présumé assassin du roi. *Je ne peux pas lui en tenir rigueur. Mais combien de fois l'imminence de la guerre justifiera-t-elle de contourner les lois et de les transgresser ?*

Larca reporta son attention sur les deux femmes en contrebas, et ses yeux ainsi que sa bouche trahirent sa déception lorsqu'Élyana croisa brièvement son regard.

L'instant d'après, Sasha éclata d'un rire retentissant et sarcastique, puis lança un péremptoire :

- Allons-y !

Elle cria ensuite un ordre à Béla, Iyawa et Akula, leur enjoignant d'envoyer dix élèves chacune à Élyana.

Larca soupira et pria les fondateurs pour que ce ne fût pas une erreur. Ou souhaitait-elle que c'en fût une ? Elle se posa la question un instant, puis chassa Élyana de son esprit pour se diriger vers l'extrémité est du camp d'entraînement, où Bella avait emmené ses cent trente-deux novices ainsi que vingt-cinq cordons blanches afin de former un cercle autour des recrues et de leur enseigner quelques liaisons sonactiques et vitactiques élémentaires.

Béla, toujours d'humeur bougonne, incarnait l'archétype de l'instructrice cordon rouge. Son tempérament, loin d'être un handicap, se révélait être un atout dans l'enseignement des recrues. Ses méthodes, bien que peu orthodoxes et sujettes à controverse, ne dérangeaient pas Larca. Après tout, les résultats parlaient d'eux-mêmes.

Béla accueillit Larca d'un rapide hochement de tête lorsque celle-ci s'approcha, puis se retourna vers ses jeunes recrues et, d'un ton tranchant qui contrastait avec la douceur de son prénom, lança :

- Bien ! Puisque vous n'avez pas réussi à enflammer ne serait-ce qu'une fibre le quart dernier, voyons si vous maîtrisez au moins les bases du sonacsis et du vitacsis. Je vais vous montrer, encore une fois, comment réaliser la poussée et le gel, puis vous vous associerez avec une camarade que vous ne portez pas dans votre cœur. Si vous ne parvenez pas à—

C'est alors qu'une jeune audacieuse aux cheveux châtains interrompit :

- Excusez-moi, Lux Baiula, mais… pourquoi devons-nous nous associer avec quelqu'un que nous… n'apprécions pas ? Cela suppose que nous—

Béla lui répondit :

- Parce que, dans la première phase de l'exercice, vous devrez tenter de blesser votre partenaire ; tâche plus facile face à une personne que vous n'aimez pas. Par la suite, dix de mes Sœurs et moi-même attaquerons chaque binôme en utilisant les liaisons que vous aurez pratiquées, et le *seul* moyen de nous résister sera de travailler *ensemble* pour vous défendre contre nous.

Vous devez comprendre, ici et maintenant, que la capacité à coopérer avec vos Sœurs, qu'elles vous soient sympathiques ou non, est la condition sine qua non[9] de votre survie et surtout de toute victoire.

L'échange de regards entre la générale et l'instructrice, un regard chargé de compréhension et d'assentiment, ne passa pas inaperçu. La jeune recrue s'excusa, et Béla continua de donner ses instructions :

- Donc, après ma démonstration, vous formerez des binômes et vous essaierez de vous déséquilibrer mutuellement en utilisant des sonacsis. Puis, vous emploierez le vitacsis pour provoquer des craquements osseux chez l'autre.

Pointant les docteures du doigt, elle ajouta :

- Les cordons blanches veilleront à ce qu'aucune de vous ne subisse de dommages sérieux.

Là-dessus, Béla entreprit la démonstration correcte de chaque liaison.

Larca observait attentivement les élèves imiter les techniques – ou du moins essayer – son regard aiguisé cherchant à discerner les futures Sœurs apprenties de celles qui seraient renvoyées chez elles après avoir au moins appris à maîtriser leurs liaisons.

Elle se réjouissait de voir que la majorité parvenait à apprendre. Rassurée par la compétence de Béla, elle se dirigea vers le camp d'entraînement suivant situé dans la partie nord du terrain.

Là, elle tomba sur Akula, qui formait des apprenties cordons rouges, ainsi que d'autres appartenant à diverses cordonnetés, à l'art de générer des armes enflammées. La plupart étaient jeunes,

---

[9] Sine qua non : Latin locution meaning an essential condition; a thing that is absolutely necessary

dans la vingtaine, mais certaines portaient les traces de quatre ou cinq décennies.

Larca avait une grande estime pour Akula, une Jarahni à la peau lumineuse, aux cheveux bruns courts relevés en chignon et aux yeux d'un noir intense qui lui conféraient une allure de prédatrice. Akula était réputée pour sa maîtrise des liaisons de feu, même si certaines critiquaient sa tendance à consommer plus d'énergie que nécessaire pour ses liaisons. Cette habitude avait même conduit à un incident où ses cheveux avaient pris feu, lui valant le surnom peu enviable de « cicatrice » parmi les novices et apprenties exaspérées.

Face à elles se dressait une marionnette faite de divers matériaux, que les femmes devaient enflammer avec une spirale de feu. À chaque réussite, une nouvelle cible, de matière différente, apparaitrait devant elles.

Quatre Sœurs de la cordonneté jaunes établirent un périmètre de sécurité autour de chaque élève, veillant à ce que les flammes et les mouvements ne causassent pas de dommages accidentels.

Le regard perçant de la générale s'immobilisa sur Moradien, la fille de dame Moradina – l'insurgée qui avait choisi de briguer le cordon rouge et de consacrer quelques années à l'apprentissage du combat avant de prétendre au cordon mauve, son ambition suprême. Ses instructrices s'interrogeaient sur ses motivations. Certaines murmuraient qu'elle admirait Élyana en secret, désirant emprunter son sillage pour accéder à plus de pouvoir. Les passages éphémères des élèves dans sa cordonneté, dans le seul but d'acquérir des capacités, avaient toujours agacé Larca. *Enfin, tant qu'elle peut apprendre notre discipline et nos liaisons, puis nous prêter main-forte contre nos adversaires, elle sera accueillie à bras ouverts, comme toutes les autres. Cela dit, la cordonneté rouge n'est pas une escale transitoire.*

Larca regardait Moradien évaluer l'espace séparant sa position de la cible. La jeune fille paraissait contrariée ; une détermination chancelante crispait puis relâchait les traits de son visage. Ses essais précédents avaient manifestement échoué, à en juger par la marionnette intacte.

Mais, rapidement, un sifflement ténu s'éleva bientôt de l'apprentie, et brindilles et feuilles se mirent à virevolter devant elle. Ses mains canalisaient les vibrations issues de sa gorge, ondulant comme si elles modelaient un vase d'argile. La matière combustible s'agitait en son sein, gagnant en vélocité, jusqu'à ce qu'elle fût propulsée d'un bloc vers la cible – mais elle s'embrasa en chemin, ne laissant rien pour enflammer la marionnette. Un juron, certainement vigoureux mais étouffé par le bouclier entourant l'allée, parvint aux oreilles de la praefecta, qui secoua la tête. Dans le tunnel, la jeune fille tituba.

Akula donna l'ordre aux créatrices du tunnel de faire tomber le bouclier, puis s'avança vers son élève d'un pas courroucé, suivie d'une cordon blanche qui secouait la tête avec désapprobation :

- Moradien ! Combien de fois t'ai-je dit d'attendre avant d'enflammer la matière ? Tu dois attendre que le tourbillon soit à dix mètres de ta cible !

Alors que la novice s'apprêtait à siffler sa réplique, embarrassée, un raclement de gorge se fit entendre derrière elles.

Akula balaya l'assemblée du regard et cria :

- Praefecta !

Larca acquiesça, mais s'adressa à la jeune fille :

- Moradien, c'est bien ça ?

La silhouette rigide de Moradien ne s'adoucit pas en entendant la générale. Irritée par l'obstination de la fille, Larca continua :

- Reprenez votre souffle, Apprentie. Votre réputation vous précède, en bien comme en mal.

Larca marqua une pause. *Elle contient sa colère et son amertume. C'est bien.*

- Comprenez-vous votre échec ? Je vais vous aider : vous avez perdu le contrôle. Et si vous aviez agi de la sorte au cours d'un combat, face à l'ennemi, avec vos Sœurs à vos côtés, vous auriez pu les blesser elles aussi, voire pire.

Hum, je vois ses lèvres frémir. Au moins, elle a conscience que ce que je dis est vrai.

- Perdre le contrôle de votre liaison n'est pas le plus grave. Ce qui fâche, c'est que vous n'ayez pas utilisé votre colère pour rassembler de nouveaux éléments, et reformer la spirale de feu pour atteindre votre cible. Voilà ce que vous devez apprendre. Cela exige de la détermination et de la persévérance : ne jamais renoncer et continuer jusqu'à *atteindre* votre cible. J'ai perçu votre hésitation ; cela ne fonctionnera pas. Vous devez mobiliser la même détermination que celle que vous employez à défier les règles pour accomplir vos missions. Si vous y parvenez, vous attendrez l'excellence et deviendrez *tout* ce que vous être destinée à être, ce qui, je l'espère, comprendra un engagement durable au sein de la cordonneté rouge ; d'après vos instructrices, vos aptitudes et votre nature seraient une pure perte de temps ailleurs.

Moradien, d'ordinaire si altière, fière et insolente face à ses instructrices, semblait peiner à maintenir cette assurance, jusqu'à ce qu'une pensée ou une impulsion la galvanisât, et elle déclara :

- Je dois reprendre mon entraînement, Praefecta Générale.

Larca renifla discrètement, échangea un regard avec Akula et se dirigea vers l'extrémité ouest du terrain. Son expression se durcit lorsqu'elle tourna les yeux vers le sud, où Élyana procédait à l'implantation du moniteur. La file d'attente s'était allongée. La vue de tant de Sœurs se soumettant naïvement à une liaison qui n'avait jamais été correctement étudiée – une liaison étrangère, une liaison bestiale – la remplissait de colère.

L'entraînement à la génération de nébuleuses se déroulait dans une immense chambre transparente isolée, spécialement conçue à cet effet. Élyana et Sasha avaient pris conscience que l'ASC, aussi appelée quatiô et que Sasha était sur le point de générer pour attaquer ses Sœurs, ne pouvait être entièrement maîtrisée ni dirigée vers une cible précise. Par conséquent, l'entraînement devait se tenir à l'intérieur de la chambre pour éviter que quiconque alentour ne fût accidentellement blessé.

Larca était assise sur un banc à l'extérieur de la structure, tandis que Sasha attendait avec impatience qu'Iyawa termine de préparer son groupe de dix Sœurs – composé de cordons bleues, blanches et jaunes. Chaque Sœur généra une nébuleuse autour d'elle. Quant à Iyawa et son assistante médicale, elles avaient déjà établi une connexion mentale entre elles pour surveiller l'état de toutes les participantes durant l'exercice.

Alors qu'Iyawa réalisait une dernière inspection, Larca était absorbée par d'autres pensées. Le coin de la bouche d'Iyawa se releva et elle fronça les sourcils avec déception lorsqu'elle remarqua trois boucliers qui ne répondaient pas à ses attentes. L'un d'eux était la nébuleuse d'une Sœur de la cordonneté jaune, une experte en attache mentale, mais qui s'exerçait ce jour-là à générer des champs perturbateurs.

    -   Kelysia, votre nébuleuse est toujours irrégulière. Je ressens des faiblesses de tous les côtés. Vous devez augmenter l'intensité pour uniformiser le champ.

La femme soupira et acquiesça, puis procéda aux ajustements nécessaires. Iyawa reconnut son effort, puis se tourna vers Sarrinia Lux Baiula, la cordon blanche chargée de la santé des Sœurs.

Iyawa remarqua les lèvres pincées et les tics intermittents de Sarrinia. Elle perçut également une tension extrême dans sa nébuleuse. Elle lui demanda :

- La nébuleuse vous fait-elle toujours souffrir, ma Sœur ?

La femme grogna.

Une voix impatiente s'éleva près de la structure.

Iyawa poussa un soupir et implora Sasha de lui accorder encore un instant.

Les yeux clos, elle entra dans le Lien et examina la connexion entre Sarrinia, le sol et la nébuleuse. Peu après, elle confia à son élève :

- J'ai bien peur que vous ne parveniez jamais à le faire correctement, ma Sœur – même si aucune de nous ne peut être certaine de le faire correctement tant que nous n'avons pas affronté la créature – mais je vous conseille de diminuer le flux d'énergie de votre colonie S. tensio et d'augmenter celui du M. fulgur.

Sarrinia leva un sourcil, perplexe.

- C'est peut-être paradoxal, mais cela vous aidera.

Sarrinia suivit les conseils de son instructrice, et un sourire étonné se dessina sur ses lèvres tandis que la douleur se dissipait et que sa nébuleuse gagnait en homogénéité. Reconnaissante, elle sourit à son instructrice.

Native de Pargah, Iyawa n'avait jamais vraiment aspiré à intégrer la Sororité après avoir suivi la formation élémentaire imposée à tous les Alterintrants ; elle se sentait étrangère, avec sa peau ébène et ses ferventes convictions religieuses, même si sa religion prônait l'union avec le vivant et avec K'Tara, principe également cher à la Sororité. Mais, de retour chez elle sans avoir trouvé sa voie, elle comprit que devenir une Lux Baiula était peut-être ce dont elle avait besoin, et qu'elle pourrait ainsi œuvrer pour le bien commun. Elle était là à présent, devenue l'une des Lux Baiulae les plus respectées, et peut-être l'une des plus puissantes.

Soudain, Sasha émit un cri d'impatience si perçant qu'il traversa le communicateur ; ce cri arracha Larca à ses réflexions. La générale observa Iyawa adresser un dernier regard aux dix Sœurs, avant de générer sa propre nébuleuse, qui prit forme autour d'elle tel un mirage dans l'air, entourant en même temps la docteure qui se trouvait à côté d'elle. Cela fait, elle murmura quelques mots à Sasha qui acquiesça, son impatience apaisée.

Pour Larca, cet entraînement était le plus important de tous. Si Iyawa échouait, ses propres collègues auraient les mains liées face au Serpent. Larca inspira profondément, oscillant entre espoir et tension, tandis qu'elle regardait Sasha qui s'apprêtait à lancer l'offensive.

L'instant d'après, la femme attaqua. Les seuls premiers indices furent le souffle coupé de Sasha et la vivacité de son regard. Larca guetta la réaction des élèves, mais hormis un étonnement visible sur leur visage, elles ne montrèrent aucun signe de souffrance. La liaison de Sasha aurait-elle échoué ?

Un début d'angoisse déformait légèrement les traits de Larca lorsqu'elle aperçut Iyawa hocher la tête en direction de Sasha. Larca se rassura : *Bon, on dirait qu'elles ne font que tester la concentration des élèves.*

Sasha renouvela son geste et, peu après, trois élèves vacillèrent. Larca laissa échapper un soupir de soulagement, sachant que la liaison de Sasha avait fonctionné, mais son front se plissa aussitôt, lorsque trois combattantes furent ébranlées ; leurs nébuleuses étaient-elles trop faibles ou l'attaque trop puissante ?

Iyawa fit un signe discret à la docteure, qui ausculta les élèves. Lorsque celle-ci hocha la tête pour montrer que toutes étaient en état de poursuivre l'exercice, Iyawa leur donna de nouvelles instructions. Puis, les Lux Baiulae se frottèrent le front pour chasser la douleur résiduelle et se préparèrent à la prochaine offensive.

Cette fois, personne ne sembla avoir souffert, et Iyawa adressa de nouveau un signe de tête complice à Sasha.

Dès lors, cependant, chaque nouvelle attaque invisible infligeait des dommages à une autre étudiante. À la huitième, ce fut Iyawa elle-même qui manifesta sa souffrance. Son visage, d'ordinaire serein, se crispa, et elle se frictionna les tempes avec vigueur. Elle suspendit l'exercice et s'octroya un moment de répit pour méditer.

L'inquiétude envahit Larca à la vue du sang perlant aux lèvres de la cordon jaune. Elle allait se lever et se diriger vers le communicateur pour exiger un rapport, lorsqu'elle vit Iyawa secouer la tête et s'avancer vers Sasha, après avoir renvoyé la docteure d'un geste de la main.

Larca ne saisit pas les paroles échangées entre les deux femmes, mais l'agacement d'Iyawa était palpable, tandis que Sasha paraissait la contester. La conversation devenant de plus en plus animée, Larca se leva et se dirigea vers la porte de la structure, demandant à y être admise.

À mesure qu'elle se rapprochait du duo en pleine altercation, elle entendit les mots de sa collègue :
-	Peut-être que ce n'est pas le cas, mais—
Iyawa répliqua avec conviction :
-	Non, ce n'est pas le cas.
-	Quoi qu'il en soit. Il se pourrait que vous ne génériez pas les nébuleuses correctement.

Un grondement étouffé s'éleva de la gorge de la cordon jaune tandis que Larca les rejoignait.

Sasha et Iyawa se tournèrent vers la praefecta, Iyawa contenant à peine sa réplique et Sasha refusant de reconnaître sa responsabilité.

Larca s'adressa aux deux femmes :

- Que se passe-t-il ici ?

Puis, à Iyawa :

- Pourquoi saignez-vous ?

- Sasha prétend que sa liaison est la copie conforme de ce qu'elle a appris dans nos livres et avec Élyana, et que le problème ne peut venir que de nos nébuleuses. Mais je vous assure que, si celles des élèves ne sont peut-être pas parfaites, la mienne est l'exacte réplique de celle d'Élyana. Cela ne devrait pas arriver.

Mais la portail restait persuadée qu'elle avait raison et déclara :

- Générale, Iyawa doit comprendre que chaque intermédiaire entre native et apprenantes altère la qualité de l'enseignement d'un langage. C'est la même chose ici. Élyana n'a pas inventé la nébuleuse : elle l'a reçue par transfert de mémoire. Elle l'a ensuite transmise à Iyawa qui, à son tour, l'enseigne à d'autres. Cela fait trois degrés entre et la source et la réception. J'ignore pourquoi la méthode de génération de la nébuleuse ne se trouve pas dans nos manuels, mais la procédure du quatiô a été préservée, et il est donc probable que ma liaison soit plus précise que celle d'Iyawa.

Le visage d'Iyawa s'obscurcit.

- Tu n'es pas d'accord ?

- Non, Seconde Portail. Mon apprentissage de la liaison pour *générer* la nébuleuse était sans doute plus rigoureux que votre apprentissage de la liaison pour l'ASC. De plus, Élyana se protégea efficacement, ainsi que les autres, avec sa nébuleuse face à la véritable créature. Je devrais donc être en mesure d'en faire autant face à vous. Cela signifie que votre liaison ne produit pas une ASC, mais quelque chose d'autre.

Larca, qui en avait assez, intervint avant que Sasha ne pût répliquer. Elle voulait vraiment soutenir sa collègue, mais elle connaissait la réputation d'Iyawa, réputation que la femme méritait ; Iyawa n'avait pas d'égale dans la maîtrise des liaisons les plus complexes et ésotériques, alors que Sasha était *seulement* une officière et une guerrière compétente et redoutée.

La générale dit :

- Mes Sœurs, je vais vous dire ce que vous allez faire. Vous allez laisser Alanna soigner toutes celles qui ont besoin de soins – vous y compris, Iyawa –, car nous ne pouvons pas nous permettre que vous soyez blessée. En attendant…

Larca s'arrêta un instant avant d'évoquer une femme qui semblait avoir eu un rôle clé dans leurs actions, une femme qu'elle avait autrefois respectée puis à qui elle avait reproché d'avoir quitté la cordonneté rouge ; une femme de qui elle avait appris à se méfier :

- Je ferai venir Élyana pour qu'elle puisse observer vos liaisons et s'assurer qu'elles sont bien exécutées avant que vous ne repreniez l'entraînement.

Les femmes acquiescèrent, l'une sans conviction, et l'autre agréablement surprise. Sur ce, la praefecta les laissa retourner à leurs tâches, envoya une assistante chercher Élyana, puis se dirigea lentement vers l'entrée du terrain.

Larca Lux Baiula, praefecta du Conseil des guerrières et nouvellement nommée générale suprême de la Sororité, observait les différents groupes, oscillant entre satisfaction et anxiété. Trouver de nouvelles recrues, surtout pour la cordonneté rouge, avait été difficile. Depuis le lancement de cette initiative, trois mois plus tôt, on avait trouvé et emmené à

Urbs Lucis seulement cent trente-deux femmes, âgées de dix-sept à quarante-quatre ans – un effectif dérisoire face à l'armée de Janarae de la reine Zébula. D'autre part, le nombre d'Alterintrants découverts chaque quart sur les terres du haut roi diminuait à vue d'œil, malgré le DAA – le détecteur amplificateur d'Alterintrants que Maréna et ses collègues avaient mis au point quelques mois auparavant. Larca avait donc récemment décidé d'envoyer des recruteuses dans les royaumes vassaux de Jarah, Pargah et Yerlah, malgré les doutes émis par la cordonneté mauve.

Ce qui inquiétait pourtant le plus Larca, c'était d'entraîner des cordons autres que rouges à la génération de nébuleuses. Cela était vital, sans doute plus que d'accroître les rangs des cordons rouges, car si les autres cordons ne parvenaient pas à acquérir cette capacité, ses propres collègues seraient contraintes d'adopter une stratégie défensive plutôt qu'offensive. Il ne restait plus qu'à espérer qu'Élyana saurait aider Sasha et Iyawa à faire les ajustements nécessaires ; il le fallait.

Tandis qu'elle se dirigeait vers la zone où le moniteur était en cours d'implantation, le visage de Larca s'assombrit. On viendrait bientôt la chercher, pour faire le nécessaire afin d'implanter cette capacité animale dans *son* esprit. Élyana terminait de donner ses dernières consignes à Lupa avant de suivre l'apprentie qui venait la chercher. La Manu Dextra l'aperçut et se tourna vers elle, l'air… satisfait.

La praefecta détourna les yeux de la cordon mauve et regarda les femmes rassemblées à la droite du bureau de Lupa. Elles papotaient, bavassaient, jacassaient… de silences en discussions animées. Elles semblaient étonnées, électrisées. Quelques-unes, visiblement désorientées, étaient sondées par l'une des docteures. Mais bientôt, même ces dernières retournaient rejoindre leurs groupes afin de poursuivre l'entraînement. Plusieurs s'arrêtaient après quelques pas, aussi surprises que ravies, et se retournaient pour chercher du regard une collègue, le visage rayonnant de bonheur. On eût dit des enfants ! L'une d'elles percuta même sa voisine. Larca interpella Lupa d'une voix forte, et pointa du doigt ces femmes qui avaient l'air totalement ivres.

Lupa lui répondit sur le même ton :

- C'est l'effet du moniteur. Il fonctionne, Générale. Mais ça prend un peu de temps à s'y habituer. Ce soir, lorsque toutes les implantations seront terminées, Élyana va s'adresser au Conseil de la lumière pour établir des règles sur l'utilisation de cette capacité. Elle viendra vous voir plus tard, à son retour, pour en discuter avec vous.

Puis, reportant son attention sur les femmes en cours d'implantation, Lupa lança à la cantonade :

- N'oubliez pas que vous devez toujours être physiquement avec d'autres Sœurs pour établir le premier contact. Une fois que vous aurez identifié la signature de chacune, vous pourrez vous contacter simplement par la pensée.

Larca renifla, crachota, et s'éloigna pour ne plus voir ce spectacle. *Il y a intérêt à ce que ce ne soit pas une bêtise, sinon elle rejoindra bientôt les voûtes noires !*

II. Une annonce

Harlion, Kendor, Aithen, Mitsuko et Irania étaient assis dans la chambre d'audience privée du roi, et observaient Octavius avec curiosité alors qu'il faisait lentement les cent pas au fond de la pièce, les mains et les yeux absorbés par son nouveau gilet.

Octavius venait de se remettre de son récent assassinat évité de justesse, mais il en gardait des séquelles : une nouvelle douleur musculaire que Tania Lux Baiula, sa docteure, lui avait prédite éternelle. Heureusement, les fauteuils en feuilles de Lacora atténuaient ses souffrances, tout comme le corset confectionné avec cette même plante. Cette création, fleuron du savoir-faire des clercs d'Élande, exploitait les propriétés réactives des Lacora à la pression et à la chaleur pour offrir un soutien unique. Ce vêtement, ajustable à souhait, était conçu pour masser délicatement son porteur aux endroits nécessaires, grâce à la disposition minutieuse de ses fibres contractiles internes. Le seul désagrément était qu'il fallait le porter à même la peau, exposant par endroits la peau de son porteur. Mais, pour un patient de la stature du haut roi, les clercs savaient allier fonctionnalité et décence, et créaient des pièces qui, tout en remplissant leur rôle thérapeutique, conservaient une apparence digne et respectable.

À cet instant précis, Octavius balaya la pièce du regard, puis, s'arrêtant sur Harlion et Kendor, les interrogea sur l'avancement de la stratégie de défense contre le Scytale.

Détournant les yeux de l'habit royal, les deux officiers allaient faire leur rapport, mais Harlion se ravisa, réalisant que la question ne lui était pas véritablement adressée, puisqu'il n'avait désormais plus sa place dans les affaires militaires. Il adressa à Kendor un regard qui en disait long sur son irritation face à ce bouleversement dans sa vie.

Aithen le remarqua et serra les dents. Octavius et lui, avaient promu Kendor au poste de haut capitaine de la Garde royale, un peu plus tôt dans ce quart, et élevé Harlion au rang d'administrateur prétorien pour superviser la Garde prétorienne du roi et l'ensemble des opérations de renseignements. Le secundus Telpornion, quant à lui, avait été promu primus, et dirigeait désormais le bataillon d'assaut monté, succédant à Kendor. Ils espéraient qu'Harlion verrait cette évolution d'un bon œil. Il était évident, maintenant, que l'ancien capitaine prenait plutôt mal ces chamboulements.

Gêné, Kendor baissa les yeux avant de répondre :

- L'utilisation des Lux Baiulae comme guetteuses est une aide précieuse, Sire. Et les méthodes d'entraînement élaborées par le seigneur commandant Toras nous ont offert un avantage certain jusqu'à ce que le Scytale se mette à déployer des rokons. Nous voilà donc revenus à notre point de départ. La situation serait différente si les cordons rouges pouvaient se battre contre le Scytale, mais elles sont cantonnées à la génération de nébuleuses.

Un grognement sourd s'échappa entre les dents serrées du roi, puis Octavius s'adressa à Irania :

- Et vos Sœurs, Lux Baiula, comment avancent leur entraînement ?

- Lentement, Sire. Mais nous devrions bientôt gagner en efficacité.

Le souverain haussa un sourcil, intrigué.

- En effet, Élyana a enfin réussi à transmettre la technique de génération de nébuleuses à Iyawa Lux Baiula, l'une de nos cordons jaunes les plus talentueuses, qui est capable de reproduire à la perfection toute liaison provenant de ses lectures, de ses observations ou de son transfert de mémoire. Elle s'occupe à présent d'entraîner les autres – majoritairement des cordons autres que rouges - à générer des nébuleuses.

Étonné, Octavius s'exclama :

- C'est remarquable, pourvu que les liaisons qu'elle reproduit soient fidèles aux originales.

Irania répliqua, légèrement vexée :

- Bien sûr, Sire, vous avez raison ; elle ne peut exceller que dans la mesure où la source qu'elle étudie est elle-même excellente, ce qui est le cas d'Élyana, qui a su se défendre avec brio contre l'ASC du Scytale.

- Bien vu, Irania.

Se tournant alors vers Aithen, Octavius demanda :

- Et toi, fiston, que penses-tu de notre défense ?

- Je pense qu'il est urgent de former des Sœurs autres que rouges à la génération de nébuleuses. Il est tout aussi urgent de réviser nos tactiques aériennes offensives et défensives pour que nous soyons prêts à affronter le Scytale et ses rokons lors de notre prochain combat. Heureusement, la créature a de nouveau disparu après sa rencontre avec le quintanal de Toras. Je suis cependant certain qu'elle réapparaîtra sous peu.

- C'est en effet fort probable. As-tu demandé à ton frère d'envoyer l'un de ses officiers pour former nos troupes ?

Aithen acquiesça, puis ajouta :

- Une des tactiques qu'il a mises au point requiert aussi l'intervention d'une Lux Baiula. Irania y travaille actuellement.

Octavius confia :

- J'ai hâte de découvrir les tactiques mises au point par Toras.

Puis, marmonnant pour lui-même, le roi ajouta :

- Et je trouve réjouissant qu'il ait collaboré avec une Lux Baiula pour cela. C'est encourageant.

- Mais, revenons à nos troupes, Aithen. Comment se passe l'entraînement au sol, et surtout, celui des nouvelles recrues ?

Aithen laissa échapper un soupir gêné et répondit à son père :

- L'entraînement avance assez bien. Nos soldats réguliers sont prêts à relever tous les défis, mais—

Il s'interrompit brusquement, remarquant la grimace de douleur qui déformait le visage de son père.

Agacé par l'inquiétude de son fils, Octavius grogna :

- Ne t'occupe pas de mes douleurs, Aithen. Réponds à ma question.
- Pardon, mon roi. Comme je disais, nos soldats réguliers sont prêts, mais les recrues *peinent* à se défendre aussi bien contre les non-sensoriels que contre les sensoriels. Et puis… comme ils ne nous sont pas encore tout à fait liés, leur discipline laisse à désirer.

Un voile de mécontentement passa sur le visage du roi, mais sans indiquer la moindre surprise :

- Eh bien, cela n'a rien d'étonnant, Aithen ; recruter au-delà d'un certain pourcentage de la population entraîne inévitablement une baisse de la qualité. Et même les meilleurs ont besoin de temps pour forger un esprit de corps et une confiance en leurs commandants avant de pouvoir obéir aveuglément, temps que nous n'avons pas. Il ne nous reste donc que l'option de leur donner une discipline de fer.
- Je connais tes théories sur la guerre, Père. Nous les connaissons tous. Mais je doute qu'une discipline de fer soit suffisante pour forger un esprit de cohésion.

Espérant éviter une nouvelle crise de douleur, Octavius regagna son siège et déclara :

- Alors, ils devront servir à épuiser l'ennemi et à gaspiller ses munitions.

Le visage d'Aithen s'empreignit de consternation. Harlion et Kendor, quant à eux, affichaient un air résigné qui montrait qu'ils n'étaient pas pressés de faire ce qu'ils savaient inévitable, tandis qu'Irania restait de marbre et observait discrètement les autres pour jauger *leurs* réactions.

Aithen s'exclama :

- Père, vous ne pensez pas sérieusement cela !
- Bien sûr que si. C'est la seule solution. Chaque aspect de la logistique, chaque tactique et chaque stratégie

d'une armée sont importants et ne peuvent être confiés à des hommes sans discipline. Le seul rôle que nous pouvons leur attribuer – car nous avons besoin d'eux – est en première ligne, en soutien aux soldats réguliers, face à l'ennemi.

Lorsqu'Aithen secoua la tête d'indignation, Harlion voulut intervenir, mais Kendor le devança. Aithen remarqua la frustration du vieil homme et le sourire contrit de Kendor qui répliqua :

-   Le roi a raison, mon Prince.

Le nouveau haut capitaine jeta un regard à son prédécesseur avant d'ajouter :

-   Je suis convaincu qu'Harlion en est conscient aussi ; si les recrues ne sont pas fiables, le front est l'endroit où elles doivent être affectées, faute de quoi nous risquons non seulement de les perdre, mais aussi de compromettre la sécurité de l'ensemble de nos forces.

Aithen sentit un poids peser sur ses épaules, tandis que son ancien conseiller restait muet. À court d'arguments, le prince recula, en signe de consentement, tout en lançant un regard empli de non-dits à son mentor.

Malgré qu'il soit conscient du malaise de son fils, le roi devait poursuivre l'objectif de cette réunion, et se préoccuperait donc des inquiétudes d'Aithen et d'Harlion plus tard. Il fit claquer sa langue et annonça :

-   Maintenant que nous sommes sur la même longueur d'onde, j'aimerais aborder un autre sujet.

L'assistance, devinant la teneur de cette conversation, se prépara mentalement à un nouvel échange houleux.

-   Administrateur, où en sommes-nous avec les assassins ? Avez-vous découvert quelque chose ?

Peu habitué à son nouveau titre, Harlion ne répondit pas immédiatement.

Lorsqu'il prit la parole, ce fut avec une mine défaite et une voix grave, altérée depuis l'incident cardiaque à la foire l'été dernier pendant sa poursuite de l'assassin présumé:

-   Oui, Sire. Ça n'a pas été facile, mais notre prisonnier a fini par révéler que les assassins sont commandés depuis Kartak.
-   Kartak, évidemment ! Et qui est à la tête de cette organisation ?

Harlion, embarrassé, se contenta de hausser les épaules.

-   Avez-vous parlé avec Toras de ses missions de reconnaissance ? Je lui avais ordonné de surveiller cette zone pendant ses patrouilles.

Harlion acquiesça, puis expliqua que, même si les renseignements du prince confirmaient l'existence d'une cellule d'assassins à Kartak, aucun indice ne désignait son chef.

-   J'imagine qu'il est toujours impossible d'envoyer des espions là-bas ?
-   Toujours, Sire. Kartak est un lieu dangereux pour les non- sensoriels. Mais peut-être que la Sororité a trouvé une solution en utilisant des moyens... non conventionnels pour surveiller ces scélérats.

Intrigué, Octavius réagit :

-   Des moyens non conventionnels ?

Irania, avec une hésitation inattendue, expliqua :

-   Oui, Sire. La praefecta Saara et Kelysia Lux Baiula ont récemment mis au point un appareil qui leur permet d'écouter à distance sans recourir au Lien. Deux Sœurs...

Elle s'interrompit un instant :

-   ... deux Sœurs ont été envoyées dans une auberge de Kartak pour y installer cet appareil.

Les yeux d'Octavius s'illuminèrent – les progrès technologiques l'avaient toujours fasciné – mais, ayant perçu l'hésitation de sa conseillère, il voulut en savoir davantage :

L'hésitation de la cordon mauve plongea la pièce dans une atmosphère tendue et remplie d'appréhension. Irania tenta d'éviter le regard de Mitsuko, et répondit avec difficulté :

- L'une des Sœurs, celle qui avait installé l'appareil, a été assassinée hier.

La révélation-choc provoqua un silence. Mitsuko, d'ordinaire si maîtresse d'elle-même, pâlit. Kendor brisa le silence mortifère en criant, incrédule, tandis qu'Harlion fixait la Lux Baiula en clignant des yeux, abasourdi. Le prince et le roi échangèrent un regard empreint d'une profonde tristesse.

Octavius demanda :

- Comment est-ce possible, Irania ? Que s'est-il passé ? Qui a été assassinée ?
- C'est Gina Lux Baiula, une jeune cordon jaune. Elle était en train d'écouter l'appareil lorsqu'elle a été tuée. Il n'y avait personne. Mais le motif est évident.

Octavius continua dans un murmure :

- Je suis désolé de cette perte. C'est justement ce que nous redoutions ; l'ennemi a commencé à s'infiltrer parmi nous, et, de notre côté, nous en sommes toujours à chercher des solutions.

Le silence persista.

Octavius regarda Irania :

- L'appareil fonctionne-t-il encore ? Si oui, quand pouvons-nous espérer recevoir des informations grâce à lui, Irania ?

Soulagée d'en revenir à l'appareil, Irania répondit :

- Il semblerait que oui, Sire. Mais son double de Kartak pourrait être rapidement découvert, compte tenu… du meurtre.

Octavius marmonna quelques jurons inaudibles avant de se lever. Les feuilles de la plante se détachèrent, libérant leurs crochets, et les branches réagirent à la chaleur du corps qui venait de les quitter. Lorsque la chaleur s'estompa, les branches cessèrent de bouger, les feuilles se refermèrent dans un cliquetis et reprirent leur position initiale.

Le roi passa sa main sur le plomb contractile de son gilet pour désactiver l'effet massant, et se mit à arpenter la pièce, sous le regard inquiet de ses conseillers. Son visage finit par retrouver son calme habituel, et Aithen laissa échapper un soupir silencieux.

Octavius déclara :

- Espérons qu'Urbs Lucis découvrira rapidement l'identité du traitre, Irania. Mais passons maintenant à un autre sujet. Comme vous le savez, ce soir, Mitsuko et moi avons rendez-vous dans le Lien avec Marcus, et…

Il s'arrêta, ayant remarqué le frisson qui parcourait l'assemblée à la mention de l'ancien paria.

- … et Lub Methor, le Zébulonien. La Magna Mater et Lusk Methrim nous accompagneront également. Puisque l'Ordre comme la Couronne enverront des soldats pour supporter la révolte zébulonienne, l'heure est venue pour Krystiana de rencontrer le représentant des insurgés. Quant au maître Methrim, il va devoir rencontrer l'autre Zébulonien de cette équation.

Voyant que Mitsuko manifestait son désaccord, il s'enquit :

- Vous aussi, Mitsuko, vous désapprouvez cette démarche ?
- Pardonnez-moi, Sire, mais le maître Methrim m'inquiète… toujours. Je ne suis pas convaincue qu'il soit digne de confiance, et surtout à vos côtés.

- Peut-être, Lux Baiula, mais il a été autorisé par vos collègues à exercer en tant que docteur de la Garde royale et à me servir d'informateur. Et personnellement, il ne m'a jamais inquiété. Peut-être que, comme Élyana l'a souvent suggéré, ce sont ses vibrations inhabituelles qui vous dérangent. N'avons-nous pas deux autres Zébuloniennes alterintrantes à Urbs Lucis ? Vous pourriez comparer leurs vibrations à celles de Methrim et voir si elles se ressemblent.

- J'imagine que nos Sœurs d'Urbs Lucis ont déjà essayé, Sire. Mais je n'en sais pas plus. Peut-être qu'Irania en sait davantage.

Irania secoua la tête.

- Alors, renseignez-vous.

Bien que la protectrice ressentît la brusquerie du roi, elle n'en laissa rien paraître, mais sa réponse trahit son agacement :

- Il est aussi de mon devoir de vous protéger, Sire. C'est la raison pour laquelle je vous mets en garde.

- Oui… oui, je sais, c'est le devoir de chacun ici de me protéger. Mais je ne devrais pas pour autant me sentir prisonnier.

Aithen, à peine capable de contenir son indignation, s'apprêta à parler :

- Père—

Mais Octavius l'interrompit dans un grand soupir :

- Oui. Je sais ce que tu vas dire, Aithen. Et je sais que ces mesures sont nécessaires. C'est juste que… J'aurais préféré qu'elles ne soient *pas* nécessaires.

Face aux murmures de désaccord de l'assistance, Octavius leva les mains en signe d'apaisement :

- Ne vous méprenez pas ; j'accepte toutes les mesures de sécurité. Je les trouve simplement lourdes à porter.

Aithen recula, comprenant la résignation dans la voix du roi, et Octavius reprit :

- Où en étais-je ? Ah oui, le maître Methor. Il va probablement m'annoncer que les guildes sont prêtes pour notre… intervention dans leur nation. Si c'est le cas, et puisque les frumentarii d'Harlion ont confirmé les intentions de Zébula, nous – c'est-à-dire un contingent spécial de notre furanerie et de la cordonneté rouge – partirons bientôt pour la capitale zébulonienne.

III. Une réunion de Zébuloniens

Plus tard dans l'après-midi, Mitsuko était assise en face du roi, à même le tapis de son salon. Son regard empreint de curiosité trahissait sa surprise de le voir adopter une telle posture au sol. Assise à sa gauche, Irania veillait, prête à intervenir en cas de besoin, bien que Mitsuko espérât ne pas avoir besoin d'elle. Cependant, Irania ne participerait pas à la réunion dans le Lien ; en effet, le roi pensait que sa présence risquerait d'intimider Lub Methor en créant un déséquilibre face aux Lux Baiulae.

Mitsuko dit :

- Sire, il est temps de nous connecter.

Octavius acquiesça.

Se laissant bercer par le rythme de la pluie qui commençait à s'abattre sur la côte nord de l'Alvinorie, Octavius entama un compte à rebours depuis dix, amorçant sa descente vers un état de niveau deux, tout en se synchronisant sur les battements de cœur de Mitsuko. Bien que nombreux étaient ceux qui considéraient le décompte comme superflu – voire ridicule –, cette méthode favorisait la concentration d'Octavius et lui permettait de se détacher du monde physique.

Le battement régulier du cœur de Mitsuko permit à Octavius de trouver immédiatement la femme qui l'accueillit d'un hochement de tête chaleureux. Le roi avait appris à se concentrer et à mobiliser ses sens en se connectant à Darya, des décennies auparavant, avant que les usages ne les obligeassent à se séparer. Jour après jour – parfois même plusieurs fois par jour –, ils avaient répété cet exercice de connexion. Cette pratique avait permis à Octavius de maîtriser son immersion dans la transe, de la pleine conscience jusqu'à son entrée dans le Lien, en prenant conscience de la disparition graduelle de tous les stimuli, à l'exception du rythme cardiaque de Darya – son point de repère.

À présent, Mitsuko s'apprêtait à générer un lien mental entre elle et le roi. Octavius, désireux de dissimuler ses capacités de sensoriel et de liaison, avait choisi de la laisser mener la recherche des autres dans le Lien. Mitsuko appréciait cette marque de prudence. Comme si elle souhaitait épargner au roi l'assaut trop brusque des ondes lumineuses habituelles, la Lux Baiula prit son temps. Le processus *demeurait* toutefois très violent.

Octavius se demanda, pendant un moment, pour quelle raison personne n'avait mis au point une méthode moins invasive pour établir la connexion.

Une fois que le roi eut envoyé son dernier coup de fouet lumineux et que Mitsuko l'eut noué autour d'elle, cette dernière le félicita et, ensemble, ils se préparèrent à commencer leur recherche. Ils rencontreraient tout d'abord Krystiana et Lusk, puis ils chercheraient Marcus et son invité.

Ce fut à ce moment que Mitsuko lui envoya une pensée de dégoût qui le fit soupirer :

- *La Magna Mater devrait arriver d'un moment à l'autre avec* Lusk Methrim, *Sire. Je l'ai appelée.*

La forme d'Octavius hocha la tête.

Un peu plus tard – le roi trouvait difficile de rester conscient du temps dans le Lien – Krystiana et Lusk Methrim apparurent devant eux.

La forme de Mitsuko se déplaça comme si elle cherchait à s'éloigner du guérisseur. Octavius ne perçut pas le regard amer de Lusk, mais il commençait à en avoir assez des déplacements incessants de Mitsuko. Grâce à leur lien, Octavius pouvait connaître les pensées ou les sentiments de la femme en permanence, mais il préférait s'appuyer sur des indices visuels, et, à cause de ces mouvements aléatoires, cela devenait très difficile.

Krystiana envoya alors :

- *Octavius, je vous vois.*

Quand la protectrice du roi réapparut à côté de lui, Krystiana la salua également.

Le roi rendit la pareille à la Magna Mater, mais crut percevoir une inquiétude sur son visage. Il garda cette pensée pour lui.

Lusk salua le roi à son tour :

- *Sire, je vous remercie de me permettre de me joindre à vous.*

- *Avec plaisir, Maître Methrim. Vous devez comprendre je vous ai demandé de venir parce que j'ai besoin que vous alliez en Zébulonie avec mon armée pour nous guider et être notre intermédiaire. Sachez que l'homme que nous allons bientôt rencontrer, pour discuter de notre voyage, est un membre de l'OLHZ. Il s'appelle Lub Methor. Le connaissez-vous ?*

Lusk Methrim fit de son mieux pour ne pas montrer son mépris, même si personne ne comprit le sens de son expression faciale.

- *Je le connais, Sire. C'est un homme petit.*

Octavius recula la tête, ne comprenant pas tout à fait ce que l'homme voulait dire.

Krystiana intervint pour l'aider :

- *Il veut dire que votre contact était un « homme sans grande importance ».*

Octavius s'empêcha de se fâcher. Les négociations de la journée allaient-elles partir sur de mauvaises bases ? Il dit :

- *Il a certainement changé depuis que vous avez quitté votre pays. Mais, serez-vous capable de travailler avec lui ?*

Lusk, conscient de l'objectif de sa mission, se força à acquiescer. Malgré tout, Octavius remarqua le manque d'engagement derrière ce geste et lui demanda :

- *Pourquoi cette hésitation, Maître Methrim ?*

La forme de Lusk se disloqua alors qu'il répondit :

- *Sire, je— je ne souhaite pas retourner en Zébulonie.*

Pris d'un désir soudain d'accéder à la demande de Lusk, le roi se retint et son envie disparut aussitôt, tout comme le souvenir de celle-ci. Seul subsistait le souvenir du commentaire de Lusk qui l'avait irrité. Si un homme lui demandait d'entrer en guerre contre quelqu'un d'autre, il avait intérêt à être prêt à marcher avec son armée. Le roi affirma :

- *C'est malheureusement ce qui doit se passer, Maître Methrim. Ce n'est pas négociable. Je comprends vos réticences, mais sachez que vous devez vous aussi vous mettre en danger ici, tout comme les Alvinoriennes et Alvinoriens qui affronteront les armées de votre ancienne reine. Soyez cependant assuré que vous serez protégé, et vous ne serez pas appelé à vous sacrifier pour nous.*

La forme de Lusk s'éloigna, puis se rapprocha du groupe, tandis qu'il réfléchissait aux paroles du roi. Lorsqu'il parvint enfin à une conclusion, sa forme se stabilisa et reprit sa place auprès des autres. Il déclara :

- *Sire, je suis à votre service.*

Les lèvres pincées, Octavius accueillit la déclaration du Zebulonien avant d'annoncer :

\- Rejoignons le reste du comité.

Mitsuko plongea alors dans la mémoire du roi pour capter les vibrations de Marcus et se mit à sa recherche, afin de continuer à dissimuler les capacités du roi. Comme le groupe traversait le vaste espace de ce lieu éthéré, de vives et éblouissantes couleurs illuminaient leur chemin. Ensemble, ils serpentèrent autour d'une forme puis d'une autre – d'innombrables autres.

Chaque fois que Mitsuko percevait une vibration correspondant à ce qu'elle avait détecté dans le cerveau du roi, Octavius l'examinait pour la valider ou la rejeter, augmentant au fil des vibrations la précision et la rapidité de Mitsuko. Après la onzième tentative, Mitsuko s'accrocha enfin aux vibrations de Marcus et, le roi ayant validé son identité, elle guida le groupe vers deux nouvelles silhouettes. Une forme – celle de Marcus Vrol, de haute stature et à la peau diaphane, enveloppé de ses habits habituels bien qu'il eût pu s'imaginer dans des vêtements plus somptueux – s'adressa à Octavius :

\- *Mon Roi, je suis heureux de vous revoir.*

Une ombre fugace fit hésiter Octavius, mais ne sachant pas ce qui l'avait dérangé, il transmit :

\- *Moi de même, Marcus.*

Puis Lub Methor s'inclina devant le roi et reçut également son salut. Désignant son compagnon tout en observant Krystiana avec une nuance d'inquiétude dans le regard, Octavius annonça :

\- *Magna Mater, vous reconnaissez sans doute Marcus Vrol.*

Le roi observait Krystiana – son visage, ses mains, sa posture –, essayant d'y déceler des indices de confiance ou de méfiance. Mais ces traits lui semblaient plus énigmatiques dans le Lien que dans le monde physique. Certes, un cerveau avait tendance à forger des représentations de son corps avec des mimiques familières, mais une personne habituée à l'itinérance – comme la Magna Mater – pouvait façonner et refaçonner sa forme à loisir, et ce, d'une manière à laquelle Octavius n'était plus accoutumé et qu'il ne pouvait plus interpréter aussi aisément qu'autrefois. Malgré cet obstacle, il discerna quelques altérations éphémères, mais sans doute révélatrices, dans l'apparence de la Magna Mater.

Il comprit : *« Je suis toujours amère que cet homme soit en la liberté, bien qu'il ait été disculpé du crime pour lequel il a été banni il y a des décennies. »* Octavius fronça les sourcils intérieurement et espéra que Krystiana ne viendrait pas interférer dans leur tâche.

Lorsque Krystiana inclina la tête en guise de réponse, Octavius poursuivit les présentations :

- *Maître Methor, voici Magna Mater Krystiana, cheffe de l'Ordre des Sœurs de la lumière. Mater, voici Lub Methor, le Zébulonien grâce à qui nous sommes tous ici.*

Sur le visage éthéré de Krystiana, Octavius remarqua un sourire accueillant qui dissimulait autre chose. *Hum, ce sourire semble cacher un léger étirement des lèvres, qui, dans le monde physique, trahirait du sarcasme. J'imagine qu'elle n'apprécie pas de devoir participer à cet accord, d'être impliquée sans avoir pris part aux négociations initiales.*

Lub Methor s'inclina alors timidement. *Cela ne me surprend pas. Espérons que Krystiana interprète cela pour ce que c'est : la timidité naturelle des Zébuloniens face aux Alterintrantes.*

Octavius poursuivit les présentations avec le reste des participants. Sans surprise, le maître Methor observa son compatriote en faisant la moue. Mais le roi fut étonné de voir l'expression bienveillante de Marcus se figer l'espace d'un instant, lorsqu'il aperçut Lusk. Il poussa un nouveau soupir intérieur. *Ce sera un miracle si cette réunion aboutit à un succès. Et pourquoi Marcus semble-t-il perturbé par la présence de Methrim ? Il ne connaît pas cet homme.*

Chassant ces pensées de son esprit, Octavius déclara :

- *Maître Methor, vous vous souvenez peut-être de Lusk Methrim, qui était, je crois, jadis membre de votre organisation.*
- *Oui, Sire, yé lé connais,* confirma Methor.
- *Maître Methrim se joindra à mon armée en Zébulonie pour servir d'intermédiaire, car nous ne maîtrisons pas votre langue. J'aurai donc besoin que vous collaboriez pour que nous y parvenions.*

Lub Methor garda le silence et durcit son expression.

- *Je comprends que vous puissiez en vouloir à Lusk d'avoir quitté l'OLHZ il y a des années, mais soyez assuré qu'il a le même objectif que vous : renverser Zébula et ses Janarae.*

Il s'ensuivit plusieurs minutes d'aller-retours entre le roi et Methrim d'un côté, et Marcus et Methor de l'autre, avant que ce dernier ne consente à intégrer Lusk dans leurs stratégies et à collaborer avec lui comme médiateur pour les forces du roi. Marcus semblait se ratatiner chaque fois que Lusk Methrim prenait la parole. Octavius, quant à lui, était accablé par les tensions dont il était témoin. Mais que pouvait-il faire, ici et maintenant ? Il devrait démêler tout cela ultérieurement.

Lorsqu'une sorte d'entente fut conclue entre les parties, Krystiana lança un regard à Octavius avant de s'adresser au Zébulonien :

- *Maître Methor, avant qu'Urbs Lucis ne déploie ses troupes pour soutenir votre révolte, nous avons besoin de certaines informations de l'intérieur du palais de Zébula.*
- *Yé souis navré... Magna, mais—*

- *On ne vous demandera pas d'envoyer quelqu'un au palais ; comme vous le savez, nous avons dépêché deux des nôtres – deux jeunes femmes d'origine zébulonienne – pour recueillir ces renseignements. Cependant, nous aimerions que vous nous aidiez à faciliter leur accès à la forteresse de la reine. Le roi m'a dit que vous avez des contacts parmi son personnel, et que ces personnes pourraient recruter les jeunes femmes comme… serveuses ?*
- *Oui, ce serait possible, et c'est un travail parfait pour des espionnes. Mais ces yeunes femmes parlent bien le zébulonien ? Elles sont belles ?*

Un signal d'alerte retentit et un frisson d'effroi parcourut l'échine la Magna Mater, du roi et de Mitsuko. Krystiana s'exclama :

- *Pourquoi devraient-elles être belles ? Je n'enverrai jamais une de mes acolytes pour qu'elle soit violée ou traitée comme un objet, Maître Methor !*

La peur fit vaciller la forme de Methor qui se rétracta. Il se tourna vers Marcus plutôt que vers son ancien compatriote pour comprendre la réaction de la Lux Baiula.

- *Violée ?*

Marcus grinça soudain des dents, nerveux, tout aussi perplexe face à ce que voulait dire son hôte. Au lieu de répondre à Methor, il dit à Krystiana qu'il ne comprenait pas la question du Zébulonien.

Avant que la situation ne dégénère, Methrim leva la main pour calmer Methor et se tourna vers Krystiana pour clarifier la situation, pour le bien de tous :

- *Magna Mater, ne vous inquiétez pas. La question du maître Methor vient seulement du fait que la reine… aime être entourée de belles personnes ; elle l'exige de tous ses serviteurs, peu importe leur genre, même s'il y a – a eu – quelques exceptions. Quoi qu'il en soit, les jeunes femmes ne seront pas violées, et elles ne seront pas non plus contraintes à des actes dégradants.*

Comme la tension se dissipait dans les formes alvinoriennes, Lusk se tourna vers son ancien compatriote pour dissiper le malentendu. L'homme, qui semblait embarrassé, rougit involontairement, regrettant d'avoir semé la confusion avec sa compréhension imparfaite de la langue et des coutumes alvinoriennes. Krystiana, un peu rassurée, ajouta :

- *Pardon pour ce quiproquo, Maître Methor. Cela confirme que j'ai bien fait de choisir des femmes d'origine zébulonienne pour cette mission, préparées et formées par le maître Methrim pour endosser n'importe quelle identité nécessaire une fois en Zébulonie. Et, pour répondre à vos interrogations : Maître Methrim nous garantit que les jeunes femmes maîtrisent suffisamment le haut zébulonien pour ne pas éveiller de soupçons. Quant à leur apparence, je ne suis pas en mesure de juger ce qui pourrait plaire à votre reine – ou à tout Zébulonien, d'ailleurs. Peut-être que le maître Methrim pourra vous le dire. Mais j'espère sincèrement que cela ne sera pas déterminant dans la réussite de leur mission.*

Lub Methor se tourna vers Lusk. Lorsque Methrim acquiesça, les yeux écarquillés, Methor hocha la tête ; il sembla soulagé, bien que son regard persistant sur Methrim indiquât que des doutes subsistaient sur cet homme qui avait peut-être quitté leur organisation dans des circonstances tendues.

Krystiana parvint toutefois à les rallier à une cause commune, et ils passèrent un moment à peaufiner les détails de l'infiltration de ses espionnes dans le royaume, dans la capitale, et, finalement, dans le palais. Une fois cet accord *conclu,* le groupe se pencha sur les modalités de l'intervention des forces royales en Zébulonie, une troupe d'élite composée de la Garde royale et de la Sororité. Par moments, Octavius était absorbé par les regards à la dérobée que Marcus adressait à Lusk Methrim. Il laissa un soupir intérieur le traverser, puis sa forme scintilla alors que son esprit prenait une décision.

Remarquant que la discussion touchait à sa fin, le roi recentra son attention et dit :

- *Alors, nous sommes tous d'accord pour débuter la révolte le premier jour de primus.*

Tout le monde acquiesça, Methor fit de même, tout en bouillant d'une impatience que le roi n'avait jamais vue en lui, et Krystiana le fit avec résignation. Octavius joignit ses mains et inclina la tête, non sans éprouver un pincement de cœur de n'avoir pas invité Kendor à cette réunion. Il se demanda même pourquoi il ne l'avait pas fait. Pivotant vers sa protectrice, qui était plus loin sur sa gauche, Octavius déclara :

- *Bien, Mitsuko, il est temps pour nous de regagner notre corps.*

Puis, mentalement et en privé, il transmit :

- *Je vais laisser partir tout le monde, mais je retiendrai Marcus ici. Faites comme si vous partiez et cachez-vous à votre retour ; je voudrais que vous l'examiniez. Mais discrètement.*

Mitsuko ne laissa transparaître aucun signe de cet échange silencieux, mais quelque chose la dérangeait. Sa cheffe lui lança un regard qu'elle ne rendit pas, bien qu'elle lui communiquât mentalement que tout allait bien. Personne ne remarqua Lusk lorsque ses yeux grandirent puis rétrécirent à la suite d'une révélation. S'adressant aux autres, Octavius déclara :

- *Krystiana, je vous remercie. Maître Methor, nous reprendrons notre conversation le quatorzième tredecimus.*
- *Pardon, Sire, tredecimus ?*

- *Dans deux mois.*

Methor acquiesça et, après les hochements de tête, les inclinaisons et les salutations de rigueur, le groupe sortit du Lien, à l'exception de Marcus, qui fut retenu par le roi. Le départ de chacun laissa derrière lui un sillage de pâles vibrations jaunes et vertes, altérant légèrement les contours d'Octavius et de Marcus. Quand le calme revint, à l'exception des rubans de lumière qui ondulaient au loin, le roi demanda :

- *Marcus, maintenant que nous sommes seuls, voudriez-vous me dire ce qui vous préoccupe ?*

Marcus cligna des yeux.

- *Ce qui me préoccupe ? Il n'y a rien, Sire, rien si ce n'est l'aboutissement de tous ces mois de travail et la levée de mon exil qui m'ont un peu bouleversé.*

La forme d'Octavius écarquilla les yeux. Pourquoi Marcus lui parlait-il soudain de manière aussi formelle ?

- *Je comprends. Mais je perçois quelque chose et, malgré mes efforts, je suis incapable de mettre le doigt dessus. Et pourquoi lanciez-vous tous ces regards à Lusk Methrim ? Vous le connaissez ?*

Après un moment d'hésitation, qui sembla durer une éternité, une hésitation intensifiée par le claquement des rubans de lumière avoisinants, Marcus répondit :

- *Vous savez combien nos sens peuvent parfois nous induire en erreur.*

Et avec un rire contraint, il ajouta :

- *Je crois que les vôtres vous induisent en erreur en ce moment... mon vieil ami.*

Si l'intention de Marcus était de rassurer le roi, son commentaire eut plutôt l'effet inverse :

- *Que voulez-vous dire, Marcus ? Que je me trompe ?!*

- *Concernant ce que vous avez pu ressentir de ma part durant la réunion, tout ce que je peux dire, c'est que vous avez peut-être confondu certaines vibrations, qui vous sont désormais étrangères, avec des soupçons. Je sais que vous êtes un puissant sensoriel, Octavius, mais il y a des années que vous n'avez pas pratiqué ces capacités. Quant à Lusk Methrim, je ne le connais pas, mais j'ai peut-être moi aussi été induit en erreur par des vibrations inconnues, qui, je présume, proviennent de son statut d'Alterintrant d'une espèce que je n'ai jamais étudiée. C'est un Alterintrant, n'est-ce pas ?*

Octavius acquiesça doucement, puis prit un moment pour réfléchir aux paroles de son ami, laissant sa forme bouger, se dissiper, et se recomposer. Quand il se stabilisa enfin, il répondit :

- *Vous avez peut-être raison, Marcus. Merci de m'avoir écouté. Je vais devoir réaffûter mes sens, car j'ai l'impression que ces réunions dans le Lien vont devenir de plus en plus fréquentes.*

Marcus hocha la tête, et un silence s'installa, les deux hommes se regardant, pensifs.

Lassé d'essayer de déchiffrer les émotions des autres par leur langage corporel – celui des formes éthérées – qu'il ne maîtrisait plus, Octavius envoya :

- *Qu'y a-t-il, Marcus ? à quoi pensez-vous ?*

Alors que la forme de son ancien officier commençait à parler, Octavius fut saisi d'un vertige soudain, et une voix pressante résonna dans son esprit, le surprenant et dissipant le malaise. Lorsque Mitsuko s'adressa de nouveau à lui mentalement, il rétorqua brusquement qu'il allait bien et qu'il ne l'avait pas appelée. La femme voulut le faire sortir du Lien, mais il refusa et lui ordonna de poursuivre l'observation. Quand Octavius prit conscience des paroles de Marcus, l'homme était en train de répondre à sa question :

Octavius tenta de réprimer un sentiment d'indignation suivi d'une nouvelle nausée. Les deux émotions semblaient s'intensifier de manière disproportionnée. Confus, il porta une main éthérée à son front. Se rappelant brièvement qu'il était connecté à Mitsuko, il lui demanda si elle amplifiait ses émotions. Il n'obtint aucune réponse de sa part, mais sa nausée disparut soudain, et avec elle, le souvenir de son malaise. Il dit à Marcus, sans réagir à sa mise en garde :

-    *Très bien... J'ai hâte de vous revoir, mon ami. Mais je dois maintenant retourner à mon corps avant qu'une Lux Baiula ne vienne me chercher.*

-    *Moi aussi, Octavius, avant que mon invité ne s'inquiète. Qu'Alba illumine votre chemin jusqu'à nos retrouvailles.*

Octavius acquiesça, puis sa forme vacilla et disparut du Lien, suivie de celle de Mitsuko.

IV. Sous le voile des ténèbres

Au fond du temple d'Aiala, dans une vaste pièce taillée dans la roche, mais étrangement chaleureuse, Krptus écoutait le clerc au visage froissé de cicatrices et au regard sauvage. L'homme se tenait au sommet d'une haute estrade, regardant ses disciples et accentuant ses paroles par de larges gestes.

Assis dans l'avant-dernière rangée, Krptus observait l'éclectique assemblée de la plèbe et du patriarcat de la ville, où tous se mêlaient sans distinction de rang ou de race. Krptus surveillait le déroulement des événements en dissimulant son appréhension. Profondément mal à l'aise, il craignit plus d'une fois d'être reconnu comme membre de la Garde Royale. Il avait pensé à couvrir sa tête d'une capuche, mais avait abandonné l'idée, car comme tout le monde était tête et visage nus, cela aurait produit l'effet inverse et attiré l'attention sur lui. Il ne lui restait plus qu'à espérer que les personnes assises autour de lui – dans les dernières rangées – resteraient aussi discrètes que lui.

Invité par le sénateur Sur'Elando, Krptus avait accepté d'assister à cette réunion. Le sénateur avait entendu parler de son conflit spirituel avant l'attaque du Scytale dans la capitale, trois mois auparavant, par le biais du premier clerc. La décision de Krptus n'avait pas été facile, compte tenu de sa position dans la Garde et de son respect pour son ancien commandant, désormais administrateur, Harlion, qui détestait le premier clerc. Peut-être que la réaffectation d'Harlion avait influencé la décision de Krptus, tout comme le fait de réaliser que l'Église d'Élande, qui l'avait aidé à s'intégrer dans la vie furanvilloise, ne lui donnerait pas ce dont il avait besoin : une théologie utile face aux ennuis à l'horizon. L'Église d'Élande prônait la résignation totale face aux événements comme aux souffrances ; mais Krptus avait besoin de croire que les choses pouvaient changer et que le mal pouvait être évité.

Par-dessus tout, les événements récents, combinés à sa spiritualité réprimée et à son sentiment d'aliénation depuis que sa sœur et lui avaient été amenés Furanville, avaient suscité en lui un profond désir de s'impliquer dans quelque chose de significatif. Il lui semblait que l'Église d'Aiala offrait justement cela à ses adeptes : du sens.

À cet instant, le premier clerc Galadrin invita son auditoire médusé à se lever. Depuis des années, l'homme avait compris que pour mobiliser une assistance, il fallait qu'elle entende l'appel debout. En effet, se tenir debout au milieu d'une foule de personnes aux aspirations semblables éveillait l'esprit et permettait à l'orateur d'exprimer ses projets par l'impulsion du mouvement sur la pensée, ce qui, à son tour renforçait la volonté dans un cercle vertueux, jusqu'à ce que l'esprit et le corps s'unissent réellement, en harmonie avec tous les individus présents, fusionnés dans une puissante conviction qui ne trouvait son exutoire que dans l'action.

Paré d'une robe écarlate majestueuse, le clerc déclara :

- Notre orbe est attaqué. La raison est simple, et je vais vous la donner.

Galadrin posa sa main sur le crâne du Premier, qui dominait sur un piédestal à ses côtés. En le touchant, il ferma les yeux et tressaillit tandis que le crâne se mettait à luire. Les fidèles, suspendus à ses lèvres, attendaient un signe inconnu. Lorsqu'il rouvrit les yeux, il continua :

- Ce qui a mis les fondateurs en colère, c'est ce manque de foi qui s'est insinué chez leurs enfants, et plus encore chez nos chefs qui, par leur scepticisme, détournent le peuple de nos créateurs. Vous les connaissez, ces infidèles, dans vos familles et dans vos cercles. Le Scytale et les monstres qui s'en prennent à nos villes et villages sont la conséquence directe de cette trahison. Le haut roi et ses affreux complices, ces prétendues Sœurs de la lumière qui ne s'expriment jamais franchement de peur de révéler leur véritable obscurité, ainsi que les Kynariens qui préfèrent communier avec les bêtes plutôt qu'avec leurs semblables, tous ont causé cette discorde et nous seuls pouvons nous en soulager, par nos actes.

Galadrin fit une pause, joignit ses mains et baissa la tête, avant de la relever avec un air de défi et d'ajouter :

- Certains pensent que les morts de cette guerre seront glorifiés lors du jour de l'Union, pourvu qu'ils aient pris soin de leur corps et qu'ils l'aient utilisé pour faire le bien. Mais, dites-moi, les corps de ceux qui luttent *pour* les hérétiques, ou de ceux qui se terrent et laissent l'hérésie prospérer, seront-ils dignes ? Vous le savez, car vous êtes des âmes éveillées, que l'esprit ne réside pas seulement dans notre cerveau, mais dans chaque parcelle de notre être, et pour qu'un corps soit digne, il doit être animé par un esprit digne. C'est l'essence du pansoma ; un corps digne de l'Union est un corps animé par un esprit dévoué. Un esprit hérétique ne peut que souiller le corps aux yeux des fondateurs, peu importe ce qu'il a accompli.

Certains, mal à l'aise, s'agitèrent dans la foule, tandis que la plupart – à la grande satisfaction de Galadrin – se tournèrent, indignés et implorants, vers leurs voisins. Les clercs donnèrent l'exemple et entonnèrent :

- Hérétiques et témoins, corps indignes ! Seuls les engagés sont dignes ! Hérétiques et témoins, corps indignes ! Seuls les engagés sont dignes !

La foule reprit le chant avec ferveur, et cela dura de longues minutes.

Krptus observait la scène et écoutait avec une certaine culpabilité, incapable de se joindre au chant bien qu'il en reconnût la vérité. Lorsque le premier clerc apaisa l'assistance d'un geste de la main, Krptus se rassit avec les autres, espérant que personne n'avait remarqué qu'il n'avait pas participé.

Mais, il fut désarçonné et son cœur s'emballa lorsqu'il entendit la voix du premier clerc s'adresser directement à lui :

- Jeune homme !

Il regarda vers l'estrade, puis autour de lui comme s'il se sentait coupable d'avoir attiré l'attention du premier clerc. Le chef de l'Église l'appela de nouveau, avec plus d'insistance :

- Jeune homme, tu sembles douter.

Krptus serra les dents, prêt à se battre, le soldat en lui prenant le dessus.

Galadrin continua :

- Ne crains rien. Tu es le bienvenu ici, tout comme les autres qui viennent se joindre à nous.

La tension de Krptus baissa un peu.

- Je te reconnais. Je t'ai vu le jour où le Scytale nous a attaqués ; tu étais parmi les témoins.

Le corps de Krptus se tendit à nouveau.

- Mais à présent, tu vois la vérité et tu souhaites agir. Je le vois dans tes yeux. Viens.

Krptus tourna la tête à gauche et à droite, cherchant un indice pour comprendre ce qui se passait. Ceux qui croisaient son regard l'encourageaient simplement à s'avancer, lui faisant signe de se lever et d'aller vers le premier clerc.

Alors, il se prépara mentalement, détendit ses mains comme on relâche le pommeau d'une épée – pour pouvoir le resaisir et dégainer –, et descendit vers l'estrade. En chemin, il eut un frisson. Quelque chose attira son attention sur sa droite ; c'était le sénateur Sur'Elando. L'homme l'encouragea en inclinant la tête. Krptus acquiesça avec nervosité.

Le soldat s'arrêta à quelques mètres de l'estrade, regardant toujours autour de lui avec anxiété. Mais pourquoi devrait-il avoir aussi peur ? Il était soldat. Et pourtant, il était terrifié, tout aussi terrifié par son incapacité à résister à l'appel du clerc que par la foule qui l'encourageait. Mais pourquoi ?

D'un geste bienveillant, Galadrin invita Krptus à venir à ses côtés.

Krptus hésita aussi longtemps qu'il put le faire sans être gêné, puis s'avança. Galadrin lui fit signe d'approcher jusqu'à ce que Krptus ne fût plus qu'à un mètre de lui. Le clerc approcha sa main et la posa sur son épaule.

- Brave homme, sois le bienvenu. Krptus Bentani, n'est-ce pas ?

Le soldat acquiesça. L'assemblée applaudit des mains sur les genoux pour le saluer.

-   Ta présence ce soir est un véritable acte de courage, et rien que cela te rend digne des dons de nos fondateurs. Mais je vois que le doute t'habite encore.

Krptus ne répondit pas et se tint près du clerc aussi raide qu'un homme à qui l'on demanderait d'accomplir un acte honteux en public.

Galadrin continua de sourire avec bienveillance, tout en plongeant ses yeux dans ceux de Krptus d'un air qui semblait dire « C'est ainsi que je vais t'avoir ». Krptus esquissa un léger mouvement de recul, et le premier clerc lui dit :

-   Je veux t'offrir un cadeau, un cadeau très rare.

Les yeux de Krptus se plissèrent avec méfiance.

En pointant du doigt le crâne du Premier, et sans quitter l'auditoire des yeux, Galadrin demanda :

-   Sais-tu ce que c'est ?
-   J'ai... j'en ai entendu parler.
-   En effet. C'est le crâne du premier humain que notre grande créatrice a mis elle-même sur cet orbe, il y a plus de vingt-quatre cents ans.

Le visage de Krptus tressaillit, tandis qu'il se demandait pourquoi le clerc lui parlait de cette relique.

-   Le crâne du Premier est ce qui nous relie directement à nos grands fondateurs. C'est par lui que la créatrice et les autres nous parlent, à moi et à ceux qui méritent leur aide.

Krptus esquissa un nouveau mouvement de recul, mais Galadrin poursuivit :

-   Je veux que tu l'écoutes, afin que tu connaisses la vérité, afin que tous ici la connaissent.

Le soldat était en proie à une grande confusion. Sur son visage se lisait l'incrédulité. Il fit face à l'audience dans l'espoir de rencontrer le regard de Sur'Elando et obtenir la confirmation qu'il n'allait pas être tourné en ridicule. Lorsqu'il croisa enfin les yeux du sénateur, l'homme hocha la tête, et insista avec un nouvel hochement de tête.

Krptus cligna des yeux, résigné à s'engager dans cette étrange cérémonie à laquelle il était invité à participer, et regarda le clerc qui lui indiquait de poser sa main sur le crâne métallique.

- Krptus, écoute la créatrice.

Et Krptus se prépara à s'exécuter.

À deux reprises, il hésita alors que sa main se dirigeait vers le crâne, qui ne ressemblait en rien à un crâne humain avec sa surface métallique lisse. Avant de toucher le crâne lumineux, il ferma instinctivement les yeux et détourna la tête, comme s'il redoutait ce qui allait se passer.

Il ne fut pas frappé par une illumination soudaine, pas plus qu'il ne fut la risée de l'assemblée ; au contraire, la salle voûtée était enveloppée d'un silence étrange et inhabituel. L'esprit de Krptus était désormais pleinement absorbé par le crâne, et toutes ses craintes s'étaient envolées. Il se laissa alors sombrer dans le plaisir que lui procurait la douceur de l'objet, plus lisse que n'importe quel crâne qu'il avait pu toucher auparavant. Il se demanda brièvement – si c'était réellement le crâne du vénérable premier K'Taran – pourquoi les fondateurs ne l'avaient pas honoré de l'Union. Est-ce que–

Krptus rompit le silence qui régnait dans la pièce quand il halèta, tandis qu'une voix perçante hurlait soudain dans son esprit. Clercs et fidèles observaient la scène dans un mélange de crainte et d'excitation ; leurs yeux trahissaient l'attente d'un miracle. Ce fut avec la même réserve silencieuse qui l'avait caractérisé toute sa vie que Krptus ouvrit les yeux, retira lestement sa main du crâne et se tourna vers Galadrin. Soudain, quelqu'un dans la foule s'exclama :

- Que dit-il ? Que dit-il ?!

Krptus adressa à Galadrin un regard rempli de désespoir :

- Je… Je ne connais pas les mots ; ils parlaient en langue ancienne, je pense. Mais je… j'ai compris.

Les profanes demandèrent :

- Ils ?

Krptus continua :

- Notre créatrice… elle a dit : « Aie la foi, Krptus », puis un autre… ça devait être *lui*… Il a dit, « Et si tu agis selon ta foi, tu seras sauvé. Ainsi le seront tous ceux qui suivent leur foi. »

Un murmure d'admiration et d'envie saisit la foule, grandit et explosa dans la salle. Galadrin saisit l'occasion et dit :

- Sois le bienvenu, fils d'Aiala ! Mes frères et mes sœurs, accueillons notre nouveau frère !

Ne sachant comment réagir, le Yerlayen ne bougea pas et afficha un air perplexe. Jamais auparavant il n'avait été accueilli avec autant d'enthousiasme, jamais nulle part, et surtout pas dans le nord où la plupart des gens le regardaient encore avec méfiance, fronçant les sourcils avec mépris.

Les applaudissements et les acclamations continuèrent pendant un moment. Ils prirent fin lorsque le premier clerc demanda le calme d'un geste ample, avant d'enjoindre à Krptus de s'asseoir au premier rang.

Galadrin invita maintenant tout le monde à se lever et à le rejoindre dans la prière.

Ses prêtres se mirent à fredonner un chant fervent ; leurs visages – marqués par des brûlures à différents degrés – se parèrent de la sérénité des fidèles. Galadrin rejoignit le chœur, et sa voix s'éleva avec une force que même le souverain ne pouvait égaler. Les profanes, subjugués, suivirent le premier clerc avec une ardeur terrifiante. Krptus se laissa aller à chanter avec eux.

Cette nuit-là fut fantastique pour l'Église d'Aiala et pour Galadrin aussi qui rendit grâce aux dieux d'avoir guidé ce jeune soldat égaré vers lui. Peu importait que Sur'Elando eût orchestré la rencontre ; le triomphe de son Église était le dessein des fondateurs, et tout le reste en découlait.

V.   La pluie et La main

Ce soir-là, après la réunion dans la chambre d'audience privée, Aithen était de plus en plus perturbé, non par la perspective de marcher en Zébulonie avec ses troupes, ni par les combats incessants contre ce rokon monstrueux – le Scytale –, cette créature chaque fois plus redoutable, ni même par la pensée d'Élyana ; non, ce qui le tourmentait, c'était le déclin de son mentor de longue date, son ami et ancien capitaine de sa garde. L'homme, qui aurait dû connaître une fin héroïque, semblait voué à mourir à son bureau, trahi par les caprices de la vie, plutôt qu'au commandement des armées du roi, défendant le royaume. Aithen était également préoccupé par la santé en déclin de son père, une faiblesse devenue bien trop visible ces derniers temps, en particulier lors de leur réunion, plus tôt dans la journée, malgré les efforts d'Octavius pour dissimuler la gravité de son état. Ainsi, lorsque le doux son de la pluie pénétra dans sa chambre et interrompit ses pensées troublées, Aithen enfila son manteau et sortit du palais. Les deux gardes chargés de sa protection cette nuit-là lui demandèrent où il allait et se mirent à l'accompagner. Tournant sa tête légèrement vers la droite, Aithen leur ordonna de ne pas le suivre. Face à leurs murmures de protestation, il soupira et leur expliqua qu'il avait besoin d'une promenade, seul, pour faire le vide dans son esprit. Comme le prince n'avait jamais reçu aucune menace, les soldats se résignèrent à obéir, à contrecœur.

Prévoyant qu'ils resteraient à monter la garde devant des appartements désormais vides, Aithen ralentit l'allure et leur suggéra de profiter de l'occasion pour partager un repas tardif avec leurs frères d'armes. Sur ce, il s'éclipsa du palais d'un pas empressé.

Quand les premières gouttes de pluie effleurèrent les épaules d'Aithen, il s'arrêta un instant pour souffler. Les nuits d'automne étaient habituellement fraîches, mais cette nuit, une vague de chaleur s'était installée sur la région, et la pluie – tombant avec une douceur apaisante – était une bénédiction sur ses épaules. Son irritation resurgit néanmoins lorsqu'il aperçut Kil sortant des écuries. Voyant le jeune garçon ouvrir la bouche, sans doute pour l'interroger sur sa destination, le prince accéléra le pas vers les portes, espérant ainsi couper court à toute question. Il fut soulagé de constater que personne ne le suivait.

Les sentinelles de la Garde de surveillance, dont les effectifs avaient été doublés après les deux tentatives d'assassinat du roi, saluèrent leur commandant en tapant discrètement du pied, percevant dans sa démarche et son regard lointain que ses pensées vagabondaient ailleurs.

Le sergent Telpornion, alors chargé de garder la porte, adressa un salut au prince, et lui dit avec une pointe d'inquiétude :

- Mon Prince, allez-vous vous rendre *en ville* à pied ?
- En effet, Sergent, ouvrez la porte, s'il vous plaît.
- Mon prince, il vaudrait mieux qu'un gardien vous accompagne.
- Non, Telpornion, j'ai envie de marcher seul.
- Mais, mon Prince, avec les récentes tentatives contre—
- Sergent, tout ira bien.

Mais l'officier bien en chair persista. Ne voulant pas s'éterniser en discussions – et une part de lui admettant que l'homme avait peut-être raison de s'inquiéter – Aithen accepta et dit :

- Très bien. Faites appeler Piros pour qu'il m'accompagne. Cependant, je pars sur-le-champ, il devra me rejoindre en chemin. Maintenant, ouvrez la porte, je vous prie.

- À vos ordres, mon Prince.

Le sergent adressa un signe de tête aux deux gardes qui s'empressèrent d'obtempérer, même si leurs gestes étaient d'une lenteur aussi agaçante que calculée, comme si eux aussi doutaient de la décision du prince de quitter le palais seul. Dès que le prince eut franchi la porte, il entendit Telpornion donner l'ordre d'aller chercher Piros.

Comme prévu, Aithen n'attendit pas son garde du corps et s'engagea sur l'Allée du triomphe. Les mains enfouies dans les poches de sa cape, il avança les yeux clos, se remémorant ces moments de son enfance où il arpentait ainsi les rues, se délectant du plaisir des gouttes de pluie sur ses vêtements, leur mélodie sur le sol, sur les plantes et contre les façades, avançant les yeux fermés aussi longtemps que possible. Il aspirait à retrouver cette insouciance d'antan. Il aurait voulu que son père fût plus jeune, ou qu'Octavius n'eût pas tant tardé à—

Un bruit derrière lui interrompit ses pensées. Il ne se retourna pas pour identifier qui était là, car il avait reconnu le rythme des pas et le raclement de gorge. Le soldat, informé de la morosité du prince par Telpornion et par les deux gardes postés devant sa chambre, se tint à une distance respectueuse.

Le prince le remercia en silence.

Piros, percevant le trouble et le besoin de solitude de son commandant, le suivit à quelques pas, suffisamment près pour intervenir si quiconque tentait d'attaquer le prince sur cette vaste allée, mais assez éloigné pour lui laisser de l'espace.

Comme d'habitude à cette heure, les restaurants commençaient à se remplir, les lumières clignotaient pour inviter les clients à entrer déguster mets et boissons, seuls ou en bonne compagnie. Les établissements de prestige, comme ceux qui bordaient l'Allée du triomphe, baignaient dans la douce lumière aux reflets changeants des lampes organiques, tandis que les autres se contentaient d'éclairer leur salle avec des lampes à graisse diffusant une clarté jaunâtre. Aithen avançait, se laissant saisir par des fragments de cette scène, captant les émotions que les silhouettes dansantes éveillaient en lui, racontant des récits sans paroles derrière les vitres embuées des estaminets.

Soudain, il augmenta la pression dans ses oreilles, comme il aimait tant le faire quand il était enfant. Cela estompait les bruits ambiants et conférait à la pluie, qui tombait toujours avec douceur autour de lui, un écho qu'il chérissait. Cela l'apaisa, et il marcha ainsi un moment, laissant son esprit dériver vers les souvenirs réconfortants de sa jeunesse. Un mouvement soudain et discret sur le côté gauche de la rue attira son attention, peut-être inconsciemment, et il poursuivit sa déambulation jusqu'à ce que la silhouette d'un vieil homme traversant la chaussée le sortît de sa rêverie. L'homme s'appuyait sur une canne, ses os et muscles affaiblis ne le soutenant guère. Cette vision rappela à Aithen l'image de son père et d'Harlion, et il renifla avec amertume.

On dit : « Que vos corps soient dignes ! » Mais les dieux et leurs prêtres comprennent-ils que la plupart d'entre nous quittent cet orbe en vieillards affaiblis ? À qui donc est destiné ce paradis ?!

Aithen s'immobilisa un instant, les poings serrés par la frustration. Piros, quelques pas en arrière, s'arrêta également et regarda le prince acquiescer puis relâcher ses poings avant de reprendre sa marche d'un pas résolu, indiquant qu'il avait à présent une destination en tête.

Cinq minutes plus tard, Aithen bifurqua dans une ruelle et s'arrêta dans l'ombre.

Là, il plongea la main dans sa poche et en sortit un tube de peinture, avec lequel il recouvrit le vert de ses sourcils et de sa barbe, sous le regard interloqué de Piros.

Lorsqu'il eut fini, Aithen dit à son garde :

- Il te faut une tenue plus discrète.

Apercevant une boutique de vêtements non loin de là, il la désigna de la tête, et demanda à Piros d'aller y acheter une longue cape ordinaire.

Mais cela n'apaisa pas le garde du corps, qui secoua énergiquement la tête. Aithen le fixa un moment, de plus en plus irrité – jusqu'à ce qu'il comprît ce qui se passait – puis il se calma et dit :

- Contentez-vous de faire ce que je dis, Piros, si vous voulez venir avec moi. Je vous promets que je ne vais rien faire de stupide.

L'homme céda finalement et se hâta vers la boutique de vêtements pour trouver un vêtement plus approprié.

Peu avant que Piros, paré à toute éventualité, ne revînt, une nouvelle ombre traversa rapidement le champ de vision du prince. Cette fois, il regarda un peu mieux, mais ne vit rien. Lorsque Piros surgit à ses côtés, il tressaillit, gloussa, puis se reprit.

- Avez-vous vu quelque chose, mon Prince ?
- Non, non. Ce sont les caprices de mon esprit et de la pluie.

Piros scruta l'extrémité de la ruelle sombre où ils se tenaient, puis la rue adjacente, n'apercevant que des couples qui marchaient main dans la main sous la douce lueur des réverbères, et un groupe de jeunes gens, bavardant et riant à une blague qu'on venait sans doute de leur raconter.

Après avoir examiné Piros de la tête aux pieds, et jugé sa tenue appropriée, Aithen déclara :

- Parfait, allons-y.

Piros suivit Aithen qui, de rues en ruelles, s'enfonçait dans les entrailles de la ville. L'inquiétude de Piros monta d'un cran lorsqu'il vit le prince s'engager dans un quartier malfamé. Il hâta le pas et se rapprocha d'Aithen.

- Pardon, mon Prince. Je ne voudrais pas vous ennuyer, mais où allons-nous ?

Le prince poussa un soupir et s'arrêta le temps de répondre à l'homme.

- Hum, êtes-vous sûr que c'est une bonne idée, mon Prince ?
- J'ai besoin de décompresser, et c'est là que je vais. Si vous tenez à m'escorter, je vous conseille de me suivre, bien qu'il n'y ait personne ici contre qui vous devriez me protéger.
- Mais—
- Piros ! J'ai eu une journée difficile, et j'ai besoin de cela. D'ailleurs, ce n'est pas la première fois que je viens ici, et je vous assure que personne ne me reconnaîtra.

Piros acquiesça à contrecœur et se pressa derrière le prince qui reprenait sa marche rapide. Tout en avançant, Piros médita sur les paroles de son commandant.

Enfin, Aithen s'immobilisa devant un établissement à l'éclairage tamisé et aux fenêtres embuées. S'il hésita avant de pénétrer dans Le Muse, le prince n'en fit rien paraître, mais Piros sentit un frisson lui parcourir l'échine. Aithen remarqua la tension de son homme, et lui demanda s'il allait entrer aussi. Piros suivit son commandant en bougonnant.

Malgré la confiance qu'il essayait de montrer à son garde du corps, Aithen ouvrit avec précaution la porte d'entrée. Lorsqu'un couple franchit la porte intérieure pour sortir, il marqua un temps d'arrêt involontaire. Mais ni l'homme ni la femme ne prêtèrent attention à lui ou à Piros, et il reprit sa progression. Une musique atypique les enveloppa dès qu'ils passèrent la troisième et dernière porte. Aithen sentit une onde de sérénité l'envahir, alors que Piros se raidissait.

La salle était presque comble. À l'entrée, une sentinelle – une femme à la stature imposante qui mettait Piros aussi mal à l'aise que les airs blasphématoires qui emplissaient l'air – les dévisagea, fit un léger signe de tête discret au prince qui lui rendit un hochement de tête plus subtil encore, puis réclama leurs armes. Piros, qui n'avait rien remarqué depuis sa position derrière le prince, s'apprêtait à refuser, mais Aithen le prit de vitesse et confia sa dague à la femme. Puis, il fit taire Piros d'un regard. Lorsque le garde déposa son épée, la gardienne plaça les armes dans une armoire déjà garnie d'autres fers et les laissa entrer.

Aithen pencha la tête et murmura :

- Si vous continuez à vous comporter ainsi, vous allez éveiller les soupçons. Détendez-vous, Piros ; je veux en profiter.
- Très bien, mon— oui, Monsieur.

Sur ce, Aithen balaya la pièce du regard, à la recherche d'une table et en choisit une, à l'arrière de l'établissement.

À peine furent-ils assis qu'une serveuse s'approcha pour prendre leur commande. Le prince remarqua la tension soudaine de Piros. Celle-ci s'atténua lorsque la serveuse appela Aithen « Maître Rufius ». Aithen répondit au regard interrogateur de Piros avec un simple sourire. Le garde comprit alors l'absurdité de son comportement et choisit de s'enfoncer dans sa chaise, tandis qu'il passait sa commande à la serveuse après que le prince lui eut passé la sienne.

Se penchant vers Piros, Aithen dit :

- Enfin prêt à apprécier la musique ?
- Pas vraiment, je dirais.
- Alors les boissons et la nourriture ?
- Je suppose.

-   Bien. Que vous aimiez la musique ou non, vous seriez surpris de savoir que la chanteuse est une ancienne membre des Voces Creatoris.
-   Quoi ? Comment peut-elle—
-   Elle n'est pas infidèle… Anto.

Piros dévisagea le prince.

-   Exactement, Anto. Elle n'est pas du tout infidèle. Elle a simplement compris, comme presque tout le monde ici, qu'on a parfois besoin de plus que les chants traditionnels pour trouver un peu de paix ou pour nous affranchir de toutes les bêtises quotidiennes.

Piros regarda le prince un moment. *Il doit se demander ce qui a bien pu me pousser à m'échapper du palais à une heure si tardive. Eh bien, je n'ai pas envie d'en discuter.*

Mais Piros ne cessait de l'observer, de l'examiner, et après avoir remercié la serveuse qui venait de leur apporter du nectar et de la nourriture, il lui posa la question.

Aithen se contenta d'un haussement d'épaules et confia :

-   C'est un tout… Tous les événements récents, dans le royaume, à Furanville, ce qui est arrivé à mon père et à Harlion. Mais je n'ai vraiment pas envie d'en parler ; je veux juste ne plus penser à rien pendant un moment.

Piros acquiesça lentement, saisit sa chope et déclara :

-   Alors, que cela réchauffe votre âme… Maître Rufius.

Il se tourna ensuite vers la scène, s'efforçant d'écouter la musique l'esprit ouvert. Les paroles étaient cependant fondamentalement provocantes et le mettaient mal à l'aise. Son corps se mit pourtant à osciller doucement de manière involontaire. Il se contrôla. Mais, après avoir vidé une autre chope de ce puissant nectar et entendu la chanteuse attaquer le chant suivant – était-ce vraiment un chant, ou quelque chose d'autre ? –, il se laissa de nouveau aller à battre la mesure malgré lui.

À cet instant, cinq hommes s'assirent à une table voisine. Malgré son détachement du soir, Aithen lança un regard prudent dans leur direction. Un coup d'œil rapide lui suffit à identifier quatre d'entre eux comme des étrangers, tandis que le cinquième, apparemment d'ici, leur tournait le dos, ce qui arrangeait parfaitement Aithen puisque cela réduisait le risque qu'il fût reconnu. L'un des étrangers – un grand gaillard – le dévisagea brièvement avec un large sourire, avant de reporter son attention sur ses comparses qui venaient de faire signe à la serveuse. Aithen tourna la tête vers la scène et laissa la musique dessiner sur ses lèvres un sourire, le genre de sourire attiré par l'évaporation de toute pensée parasite.

Le prince et le garde passèrent du temps à boire et à grignoter, tout en se laissant emporter par la musique ensorcelante et en partageant de temps à autre des réflexions sur des sujets anodins.

Finalement, alors que la nuit était déjà bien avancée et qu'Aithen avait complètement oublié les sombres pensées qui l'avaient conduit au Muse, il bâilla et dit à Piros qu'il était temps de rentrer.

Piros appela la serveuse et lui demanda l'addition. Alors qu'il s'apprêtait à payer, Aithen l'interrompit et remit à la femme les cent secretes[10] qu'ils lui devaient. La serveuse les remercia, et ils partirent. Piros dit en murmurant :
-   J'aurais dû savoir que vous auriez de la monnaie.
-   J'en ai toujours quand je sors la nuit.

En se dirigeant vers la sortie, ils ne remarquèrent pas que les hommes de la table voisine s'apprêtaient également à quitter les lieux, et ils sortirent de l'établissement après avoir récupéré leurs armes. Aithen s'arrêta sous l'appentis pour ajuster sa cape afin de se protéger de la pluie qui tombait plus fort à présent.

____

[10] Secrete : Pièce de monnaie fabriquée à partir des sécrétions colorées d'une espèce microbienne rare.

Piros l'imita. Tandis qu'il attachait son dernier bouton, un bruit dans la ruelle voisine attira l'attention de Piros. Il se déplaça pour en identifier la source et fit signe à Aithen de se taire lorsque ce dernier lui demanda de quoi il s'agissait. Aux aguets, Piros jeta un œil prudent à l'angle et vit deux des hommes qui avaient été assis à côté d'eux. Ils semblaient frapper quelqu'un. Il se retourna précipitamment et chuchota :

- Mon prince, en temps normal, j'aurais appelé les sénatoriaux, mais à cette heure, ils arriveraient trop tard et je crois qu'on est en train de passer quelqu'un à tabac ; je crois que nous devrions intervenir.

- Laissez-moi voir !

Après un bref coup d'œil, le prince rétorqua :

- Ce ne sont pas ceux—

Piros acquiesça.

- Maudit ! Je ne m'y attendais pas, mais heureusement, je n'ai bu que quelques verres. Êtes-vous capable de vous battre ?

Piros acquiesça fermement.

- Alors, allons-y. Mais enlevons d'abord nos capes ; la pluie est chaude ce soir.

Le prince et le soldat déposèrent leurs capes sur une charrette, puis contournèrent le bâtiment. Aithen chuchota :

- Ce sont les cinq gars de tout à l'heure. L'un d'eux est au sol et gémit, mais personne ne le frappe en réalité.

Surpris, Piros regarda le prince avec inquiétude. Il dit :

- Peut-être qu'on devr—

- Non, on y va.

Avant que Piros n'eût le temps de formuler d'autres objections, Aithen s'engagea dans la ruelle.

- Vous là-bas !

Les hommes se retournèrent vers lui, bien moins surpris qu'Aithen ne l'espérait. Mais ce dernier se doutait déjà que cette *bagarre* avait été orchestrée dans le seul but de l'attirer. Le meneur et ses quatre acolytes, alignés dans la ruelle, brandirent leurs courtes épées. Reculant la tête, Aithen glissa :

- Ça fait longtemps que je dis à mon père qu'on devrait obliger les visiteurs à déposer leurs armes à la porte de la Maison. Bon, êtes-vous prêt ?
- Prêt ou pas, on en est là, même si j'aurais préféré que votre frère soit là. Sans vouloir vous froisser, mon Prince, il y en a deux qui pourraient passer pour Gorus et Rior.

Aithen se contenta de pousser un grognement contrarié. Il n'était peut-être pas un spécialiste du corps à corps, mais il était adroit, et grâce au récent entraînement de la Sororité, il se sentait capable de tenir tête à ces voyous, même s'il ne le ferait pas avec autant d'aisance que Toras.

Aithen ferma les yeux l'espace d'un instant, ce qui amusa ses adversaires. Puis, avec un sourire narquois, il prit une profonde inspiration, rassembla ses esprits, et fit signe à Piros de le rejoindre, sans quitter ses adversaires des yeux. Ils s'immobilisèrent à quelques pas des hommes. Aithen regarda le Furanvillois avec des yeux remplis de colère : comment un citoyen de la capitale pouvait-il ainsi se retourner contre les siens ? *Les époques transforment les âmes.*

La lanterne, près de la porte arrière de l'établissement, éclairait le visage d'Aithen strié par les coulées d'encre noire dont il s'était barbouillé pour dissimuler ses sourcils et sa barbe. Peu à peu, le noir coulait vers le coin de ses yeux, l'obligeant à les essuyer avec un pan de sa chemise, de crainte d'être aveuglé.

Le meneur renversa la tête en riant :

- Tu aurais dû y penser à deux fois avant de te peinturer comme ça, par une nuit comme celle-ci... Altesse.

Piros émit un sifflement aigu :

- Mon prince, l'encre a disparu !

Sans détourner le regard, Aithen répliqua :

- Peu importe, Piros. Je suis sûr que ces hommes sont venus pour moi, en fin de compte. J'avais aperçu des mouvements dans l'ombre depuis le palais, mais j'avais l'esprit ailleurs, et je les ai ignorés. J'aurais dû faire attention, mais, comme tu l'as dit, on en est là.

Pendant que les voyous s'amusaient entre eux avec toutes sortes de plaisanteries vulgaires et obscènes sur le joli prince et son gardien, Aithen acheva de se concentrer. Les railleries de plus en plus nombreuses ne l'ébranlaient pas. Il avait chassé toute émotion ; seule sa part rationnelle subsistait, évaluant, planifiant. Il était devenu le prédateur qui analyse sa proie et étudie ses options.

Il lança :

- Si vous aviez prévu de m'assassiner, vous allez être déçus ; mon ami et moi arrêterons les survivants… Maîtres… ?
- Mes compagnons et moi ne sommes pas de votre avis sur ces points, Petit Prince ; nous ne sommes pas de vulgaires voyous ; nous sommes des membres de La main du créateur, et si l'un des nôtres devait être capturé, cela dérangerait nos projets. Quant à nos noms, ils ne vous regardent pas, avec tout le respect que je vous dois.

Les hommes ricanèrent en chœur, méprisants.

La main du créateur. Aithen sentit un pincement dans ses entrailles. Une organisation criminelle, oubliée depuis des décennies, qui avait jadis menacé son père et le royaume, il y avait de cela quarante ou cinquante ans. Refusant de se laisser envahir par de sombres pensées avant un combat qui pourrait s'avérer fatal, Aithen chassa ses interrogations. Il se reconcentra juste à temps pour voir les yeux du meneur rétrécir et ses muscles se raidir avant de bondir. Aithen et Piros prirent position, brandissant leurs armes, ancrant fermement leurs pieds sur le sol détrempé, et balayant du regard les alentours à la recherche d'objets pouvant leur servir ou servir à leurs assaillants. Le prince et son garde du corps pivotèrent des hanches. Deux contre cinq ; ils devaient gagner. Ils *allaient* gagner.

Le meneur du groupe s'adressa à ses hommes à gauche :
- Vous deux, occupez-vous du garde ; le prince aux sourcils verts est à moi.
- Et nous ?, demandèrent les deux autres.
- Venez m'aider si vous voyez que je n'y arrive pas, mais je ne pense pas que j'en aurai besoin. Ce freluquet ne fera pas long feu.

Aithen laissa cette insulte glisser sur lui, tandis qu'un sourire espiègle se dessinait sur ses lèvres. Puis, il inspira profondément et échangea un regard avec Piros, qui lui envoya un hochement de tête rassurant, alors qu'il observait le colosse et son acolyte, un gars agile et prompt à l'épée, s'avancer vers lui.
- Soyez prudent, lui lança Aithen.
- Vous aussi, mon Prince.

La mâchoire crispée et le regard aiguisé, Aithen s'avança vers son adversaire. Le Furanvillois, bouillonnant d'impatience, se rua sur le prince sans attendre, un affreux rictus déformant son visage écarlate.

Plein de confiance, ce traitre.

Le prince, imperturbable, se contenta de parer le premier assaut pour évaluer la puissance et l'adresse de son adversaire. Sentant son bras trembler sous l'impact, Aithen comprit que le brigand était très fort, et ajusta sa défense en conséquence. Le rougeaud recula, se repositionna, puis se lança de nouveau. Il tenta de placer son pied derrière celui d'Aithen, pour le déséquilibrer. Mais, plus rapide, Aithen tourna autour du pied de son opposant et le frappa de côté. L'homme émit un grognement et redoubla de vitesse, attaquant Aithen tantôt d'un côté, tantôt de l'autre, tantôt de face, puis le contournant pour le frapper par-derrière.

Où cet homme a-t-il appris à se déplacer de la sorte ?

Reculant après la dernière offensive, Aithen repensa sa stratégie alors que l'homme tendait son bras armé. Déterminé, il se jeta sur l'homme – avec une feinte. L'homme baissa sa lame pour parer le coup, mais Aithen, qui avait fait un pas de côté, dirigeait à présent sa lame vers le flanc du criminel, mais grimaça, frustré, lorsque sa lame s'emmêla dans la cape de l'homme. Aithen lâcha un juron.

Un peu essoufflé, le Furanvillois cracha :

-     Alors, Petit Prince, on a du mal à passer ?

Aithen ne répondit pas. *Pour l'instant, oui, mais la prochaine fois que j'attraperai ta cape, je te le ferai regretter.*

Derrière lui, un grondement sourd s'éleva, semblable à celui de Piros. Aithen lança un regard furtif vers son garde et le vit un instant attraper son bras blessé avant de rediriger son attention vers les assaillants qui fondirent sur lui de part et d'autre.

Une ride d'inquiétude se creusa sur le front d'Aithen. *Maudit, je dois me dépêcher.*

Le chef de la bande saisit l'occasion de la distraction du prince pour lancer une nouvelle offensive. Mais Aithen, cette fois, avait *senti* le mouvement. Il se tourna avant que l'homme ne pût enfoncer sa lame dans son dos et, dans un mouvement fluide, accrocha la cape avec sa lame, et l'enroula autour de l'arme de son adversaire, le désarmant temporairement. D'un bond, Aithen porta un coup d'épée au flanc de l'homme. Le voyou poussa un gémissement et Aithen le repoussa violemment au sol.

Sans perdre un instant, Aithen se précipita au secours de Piros, poussant un cri de guerre. Les voyous se retournèrent, interloqués. L'un d'eux – le plus imposant – acheva son mouvement pour faire face au prince. Un combat effréné s'engagea entre les combattants, tandis que le chef blessé encourageait ses hommes à distance.

Aithen n'avait pas la force brute de son frère, capable de terrasser un homme par la seule violence de ses coups, mais il avait été formé par des maîtres d'armes et *avait* acquis maîtrise et agilité bien au-delà de celles qu'ont la plupart des hommes. Face au colosse, il opta pour la rapidité et l'endurance pour éviter à tout prix tout affrontement direct. Il se contenta donc de reculer, d'esquiver, et ne frappait que lorsque l'occasion se présentait.

La tactique était efficace et Aithen réussit à lacérer à deux reprises l'avant-bras de son adversaire, tout en esquivant chacune des attaques et contrattaques. Toutefois, lors de la sixième approche, le colosse bloqua si violemment le coup d'Aithen que ce dernier poussa un cri et lâcha son épée. La douleur pulsatile dans son bras le déconcentrait ; il prit son membre dans sa main, et gémit pendant un moment, tout en essayant d'en chasser la douleur. Il dût lâcher son bras et se ruer sur son arme pour la récupérer, quand il vit son ennemi s'avancer, un féroce sourire aux lèvres. Juste avant que le scélérat ne se précipitât sur lui, Aithen se jeta sur le côté, saisit son épée malgré la douleur aiguë, se releva et, dans un cri de rage, asséna un nouveau coup à l'homme. Le colosse hurla et Aithen sentit qu'il pouvait enfin renverser la situation, lorsqu'il perçut une présence derrière lui. Ignorant l'intuition qui le pressait, il resta concentré sur son adversaire qui chargeait à nouveau avec un rugissement. Un frisson d'alerte parcourut son dos et il ne put résister au besoin de se retourner pour regarder : il tenta en même temps d'esquiver le colosse, mais il était trop tard. L'homme le repoussa violemment, et un complice resté en retrait – un homme affreux – asséna un coup de bâton dans le bas du dos d'Aithen. Le choc projeta le prince au sol, face contre terre.

Piros, de son côté, avait neutralisé son propre adversaire – le rapide et svelte. Entendant le cri du prince, il se retourna et vit le géant qui se dressait juste là, derrière lui. L'homme frappa et Piros s'effondra dans un souffle rauque.

Le chef lança un ordre au colosse et à l'homme à la face dehurleur qui avait frappé Aithen :

- Achevez le petit prince. Maintenant !
- Pourquoi ? Je croyais qu'on—
- Achevez-le !

L'affreux voyou ramassa son bâton et s'approcha du prince pour obéir.

Il leva son bras aussi haut que possible, prêt à l'abattre pour transpercer le prince. Mais, dans un ultime effort, Aithen tendit la main vers son épée, la saisit, se retourna sur le dos et plongea la lame dans le ventre de l'homme, l'éventrant. Aucun cri ne s'échappa du scélérat – son esprit, anesthésié par le choc, ne perçut pas la douleur – bien que son visage déconcerté montrât qu'il avait tout compris.

Tandis que l'homme s'effondrait, le sang et la boue éclaboussèrent le prince qui recula – directement sur le géant. Heureusement pour lui, ses sens étaient en éveil, et il ne les ignorait plus. Il sentit que colosse était furieusement déterminé à finir le travail lui-même, avant même qu'Aithen ne pût bouger un orteil. Le prince savait qu'il devait se relever, bien que son dos et sa poitrine le fissent souffrir autant que s'il eût reçu un coup de bellique. Il puisa malgré tout dans ses réserves pour concentrer son esprit sur son corps, son bras, sa main, l'épée qu'elle tenait, et sur l'assassin qui s'approchait. Il serra les dents et se redressa dans un grognement féroce aidant son corps à pivoter, et transperça l'homme dans un cri de guerre, frustré et vindicatif.

Le bruit des éclaboussures attira l'attention d'Aithen. Le meneur du groupe haranguait son dernier complice – un homme qui ressemblait à une souris, celui-là même qui prétendait agoniser au sol quelques minutes plus tôt – pour qu'il lui prêtât main-forte. Mais il était évident que ce n'était pas un combattant. Le prince se rua sur le Furanvillois avant que ce dernier ne pût faire le moindre geste, plaçant la lame contre sa gorge.

C'est alors que la corne des sénatoriaux retentit, déchirant l'obscurité de l'allée, tandis que des faisceaux lumineux éclairaient la scène. Aithen eut envie de rire, surtout lorsqu'il entendit le sergent crier :

-    Haut les mains ! Lâchez vos armes.

Le sergent ne mit pas longtemps à reconnaître le prince, et lâcha un juron sous l'effet de la surprise. Pendant qu'Aithen expliquait au sergent ce qui s'était passé et qu'il criait à ses hommes de porter secours à son garde du corps, une porte s'ouvrit sur le côté du bâtiment. Aithen tourna la tête et aperçut le propriétaire du bar, visiblement soulagé, mais embarrassé. Quelqu'un lui avait signalé une bagarre dans la ruelle, et il avait demandé l'intervention des sénatoriaux. Il ignorait cependant l'identité des malheureuses victimes de l'attaque. Le prince lui adressa un signe de tête reconnaissant et reporta son attention sur le sergent qui l'interrogeait toujours sur ses agresseurs tout en maudissant les dieux pour ces folies, ici même dans la capitale, lui demandant ce qu'il faisait ici.

Aithen ne répondit pas à la dernière question, mais balaya le sol trempé de sang d'un regard furieux, qui se remplit de haine lorsqu'il tomba sur le chef des voyous et sur l'homme à la tête de souris. Il dit :

-    Vous pouvez emmener ces deux-là en détention. Mais livrez-les au Frumentariat ; le préfet Harlion et ses hommes se chargeront de l'interroger. Les autres peuvent aller à la morgue.

D'un air pincé, le commandant répondit :

-     Certainement, mon Prince.

Aithen remercia l'homme, puis éleva la voix pour demander à un jeune sénatorial :

-     Comment va mon gardien ?

Tout en aidant Piros à se lever, l'homme lui répondit :

-     Il est vivant, mon prince.

Réjoui, Aithen courut vers son garde du corps.

L'homme avait l'air embarrassé et légèrement contrarié.

-     Ha ! Vous êtes un homme fier pour faire cette tête à présent, Piros. Je suppose que vous auriez préféré mourir pour moi, mais je préfère de loin que vous ne l'ayez pas fait.

Piros secoua la tête et partit dans un rire rauque auquel se joignirent les autres. Ce rire réconforta Aithen qui, l'espace d'un instant, oublia la tentative d'assassinat – la première – dont il venait d'être victime. Allait-il y en avoir d'autres ? Survivrait-il à toutes, comme son père jusqu'alors ? Aithen demanda si les sénatoraux étaient venus avec des furans ou un autre moyen de transport, ce à quoi le sergent répondit que leurs vorans les attendaient dans la rue voisine. Le prince en réquisitionna un pour lui-même et un autre pour Piros, après s'être assuré que son garde du corps était en état de monter, puis il laissa les sénatoriaux s'occuper des prisonniers et des corps, tandis que la nuit engloutissait les secrets et les blessures de cette sombre escarmouche.

VI. Le plan

Lusk était en transe au centre de sa salle de contemplation. Son corps était moins crispé aujourd'hui que lors de sa rencontre avec Noctiferus, bien que sa raideur indiquât que son itinérance dans le Lien n'avait rien d'un voyage plaisant. Il s'entretenait avec l'Umbra et le Scytale pour les informer de sa rencontre avec le roi. Ils étaient tous les deux physiquement ensemble : le Scytale semblait transporter l'Umbra vers le Yeltchek.

- *Bene egisti, Vaedrin, et praemium huius tibi erit. Quomodo iam eum capiamus ? An eum, si non ceperimus, quomodo amoveamus ?[11]*

Lusk dut admettre qu'il n'avait pas encore élaboré de stratégie pour éliminer le roi. Le Scytale proposa de l'attaquer avec ses rokons, idée que l'Umbra rejeta d'emblée.

- *Et le jeune homme de la cour que tu devais convertir ? Est-il prêt ?*
- *Je regrette, Umbra, mais je préférerais ne pas m'en remettre à lui pour une tâche d'une telle envergure. Cependant...*
- *Cependant... ?!*

Lusk répondit :

- *Nous pourrions peut-être élaborer une double stratégie pour nous assurer que le roi ne nous échappe pas.*

L'Umbra le regarda d'un air intrigué.

- *Nous pourrions attirer le roi dans le Lien et l'affronter ici, tandis que mon converse lui tendrait une embuscade dans le monde physique.*

Un sourire parut se former sur les lèvres de l'Umbra, qui resta silencieux, attendant la suite.

- *Je pense pouvoir organiser une autre rencontre avec le roi ; sa Lux Baiula – sa protectrice – sera probablement présente, mais l'Alis Domini, moi-même, et deux ou trois des plus valeureux de Kartak, arriverons à les vaincre facilement, aidés de mon converse.*
- *Hmm, ce plan me plaît. Mais je ne veux pas que tu te révèles pour l'instant ; il te reste encore beaucoup à*

---

[11] Tu as bien agi, Vaedrin, et tu en seras récompensé. Comment allons-nous capturer le roi ? Ou, si nous échouons, comment allons-nous l'éliminer ?

faire. L'Alis Domini peut charger Marcus d'organiser cette rencontre.

Cette remarque contraria Lusk, qui soupira avant d'acquiescer.

- *C'est grâce à l'Alis Domini que nous avons pu capturer l'autre Luxor.*

Lusk afficha un air perplexe. L'Umbra, légèrement agacé, demanda :

- *Quid est, Vaedrin ?* [12]

- *Excusez-moi, Umbra, mais pourquoi les appelez-vous Luxori ? Depuis mon arrivée à Urbs Lucis, j'ai appris que les derniers Luxori sont morts depuis des siècles, emportés par une épidémie. Le roi et l'autre peuvent être des Alterintrants, mais pas des Luxori.*

- *Tu te trompes, Vaedrin. Ces deux-là sont bel et bien des Luxori. J'ignore comment leurs aïeux ont survécu, mais c'est un fait, et leur puissance est indéniable, même s'ils en ignorent l'étendue. Avec Marcus sous notre contrôle, la capture de l'autre est désormais assurée.*

- *Pardon, Umbra. Vous avez peut-être raison.*

Lusk marqua une pause, puis, avec une assurance inhabituelle et dans un élan de confidence, il ajouta :

- *En fait, vous devez avoir raison. Vers la fin de notre entretien, un peu plus tôt, j'ai détecté une communication entre le roi et sa protectrice, une communication dissimulée de manière beaucoup plus subtile et complexe qu'un simple sensoriel serait capable de le faire.*

L'Umbra trouva cet accès de franchise étrange et leva un sourcil avant de dire :

- *Voilà des informations précieuses, Vaedrin, car elles confirment ce que nous pensions, et tu es pardonné.*

---

[12] Qu'y a-t-il, Vaedrin ?

Un vent composé d'innombrables étoiles bleues et jaunes enveloppa Lusk tandis que l'Umbra poursuivait :

- *Veille à ce que ton converse ne nous déçoive pas ; tu n'aimerais pas devoir rapporter un nouvel échec. Et je t'invite à accélérer la conversion des autres humains de la cour Alvinorienne ; ta lenteur dans cette entreprise est décevante. Ne m'oblige pas à te trouver un remplaçant ; les conséquences pour toi et pour ta mère de naissance seraient fort désagréables.*

Ces paroles résonnèrent en Lusk d'une manière qu'aucune force physique n'eût pu égaler ; elles s'infiltrèrent dans son esprit, s'emparèrent de son être et le secouèrent violemment. Sa forme s'obscurcit et vacilla alors que le Scytale, sourire aux lèvres, disparut à la suite de l'Umbra. De retour dans son corps, Lusk regarda son reflet haïssable dans le miroir de sa salle de contemplation. Il maudit son image, puis redoubla de malédictions en apercevant le symbole gravé sur son front. Sa vie durant, il n'avait été qu'un pion manipulé par les autres, indépendamment de ses talents ou de ses pouvoirs. La marque sur son front – la partie gauche – attestait que, bien qu'esclave, il avait accompli de grandes œuvres : il avait été choisi pour servir la reine. Cependant, c'était aussi le souvenir cuisant – marqué par le trait de droite – de son humiliation suprême, lorsque Zébula l'avait surpris avec son partenaire ; ce ne fut que plus tard qu'il avait compris que l'Umbra lui avait tendu ce piège, mais il était trop tard, et l'Umbra était devenu son unique échappatoire à une humiliation éternelle. Face à ces souvenirs, il ne désirait que la mort. Mais il devait vivre et accomplir son devoir – pour sauver sa mère, la seule chose qu'il avait été capable de protéger et sur qui il pouvait encore veiller.

VII. La préparation

- *Mitsuko Lux Baiula, merci d'avoir accepté de me rencontrer.*

La forme éthérée de Mitsuko observait l'apparition de la forme de l'homme à travers ses yeux mi-clos.

- *Pourquoi vouliez-vous me voir, Maître Vrol ?*
- *Je voudrais solliciter un entretien en tête-à-tête avec le roi. Il s'agit d'une affaire découlant de notre conversation du jour.*

Mitsuko étudia le visage de l'homme, cherchant à percer les intentions véritables dissimulées sous sa demande, mais dans le Lien, un manque de confiance ou une nervosité pouvait souvent sembler tout le contraire, et elle n'attendait pas que cet examen lui révélât quoi que ce fût. Elle sonda ses émotions et pensées éphémères, en vain. Néanmoins, elle n'était pas disposée à céder à sa requête aussi facilement. Activant son autre sens, elle demanda :

- *Maître Vrol, de quoi voulez-vous parler avec le haut roi ?*

Mitsuko se trouva déconcertée lorsque, après un instant où il parut prêt à lui répondre, Marcus déclara qu'il préférerait s'entretenir directement avec le roi. Elle insista avec toute l'ingéniosité dont elle était capable, une ingéniosité à laquelle aucun non-sensoriel ne pouvait résister. Mais Marcus Vrol était un Alterintrant, et elle abandonna, sans y prêter plus d'attention.

- *Très bien, j'organiserai cette rencontre... demain, à cinq heures après grandjour.*
- *Merci, Lux Baiula.*

Mitsuko ne répondit pas, ni par mots ni par gestes. Son esprit semblait... absent, et elle sortit du Lien, ne se souvenant que de l'accord qu'elle venait de donner. Quant à Marcus, il demeura là un moment, déformé par la lutte de deux sentiments, satisfaction et nausée, jusqu'à ce qu'il soit rappelé dans son corps, à Kartak.

VIII.   Introspection

Dans son appartement à Urbs Lucis, Kita Lux Baiula était assise en silence sur un somptueux tapis vert. Elle trouvait que cette couleur apaisante favorisait sa méditation.

Kita accomplissait le rituel de mémoire, pratique qui visait à assimiler et à structurer les souvenirs de Gina Lux Baiula. Ce rituel, pierre angulaire du transfert de mémoire, garantissait la conservation fidèle et ordonnée de tous les souvenirs, tout en préservant la distinction entre les expériences personnelles de la réceptrice et celles acquises. Cette pratique exigeait des méditations quartielles, au cours desquelles la réceptrice évoquait chaque souvenir, en tissant ensemble ses diverses facettes : visuelles, auditives, olfactives, tactiles, factuelles et émotionnelles – en fonction de chaque souvenir. Les fragments reçus de Gina, incomplets, engendraient des souvenirs éparpillés, ne retenant que les morceaux les plus intenses, sans le moindre réconfort.

Ce soir-là, après trois heures d'effort intense, Kita était épuisée. Les non-réceptrices imaginaient souvent qu'il était excitant de recevoir une vie entière remplie de souvenirs détaillés. Elles ignoraient cependant que pour la *souvenante,* même les événements les plus banals pouvaient s'avérer écrasants, chargés d'émotions fortes, de sensations et de sentiments, a fortiori lorsqu'il s'agissait de moments traumatisants. Et les souvenirs les plus marquants de Gina étaient ceux de ses derniers instants.

Le dernier que Kita revivait en faisait partie. Elle vit… une femme s'avançant, une femme qu'elle connaissait… qu'elle devrait identifier… mais son visage restait insaisissable… seul son cordon rouge apparaissait, vif, flamboyant, violent. La main de la femme se posa sur la bouche de Gina, l'étouffant avant que le moindre cri ne pût s'en échapper. La poitrine de Kita se contracta, son cœur se noua, comme cela avait dû arriver à Gina. Ce fut, pour Kita, comme si elle-même voyait sa propre meurtrière s'approcher et la tuer.

Une voix intérieure, surgissant d'un havre de paix oublié, murmura :

- *Kita, ces souvenirs ne sont pas tiens. Kita, laisse-les partir.*

Lorsque Kita les laissa enfin partir, elle s'effondra sur son tapis vert, épuisée et trempée de sueur.

PERMANERE USQUE AD FINEM

4. FRUSTRATIONS

I. L'interrogatoire

Dans une pièce rarement occupée du Frumentariat, le haut prince, le commandant de la police secrète du royaume, et le frumentarius Elnon attendaient l'arrivée d'une quatrième personne pour commencer l'interrogatoire des prisonniers. Aithen avait pensé à se retirer pour la nuit, mais l'idée ne l'avait effleuré qu'un instant. Comme il ne pouvait se résoudre à reporter l'interrogatoire, il avait envoyé Piros réveiller Harlion qui, à son tour, avait fait appel au frumentarius Elnon.

Elnon – un homme d'âge moyen, petit, svelte, avec une moustache fournie sur son visage sévère – avait succédé à Parok, disparu après l'attaque du Scytale sur la capitale et qui, malgré une recherche acharnée, demeurait introuvable, et dont la disparition n'avait laissé aucune trace. Cette absence continuait de hanter Harlion qui, submergé par d'autres préoccupations, avait renoncé à retrouver son ancien espion principal.

Parmi les deux prisonniers, l'un – le Furanvillois – était un commerçant connu du Frumentariat pour ses transactions souvent suspectes. L'autre, personne ne le reconnaissait. Mais aussi tentant que ce fût d'interroger les hommes, en particulier le Furanvillois, Harlion avait interdit à ses officiers de le faire. Les Frumentarii auraient normalement dû mener cet interrogatoire, car ils étaient chargés d'enquêter sur les crimes contre les patriciens et de collecter les informations sur les fauteurs de troubles du royaume. Mais comme ils s'étaient révélés inutiles pour soutirer quelques renseignements que ce fût au chef du groupe – celui qui avait attenté à la vie du roi quelques quarts plus tôt – Harlion avait décidé que leur interrogatrice *spéciale* s'occuperait à l'avenir de tous ceux qui attentaient à la vie d'un membre de la couronne. Cela agaçait légèrement ses hommes, mais ils semblaient désormais habitués à déléguer certains cas à celle qu'Aithen et les autres attendaient à présent.

Aithen avait du mal à rester immobile, maintenant que le combat était terminé. Il avait envie de frapper les assassins jusqu'à ce qu'il obtînt d'eux les noms de leur meneur et du reste de leurs camarades ; il brûlait d'envie de les interroger sur La main du créateur. La simple mention de ce nom provoqua chez Harlion une inquiétude soudaine. Cette organisation devait avoir été dissoute. S'agissait-il d'une nouvelle organisation qui avait simplement choisi de prendre le nom de cet ancien groupe qui avait semé le chaos à travers le royaume ?

Ignorant ses propres instructions, Harlion décida d'interroger les hommes. Mais, en quinze minutes d'interrogatoire, il n'obtint que des railleries du meneur et des fadaises de l'autre prisonnier. Il aurait voulu entrer dans la cellule et employer des méthodes plus directes pour récolter ses réponses, mais cela n'aurait été d'aucune utilité à son interrogatrice spéciale si elle avait trouvé à son arrivée les prisonniers dans l'incapacité de lui répondre ; alors il abandonna et décida d'attendre, aussi frustrant que cela pût être.

Une ombre d'inquiétude voila subitement le visage du prince. Il avait longuement débattu avec Harlion de la possibilité d'utiliser des liaisons pour soutirer des aveux aux criminels. Finalement, Aithen s'était résigné à l'idée de recourir à des mesures plus radicales, après les multiples tentatives d'assassinat du roi et, à présent, de lui-même. Son consentement ne parvenait cependant pas à l'apaiser, tandis qu'il était tiraillé non pas par l'aspect moral de sonder l'esprit d'un malfaiteur, mais par la crainte que cette pratique, une fois normalisée, ne finisse par nuire aux innocents. Aithen poussa un soupir agacé pour chasser sa frustration.

De son côté, Elnon, frumentarius aguerri, affichait une sérénité imperturbable, trahie seulement par le tressaillement intermittent de sa bouche, signe de son agacement de ne pouvoir mener lui-même l'interrogatoire. Si la femme échouait, il prendrait sa relève. L'expérience avait déjà démontré que cela était possible.

À quatre Agn précises, une porte dérobée s'ouvrit dans un coin de la pièce, laissant entrer une Sœur. Celle-ci marqua un temps d'arrêt en découvrant l'assemblée, puis se retourna pour fermer la porte dissimulant un corridor étroit et sombre. Un murmure s'échappa des lèvres du prince. Harlion le fixa d'un air qui semblait dire : *Je vous en prie, acceptez cela pour ce que c'est.* Le frumentarius Elnon laissa transparaître son mécontentement par son regard dédaigneux.

L'émotion du prince n'échappa pas à la Lux Baiula qui, malgré ses efforts pour dissimuler ses sentiments, ne put masquer sa surprise ; elle lança un regard interrogateur au préfet, essayant de comprendre pourquoi il avait amené le prince ici.

Aithen se dit : *Élyana n'en croira pas ses oreilles quand je lui raconterai cela. On dirait que chez les Lux Baiulae, il n'y a pas qu'elle et la Magna Mater – ou la déchue Natalia – qui ont la capacité d'entrer dans l'esprit des humanoïdes. Comment Urbs Lucis va réagir ?* Conscient qu'il devait s'adresser à la Sœur, Aithen adoucit les traits de son visage et déclara :

- Laranis Lux Baiula, pardonnez ma surprise, mais j'ignorais que les Sœurs participaient aux interrogatoires. Je croyais qu'un Alterintrant sans scrupules s'en chargerait.

La cordon jaune réputée parmi ses pairs pour être une excentrique écervelée, se redressa, bien qu'elle fût déjà droite comme un I, et répondit :

- En effet.

Aithen se retint de secouer la tête face à la réponse énigmatique de la femme, qui, bien qu'encore plus sibylline qu'à l'accoutumée chez les Sœurs, signalait au prince que ces pratiques n'avaient rien de nouveau pour elle. Il poursuivit pour obtenir la confirmation de ce qu'il suspectait déjà :

- Vous allez donc interroger ces deux hommes aujourd'hui, mais l'avez-vous déjà fait avant ? *Et pan! Comment tu t'en sors à présent ?*

La question d'Aithen sembla en effet troubler la Lux Baiula, qui fit une pause avant de répondre.

Aithen l'observait tandis qu'elle préparait ses mots. Elle semblait partagée, ou plutôt… contrariée, oui, elle était contrariée.

- Je suis venue interroger ces hommes sur la demande du haut capitaine—

Laranis s'interrompit, remarquant le malaise qu'avait provoqué l'évocation de l'ancien titre de l'homme. Elle reprit :

- Sur la demande du Préfet Harlion. Et effectivement, j'ai déjà mené de tels interrogatoires auparavant, Haut Prince, bien que je ne l'aie pas fait aussi souvent que vous ne l'imaginez.

Aithen croisa les mains, tambourinant du pouce, en proie à l'indécision : devait-il autoriser cet interrogatoire ? Il continua son manège un instant, le regard baissé mais jetant des coups d'œil à son mentor, tiraillé par un dilemme intérieur. Le viol mental était un acte interdit par la loi. Et pourtant, son propre mentor, le commandant de la police secrète du roi, semblait avoir toléré cette pratique sur ses prisonniers. Depuis combien de temps ? Des années ? *Comment pourrais-je l'accepter ? J'ai déjà mis mon père dans l'embarras devant sa Garde en l'accusant d'avoir violé l'esprit de son assassin pour se protéger, et maintenant, je vais accepter cela ???* Les regards inquiets des autres, y compris celui de la Lux Baiula, pesaient sur lui. *J'imagine que oui.* Lorsqu'Aithen renifla doucement, Harlion et Laranis poussèrent de discrets soupirs de soulagement. Aithen acquiesça lentement à plusieurs reprises, puis releva la tête pour regarder les autres et déclara :

- Très bien. Alors, comment allons-nous procéder ?

Laranis Lux Baiula, sans perdre son temps à remercier le prince, lui demanda s'il avait entendu des conversations entre les prisonniers, et, si oui, de lui en parler avec le plus de détails possibles. En entendant le nom de l'ancienne organisation criminelle, elle cligna des yeux et avala sa salive. Puis, se tournant vers les trois hommes, elle demanda :

- Quelles informations désirez-vous obtenir des prisonniers ?

Harlion prit la parole en premier. Désignant le Furanvillois, il dit avec amertume :

- Je veux savoir qui donne ses ordres à Hecrus Fioran. Le maître Fioran a souvent fait l'objet d'enquêtes pour ses manœuvres financières douteuses, et, maintenant, il est pris en flagrant délit de tentative d'assassinat sur le prince.

Détournant son attention du citadin qui affichait un sourire provocateur, il poursuivit :

- Je veux savoir qui est cet étranger ; et je veux aussi savoir s'ils avaient l'intention de s'en prendre de nouveau au roi après le prince. Et je ne veux pas de *Noctiferus nous y a contraints*.

Le prince et le frumentarius acquiescèrent, le premier avec réticence, le second avec son assurance habituelle. Ils ne demandèrent rien d'autre.

Laranis s'avança de l'autre côté de l'épais verre déformant, d'où prisonnier et interrogatrice pouvaient se voir et s'entendre parfaitement.

Aithen demanda avec empressement :

- Lux Baiula, est-ce prudent de vous exposer ainsi ?

- Je veux qu'ils puissent me voir. Mais ne vous inquiétez pas : ils ne se souviendront pas de moi.

La Sœur pénétra dans l'espace réservé aux visiteurs.

Le Furanvillois lui adressa une grimace tandis qu'elle s'installait sur la chaise. Son acolyte, quant à lui, semblait vouloir s'éloigner d'elle, mais se trouvait déjà adossé au mur.

Parfait, celui-ci cédera facilement.

Laranis Lux Baiula évalua les deux hommes de manière égale, le visage impavide. Cet air stoïque parut ébranler le meneur qui, dans un geste de défi, cracha dans sa direction. L'autre, ne pouvant reculer davantage, serra les poings.

Elle ne remarqua pas l'anxiété du prince ni le tumulte intérieur sur sa décision d'interrompre ou non le processus.

Voyant la Lux Baiula s'asseoir et fermer les yeux, Hecrus Fioran secoua la tête, oscillant entre confusion et inquiétude. Il n'avait jamais assisté aux rites occultes des sorcières. Bientôt, il porta une main à son front, l'appuya fermement et se mit à crier contre un intrus dans son esprit. Dans un bref éclair de semi-lucidité, il demanda à son complice ce qui était en train de se passer, mais le Breminois gisait au sol, inerte.

Aithen regardait toujours en silence et lançait des regards mal à l'aise vers Harlion qui, lui, restait imperturbable.

Une force invisible fit alors tomber le meneur qui se raidit d'un seul coup, ses yeux devenant jaune pâle alors qu'ils se révulsaient.

Laranis dit :

- *Je suis ici pour obtenir des réponses à mes questions ; vous pouvez choisir de me les donner librement, sans douleur, ou de me résister, ce qui me contraindra à vous les prendre de force.*

L'homme, refusant de céder, poussa un cri, mais aucun son ne s'échappa, il était prisonnier de son esprit, seul face à une vision ardente comme unique témoin de sa détresse.

La Sœur soupira, déçue, et entama sa recherche. Elle sondait les méandres de la mémoire à long comme à court-terme d'Hecrus Fioran, fouillant chaque recoin en quête des réponses aux questions du capitaine. Si le processus était indolore, l'irruption forcée des souvenirs dans sa conscience engendrait confusion, peur panique, tristesse dévorante, et même terreur. Certains souvenirs étaient douloureux, d'autres, embarrassants, et d'autres encore le faisaient enrager. Les rares moments de joie, que Laranis éveilla en le sondant, ne firent qu'accentuer l'horreur de l'expérience.

Par moments, la cordon jaune s'octroyait une pause et se délestait des émotions du prisonnier, afin de ne pas en être submergée.

À présent, le prisonnier se mit à hurler comme un fou, et demanda ce qui était en train de lui arriver.

Seul un léger frémissement trahit l'agitation de Laranis face aux cris déchirants de l'homme ; elle semblait ne plus pouvoir le maîtriser. *Je ne comprends pas pourquoi je n'arrive pas à le garder immobile. Ses neurotransmetteurs doivent être défectueux, ou ses récepteurs altérés ? Je dois essayer une autre méthode. Pourvu que personne ne remarque mon visage tendu…*

Malgré ses yeux révulsés – signe de sa captivité mentale –, Hecrus Fioran continuait de hurler, implorant d'abord son bourreau de cesser, puis suppliant pour sa grâce, avant de s'effondrer, un sanglot ténu s'échappant de ses lèvres.

Aithen avait assisté à la scène, les mains tremblantes, sans quitter des yeux la Lux Baiula immobile et le malfrat en proie à la tourmente. *Que lui avait-elle fait subir ?* Si Hecrus Fioran n'avait pas tenté de l'assassiner – et qui sait quelles étaient les autres victimes qui lui avaient été désignées, sûrement son père, après l'échec des deux premières tentatives – Aithen aurait ordonné à la Lux Baiula de cesser son enquête dès les premiers cris de l'homme.

Il jeta un regard aux autres et une pensée amère lui traversa l'esprit : *Ils ont déjà été témoins de cela. Voilà pourquoi ils restent stoïques. Maudits soient les Fondateurs pour nous faire accomplir des choses aussi cruelles !*

La voix embrouillée et somnolente du brigand à la tête de souris capta l'attention du prince. Il semblait que la Lux Baiula avait décidé de lâcher un peu Fioran pour travailler plutôt sur son complice :

- Non… non, ne fais pas ça !

L'homme insista, s'opposant à ce qu'il pensait que Laranis lui infligeait, jusqu'à ce que ses protestations se muassent en une résignation étrange, puis en une incitation déconcertante à lui en faire subir davantage. Puis il se tut, adossé au mur, les jambes étendues devant lui, son abdomen se contractant par intermittence – était-ce obscène ? – dans des gémissements vulgaires, quoique fort heureusement presque inaudibles.

Aithen pouvait seulement imaginer ce qui se passait, et il adressa à Harlion un regard chargé de dégoût. Mais le vieil homme se contenta de hausser les épaules. Quant au Frumentarius Elnon, son rictus paraissait montrer qu'il enviait le criminel. Aithen murmura un juron et, ne souhaitant plus assister aux réactions du détenu face aux manipulations de la Lux Baiula, alla s'asseoir au fond de la salle, contre le mur, pour attendre avec impatience la fin de l'interrogatoire, tout en se demandant ce que la Lux Baiula pouvait bien faire et pourquoi.

Après un temps qui lui parut interminable, Aithen entendit Harlion annoncer que la Lux Baiula avait terminé.

Il se leva et rejoignit les autres. La Lux Baiula, penchée en avant, les coudes sur les genoux et le front dans les mains, semblait épuisée. Après un moment, elle passa la manche de sa robe jaune sur son front, puis leva les yeux vers lui.

Aithen s'apprêtait à l'assaillir de questions sur ce qui justifiait qu'elle employât de telles méthodes… jusqu'à ce qu'il perçût sur son visage un profond dégoût empreint d'autocritique.

Comprenant ce qui devait se passer dans l'esprit du prince, elle articula d'une voix aussi tendue que lasse :

- Ne me jugez pas, Haut Prince, pour ce que vous m'avez vu faire. Et ne croyez pas que j'y prenne du plaisir. Pour être honnête, je déteste cela, car ce que je fais pour la stabilité du royaume de votre père – pour notre nation – signifie que ma mort – lorsqu'elle surviendra – emportera tout ce que je suis : mes connaissances, mes expériences, mes souvenirs – tout sera perdu à jamais, car je ne peux laisser personne transférer ma mémoire. Je ne subsisterai que dans la mémoire visuelle ou auditive de celles et ceux qui se souviendront de moi.

Aithen avala sa salive, incapable de prononcer un mot, jusqu'à ce qu'il se force à dire :

- Je présume que vous le faites par nécessité, comme nous le faisons tous. Je comprends.
- La nécessité ne rend pas une chose plus juste, mon Prince. Mais la nature répréhensible de l'acte n'efface pas non plus le besoin de l'utiliser.

S'ensuivit une minute de silence inconfortable, que le Frumentarius Elnon brisa en demandant à Laranis Lux Baiula ce qu'elle avait découvert.

- J'ai vos réponses, et elles ne vont pas vous plaire.

II. Dans l'athénée lucien

Lorsqu'elle se réveilla ce matin-là, Élyana avait l'estomac noué par une angoisse tenace que ni le merveilleux petit-déjeuner que Claren lui avait apporté – la jeune servante avait sans doute entendu les plaintes nocturnes que ses cauchemars lui avaient arrachées – ni la caresse apaisante des rayons du soleil rouge n'avaient su apaiser. Ainsi, après avoir avalé son amère, elle prit la direction de l'athénée – la bibliothèque lucienne –, lieu auquel elle aspirait retourner depuis longtemps.

L'entrée de l'édifice la submergea d'une paix et d'un réconfort presque magiques. Un soupir s'échappa de ses lèvres — lent et apaisant — tandis qu'elle répondait par un hochement de tête aux salutations inattendues mais chaleureuses du personnel.

Élyana s'était toujours interrogée sur le pouvoir viscéral des bibliothèques, plus puissant encore que le confort d'un foyer. Et voilà que cette interrogation s'imposait de nouveau à elle.

Alors qu'elle se tenait face à l'immensité des rayonnages, le titre d'un ouvrage que Procta Lux Baiula lui avait suggéré traversa son esprit. Un nouveau soupir lui échappa, mais de frustration cette fois ; certes, elle était heureuse de porter la mémoire d'autres Sœurs, mais ne pas avoir la maîtrise de ses propres souvenirs était tellement difficile à supporter, et l'intrusion des pensées de ses Sœurs devenait pesante, surtout quand la menace d'une nouvelle Guerre des ténèbres se précisait. Résignée, Élyana hocha la tête et se dirigea vers le quatrième poste de catalogues, confirma l'exactitude des *souvenirs* de la mémoire transférée, et appuya sur le disque d'appel.

Le sol s'entrouvrit en silence, et un mur de volumes anciens en surgit, s'élevant jusqu'au plafond. Le mécanisme avait été conçu par des Sœurs d'un temps très ancien pour protéger les trésors écrits de l'Ordre. Après avoir saisi l'ouvrage qu'elle cherchait, Élyana actionna de nouveau le disque, et le sol ravala le mur dans ce même silence. Elle balaya l'espace à la recherche d'une table libre, puis s'y installa.

Après avoir posé le livre sur le vertical[13], Élyana joua un moment avec ses doigts sur ses lèvres, tandis qu'elle méditait sur le titre : *De Permanentia cognitionis*[14]. *Pourquoi avoir insisté pour que je lise ce livre, Procta ?* Mais avant que la réponse n'émanât de la mémoire, les derniers événements à Urbs Lucis refirent surface dans son esprit, de manière tout aussi invasive que si des convives imprévus s'invitaient à un dîner. La Manu Dextra se renversa dans sa chaise et secoua la tête. Comment avait-elle pu croire qu'elle trouverait ici un havre de paix, même éphémère ? Le meurtre de Gina Lux Baiula hantait encore ses pensées, tout comme l'identité insaisissable de son assassin. Élyana s'était même demandé si elle n'en était pas l'auteure. *Pourquoi pas*, pensa-t-elle, puisque le processus de conversion créait une sorte de dédoublement de personnalité. Elle chassa l'idée dans un gloussement, non sans s'accuser d'alimenter une peur qui, si elle se propageait, pourrait paralyser l'ensemble de la Sororité. Qui plus est, son interrogatoire par le Conseil de la lumière pour son usage du viol mental – comme l'avait dit Larca –, qui avait conclu la journée passée à implanter le moniteur à des centaines de Sœurs, ne l'avait pas aidée à dormir, et elle se sentait mentalement épuisée.

Fort heureusement, Élyana avait échappé au pire, tout comme le roi, grâce à la praefecta consuasores, figure de sérénité, d'honneur et de raison. Les arguments de Raméla, pointant l'obsolescence de leurs lois en ces temps de guerre, avaient su convaincre Biléna, Saara, et même Larca. Toutefois, Raméla avait commis une grave erreur, bien qu'elle eût agi avec l'assentiment de Krystiana : consciente que Larca et Biléna contestaient encore la décision de Krystiana de pénétrer le Lien

---

[13] Vertical : Support permettant de tenir les livres afin qu'ils ne soient pas abîmés par l'encore ou par les pointes aiguisées utilisées pour prendre des notes.

[14] Permanentiam cognitionis : Permanence du savoir.

pour traquer le Scytale et entrer dans son esprit quelques mois plus tôt, elle avait profité de la réunion officielle du Conseil de la lumière pour avancer les mêmes arguments en faveur de l'exonération de la Magna Mater de toute faute dans cette affaire. Les interrogatoires qui s'ensuivirent bouleversèrent Élyana, incrédule face à la décision de sa praefecta de soumettre leur cheffe à un tel examen avec ou sans son accord. Et même si le Conseil absolvait formellement la Magna Mater après cette éprouvante séance, Élyana ne savait pas si elle en éprouvait du soulagement, car la simple mise en doute de l'autorité de Krystiana l'avait tout autant affaiblie que si une censure avait été prononcée ; une inquiétude et une peur désormais omniprésentes chez Élyana la faisaient redouter le jour où, pour la première fois, un ordre allait être refusé. Elle aurait dû partir seule à la recherche du Scytale. Certes, c'était l'idée de Krystiana, mais elle aurait dû insister pour endosser l'intégralité de ce risque… et périr sous les coups du Scytale, avec le prince emprisonné dans son esprit ? Non. Elles avaient fait ce qu'il fallait. Et pourtant…

La Manu Dextra fut soudain arrachée à ses sombres réflexions par le toussotement irrité d'une femme hors de son champ de vision, que le son sec et rythmé, qu'elle produisait en tapotant machinalement sur la table de lecture avec son stylo, agaçait. Élyana posa son stylo et se dit : *Il faut vraiment que je profite de ces rares moments pour explorer la bibliothèque. Sinon, pourquoi être venue ici ?* Puis, elle alla chercher un autre livre – une tragi-comédie qu'elle brûlait de découvrir – la plaça à côté de l'autre ouvrage sur le vertical, et s'y plongea avec gourmandise.

III. De retour au manoir

Alors que la silhouette du manoir d'Harlion se dessinait à travers le carreau droit du carrosse princier, l'homme – qui s'était enfoncé dans son siège pendant tout le voyage, silencieux et pensif – se redressa pour contempler sa demeure, joyau de la Route ministérielle. Sans être la plus majestueuse, son manoir se distinguait par son architecture élégante, mêlant courbes gracieuses et lignes épurées, ses pierres nobles, ses jardins somptueux et ses clôtures de fer forgé autour du domaine.

Harlion s'interrogeait sur l'avenir de ce lieu après la guerre contre les dieux et les créatures monstrueuses. En l'observant, il se remémorait son ascension à la cour royale où il était entré il y avait plus de trente ans. Son avancement rapide, malgré un passé modeste, en avait étonné plus d'un. Mais son esprit perspicace, capable de percer les secrets les mieux gardés, lui avait valu le commandement de la police secrète – les frumentarii – puis le poste de capitaine de la Garde royale.

Il avait pris plaisir à commander la Garde, à assister le roi dans la consolidation aussi sage que mesurée de son règne. Il avait aussi aimé former et éduquer le haut prince, un jeune homme sain, intelligent et intègre, promis à devenir un excellent souverain.

Harlion tourna la tête vers le prince, comme s'il le regardait depuis un autre monde. Il se souvenait l'avoir *jadis* méprisé, lorsque le roi l'avait nommé à la tête de la Garde, le reléguant du même coup au rôle de premier officier du prince. Mais cette hostilité s'était vite dissipée, car le prince avait non seulement continué à se reposer sur lui et à valoriser son jugement, mais avait surtout conservé une sérénité remarquable malgré sa nouvelle autorité. Parviendrait-il à garder cette contenance alors que la guerre frappait aux portes du royaume, prête à tout engloutir ? Il l'espérait, tout en se demandant si l'équanimité d'Aithen ne commençait pas à s'effriter face aux assauts incessants contre lui et sa fam–.

  - Haut – Harlion, nous sommes arrivés. En fait, nous y
    sommes depuis une minute.

Harlion n'était pas certain d'avoir entendu le lapsus d'Aithen, mais un sourire fugace effleura ses lèvres – peut-être son inconscient l'avait-il perçu – tandis qu'il répondait au prince :

- J'étais perdu dans mes pensées.
- Vous pensiez aux prisonniers ?
- Je réfléchissais… à ma famille, au passé, à l'avenir.

Aithen fit la moue, mais n'insista pas. Au lieu de cela, il lança :

- Nous nous retrouvons au palais à dix Ahn ? Pour parler de la situation avec mon père ?
- Oui.
- Je vais poster ici six de nos meilleurs gardes ; vous les connaissez tous. N'oubliez pas d'en garder trois ici et d'emmener les autres avec vous en permanence… du moins, jusqu'à ce que nous ayons éliminé les traîtres et que la menace soit écartée.

Harlion hocha la tête d'un air irrité et émit un léger grognement. Il ouvrit alors la porte du carrosse, descendit en grognant à cause de sa douleur dans la poitrine, un grognement discret mais tout de même audible, remercia le prince en lui promettant de le retrouver, lui et le roi, plus tard, referma la porte, puis gravit les marches.

Aithen poussa un soupir, ouvrit la fenêtre du cocher et ordonna à Mehan, l'un de ses nouveaux gardes du corps, de retourner au palais – lentement. Coris, qui, tout comme Piros depuis quelques années maintenant, lui avait longtemps servi officieusement de garde personnel, était assis à ses côtés. Cette nuit-là, il avait été décidé que le haut prince aurait désormais une garde du corps officielle. Cette décision avait troublé le prince, non parce qu'il la désapprouvait, mais pour ce que cela impliquait.

Quand Aithen entendit le rythme régulier et rassurant des sabots des vorans, il s'enfonça dans son siège moelleux et médita sur les événements de la nuit. Pendant qu'il y pensait, le bruit de la pluie reprenant sa chute lente et douce lui arracha un long soupir, puis une grimace accompagna la douleur lancinante dans le bas de son dos.

Ma promenade ne s'est pas déroulée comme je l'avais prévu, et je ne me sens pas mieux que lorsque je suis parti du palais. Au contraire, je me sens moins bien : avec mes erreurs stupides comme presque appeler Harlion par son ancien titre ; avec la découverte qu'une Sœur aide nos frumentarii dans leurs interrogatoires ; avec Laranis Lux Baiula qui m'observe, qui se demande si je vais la dénoncer à Urbs Lucis, et qui m'incite, à mots couverts, à ne pas le faire ; et enfin avec ce traître, qui n'est peut-être pas seul, dans le palais.

Pourquoi tout semble s'effondrer autour de moi alors que nous avons justement besoin de nous renforcer ? Kendor est un tacticien compétent, un bon stratège aimé par les troupes, mais il n'a pas la clairvoyance d'Harlion. Il fallait pourtant alléger les responsabilités d'Harlion.

Et puis, l'état de mon père évolue trop vite. Lui qui se tenait toujours si droit. Maintenant, il courbe souvent l'échine. Mais au moins, il a fini par accepter ses talents de relieur ; peut-être compenseront-ils l'affaiblissement de son corps. Et son esprit semble aussi alerte qu'auparavant. J'espère que cela durera parce que... parce que !

Ce fut à cet instant que les cieux s'ouvrirent pour déverser un dernier rideau de pluie battante. Lorsque la dernière goutte eut frappé le toit du carrosse, un rayon jaune et chaud se fraya un chemin à l'intérieur pour annoncer la naissance d'un nouveau jour, tandis que le chant de l'aube s'élevait.

Aithen avait toujours été ambivalent à propos des Voces Creatoris. Il comprenait la théorie qui sous-tendait leur organisation : les différentes fréquences entraînaient diverses réactions cérébrales, certaines plus agréables que d'autres, et influençaient ainsi l'humeur de chacun. Les mélodies des Voces Creatoris, avec leurs fréquences plaisantes, pouvaient selon le chant, avoir un effet revigorant, concentrant ou calmant. Le chant de l'aube était vivifiant, tandis que le chant du crépuscule apaisait et préparait au repos, assurant sérénité du foyer et sommeil réparateur. Aithen se demandait si ces chants avaient sur lui l'effet qu'ils semblaient avoir sur les autres. Mais, il ne s'interrogea pas longtemps ; en fait, il était convaincu qu'il serait toujours lui-même, avec ou sans chants. La rareté des moments de silence l'empêchait toutefois d'en être certain.

Malgré tout ce qu'il était *censé* faire, le chant de ce matin l'agaçait ; il était épuisé, courbaturé, et avait besoin de repos. Ainsi, une fois arrivé au palais, il répondit de manière très minimaliste à celles et ceux qui le saluèrent, se dirigea vers ses appartements, demanda à Kil de le réveiller avant dix heures, se dévêtit et s'effondra sur son lit.

****

Dans le manoir de la Route ministérielle, une voix chaleureuse marquée par le temps accueillit l'ex-capitaine de la Garde royale.

- Mon cher Har, je ne savais pas que tu rentrais déjeuner, mais quelle joie de te voir, même si tu as l'air préoccupé.

L'épouse d'Harlion, sans être la plus belle, rayonnait d'une bonté et d'un amour inégalés. Son sourire spontané et sa douceur naturelle n'avaient jamais cessé de le surprendre et de l'apaiser, même contre son gré.

- Je t'expliquerai à table, Kyla.

174

Elle hocha la tête, s'empara du bras de son époux et, ensemble, ils se dirigèrent vers la salle à manger où leur fils les attendait.

- Bonjour Père. Tu déjeunes avec nous ce matin ?
- Oui, Octavian.

Le garçon, tentant de dissimuler son émotion, lança :

- Quelle bonne nouvelle ! Nous mangeons si rarement ensemble le matin.

Le haut roi avait honoré Harlion et sa femme en acceptant de donner son prénom à leur nouveau-né. Harlion avait nourri l'espoir que ce don ouvrirait à Octavian les portes de l'avenir, lui conférant des qualités semblables à celles du roi. Octavian était certes un garçon intelligent, mais une maladie cardiaque avait entravé ses perspectives malgré les nombreux traitements prodigués par la cordonneté blanche.

Pourtant, la fierté d'Harlion pour son fils ne faiblissait pas, admirant son ardeur pour les études et sa décision de fonder une société d'histoire à seize ans, avec le soutien du maître Setarcos et du seigneur Claudius. Cette société, vouée à une historiographie impartiale, compilait les correspondances et écrits de jeunesse de tout le continent. Au bout de deux ans, la collection d'Octavian s'était étoffée, et il œuvrait à l'édition d'un premier tome, dont la publication semblait imminente. À présent, Harlion se demandait si ce livre verrait le jour. Kyla, après avoir accepté la boisson chaude servie par leur domestique, saisit la main de son mari et demanda :

- Har, que font ces gardes autour de notre maison ?

Lorsqu'Harlion vit la réaction de son fils, il pensa un instant à lui mentir, mais l'épuisement l'emporta sur la dissimulation. Sa réponse fut mesurée malgré la colère qui bouillonnait en lui, mais ses derniers mots la firent ressurgir et il évita le regard de sa femme et celui de son fils.

-   Le haut prince a été attaqué hier soir, et il se pourrait que je sois le prochain, à moins que nous ne réussissions à neutraliser ces criminels.

Kyla et Octavian le regardèrent avec des yeux ronds. Certes, ils savaient que la fonction d'Harlion le mettait souvent en danger, et qu'il avait déjà effleuré la mort, mais, jusqu'alors, la menace avait toujours semblé lointaine, abstraite : jamais leur demeure n'avait été la cible, jamais l'idée d'*assassinat* dans leur propre maison n'avait effleuré leur esprit.

Kyla allait parler, mais ce fut Octavian qui commença, d'une voix pressante, chargée de l'inquiétude de ceux pour qui le danger est un concept étranger :

-   Que veux-tu dire, Père ? Des assassins qui en auraient après toi ? Qu'est-ce que ça veut dire ?

Harlion laissa échapper un soupir et esquissa un sourire triste en serrant la main de sa femme tandis qu'il répondait à la question de son fils :

-   La guerre qui se prépare, Octavian, ne ressemble à rien de ce que nous avons déjà connu. Ses acteurs ne sont ni des seigneurs féodaux insoumis, ni des voisins belliqueux, ni des envahisseurs avides ; ce sont des créatures ténébreuses, poussées non par leur propre volonté, mais par celle de choses encore plus sombres… et à leur tête se trouve Noctiferus lui-même. La plupart de leurs stratégies nous sont étrangères, et bien que nous comprenions ce qu'est un assassinat et que nous puissions nous en protéger, nous avons du mal à nous défendre contre des actions auxquelles nous n'avons jamais été confrontés.

Kyla se contenta de resserrer l'étreinte sur la main de son époux, le regard perplexe. Le jeune homme, quant à lui, paraissait de plus en plus nerveux, mais Harlion leva la main et dit :

- Nous affronterons le danger, quelle qu'en soit l'origine, mon fils. La présence de gardes n'est qu'une précaution nécessaire pour y parvenir.

Le visage d'Octavian oscillait entre la crainte et l'acceptation d'une réalité qu'il commençait à entrevoir. Il répondit :

- J'ai entendu des rumeurs. J'ai même reçu des rapports du royaume de Jarah.

Harlion s'efforça de dissimuler son agacement face à l'expression favorite de son fils pour désigner les correspondances reçues de jeunes de tout le pays.

- Ils parlent d'événements qui ne peuvent être que l'œuvre de Noctiferus, mais j'ai longtemps pensé qu'ils étaient farfelus. Apparemment ils ne l'étaient pas.

Harlion renifla avant de poser à son fils une question qui n'aurait pas dû être destinée à son fils, mais à ses espions :

- Que disent ces rapports, Octavian ? Quels sont ces actes attribués à Noctiferus ?

Avec un enthousiasme non dissimulé, Octavian se mit à expliquer que les rapports jarahni parlaient de l'arrestation récente de plusieurs proches et ministres du roi Adid, soupçonnés de sédition puis libérés sur intervention royale. Ces mêmes rapports laissaient entendre que le roi pourrait être sous l'emprise du dieu. Harlion ne put réprimer un grognement incrédule, peinant à croire que de telles informations pussent être accessibles aux jeunes collaborateurs d'Octavian, alors que ses propres agents avaient dû user de subterfuges pour obtenir des détails sur ces arrestations.

Harlion pencha la tête sur le côté tout en répondant :

- Tes amis semblent avoir un réseau très important pour savoir de telles choses.

Soudain, une lueur d'inquiétude traversa son regard et il s'empressa de demander :

- Est-ce que la fille du roi Adid fait partie de tes contacts ?!
- Je… je suis navré, Père. Je ne veux mettre personne en danger. Nos écrits ont un objectif purement scolaire.
- Je comprends. Cependant, tes amis, qui qu'ils soient, doivent comprendre que certaines vérités ne doivent pas être archivées en ces temps troublés. En fait, je pense qu'il serait plus prudent de suspendre ton projet pour l'instant.

Le masque de stupeur et de culpabilité qui recouvrit le visage d'Octavian secoua ses parents. Kyla intervint :

- Octavian, mon trésor. La réaction de ton père est normale ; il ne pense qu'à te protéger et à protéger tes collaborateurs… surtout si l'un d'eux est… lié à la couronne d'Adid.
- En effet, et vu que vos échanges ne sont pas clandestins, ils pourraient certainement vous attirer des ennuis s'ils venaient à être interceptés. C'est pourquoi je dois—

Kyla posa sa main sur le bras de son mari pour l'interrompre et proposer une alternative. Le préfet, incapable de résister à l'influence de sa compagne de toujours, acquiesça et Kyla dit :

- Je suis persuadée que ton père acceptera ce que tu poursuives ton projet à condition que tes contacts se limitent désormais à documenter ce qui est de notoriété publique.

Octavian, regardant tantôt l'un tantôt l'autre, chercha l'approbation dans le regard de son père, qui finit par hocher la tête.

Un sourire plein d'espoir refleurit sur les lèvres du jeune homme, qui s'élargit davantage lorsqu'un serviteur déposa sur la table des bols remplis d'une étrange mixture. Octavian remercia ses parents avant de tremper son pain dans le ragoût verdâtre, l'appétit aiguisé et les narines frémissant d'impatience. Harlion, soulagé mais intrigué, fronça les sourcils et demanda :

- Est-ce que c'est—

Octavian le coupa, enthousiaste :

- C'est de la coclice ! Tu as y déjà goûté ?

- Où notre cuisinier en a-t-il trouvé ?

- J'en ai parlé à Pemlo le quart dernier. J'ai découvert la coclice lors d'une rencontre avec des jeunes de Col de corne, alors que je leur demandais de me partager quelques-unes de *leurs* histoires il y a deux mois. Nous avons… sympathisé et ils m'ont invité à dîner le quart dernier. Tout le monde pense que leur cuisine est étrange, mais, en réalité, c'est délicieux ! Tu y as déjà goûté ? On peut en manger à n'importe quelle heure, bien que Kilian prétende que c'est idéal pour le dîner, car c'est le moment où les beugleurs—

- Oui, oui. Je sais comment on récolte les cocons des beugleurs. Et, non, je n'y ai jamais goûté, et je n'en ai pas vraiment envie.

- Tu devrais essayer. J'ai rapporté de la coclice fraîche et j'ai donné la recette à Pemlo pour qu'il en prépare ce matin. Maman en a déjà goûté et elle a l'air d'aimer.

- Vraiment ? Alors, je vais y goûter moi aussi.

Harlion attrapa un morceau de pain et le plongea dans le ragoût onctueux. Dès la première bouchée, il ne put retenir sa surprise :

- Eh bien !

Octavian s'exclama, ravi :

- Ha !

Et le vieux capitaine se surprit à sourire sincèrement, un sourire porteur d'un espoir soudain et inattendu qui balaya l'ombre qui l'avait accompagné en entrant dans la maison.

IV. Le jeune étranger à Solinor

Darya regarda son fils – un jeune homme d'ordinaire si vif et intelligent, mais qu'elle connaissait à peine – avec une profonde empathie et dit :
-    Ori, les choses *vont* s'arranger et tu pourras revoir ton père dès que l'Alvinorie ne sera plus en danger.

Ori, posté sur le balcon des appartements de sa mère resta silencieux, les dents serrées, refusant de lui dire qu'elle se trompait. Oui, l'idée que son père ou ses frères puissent tomber au combat et que tout ce qu'il avait jusqu'alors connu s'évanouisse l'effrayait. Mais ce n'était pas ce qui le tracassait depuis qu'il avait quitté Furanville pour la Kynarie.
-    Si tu ne veux pas en parler, je ne vais pas t'y obliger.

Elle le vit serrer les poings et détourner la tête. Comprenant qu'elle avait peut-être mal interprété ses sentiments, elle le lui exprima.

Quand Ori posa à nouveau ses yeux sur elle, Darya sentit son ventre se serrer. Ori explosa :
-    Tu veux vraiment savoir ce qui me préoccupe ? Tout le monde me regarde comme si j'étais un monstre ! Tu comprends ça ? Comme si j'étais quelqu'un de pas normal qui pourrait—

Ne sachant que dire, Darya regarda son fils pendant un moment, essayant de retenir des larmes coupables. Elle aurait dû lui dire ce que les gens pensent des mêlés comme lui en Kynarie, mais elle avait espéré que ce serait différent pour son fils, un prince, surtout en temps de guerre. Aria, elle, avait été bien accueillie. *Mais que voulait-il dire par « quelqu'un de pas normal qui pourrait... », qui pourrait quoi ?*

Le visage du prince exprimait de la terreur mélangée à de la fureur, un air difficile à cerner. Darya chercha en vain une explication à ces émotions. *Est-ce que quelqu'un lui a fait du mal ?* Incapable de trouver une réponse qui la rassurât, elle prononça son nom doucement.

Elle vit Ori secouer la tête, comme pour chasser de mauvaises pensées, puis se raidir avant de lancer des accusations qu'elle aurait dû voir venir – Toras n'avait-il pas réagi de la même manière lorsqu'il était plus jeune ? Évidemment, puis il avait mûri et appris à contenir ses émotions pour les rendre efficaces plutôt que destructrices.

- Pourquoi tu m'as emmené ici ? Pourquoi tu m'as emmené ici alors que tu savais ce qui allait se passer, pourquoi tu n'as pas dit non quand papa te l'a demandé ?

Darya était sur le point de protester, mais elle se ravisa, prit une profonde inspiration et dit :

- Parce que ton corps est en sécurité ici.
- Mon corps. Et ma tête, alors ? Elle ne compte pas ?! Et puis, qui se soucie de mon corps ? On n'est pas rhiians, et je n'ai pas l'intention de donner mon corps aux Fondateurs qui veulent juste tout contrôler et asservir leurs créations – si tant est que nous soyons *vraiment* leurs créations.

Darya poussa un long soupir, regarda son fils tendrement et dit :

- Ori, bien sûr que ton esprit compte. En fait, il est même *plus* important. Sais-tu à quel point je suis fière chaque fois que je t'entends parler ? Chaque fois que tu expliques ou décris les choses que tu vois comme si elles étaient toutes merveilleuses ? Tous ceux qui te connaissent voient à quel point tu es spécial, à quel point ton esprit est admirable.
- Mais les gens me méprisent à cause de mon corps, parce que j'ai l'air *étranger*, parce que je ne suis pas assez brun, et que mes lèvres et mon nez ne sont pas conformes aux normes d'ici. Comment puis-je mener à bien la

mission que Père m'a confiée si les gens ne veulent même pas me *parler* ?

Plusieurs minutes d'un silence inconfortable suivirent alors que Darya cherchait une réponse satisfaisante au désespoir d'Ori, et une solution qui pourrait lui redonner espoir, pour lui dire que les choses allaient s'améliorer. *Mais vont-elles vraiment s'améliorer ? Et voici encore ce conflit dans ses yeux. Il doit y avoir plus qu'un simple sentiment d'étrangeté.*

- Ori, j'aimerais être aussi sage que ton père face à ce qui a de l'importance pour toi, ou mieux te connaître pour mieux te conseiller. Mais je ne suis pas aussi sage que lui et je ne te connais pas aussi bien que je le voudrais. Cependant, je sais ceci : tu es un être extraordinaire, et tu le restes malgré les mensonges, les traîtrises et tous les préjugés auxquels tu es confronté. Tu l'es parce que tu poursuis tes objectifs quoi qu'il arrive, tout en restant fidèle à toi-même et bon envers les autres. Je le sais, car ton père, ton oncle Claudius, Harlion, le maître Rackeli et le maître Setarcos me l'ont *tous* dit. Et j'ai moi-même vu combien tu es bon et sage, même si je n'ai pas passé beaucoup de temps avec toi.

Lorsqu'Ori la regarda un instant, la lèvre tremblante, Darya ajouta :

- Crois-moi, mon fils. Quand mes compatriotes verront enfin qui tu es réellement, ils se sentiront horriblement coupables, et ils se battront tous pour être ton ami. Tu dois juste être un peu patient, continuer à faire ce que tu fais, et ils viendront vers toi. Ils ont presque tous accepté Aria ; il n'y a pas de raison que ce soit différent pour toi.

Ori acquiesça, sans grande conviction, mais il était prêt à croire sa mère, cette femme qu'il connaissait si peu et qu'il n'avait jamais vue plus que quelques mois par an jusqu'à récemment. Il s'était souvent demandé si elle s'était tenue à l'écart de lui parce qu'elle ne l'aimait pas. Et bien que son père lui eût répété à maintes reprises qu'elle l'aimait, il ne l'avait pas cru jusqu'à cette année. En effet, cette année, elle avait été différente, elle avait exprimé son désir de rester avec eux, de ne plus retourner en Kynarie. Elle avait passé le plus clair de son temps avec lui depuis son arrivée en Alvinorie jusqu'à ce qu'ils partent tous les deux pour la Kynarie. Elle avait participé à ses leçons, s'était promenée avec lui dans les jardins pour étudier les plantes et les créatures, lui avait enseigné comment le Lien pouvait le rapprocher de la nature, et avait partagé tous ses repas avec lui.

Ori tourna la tête vers elle avec un sourire discret mais réconfortant. Son sourire céda aussitôt la place à une peur qui refaisait surface… une peur née sur le navire du maître Brak.

Avec prudence, elle demanda :

- Ori, y a-t-il autre chose que tu veux me dire ?

Ori secoua la tête, détournant à nouveau le regard.

Darya ne le poussa pas, préféra s'approcher de lui et lui prendre la main, puis elle ajouta :

- Ton Jour de raison approche. Ce jour-là sera parfait pour réfléchir à la place que tu occupes ici et aux choses qui te préoccupent depuis que tu as quitté l'Alvinorie.

Le Jour de raison. Ori avait commencé à y penser deux ans plus tôt, lors de son douzième anniversaire. Ce serait sa troisième et dernière année. L'an prochain, pour marquer la fin de sa quinzième année de vie, il célébrerait son Jour de transition, le début de son âge adulte.

Les Jours de raison devaient lui apprendre à réfléchir sur sa croissance, son mûrissement, mais à partir de son quinzième anniversaire, il passerait chacun des jours de réflexion suivants à se souvenir de ce qui s'était passé et à se préparer aux défis et aux merveilles de chaque nouvelle année. Les Jours de réflexion, officiellement célébrés tous les cinq ans, ponctueraient le reste de la longue vie à laquelle il pouvait s'attendre en tant que mêlé. Il se demanda tristement : *Aurai-je vraiment des choses à célébrer l'année prochaine ? Est-ce que—*

Ori rejeta la question, détendit sa mâchoire qui venait de se resserrer, se força à regarder sa mère, une femme qu'il avait appris à aimer, une femme dont l'amour lui était nécessaire. Il lui fit signe qu'il comprenait et la remercia d'un faible sourire avant de se retirer pour aller retrouver sa cousine.

Darya le suivit d'un œil inquiet jusqu'à ce qu'il eût refermé la porte derrière lui.

V. Besoin de preuves

Biléna se pencha vers la cordon jaune assise devant la Magna Mater et elle. La praefecta philosophas posa sa main sur celle de la femme et déclara :

- Kita, je peux imaginer la douleur que vous avez endurée en récupérant si rapidement la mémoire de Gina. Mais ce que vous traversez est normal, et vous *serez* bientôt capable de retrouver votre équilibre mental.

Kita répondit par un bref hochement de tête détaché.

Krystiana prit le relai :

- Je dois vous demander de ne partager aucun souvenir de Gina avec qui que ce soit jusqu'à ce que nous puissions confirmer l'identité de la meurtrière. Mais sachez que je vous dois – que toute la Sororité vous doit – une immense gratitude pour le service que vous nous rendez.

Kita secoua la tête, détournant son regard des autres femmes pour cacher la colère qui commençait à se dessiner sur son visage.

Krystiana, quant à elle, n'eut pas besoin de cacher ses émotions ; son visage était clair comme de l'eau de roche, et de sa douceur émanait un réel souci pour ses collègues, bien plus que des mots n'auraient pu le faire. Mais à présent, ses traits trahissaient un conflit interne à l'égard du transfert de mémoire qu'elles avaient imposé à la jeune Sœur.

Se tournant vers le bouton du communicateur près de l'entrée de son bureau, Krystiana demanda à Lupa, sa secrétaire, de faire entrer Sarrinia.

La guérisseuse des porteuses entra immédiatement, visiblement impatiente. Elle adressa à la Magna Mater le signe de tête d'usage, sans grande conviction, puis échangea avec sa praefecta un regard qui en disait long sur tout le mal qu'elle pensait de cette affaire. Elle s'avança vers Kita d'un air engagé. Que la position de Sarrinia exigeât qu'elle exprimât ses émotions ou non était un vrai débat à Urbs Lucis. Mais Krystiana trouvait la démonstration d'empathie de la femme aussi agaçante que l'antagonisme incontrôlé de Larca.

Krystiana dit à Kita :

- Sarrinia travaillera avec vous pour vous aider à trier les souvenirs jusqu'à ce que vous les ayez correctement classés et assimilés. L'une de ses priorités sera de vous aider à découvrir l'identité de la meurtrière de Gina. Ce souvenir doit être là, quelque part, sous forme visuelle, auditive ou vibratoire.

Kita acquiesça avant de regarder rapidement la guérisseuse des porteuses qui lui souriait d'un air rassurant.

Krystiana hésita un instant puis ajouta :

- À part les quelques Sœurs qui étaient présentes lorsque vous avez accepté la mémoire de Gina, personne ne sait que vous en êtes la réceptrice. Cependant, comme la meurtrière peut encore être ici, nous devons prendre des précautions pour vous protéger. Vous resterez donc en compagnie de Sarrinia jusqu'à ce que le danger soit écarté.

La jeune Lux Baiula acquiesça.

-	Sarrinia, emmenez Kita avec vous et tenez-moi informée de son état et de vos progrès sur le reste de ce que nous voulons savoir.

Une fois la guérisseuse des porteuses partie avec sa lourde responsabilité, Biléna dit :

-	Mater, que devons-nous faire ? Sachant que c'est une cordon rouge que Gina a vue avant d'être assassinée ?

Krystiana étira ses lèvres comme pour dire : *Que proposez-vous ?* Mais au lieu de cela, elle déclara :

-	Il n'y a rien à faire, Biléna, pas tant que vous n'aurez finalisé le processus de détection des converses ou que Kita n'aura pas découvert l'identité de la meurtrière dans la mémoire de Gina. Alors, trouvez des résultats. J'ai besoin de ce processus. Pas le mois prochain : maintenant.

Biléna réprima un frisson. Le poids de ses responsabilités l'accablait toujours, chaque fois plus que la précédente. Est-ce que tout allait finir ? Pourrait-elle encore se reconnaître lorsque tout serait terminé ?

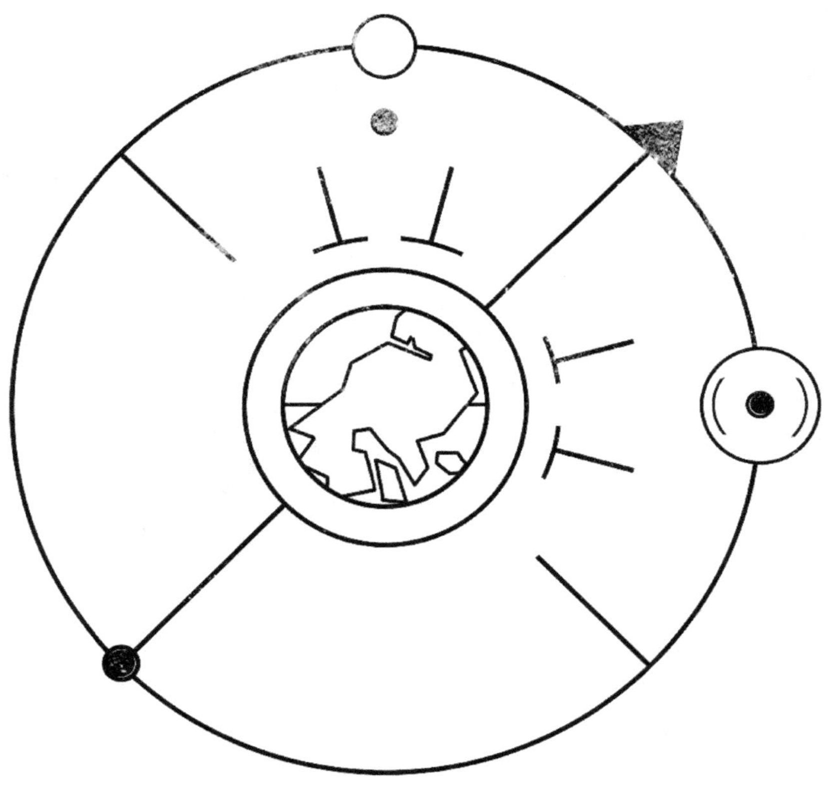

5. LA STUPÉFACTION

I.   Au marché

En descendant les routes impeccables du Sanctum intérieur vers le secteur du marché, la Manu Dextra arriva à une vaste zone de la ville qui comptait à la fois des magasins de plein air et des boutiques intérieures vendant des fruits et légumes, de la viande et des fruits de mer, ainsi qu'une incroyable variété d'animaux, de plantes et de produits dérivés de microbes, dont la coclice authentique du meugleur et la coclice cristalline plus raffinée produite par une espèce de microbes cultivée à cette fin. On vendait d'autres produits ici, dont des épices et des herbes, ainsi que des os broyés et des parasols très chers conçus à partir des ailes de grand voleteur du sud, ailes qui, en vibrant sous les soleils, provoquaient un souffle bienvenu en plus de protéger les gens de la lumière solaire.

Élyana aimait le marché lucien autant que celui de Furanville – ou n'importe quelle autre place de marché digne de ce nom. Elle trouvait les odeurs et les couleurs délicieuses, à condition que les installations fussent propres. Heureusement, les lois sanitaires strictes du royaume garantissaient qu'à part les villages les plus reculés, aucun ne pouvait abriter des marchés nauséabonds. À Urbs Lucis, même la viande dégageait des parfums alléchants, relevée par les épices les plus savoureuses.

Élyana aimait tout autant les bruits ambiants ; ils lui rappelaient… la vie. Celle des êtres raisonnables, loquaces, attentifs, mobiles ou immobiles, toussant ou sifflant, tous communiquant *entre* eux ou *avec* les autres. Bien sûr, la société alvinorienne n'était pas parfaite – bien que les Luciens prétendissent s'en rapprocher plus que les autres – et des échanges désagréables survenaient parfois, comme lorsqu'un étranger se faisait bousculer par un passant pressé. Mais Élyana chérissait ce tumulte qui témoignait de la vie de cet endroit. Et aujourd'hui, ce sentiment la réconfortait ; ce sentiment l'aidait à chasser le souvenir des dangers auxquels tout le monde était confronté.

Alors qu'elle se frayait un chemin à travers la foule lucienne, qui ne faisait pas place aux Sœurs aussi rapidement là que dans les autres villes, le vacarme du marché s'estompa dans son esprit, et des extraits du *De Permanentia Cognitionis* resurgirent. Elle avait passé un certain temps à essayer de comprendre pourquoi le souvenir de Procta lui avait suggéré ce livre. Était-ce en lien avec une décision qu'elle avait prise ? Ou pour la préparer aux changements à venir ? Elle l'ignorait toujours, et Procta n'allait pas lui répondre directement. La femme, cette entité insaisissable nichée dans les recoins de son esprit, ne réapparaissait qu'à sa guise, semblait-il.

Malgré tout, ce livre lui avait ouvert des perspectives fascinantes et tout à fait pertinentes sur la nature même du savoir ; son volume changeant, sa valeur fluctuante, son essence transitoire : *une vérité admise aujourd'hui peut ne plus l'être demain. Et une chose admise hier peut se voir réfutée aujourd'hui, que ce soit par l'émergence de nouveaux faits ou par une nouvelle compréhension de la réalité.* Certes, elle savait cela ; seuls les fous l'ignoraient. Mais il était parfois salutaire de se remémorer la nature éphémère du savoir. Et son immersion à la bibliothèque l'avait justement aidée à s'en souvenir ; elle s'était replongée dans les débats philosophiques, et en était ressortie régénérée et prête à appréhender le monde sous un nouveau jour, un meilleur jour : elle était prête à tout. *Alors, quels défis suis-je prête à relever ? J'ai déjà accepté que la guerre soit en marche, et j'ai pris la mesure de ses motifs. Ou peut-être cherchais-tu à me confronter à la fugacité de certains savoirs ? Mais pourquoi ?* Élyana haussa les épaules et se murmura sans grande discrétion « Je n'en sais rien », ne se souciant pas – pour une fois – du regard des passants. Alors qu'elle passait devant une boutique d'artisanat, quelque chose capta son attention et la tira de sa rêverie. Sur une table drapée d'un tissu bleu nuit, trônait une représentation saisissante du symbole de la Sororité à base de baies rouges desséchées de l'arbre à Bô et de sa graine bleue, délicatement extraite, symbolisant respectivement les soleils rouge et bleu. L'intérêt de l'objet résidait dans l'utilisation du fruit et de la graine pour évoquer la renaissance, l'avènement du renouveau et le rejet du passé. Dans une excitation à peine contenue, Élyana pensa : *Je vais l'offrir à Krystiana !*

Ayant payé son cadeau avec dix vieux secretes mauves, Élyana interpella un jeune garçon-sacoche[15] à proximité. Elle lui confia l'objet, qu'il nicha dans sa charrette bigarrée, dotée de sacoches de formes et de tailles différentes, chacune conçue pour emporter les achats jusqu'au domicile de ses clients.

Soudain, les sons éclectiques du marché furent étouffés par la Vox Publica, le service d'information alvinorien. Il était maintenant neuf Agn, et Énora Lux Baiula – membre du Cursus Publicus, la commission conjointe de la Couronne et d'Urbs Lucis, dédiée à la propagation des nouvelles en Alvinorie – salua ses auditeurs. Sous la responsabilité d'Élia Lux Baiula depuis Furanville, Érona s'occupait des bureaux luciens. Les nouvelles étaient émises par un maillage de porteurs de son éparpillés dans toute la ville. Pour les sourds, des Sœurs, postées à des endroits stratégiques, traduisaient les bulletins en langue des signes, leurs gestes étant projetés sur les immenses écrans organiques situés derrière elles.

---

[15] Garçon-sacoche (un) : jeune homme transportant les achats de ses clients à l'aide d'un petit chariot rempli de sacoches de formes et tailles différentes, chacune contenant un sac de forme et de taille similaires.

Érona Lux Baiula commença à énoncer aux citoyens et étrangers d'Urbs Lucis les nouvelles du jour et les faits luciens saillants. La première partie abordait des sujets légers, relatifs aux congés imminents et aux festivités culturelles. Mais la dernière partie se concentrait sur un seul fait divers : le meurtre récent d'une Sœur. Comme peu de civils étaient au courant, lorsqu'Érona entama le bref récit officiel de l'événement, la ville entière se figea. Élyana se contracta, et les Luciens alentour – habitués à l'impassibilité des Sœurs et choqués par sa réaction inhabituelle – suspendirent leurs activités, saisis d'une peur panique qui interrompit leur souffle et le battement de leur cœur ; le silence s'abattit sur la ville, là où, d'ordinaire, exclamations et rumeurs foisonnaient comme une flopée de cacardeurs.

Après la terrible annonce, Érona entama les nouvelles du royaume, guère plus réjouissantes : des récits d'attaques de petits villages par des rokons et des bourras, et la mobilisation des troupes en vue de la guerre imminente. Les informations plus joyeuses, quoique plus détaillées, ne parvinrent pas à alléger l'atmosphère ni à dissiper la sensation que l'avenir préparait des bouleversements majeurs. Les Luciens, ayant retrouvé leur voix, se mirent à discuter de la portée de ces événements, du meurtre – tout en chuchotant, surtout en présence de la Lux Baiula.

Les lèvres pincées, Élyana repoussa les souvenirs du meurtre et reprit sa route vers les Délices de Tarkoth – la boutique lucienne du Maître Brak. Cette antenne était tenue par l'une de ses tantes, une femme affable et chaleureuse. Élyana espérait que cette dernière saurait lui changer les idées.

Cependant, Tina Piscator n'accueillit pas Élyana avec son grand sourire habituel.

-   Lux Baiula ! C'est un plaisir de vous revoir, depuis le temps. Mais—

Sa voix se fit plus basse :

- Je sais que les Sœurs ne doivent pas montrer leurs émotions, sauf si elles veulent manipuler les esprits, mais comme j'imagine que vous n'essayez pas de me manipuler, j'en déduis – à voir vos lèvres pincées – que les récents événements… vous perturbent ?

Élyana, prise au dépourvu, ne sut comment réagir ; elle appréciait cette femme. Faisant disparaître dans un léger soupir le pli de son front, elle confia :

- En effet, maîtresse Brak, votre sollicitude me touche. Mais, laissons ce sujet de côté.
- Comme vous voudrez.

Puis, reprenant son entrain coutumier, la femme lui demanda :

- Quelle encre puis-je vous offrir aujourd'hui, Lux Baiula ? Vous êtes bien venue pour cela, n'est-ce pas ? Et que diriez-vous de goûter à ce nouveau fruit acidulé que nous venons de recevoir ? Je sais combien vous aimez ce type de fruits.

Alors qu'Élyana s'apprêtait à répondre, une vibration l'arrêta – une sensation qu'elle n'avait pas eue depuis fort longtemps, comme venue du passé –, et elle vit un puissant émerveillement dans le regard de la commerçante. Élyana se détourna, attirée par l'origine de cette vibration, tandis qu'une angoisse imprévue lui nouait l'estomac. Son cœur rata une pulsation, infime mais perceptible, à la vue de l'arrivant. Immédiatement, elle inonda son esprit et son corps d'une vague de neurotransmetteurs apaisants et chercha une façon neutre de saluer l'homme, une façon qui ne trahirait pas son émotion. Après un instant, elle articula, d'une voix légèrement altérée :

- Maître Methrim, qu'est-ce qui vous amène ici ?
- C'est vous que je viens voir.

Élyana resta silencieuse, incapable de respirer, ressentant le besoin urgent de fuir cet endroit, de fuir la présence de Lusk Methrim, de s'éloigner des sentiments qu'elle éprouvait. Mais les yeux de Tina Piscator, qui s'arrondirent soudain de désir et de jalousie, lui offrirent une échappatoire et lui permirent de rompre le sortilège. Le visage d'Élyana changea et prit un air de mécontentement et de contrariété.

- Je suis désolé, Lux Baiula. Je me suis mal exprimé. Je voulais dire que je suis venu au marché pour faire mes courses…

Sur ce, il lui montra le sac qu'il portait et poursuivit :

- … et puis je vous ai vue. Alors, je suis venu vous saluer.

La Lux Baiula voulut répondre par un sarcasme. Elle se figea un instant, puis dit par une phrase qui n'avait pour elle aucun sens, mais qu'elle prononça tout de même.

- C'est agréable de vous trouver ici, Maître Methrim.

Lusk esquissa un petit sourire satisfait que ses traits exotiques rendirent terriblement séduisant. Non, les Zébuloniens n'avaient rien des brutes dont parlent les livres.

Le Zébulonien avait passé la majeure partie des trois derniers mois dans la ville-État, observé par des Lux Baiulae, les unes après les autres, et leur avait confié ce qu'il savait sur les Janarae, ainsi que sur les sciences, la culture et la politique zéboloniennes. Il avait également obtenu la permission de soigner les Luciens, de leur rendre visite à domicile ou de les recevoir chez lui, dans son appartement dans le Sanctum-Intérieur. Les Luciens s'étaient donc habitués à la présence de cet étranger aux manières captivantes et au visage aussi remarquable que séduisant.

À cet instant, l'esprit analytique d'Élyana reprit le dessus, tandis qu'elle observait les hommes dans la foule jurer en silence, leurs yeux passant de leurs épouses ou de leurs filles à Lusk. Les femmes, quant à elles, feignaient l'indifférence ou –

en l'absence de compagnon – le dévoraient littéralement des yeux ; seules quelques-unes, trop préoccupées ou d'un âge où ces choses ne comptent plus, ignoraient sa présence.

Alors qu'elle observait la foule, Élyana lutta contre elle-même. *Je ne devrais pas réagir ainsi ! Et mon impuissance face à ces sentiments m'est d'autant plus insupportable !* Le sourire envoûtant de Lusk dissipa ses atermoiements comme la rosée sous l'ardeur des soleils.

Lorsqu'Élyana aperçut le regard envieux de la maîtresse Brak, elle rétorqua avec une pointe d'irritation :
-   Je vous prie de m'excuser, Maîtresse. Le maître Brak m'avait confié, lors de ma dernière visite à Furanville, qu'il travaillait à créer de nouvelles encres. Vous en aurait-il envoyé ?

Tina arracha non sans peine son regard de l'étranger et déclara :
-   Effectivement, il m'en a envoyé. Mon neveu a créé une encre violette somptueuse : intense, brillante et à séchage rapide. Elle est du plus bel effet sur un papier sombre. Voulez-vous l'essayer ?

Toujours avec une pointe d'agacement, imperceptible à moins d'être une Lux Baiula, Élyana acquiesça :
-   Oui.

La femme s'éloigna pour aller chercher l'encre, ne pouvant s'empêcher de regarder derrière elle tout en se dirigeant vers l'arrière-boutique. Elle salua machinalement les clients aisés venus s'approvisionner en poissons et mets exotiques, et distribua des ordres énergiques à ses employés pour qu'ils s'occupent d'eux.

Élyana se tourna vers le garçon-sacoche assis par terre derrière elle et qui attendait avec patience et admiration qu'elle achevât ses emplettes pour transporter ses objets chez elle. Le garçon semblait captivé par l'attitude des adultes et des adolescents face à l'étranger. Le regard d'Élyana croisa celui du Zébulonien, et une pensée la perturba, une pensée qui lui parut trahir ses sentiments pour le haut prince. Elle s'apprêtait à se le reprocher lorsque la maîtresse Brak revint :

- Tenez, Lux Baiula. Essayez-la, vous allez l'aimer.

La femme lui tendit une feuille de papier accompagnée d'une plume spécialement conçue pour les gauchers et qu'elle réservait à Élyana. Puis, elle reprit sa contemplation clandestine du Zébulonien.

Après avoir gribouillé quelques mots au hasard, et qui se révélèrent finalement chargés de sens, apprécié le rendu de l'encre sur le papier sombre et émis quelques grognements de satisfaction, Élyana paya, remercia la marchande, et confia la précieuse encre au garçon-sacoche. Pendant ce temps, Lusk croisa son regard et lui adressa un hochement de tête bienveillant, ce qui amplifia son envie pressante de s'éclipser, puis elle se dépêcha de prendre congé. Mais, Lusk intervint d'une voix qu'Élyana ne put s'empêcher de trouver envoûtante :

- Me permettriez-vous de vous accompagner, Élyana ?
J'ai moi aussi fini mes courses.

Élyana retint son souffle. Pourquoi utilisait-il son prénom ; elle ne se rappelait pas lui en avoir donné l'autorisation. Mais l'entendre de sa bouche était si plaisant. Elle articula sa réponse d'une voix tremblante :

- Bien sûr.

Presque aussitôt, un tourbillon de pensées contradictoires l'assaillit, puis s'évanouit derechef. Après avoir de nouveau remercié Tina Piscator et signifié au garçon-sacoche de la suivre, Élyana s'éloigna en compagnie de Lusk. Tandis qu'ils remontaient ensemble vers le Sanctum-Intérieur, elle fut étonnée de constater que la foule s'ouvrait plus aisément devant eux que lorsqu'elle était seule un peu plus tôt.

Élyana maintenait la distance appropriée avec Lusk, mais parfois, par un hasard qui ne semblait pas en être un, sa main droite frôlait la main gauche de l'homme, et cet effleurement provoquait des frissons dans tout son corps. *Mais pourquoi persiste-t-il à me toucher ?*

Une autre part d'elle-même lui soufflait : *Il le fait forcément exprès, il ne peut pas en être autrement.*

Et cette vibration qui émane de lui... Je la reconnais. C'est la même que celle que j'ai perçue lors de notre première rencontre, au retour du Col de corne. Elle m'avait alors inquiétée, mais à présent, elle est... dangereusement tentante.

Sa part prudente lui intimait : *Tu devrais te méfier.*

Mais alors qu'elle s'apprêtait à ignorer cet avertissement, la voix de Lusk la tira de ses pensées.

- ...si vous accepteriez de m'accompagner au théâtre ce soir. On y joue une pièce qui s'appelle *L'Amour d'un Dieu*. C'est une tragicomédie sur les tourments de la trahison, avec Aiala'Rhi et Aiala'Rho en vedette. Vous auriez peut-être envie de m'y accompagner.

Élyana se rendit compte qu'elle avait manqué une partie de ses paroles et fouilla sa mémoire pour retrouver le fil de la conversation. En se remémorant ses mots, son cœur s'emballa. Elle savait qu'elle devait refuser – elle voulait refuser. Pourtant, deux forces la tiraillaient : l'une était son attirance irrésistible pour cet homme ; l'autre était sa raison froide et calculatrice. Alors que le combat intérieur faisait rage, le souvenir de son soutien au maître Lusk Methrim la fit vaciller. C'est alors qu'elle entendit une voix prononcer le titre du livre qu'elle avait lu à l'athénée, et ces trois mots, *De Permanentia Cognitionis* – sur la permanence du savoir – éclaircirent soudainement son esprit, balayant ses doutes sur ce qu'elle devait vraiment faire – que ce fût son souhait ou non. Elle se tourna alors vers le Zébulonien et répondit :

- Ce serait un plaisir, Maître Methrim. Il y a longtemps que je n'ai pas assisté à une représentation, et j'ai entendu dire que la première était un succès.

Lusk hocha la tête avec un sourire et un regard si intense qu'ils manquèrent une nouvelle fois submerger Élyana. Mais elle détourna rapidement les yeux, et tous deux reprirent leur chemin vers le Sanctum-Intérieur. De temps à autre, Lusk trouvait le moyen de frôler sa main. Élyana tenta de s'éloigner discrètement, mais la peau de l'homme, douce et laiteuse, était irrésistiblement attirante.

Lorsqu'ils furent enfin arrivés devant l'immeuble résidentiel, ils convinrent de se retrouver au théâtre à huit Agj[16], et Lusk s'éloigna vers la maison d'hôtes. Élyana le suivit du regard pendant un moment, tiraillée entre l'audace de sa décision et la prise de conscience de l'emprise qu'il exerçait sur elle, jusqu'à ce que les yeux intrigués des Sœurs sur son passage l'obligeassent à interrompre sa contemplation avant de gravir les marches de l'entrée. Alors qu'elle montait, un cri la fit sursauter.

- Lux Baiula ! Z'avez oublié vos paquets !

Se maudissant intérieurement pour sa distraction, Élyana s'excusa auprès du garçon, lui remit vingt secretes jaunes, récupéra ses sacs, et monta vers ses appartements, l'esprit tourmenté, désormais accompagnée des voix des mémoires transférées.

II. Une lettre

Aithen, Kendor, Harlion, et Irania se tenaient dans le bureau du roi, raides comme s'ils avaient été frappés par une tempête d'ardars. Leurs visages exprimaient une palette d'émotions allant de la perplexité à la stupéfaction, oscillant entre incrédulité moqueuse et indignation. Même Irania peinait à

---

[16] Agj : après grandjour.

conserver son sang-froid. Ils s'étaient attendus à discuter de l'attaque nocturne du prince, orchestrée par des membres de La main du créateur ressuscitée, mais au lieu de cela, le roi – qui était aussi confus qu'eux – les avait convoqués pour discuter du contenu d'une lettre que Kendor lui avait remise une heure auparavant.

D'une voix presque ébranlée, Irania demanda :

- Haut Capitaine, qui a livré cela ? Comment pouvons-nous être sûrs de son authenticité ?

Kendor répondit :

- C'est un Jarahni qui me l'a apportée.

- Un Jarahni ? Un émissaire ? Un envoyé du roi Adid ?

- Non, non. Simplement un homme recruté par Zébula elle-même. Il est actuellement en détention.

Un soulagement – vraiment ténu – traversa Irania, qui poussa un soupir. Mais Aithen s'insurgea :

- Père, comment est-ce possible ? Quel souverain, quelle *personne* – à moins d'être totalement dérangée – pourrait exiger une telle chose ?!

Octavius, aussi déconcerté que son fils, se contenta de hausser les épaules. Kendor intervint :

- Mon Roi, en tant que soldat, je serais tenté de jeter cette lettre aux voûtes sombres. Mais si céder nous épargne un combat contre une armée d'Alterintrants, alors je dirais : eh bien donnons-lui ce qu'elle demande.

Octavius rétorqua avec véhémence à son officier :

- Céder nos prisonniers de haut rang ?! Nous risquerions une insurrection des patriciens, même si nos détenus *sont* des criminels. Et nos citoyens, même emprisonnés, restent les nôtres. Je ne peux pas, je n'accepterai *jamais* de céder à une demande aussi déraisonnable !

Kendor recula, les lèvres pincées et le visage de marbre.

Pour lui-même plus que pour les autres, Octavius marmonna :

- Au moins, nous sommes désormais certains que ses intentions de nous envahir n'étaient pas de simples rumeurs. J'aurais préféré que les filles n'aient pas été envoyées là-bas pour vérifier.

Irania ajouta :

- Je vais informer Urbs Lucis de cette nouvelle dès la fin de notre réunion, Sire. Mais je ne demanderai pas leur retour ; nous pourrions en apprendre tellement plus – nous *devons* en apprendre plus. D'autre part, je suis d'accord pour refuser les conditions de Zébula ; un tel acte ne serait pas seulement indigne de vous, mais irait à l'encontre de tout ce que la Sororité défend. Vos sujets ne sont pas des beugleurs ou des bêleurs à échanger avec nos adversaires contre la paix.

- Père, peut-être devrions-nous demander à... Lusk Methrim ce qu'il en pense.

- Non ! Je ne lui confierai aucune information sensible. Je le tolère en tant qu'intermédiaire lorsqu'il est à notre portée, mais je ne lui divulguerai rien.

- Je croyais que tu lui faisais confiance ; tu as accepté son aide après tout.

- Tu as encore beaucoup à apprendre, mon fils. Comme tu le sais, Urbs Lucis a envoyé ses *filles* – oui, des jeunes filles – pour s'infiltrer à la cour de Zébula et pour confirmer ses intentions... que nous confirmons à présent. Mais pour y parvenir, elles doivent inspirer la confiance de la reine, tout comme l'un d'eux a inspiré la nôtre. Si nous sommes capables de duper, ne pouvons-nous pas être dupés à notre tour ?

Aithen resta sans voix.

- Nous devons garder en tête que le maître Methrim est peut-être un espion, ou du moins sous une influence extérieure, malgré toutes nos vérifications. Demande à Irania comment avance l'enquête sur le meurtre de l'une des leurs. Si une Sœur peut – comme cela semble être le cas – se retourner contre les siennes, Lusk Methrim pourrait aussi bien nous trahir.

Un silence mortifère s'abattit sur la pièce tandis que le prince et le capitaine prenaient conscience que même la Sororité n'avait pas encore identifié la coupable, apparemment l'une des leurs.

- Père, tu sais que cela signifie que n'importe qui d'entre nous pourrait être perverti sans éveiller les soupçons jusqu'à ce qu'il soit trop tard. Je refuse d'y croire.

Le visage d'Octavius se durcit, alors que Kendor semblait regretter les paroles du prince. Irania, la seule qui demeurât imperturbable, ajouta :

- La vigilance de Mitsuko Lux Baiula devrait protéger le roi contre toute manipulation, mon Prince. Quant à nous autres, nous devrions aussi être en sécurité. Selon la praefecta Saara, la perversion est un processus long et fastidieux ; le Temptator doit consacrer de nombreux jours et d'heures à la personne qu'il souhaite pervertir.

Le prince acquiesça, légèrement rassuré. Kendor reprit :

- Pour en revenir à notre sujet initial, comment allons-nous authentifier cette lettre ?

Octavius, incertain, se frotta le visage. Aithen suggéra :

- Père, Lusk Methrim est la seule personne dans le royaume capable de reconnaître l'écriture de cette lettre. Après tout, il a été au service de Zébula.

- Je sais, je sais, Aithen.

Se tournant vers sa conseillère, il ajouta :

- Irania, organisez une rencontre ce soir dans le Lien avec cet homme. Mais nous ne parlerons *pas* de notre réponse en sa présence. Je veux uniquement son avis sur l'origine de la lettre.

Visiblement contrariée, Irania hésita. Lorsque lui roi l'interrogea sur la raison de son hésitation, elle expliqua :

- Sire, vous avez déjà un rendez-vous avec Marcus Vrol, dans quelques heures. Multiplier les réunions dans le Lien est… dangereux. Elles ne sont pas aussi sures que des rencontres en personne. Il serait sage de les limiter autant que possible.

Le roi médita pendant un moment sur ces recommandations, tambourinant du doigt sur son bureau, avant de répondre :

- Dans ce cas, je maintiendrai mon rendez-vous avec Marcus et vous confierai la réunion avec Lusk Methrim, Irania. Vous savez ce que nous voulons de lui, et je suis convaincu que vous saurez mener la discussion sans rien révéler.

- Cela sera fait, Sire. Merci.

- Parfait. Que la lettre soit authentique ou non, notre ligne de conduite demeure : nous attaquerons Zéblina, ainsi que je l'ai promis au maître Methor, au début de primus.

Tous acquiescèrent et le roi conclut cette partie de la rencontre par ses ordres à Kendor :

- Haut Capitaine, interrogez l'homme qui nous a transmis cette lettre, puis relâchez-le.

Il se dirigea vers son trône, esquissa un sourire narquois et lança :

- Maintenant, qu'en est-il de mes vassaux ? Ont-ils tous juré de soutenir la guerre ?

S'asseyant à son tour, Kendor lança un regard interrogateur à Irania pour voir si elle allait le laisser répondre, se racla la gorge mal à l'aise, puis déclara :

-   Juur no'Duur persiste à ne soutenir notre offensive que
    si ses domaines sont directement menacés.

Le prince secoua la tête, dégoûté.

-   No'Duur – encore un fou. Nous avons besoin de son
    appui inconditionnel ; il *ne peut pas* rester neutre. Si les
    Zébuloniens nous attaquent, ou plutôt quand ils nous
    attaqueront, il ne pourra pas se contenter d'observer nos
    ennemis se ravitailler à Yerlah avant de marcher sur la
    capitale ou sur Urbs Lucis.

Octavius acquiesça et dit :

-   Un fou, c'est certain, tu as raison, Aithen. Peut-être que
    nous devrions le pousser à s'engager, même malgré lui.
    J'ai l'intention de vider les terres agricoles du sud avant
    la fin de l'hiver. Toutes les réserves, animaux et
    récoltes, devront être acheminées vers les capitales
    régionales, et les populations évacuées ; les gens ont
    déjà commencé à partir à cause du Scytale, de toute
    façon, donc cela ne devrait pas être trop difficile de
    déplacer le reste.

Tous observèrent le roi, les yeux écarquillés, incrédules.
Kendor, incertain d'avoir bien compris, demanda au roi de
répéter.

Octavius s'adressa à son fils tout en embrassant l'assistance
du regard :

-   Tu as lu nos textes anciens, Aithen – ceux dont l'origine
    nous échappe mais dont la sagesse est précieuse. L'un
    d'eux dit que « *le guerrier avisé impose sa volonté à
    l'adversaire* », et « *si l'ennemi dispose de provisions
    abondantes* », le stratège avisé « *peut l'affamer* ». Voilà
    ce que nous devons faire. Veiller à ce qu'ils ne trouvent
    aucune nourriture sur des terres faciles à conquérir. Si
    nous centralisons tout dans les capitales et autres cités
    fortifiées, l'armée de Zébula devra les assiéger pour s'en

emparer, ou exiger la libération des réserves des capitales dans tous les cas, et c'est *ainsi* que nous forcerons no'Duur à agir. Et si nous en avons besoin, notre furanerie interviendra pour empêcher toute libération traîtresse de vivres.

Aithen acquiesça doucement, comprenant la stratégie, Kendor renifla en grimaçant, visiblement perturbé, tandis qu'Irania examinait la proposition du roi avec une froideur calculatrice.

- Qu'y a-t-il, Capitaine ? Vous n'êtes pas d'accord ?

Kendor se recula dans son siège et entrelaça nerveusement ses doigts :

- Non, Sire, je suis d'accord. Mais cela signifie que nos troupes seront tributaires de convois de ravitaillement conséquents ou d'un accès rapide aux réserves des cités, sans interception ennemie.

Kendor se gratta la nuque et ajouta :

- Cette stratégie n'a jamais été mise en œuvre ; elle exigera une planification rigoureuse et des mesures sans précédent.

Le roi prit une profonde et sonore inspiration pour répondre :

- Tout à fait, Haut Capitaine. Il faudra en passer par là. Mais nous n'avons pas le choix si nous voulons résister à une invasion zébulonienne.

Le prince, le capitaine, le préfet et la conseillère échangèrent des regards chargés de convictions diverses, mais ils avaient en commun une solide foi en leur vieux roi qui avait régné sur une nation prospère pendant plus d'un siècle.

Percevant dans le silence de leurs gestes et la gravité de leurs visages qu'ils étaient tous prêts à relever le défi et à exécuter ses ordres, Octavius demanda avec une pointe de réticence et d'agacement, d'un ton presque menaçant, comme pour prévenir son auditoire de ne pas ajouter de fâcheuses nouvelles :

- Et qu'en est-il du reste de mes vassaux ?

Aithen, dont les yeux trahissaient une inquiétude palpable, regarda Kendor et Irania. La cordon mauve, une fois de plus, laissa le capitaine prendre la parole, tout en offrant au prince un regard rassurant. Aithen se détendit tandis que le haut capitaine se frottait le visage un long moment, avant de répondre à la question du roi.

- Comme vous le savez, il y a quelques quarts, Arotek résistait encore à nos plans de guerre. Toutefois, grâce à l'intervention de Fausta Lux Baiula, il semble désormais proche de nous déclarer son soutien. Nous attendons de bonnes nouvelles de Fausta dans le courant du prochain quart.

Octavius tambourina du bout des doigts sur la table, puis demanda à Irania si elle était d'accord avec ce que venait de dire le capitaine concernant l'adhésion d'Arotek à l'effort de guerre. La Lux Baiula répondit avec prudence, au grand désarroi de Kendor qui l'aurait voulue plus engagée, qu'elle était d'accord que Fausta devrait réussir à obtenir le soutien d'Arotek, et le roi acquiesça, non sans effort.

Kendor poursuivit :

- Quant au reste de vos vassaux, ils sont, fort heureusement, tous engagés à vos côtés, Sire. Plusieurs, notamment les voisins du seigneur Gaius, proposent même d'établir des relais sécurisés pour que nos troupes puissent se reposer et réparer leur équipement.

Un soulagement manifeste se peignit sur le visage buriné d'Octavius, ce qui réconforta l'assemblée.

- Merci, capitaine. Il est soulageant de constater que la majorité reste à mes côtés. Irania, assurez-vous que Mitsuko sera prête pour ma réunion avec Marcus.

Aithen, le capitaine et toi vous coordonnerez avec vos officiers et le seigneur Warbender pour consolider les réserves alimentaires du sud et sécuriser l'approvisionnement de nos troupes, en prévision d'une éventuelle invasion de Zébula. Et n'oubliez pas, aucun mot sur la lettre. En fait, désormais, rien de ce qui se dit ici ne devra être divulgué sans mon consentement explicite.

À ces mots, le roi se leva, ce qui conclut la réunion. Les autres se levèrent également, mais ne se dispersèrent pas tous immédiatement.

Harlion, qui avait gardé le silence jusque-là, toussota, attirant l'attention sur lui, et dit :

- Sire, ne devrions-nous pas également discuter de ce que nous avons appris des assaillants du prince hier soir ?

Le visage du roi s'assombrit tandis qu'il acquiesçait :

- En effet, Préfet, nous devons en parler. Aithen, Irania, restez s'il vous plaît. Kendor, vous pouvez partir. Je vous ferai appeler si j'ai besoin de quoi que ce soit.

Le groupe passa donc encore une heure à débattre de l'attaque, évitant soigneusement de remettre en question la décision du prince de se rendre en ville, et à envisager des stratégies face à cette nouvelle menace. Finalement, rien ne fut décidé sauf que le prince ne quitterait plus le palais sans une escorte complète ni sans en avoir informé au préalable le roi, Kendor et Harlion. Aithen, bien que révolté, ne protesta pas.

Une fois seul, Octavius se dirigea vers son bureau, saisit la lettre et faillit la déchirer de rage. Il se ravisa, la reposa, passa une main lasse dans ses cheveux clairsemés, puis se rendit sur le balcon où trois membres de sa garde personnelle le saluèrent avec déférence. Hésitant un instant à rentrer, il s'installa finalement dans le fauteuil en feuilles de lacora, tournant le dos aux Lux Baiulae, et se laissa bercer par la mélodie. Le chœur des

Voces Creatoris entonnait à présent « *Ce que savent les arbres* », un chant pour favoriser la concentration. Et donc, le roi se concentra.

III. À Mélinor

Une voix perçante et insistante dit :
- Ulvo, je t'assure que si nous persistons à vouloir soutenir le roi, Zébula et ses armées nous anéantiront aussi certainement qu'elles anéantiront le roi. Mais si nous le rejetons et démontrons que nous régnons sur notre région, elle fera de nous ses alliés.

Ulvo Arotek détourna son regard vers Fausta Lux Baiula, sa nouvelle guérisseuse et conseillère, l'implorant de patienter pendant qu'il s'efforçait d'apaiser son épouse.
- Je ne sais pas, Ursa. Zébula n'est pas encore là, et peut-être qu'elle ne viendra jamais.

Sur un ton encore plus aigu, la femme rétorqua :
- Que veux-tu dire ?
- Le roi veut frapper le premier, pour la piéger sur son propre terrain, et nos soldats pourraient être mobilisés bientôt.

Le visage de Dame Aroteka se durcit terriblement et elle explosa :
- Comment ?! Pourquoi ne m'en as-tu pas parlé ? Tu nous as condamnés ! Si tu veux sacrifier nos hommes, qu'ils tombent en combattant ce roi imbu de lui-même qui vénère la logique comme si c'était son dieu, et dont le fils arrogant t'a humilié devant tes pairs cet été. Plus rien ne menace nos terres, depuis que le Scytale est venu puis reparti. Et nous avions été abandonnés à *nous-mêmes* pour lui faire face ! Te rends-tu compte du nombre d'hommes, de femmes et d'enfants qui ont péri lors de son attaque ?

Arotek fixa son épouse d'un air indigné, prêt à la secouer pour la faire sortir de sa crise de bêtise, mais Aroteka poursuivit :

- Pourquoi veux-tu maintenant te rallier à Octavius, pour attaquer une ennemie qui l'écrasera, lui et tous ses alliés ?

Fausta se réjouissait de constater que le changement d'attitude du seigneur envers le roi était solide, et que l'homme tenait bon face à la joute verbale de sa femme. Lorsqu'elle avait été assignée au seigneur Arotek, Fausta avait choisi de l'influencer lui plutôt que son épouse, estimant que s'il évoluait et conservait l'estime de ses pairs, son épouse perdrait son influence sur lui et sur leurs partisans. Mais, elle pressentait que si la dame Aroteka ne cédait pas rapidement, Lord Arotek abandonnerait, malgré tous ses efforts. De plus, elle en avait assez d'entendre les jérémiades de la dame. Alors, elle se racla la gorge et, avec toute l'éloquence dont elle disposait, déclara :

- Dame Aroteka, vous devez admettre que les rumeurs prétendant que la menace sur vos terres a disparu sont, au mieux, dénuées de sens. Vous devriez savoir que le danger plane toujours, entre les hordes de bourras qui se rassemblent et se dirigent vers l'est à l'instant où nous parlons, et le Scytale qui a récemment changé ses habitudes pour se mettre à errer dans le royaume avec une armée de rokons. Par ailleurs, les histoires qui racontent que Zébula épargne vos terres – alors que des sources les plus fiables nous disent qu'elle est impitoyable et refuse de laisser un seul mâle en liberté – sont tout aussi ridicules. Et je suis persuadée que vous le savez très bien, mais que c'est uniquement votre haine envers le haut roi qui vous pousse à prêter la moindre crédibilité à ces histoires insensées.

Aroteka serra les dents, luttant contre une force invisible qui la retenait. Puis elle déclara d'un ton tranchant :

- Primo, Lux Baiula, ne présumez pas connaître mes pensées. Deuxio, pourquoi devrions-nous *vous* croire ? Où sont ces rapports dont vous parlez sur les bourras, les changements d'habitudes du Scytale et les véritables intentions de Zébula ?
- Nous avons deux témoins qui ne se connaissent pas et qui confirment le comportement de Zébula. De plus, mes propres Sœurs ont combattu les bourras pour les empêcher d'atteindre la côte densément peuplée. Quant au Scytale, le prince Toras l'a affronté, lui et deux douzaines de rokons, il y a trois jours.

Fausta observait Lady Aroteka, à l'affût d'un signe de faiblesse. Bien que la femme semblât prête à céder un instant, lorsqu'elle fit un mouvement de recul avec sa tête et qu'elle aiguisa son regard, Fausta sut qu'elle n'était toujours pas convaincue.

Aroteka demanda :
- Vous vous moquez donc de ce que j'ai dit sur Octavius ou sur son fils ? Vous n'allez pas essayer de les défendre ?

Fausta secoua la tête.

Ursa continua :
- Alors vous avez peut-être conscience que ce que je dis est vrai. Mais, Dame Lux Baiula, votre mission ici est de soigner nos gens, *pas* de nous conseiller.

Fausta savait qu'il était inutile de se défendre, au risque de paraître suspecte. Cependant, elle devait aussi éviter de faire preuve de lâcheté, car Aroteka y verrait certainement de la duplicité. Elle se contenta donc d'acquiescer fermement et garda le silence, en attendant que le seigneur prenne lui-même position.

À son grand soulagement, Arotek prit la parole :

- Ursa, il n'y a aucune raison d'être aussi méfiante envers Fausta Lux Baiula.

- Ulvo ! Tu es fou si tu penses que cette femme est ici pour défendre nos intérêts.

Arotek rougit de colère et répliqua :

- En fait, Ursa, elle vient de le faire. Juste la—

Soudain, la dame Aroteka fut prise d'un vertige violent. Elle vacilla, s'agrippant à un piédestal pour ne pas tomber.

Arotek se précipita vers sa femme, lui demandant ce qu'elle avait.

- Rien, Ulvo. Je… je me sens juste étourdie. Toi et moi avons besoin…

Ursa jeta un regard confus à la Lux Baiula. Arotek s'écria :

- Ursa, tu me fais peur. Lux Baiula, faites quelque chose !

Mais la dame Aroteka refusa l'aide de la Lux Baiula, titubant sur place.

- Ursa, elle doit t'examiner. Assieds-toi avant de tomber.

L'homme prit le bras de sa femme tandis qu'un terrible tremblement la secouait de nouveau, et il la conduisit jusqu'au divan.

Une fois assise, Dame Aroteka – la tête dans ses mains et lançant des regards désordonnés autour d'elle – ne refusa plus que Fausta s'occupât d'elle. La Lux Baiula sonda la dame, murmurant de temps à autre. À chaque fois, le seigneur Arotek frémissait, inquiet, et demandait ce qui n'allait pas. Fausta gardait le silence, mais après quelques minutes, les yeux de la dame Aroteka parurent se recentrer et sa peau reprit des couleurs. Arotek s'agenouilla près d'elle, lui demandant une explication, mais sa femme ne répondit pas. D'un regard suppliant, il se tourna vers la Lux Baiula. Fausta lui dit :

- Votre femme s'en remettra, Seigneur Arotek, mais elle doit se reposer un moment.

Avec une urgence inhabituelle dans la voix, le propriétaire terrien demanda :

- Mais que s'est-il passé ?
- Une crise de vertige, mais elle devrait aller mieux après du repos. Si les symptômes persistent, je devrai la sonder plus profondément et lui prescrire un traitement.

Le seigneur Arotek hocha la tête avec prudence, l'air inquiet. Son angoisse s'atténua lorsque, quelques instants plus tard, Ursa parla enfin et lui demanda de la raccompagner dans leurs appartements. L'homme lança à sa femme :

- Ces discussions politiques ne te conviennent pas, Ursa.

La femme le regarda, perplexe, puis tourna un regard encore plus déconcerté vers la Lux Baiula. Fausta ne réagit pas, sauf pour offrir un sourire apaisant au couple. Arotek partit avec sa femme. Fausta hocha la tête, soupira et se dirigea vers ses propres appartements situés dans l'aile est du petit palais.

IV. Plus tard ce jour-là avec Lusk

Irania entra dans le Lien avec un long soupir, pour y rencontrer Lusk Methrim. Ces réunions dans le Lien étaient extraordinaires : elles permettaient de se connecter à distance et d'échanger des informations avec des personnes très éloignées – à condition qu'elles eussent la capacité d'entrer dans le Lien, ou qu'elles y fussent emmenées par quelqu'un ayant cette capacité. Mais ces rencontres étaient devenues si fréquentes à présent qu'elles épuisaient Irania, et elle savait qu'elle n'était pas la seule dans ce cas. *Espérons que tout cela se termine bientôt.*

Irania avait rarement eu dû montrer un document dans le Lien, et elle se sentait un peu nerveuse quant à sa capacité à l'exposer correctement au maître Methrim. Elle s'entraîna alors à invoquer la lettre en attendant l'homme. Au troisième essai, en visualisant le document et en le comparant à ce qu'elle se souvenait avoir vu, elle parvint à une reproduction fidèle ; elle poussa un soupir de soulagement au moment où Lusk fit son apparition.

- *Lux Baiula.*

- *Maître Methrim, je vous remercie de vous être déplacé aussi vite.*

Lusk, fidèle à son habitude, répondit qu'il était là pour servir, mais Irania perçut, à travers la rigidité de sa forme, qu'il n'était peut-être pas entièrement satisfait. Elle n'avait toutefois besoin de lui que pour un oui ou un non.

- *Parfait, je vous ai convoqué parce que nous venons de recevoir une lettre.*

- *Une lettre ?*

La forme d'Irania s'intensifia légèrement avant de se rétracter, en signe d'acquiescement. Elle projeta alors la lettre devant elle et la tourna vers Lusk Methrim.

- *Reconnaissez-vous cette écriture ?*

Lorsque la forme de Lusk se mit à vibrer, Irania comprit qu'elle tenait sa réponse. Elle attendit néanmoins qu'il la lui formulât.

D'une voix empreinte d'une certitude incontestable, Lusk envoya :

- *Oui.*

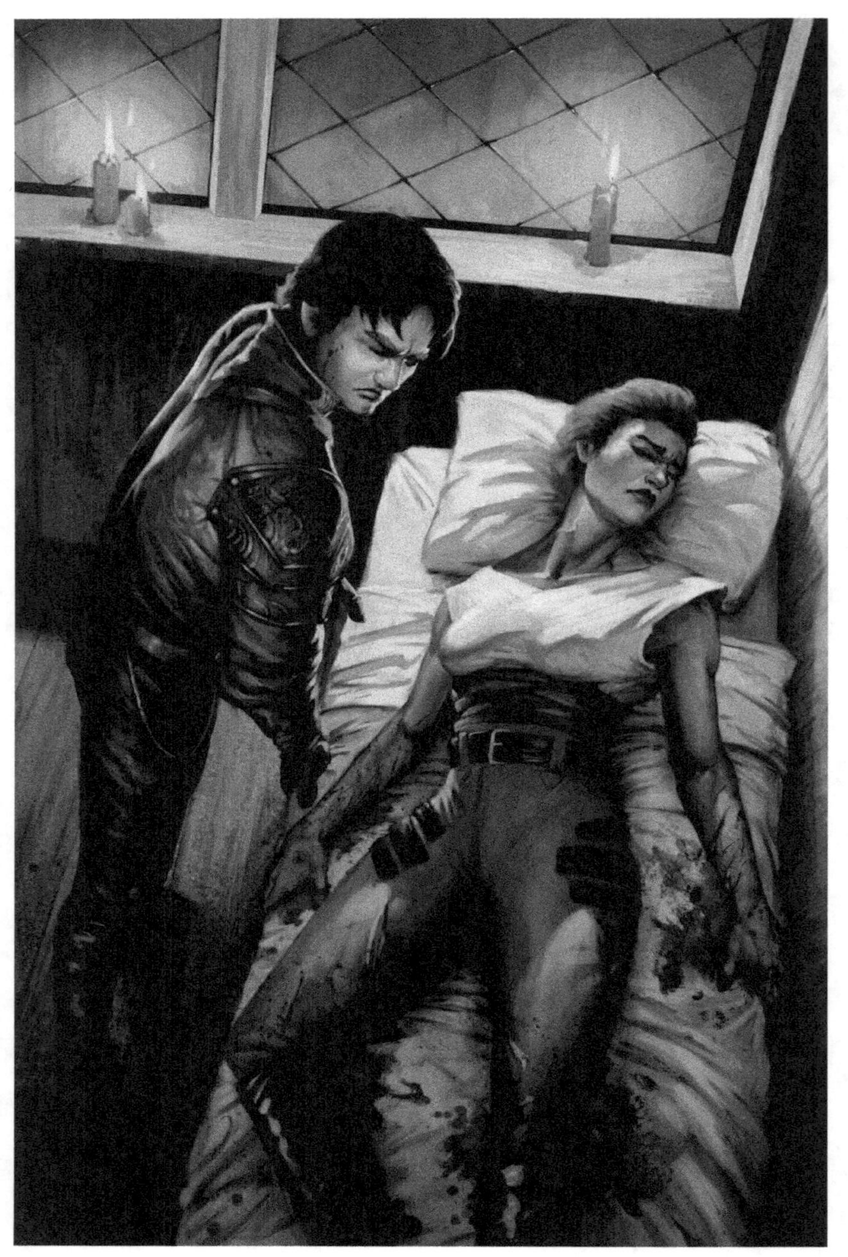

6. DES COMBATS DANS LE LIEN

I.   Au théâtre

Cette nuit-là, Élyana arriva au théâtre sous une pluie battante. Son cocher s'apprêtait à l'aider à descendre et à ouvrir un parapluie au-dessus d'elle lorsque Lusk Methrim surgit et prit le relai, déployant son propre parapluie pour abriter la dame Lux Baiula. Élyana regarda l'homme avec un sourire prudent, mais, se laissant séduire par sa courtoisie, descendit du carrosse. Elle avait consacré sa journée à méditer sur sa condition, de ses émois pour le Zébulonien à cette nette sensation que ses pensées et perceptions lui étaient étrangères, sur l'absurdité de ses projets, les dangers qu'elle courait, et enfin sur son état de confusion permanente. Mais à cet instant précis, elle savait exactement qui elle était : une femme, une Lux Baiula, à la fois éprise d'un homme et résolument attachée à son serment de servir avant tout les autres, et seulement après, elle-même.

Sous le parapluie de Lusk, à une encablure de lui, Élyana demanda :

-   Pourquoi est-ce que je perçois des ondes troublantes émanant de vous, Maître Methrim ?

Avec une indignation feinte qui déformait son visage, Lusk lui répondit :

-   On m'a déjà posé cette question. Après y avoir réfléchi en compulsant des ouvrages qui m'étaient accessibles, j'en ai conclu que c'est parce que mes ondes ressemblent aux signaux de ceux de votre espèce que vous considérez comme menaçants.

Lusk fit une pause pour mieux positionner le parapluie au-dessus d'Élyana tandis qu'ils gravissaient les marches du théâtre, puis poursuivit :

- Je crois que vos Sœurs et vous avez une perception erronée de moi, comme un prédateur qui confond une proie innocente avec une espèce vénéneuse. Sauf que je ne cherche évidemment pas à imiter ce que vous nommez des *Alterintrants souillés* ; je leur ressemble simplement – par un hasard vibratoire.

Élyana laissa échapper un rire.

- L'analogie n'est pas parfaite ; nous ne sommes pas des prédatrices, et vous n'êtes pas ici en tant que proie, mais de votre plein gré. Mais je comprends ce que vous voulez dire.

Le sourire qui se dessina sur les lèvres de Lusk était si séduisant qu'Élyana sentit une vague de désir la parcourir. Elle s'efforça de dompter cette impulsion et de rediriger la conversation vers un terrain plus technique :

- Pourquoi ne ressentons-nous pas ces mêmes ondes chez Ooldrina et Raaviana ?

L'expression de Lusk s'obscurcit brusquement, et son sourire charmeur disparut momentanément. Se ressaisissant, il expliqua :

- Je regrette, Élyana, mais l'une de ces jeunes femmes ne m'a apporté que des soucis. Cependant, il est vrai que les Alterintrants zébuloniens n'émettent pas les mêmes ondes que les Alterintrantes de notre race.

Élyana hocha la tête, mais un frémissement dans le regard de Lusk et une crispation au coin de ses lèvres lui indiquèrent qu'il y avait plus que la simple évocation d'Ooldrina. Peut-être – la pensée s'évanouit, et Élyana cligna des yeux.

Lusk proposa :

- Ne devrions-nous pas entrer ? La représentation va bientôt commencer.

Élyana cligna de nouveau des yeux et le suivit, bien qu'une partie d'elle résistât contre… contre une énigme qu'elle ne parvenait pas à élucider.

Le Grand Lucien n'avait rien à voir avec le Grand Théâtre de Furanville, ni même avec celui d'Antar, mais demeurait un bel édifice.

La scène, véritable joyau des théâtres de renom, trônait au cœur de la salle, pivotant sans cesse pour offrir au public toutes les perspectives visuelles et sonores possibles. Les fauteuils, répartis sur quatre étages, encerclaient l'espace scénique. À leur demande, Élyana et Lusk furent installés dans une loge duo au second rang, où chaque alcôve, isolée phoniquement, garantissait une immersion totale, sans se préoccuper des réactions des loges voisines.

Soudain, un gong grave retentit. Les comédiens firent leur entrée, gravissant l'escalier central de la scène et émergeant des coulisses latérales. Des ovations jaillirent de toutes parts. Alors que la musique s'élevait et que l'assemblée retrouvait son calme, le metteur en scène bondit sur les planches pour esquisser les grandes lignes de la pièce. Il était question de l'abandon d'Aiala'Rho par la créatrice, de son serment d'anéantir ses créations, et enfin de sa propre chute face à Aiala'Rhi.

Une histoire de trahison. Silence. *Une pensée surgit dans mon esprit.* Silence. *Que se passe-t-il ?* Silence. *Est-ce ma pensée ou… celle d'un autre ? Celle de Mattina ! Oui !* Les muscles d'Élyana frémirent. Elle jeta un regard discret de côté, veillant à ne pas alerter Lusk. Parfait. *Voilà pourquoi je suis là. Pour le démasquer et m'occuper de son cas.* Elle douta un instant de la rationalité de ce plan. Mais elle s'y était engagée, dans un éclair de lucidité, et Mattina Lux Baiula[17] lui avait révélé une ruse pour échapper à l'emprise du Zébulonien. La ruse n'était pas parfaite, et Élyana devait redoubler de prudence si elle voulait sortir du théâtre saine et sauve.

La pièce débuta, captivant l'auditoire, Lusk y compris, du moins en apparence. Élyana le surveillait du coin de l'œil, évaluant, pesant, luttant contre les défaillances de son esprit. Peu à peu, Lusk commença à se pencher vers elle pour lui murmurer des mots passionnés, et, chaque fois, le timbre de sa voix et le parfum de son souffle faillirent la subjuguer. À la quatrième tentative, elle fut si profondément envoûtée par son charme qu'elle ne retrouva ses esprits qu'avec une volonté farouche, amplifiée par la nécessité de dissimuler son trouble. Son corps répondait à ses flatteries par un sourire mesuré et prudent, tandis que ses répliques semblaient mécaniques, mais son âme était en tumulte, criant, suffoquant sous l'effort. À cet instant, elle en eut la certitude, aussi sûre qu'elle était Élyana : il était quelque chose d'autre, et cette révélation la terrorisait. Forte de cette prise de conscience, elle se lança dans son plan. Un calcul simple la rassura : si elle se trompait et violait à tort l'esprit de Lusk, il ne la dénoncerait pas. Mais si elle avait raison, qu'elle remportât ou non l'affrontement imminent, elle serait en danger. Lorsque la musique reprit, Élyana se résolut à agir et entra dans le Lien.

Lusk réagit rapidement et apparut devant elle, son allure était sombre et presque solide.

- *Élyana, vous êtes dans mon esprit.*

La silhouette d'Élyana se figea.

- *Vous n'auriez jamais dû venir ici, Élyana.*

Un silence s'installa, puis il demanda :

---

[17] Mattina Lux Baiula : une femme qui avait participé à l'éradication du reste des forces du maître des ténèbres après la fin de la Guerre des ténèbres.

- *Que faites-vous ici ?*
- *Vous n'êtes pas l'homme que vous prétendez être.*
- *Mon désir n'était pas de vous* pervertir, *comme vous dites, mais simplement…*
- *Ah ! Vous ne vouliez pas me pervertir ? Devrais-je en être flattée ?*

Le rire spontané d'Élyana brisa l'aplomb de Lusk. Elle perçut une vague de détresse et de rancœur qui agitaient l'esprit de Lusk ; de l'angoisse face aux mesures qu'il allait devoir prendre, de l'amertume envers elle pour l'avoir forcé à agir ainsi.

Lorsqu'il prit de nouveau la parole, ce fut avec une froideur déconcertante qu'il envoya :

- *À présent, je n'ai pas le choix.*

Et le combat s'engagea, un duel titanesque entre deux puissants Alterintrants se déchaîna dans le Lien, alors que les imitateurs des divinités poursuivaient leur tragédie amoureuse sur la scène rotative. Une horrible sensation s'empara de l'esprit d'Élyana tandis que la forme laiteuse de son adversaire s'enlaçait autour de la sienne ; ses prunelles d'ébène transperçaient son âme avec toute la noirceur de leurs méfaits ; la marque écarlate sur son front s'intensifiait, l'aveuglant de son éclat. Élyana avait l'impression d'étouffer. Elle savait que c'était son esprit qui forgeait cette sensation. Mais le danger était réel, et elle mobilisa toutes ses forces vibratoires pour repousser son ennemi. Cependant, les ondes de Lusk persistaient à l'enserrer, et à présent, il s'immisçait dans sa forme, puis, étant parvenu à ses fins, il s'infiltra dans son esprit et, de là, dans son corps. Élyana endura ce viol mental aussi intensément que s'il fut physique, et son cri déchira l'immensité du Lien tandis que son corps demeurait immobile sur le siège de la loge insonorisée. Elle implora des divinités en lesquelles elle ne croyait pas pour que cette torture prît fin au plus vite, et réalisa soudain qu'elle s'était surestimée – que la confiance que toutes et tous avaient placée en elle était peut-être injustifiée. Là, une pensée émergea, la tirant des abîmes où elle sombrait, ne serait-ce que pour lui confirmer l'imminence de sa fin :

- *Vous n'auriez jamais dû venir ici, Élyana. Je ne peux pas vous laisser repartir telle que vous étiez... Je n'ai plus le choix à présent. Je... je suis désolé.*

Élyana paniqua. Elle ne savait pas si elle était capable de tenir tête à Lusk. *Il est si puissant... Aithen !* Son hésitation et sa distraction furent catastrophiques, et Lusk l'engloutit complètement, submergeant chaque parcelle de son être par son ignominie. Elle hurla, puis se déconnecta de sa douleur et de sa peur – de tout, et se réfugia dans son lieu sûr, cet espace intime où ses pensées demeuraient inviolées. Là, elle entonna son mantra : *Je maîtrise mon esprit ; je maîtrise mon corps. Je maîtrise mon esprit ; je maîtrise mon corps. D'autres peuvent toucher, pousser, et inciter, mais je reste maîtresse de mes réactions. D'autres peuvent toucher, pousser, et inciter, mais je reste maître de mes réactions...*

Lusk ne désirait qu'une chose : mettre fin à tout cela, en finir avec cet acte répréhensible et s'assurer que – *Oh ma Mère, que suis-je ? Quel mépris aurais-tu pour moi si nos vies se croisaient à nouveau ? Mais que puis-je faire à présent ?!*

Lorsqu'il sentit que la forme d'Élyana commençait à se désagréger, comme le faisaient les formes lorsque les Itinérants disparaissaient du Lien, Lusk Methrim fit résonner un cri déchirant dans cet espace éthéré, et tandis qu'Aiala'Rhi découvrait la trahison de son amant et que, dans un accès de rage, elle réduisait en poussière planètes et satellites – une scène que les comédiens illustraient par des éclats de rouge, de jaune et de violet – Lusk murmura :

- *Pardon... Élyana.*

Puis, l'instant d'après, il ramena son esprit vers le Lien et frappa sa forme évanescente de toute la vilenie qui l'habitait encore.

Lorsqu'il sortit du Lien, Lusk posa les yeux sur une Élyana catatonique. Il chassa sa culpabilité et se demanda désespérément comment sortir du théâtre. Il envisagea de l'abandonner là ; après tout, personne ne pourrait jamais savoir ce qui s'était réellement passé. Mais ils avaient été aperçus ensemble par le personnel et par certains spectateurs. Finalement, il choisit de partir en reconnaissance et découvrit une issue de secours à l'arrière, qui n'était plus surveillée puisque la pièce touchait à sa fin. Il regagna la loge, prit Élyana dans ses bras et quitta le théâtre avec toute la célérité et la discrétion possibles.

II. La trahison

Lorsqu'Octavius entra dans le Lien avec Mitsuko et qu'ils retrouvèrent Marcus, l'homme tendit au roi son avant-bras avec une intensité inhabituelle, tout en ignorant la conseillère. En le saisissant, Octavius perçut dans le regard de son ancien chef frumentarius un changement qui le mit extrêmement mal à l'aise. Il se retint de retirer son bras, se prépara, ne sachant à quoi s'attendre, et demanda :

- *Que se passe-t-il, Marcus ?*

Le regard du Lecteur se durcit et s'emplit d'une noirceur qu'Octavius n'avait jamais vue chez lui. D'une voix qui trahissait ses paroles, il dit :

- *Je réclame une compensation pour les quarante années d'isolement forcé.*

D'un seul coup, chacune des fibres du corps d'Octavius, assis en tailleur dans son antichambre, voulut s'enfuir. Son esprit oscillait entre l'incrédulité, l'incompréhension, et la certitude

qu'il devait s'échapper du Lien de peur d'y rester prisonnier —
ou pire. Le roi tenta alors de se détacher de Marcus, mais il ne
parvint pas à se défaire de l'emprise de l'homme.

Mitsuko, qui se tenait à la droite d'Octavius, poussa un cri
étouffé et manqua de céder à la panique en réalisant qu'ils étaient
tombés dans un piège. Refusant de s'abandonner à la culpabilité,
elle se concentra sur la seule chose qui importait à présent :
protéger le roi. Mais que pouvait-elle faire ? Elle était une
cordon mauve, pas une rouge ! Après un moment qui lui parut
une éternité, il lui vint une idée et elle visualisa un mur de
lumière entre les deux hommes. Dès que l'espace s'illumina, elle
poussa le mur vers Marcus avec toute la force qu'elle put
rassembler – et pria. La forme de l'homme fut projetée en
arrière.

Mitsuko ferma les yeux, remercia les Fondateurs, puis dit
au roi qu'ils devaient partir. Elle se mit à paniquer en constatant
que la main de Marcus tenait toujours fermement l'avant-bras
du roi, bien que le Lecteur fût maintenant séparé d'elle et du roi
par le voile du Lien. Elle supplia le roi de se libérer, d'imaginer
son retour dans son corps, mais Octavius secoua la tête,
découragé, reconnaissant qu'il était pris au piège. L'horreur se
peignit sur le visage de Mitsuko alors que plusieurs nouvelles
formes, dont une gigantesque créature lézardienne, se
matérialisèrent autour d'eux.

La forme imposante du Scytale, enfin stabilisée, siffla :

- *Le second Luxor. Ou devrais-je dire : le lâche qui n'a
  même pas daigné m'adresser la parole lors de ma venue
  il y a toutes ces lunes. Si tu avais eu plus de cran à ce
  moment-là, de nombreux morts seraient encore en vie.
  Mais peut-être te soucies-tu moins de ton peuple que tu
  ne le prétends.*

Les yeux du roi – emplis de haine, d'une profonde déception et d'un désir de vengeance – passèrent du Scytale à son ami traître, puis revinrent sur le Scytale. Il demanda :

- *Que veux-tu, Scytale ?*
- *Je suis l'Ali—*
- *Je me fiche de ton nom. Que veux-tu ?*

Le Scytale répliqua en raillant :

- *Ce que je veux maintenant, tu ne le donneras pas de bon gré, Roi des humains.*

Un sourire malicieux se dessina sur sa forme diaphane, et il ajouta :

- *Sache que tu ne quitteras pas cet endroit à moins de te soumettre à moi. Si tu ne le fais pas, tu mourras ici, maintenant ou plus tard – après des éons d'itinérance dépourvue de sens et de fin – selon l'évolution des événements si tu choisis de résister.*

Mitsuko peinait à croire à ce que demandait cette créature vile. Le roi lui-même semblait sur le point d'éclater de rire. Elle envoya :

- *Sire, tout cela est absurde ; mais je ne sais pas comment nous pouvons combattre ni comment vous libérer des griffes de ce traître.*
- *Pouvez-vous lire les intentions du Scytale ? Son état d'esprit ?*
- *Je suis désolée, Sire. Je suis une puissante Sensorielle, mais pas une Kynarienne capable de lecture animale.*

Le roi envoya un grognement découragé, et Mitsuko ajouta :

- *Cependant, si je ne me trompe pas… à voir ses pupilles dilatées… il semble espérer que vous ne résisterez pas. Peut-être est-ce quelque chose que nous pouvons exploiter jusqu'à l'arrivée de renforts.*
- *Vous avez donc appelé à l'aide ?*

- *J'ai alerté Dana Lux Baiula et d'autres Sœurs, Sire. Mais envoyer un message sans connexion directe, c'est comme jeter une bouteille à la mer. Je ne sais pas s'il sera entendu ni quand.*

Le long gémissement découragé du roi frappa Mitsuko de plein fouet. Elle ressentit son désespoir face à l'emprise du Scytale et de ses complices. Elle perçut également ses doutes… à son sujet. Le roi, peu habitué aux connexions mentales, semblait avoir oublié que cette liaison permettait à Mitsuko de connaître ses pensées. De son côté, Mitsuko s'efforça d'isoler les pensées du roi des siennes pour ne pas en être submergée. Elle tenta d'ignorer l'insulte qu'elle perçut dans une autre pensée dirigée contre elle.

À ce moment-là, l'une des compagnes du Scytale croisa son regard. Le regard perçant de la femme passait de Mitsuko au roi. L'assassine avait-elle intercepté les plaintes du roi ?

Mitsuko jugea que ce n'était pas le moment de s'en préoccuper et chercha une idée, quelque chose qui pourrait les libérer de l'emprise du Scytale. Mais que *pouvait*-elle faire ? Comment rompre le lien surnaturel qui unissait le roi à son ancien conseiller ? Elle étudia la liaison, essaya de la comprendre, mais de telles combinaisons dépassaient ses capacités. Elle poussa un soupir de découragement et se tourna vers le haut roi. Celui-ci semblait ailleurs, calculant, étudiant ; son visage était désormais impavide. Mitsuko pouvait le dire à l'intensité de son regard, à ses pupilles rétrécies : il cherchait désespérément un moyen de se sortir de ce piège mortel.

Le Scytale secoua le roi et Mitsuko, les arrachant tous deux à leur moment de distraction en sifflant en direction du roi :

- *La seule manière de te séparer de lui est de le tuer.*

Octavius poussa un grognement, secouant la tête, découragé, tandis que son regard s'attardait sur son ancien ami de longue date. Son apparence changea brusquement, et afficha un regard haineux qui le transfigura et qui envahit le Lien pour pénétrer Marcus.

Mitsuko pâlit lorsqu'elle entendit le roi – ce fut à peine audible, mais elle perçut ses mots à cause de l'intensité de ses pensées – se demander avec dégoût de lui-même si son ancien officier était déjà un esclave du maître des ténèbres lorsque, méprisant l'édit d'Urbs Lucis, il était allé le rencontrer dans sa villa. Et si Marcus était, en fait, un violeur d'esprits ? L'autodégoût d'Octavius et sa rage contre son ancien ami devenaient dangereusement puissants. Réalisant son erreur, Mitsuko abaissa son mur ; elle ne pouvait – quelles que fussent les pensées du roi – séparer son esprit de celui du roi. Il était urgent qu'elle le tire de la tombe qu'il était en train de se creuser. S'appuyant sur toute sa formation de cordon mauve, elle envoya avec force :

- *Sire.*

Mais le roi ne répondit pas. Plus énergiquement, elle essaya de nouveau :

- *Sire !*

La forme bouillonnante d'Octavius tourna vers sa conseillère ce même regard meurtrier, tandis que le Scytale et les autres observaient la scène, amusés. Ignorant les sentiments violents du roi, Mitsuko envoya :

- *Sire, votre esprit risque de perdre la raison. Vos émotions sont trop intenses. Vous devez vous calmer.*

Rapidement, elle ajouta, pour en appeler à la logique du roi :

- *Vous le savez.*

Au grand soulagement de Mitsuko, le roi commença effectivement à apaiser ses pensées, et une idée émergea, ou plutôt jaillit du maelström qui commençait à s'adoucir. Ses yeux s'écarquillèrent et elle l'entendit penser :

- *Ces femmes doivent venir de Kartak. Si Toras était en train de reconnaître la zone et si Mitsuko pouvait envoyer à la prima de mon fils l'ordre d'attaquer cette pauvre ville, peut-être pourrions-nous nous en sortir ?*

La possibilité de se racheter et de les sauver exacerba l'excitation habituellement discrète de Mitsuko, et elle envoya :

- *Sire, c'est une excellente idée ! Je vais essayer de joindre Laiella Lux Baiula ; espérons qu'elle sera à l'écoute.*

Juste au moment où Mitsuko concentrait ses pensées pour envoyer un message à la seconde du prince, le Scytale – à présent impatient – siffla une question dont la force secoua le Lien :

- *Alors ? Que décides-tu, Roi des humains ? Choisis-tu la vie ou la mort ? Je préférerais la première, mais si c'est la seconde, nous sommes prêts à exaucer tes vœux.*

Bien qu'Octavius ressentît une nouvelle vague de haine, il garda suffisamment de présence d'esprit pour s'en délester et interagir avec son ennemi avec toute la ruse qu'il put rassembler. En effet, il devait faire durer cette confrontation pour donner à sa conseillère le temps d'atteindre sa Sœur de la Garde noire. Cependant, il se sentait étrangement… lourd, et ne parvenait plus à formuler la moindre pensée cohérente. Il réussit seulement à tourner vers Mitsuko un regard empreint de panique avant que sa forme ne vacillât et manquât de s'effondrer.

La cordon mauve sentit son cœur s'alourdir. Elle percevait la confusion du roi et… son esprit embrouillé. Effrayé, Octavius transmit dans un murmure :

- *Mitsuko ! Je… je me sens… je ne me sens pas bien.*

Mitsuko s'empressa d'analyser ses options. Si elle retournait à son corps, elle laisserait le roi affronter seul leurs ennemis. Mais le corps du roi était peut-être déjà en train d'être attaqué. Était-ce une attaque coordonnée contre lui ? La Sororité ne l'avait peut-être pas formée à l'art de la défense, mais elle lui avait appris à prendre une décision. Elle serra alors les dents et réintégra son corps.

La cordon mauve trouva le corps du roi chancelant et étrangement gonflé. Son esprit s'empressa de comprendre ce qui se passait. Elle eut un haut-le-cœur en prenant conscience de l'odeur âcre qui emplissait ses narines, sa gorge et ses poumons. Sans perdre une seconde, elle envoya une fine brume vers le corps chancelant d'Octavius. Les inspirations du roi, lentes et superficielles, entraînèrent tout de même les microbes dans ses voies respiratoires pour tapisser l'intérieur de ses poumons. Ils créèrent aussitôt une barrière protectrice, et leurs sécrétions commencèrent à neutraliser les composés circulant dans ses veines et artères et qui troublaient son esprit.

Le Scytale, qui poussait des glapissements triomphants, rugit lorsque Mitsuko s'exclama soudain qu'ils n'auraient pas le roi. Furieux, le Scytale exigea à nouveau que le roi prît une décision. Lorsqu'Octavius regarda sa forme d'un air de défi, le Scytale poussa un grognement, frustré de ne pouvoir tuer le roi. Dans un grand soupir, il ordonna à ses complices de capturer le roi et de tuer l'ensorceleuse.

L'une des assassines, dont les cheveux roux flottaient vigoureusement autour du visage noir, dit qu'elle préférait tenter de *pervertir* la porteuse de lumière aux yeux de fauve. Le lézard répondit en sifflant :

- *Non, il faut l'éliminer. C'est* lui *notre cible et notre récompense.*

La converse aux cheveux de feu dissimula sa colère, et l'Alis Domini ne vit pas son regard provocateur.

Pendant que leurs ennemis débattaient de ce qu'ils allaient faire d'eux, Mitsuko fouilla sa mémoire à la recherche d'une liaison défensive. Ne trouvant rien d'utile, elle se maudit de n'avoir jamais été formée aux arts défensifs et de ne s'être jamais portée volontaire pour des transferts de mémoire. Les choses étant ce qu'elles étaient, elle généra la seule liaison qu'elle savait pouvoir protéger le roi : un champ d'inhibition autour de son propre cerveau et de celui du roi. Elle dirigea ensuite son esprit vers leurs assaillants et se prépara à attaquer.

Lorsque le Scytale réitéra ses ordres en sifflant, l'une des assassines, une femme mince aux cheveux noirs, envoya une pensée privée à la rousse :

-   *Bracca, qu'attends-tu ?*
-   *Les ordres du Scytale sont différents de ceux de la Leate. Nous devons trouver une alternative.*
-   *Mais—*
-   *Lasra ! Nous pouvons le faire, et nous allons le faire. Fais venir un coud-noyau[18] juste après qu'Alta aura frappé la sorcière avec son perforeur[19]. Tu dois bien calculer ton coup ! Je vais alerter notre contact dans la capitale.*

À ces mots, toutes trois attaquèrent, alors que le Scytale s'apprêtait à leur donner un coup de fouet.

La dénommée Alta frappa Mitsuko avec une liaison si puissante qu'elle tordit sa forme en la pénétrant. Sous le choc, Mitsuko eut le souffle coupé, et son corps trembla dans le bureau du roi. Au milieu de l'épais brouillard provoqué par la douleur, Mitsuko entendit le roi crier, demander ce qui se passait, et crier encore, comme si son esprit sortait de son cerveau.

La cordon mauve puisa au plus profond d'elle-même, faute de puiser dans ses compétences, pour accroître et renforcer le champ d'inhibition. En vain : la liaison de ses assaillants fit éclater son bouclier, son cerveau s'embrasa et l'agonie s'empara

---

Coud-noyau (un) : liaison frappant le nerf vagal et provoquant la torsion et la contraction des muscles innervés de la même manière qu'une réponse à une crise d'épilepsie.

[19] Perforeur (un) : liaison puissante pénétrant les formes des autres et les distordant dans le Lien ; dans le monde physique, un foreur pénétrait dans le cerveau, y provoquant douleur et confusion.

de son corps. Dans ses fragments de lucidité au milieu de la douleur, elle vit sa dissolution finale approcher.

Après une troisième tentative pour capturer l'esprit du roi, l'assassine, Bracca, fut forcée de faire une pause. *Il est fort. Bien plus fort que nul n'aurait pu l'imaginer, et pourtant, il n'a jamais vraiment utilisé le Lien. Fondateurs !*

Se remettant brièvement de sa propre agonie, le roi se tourna vers Mitsuko. Sa forme était aussi étirée qu'une compresse effilochée ; il la regarda horrifié, impuissant. Son pouls s'accéléra lorsqu'il comprit l'issue inévitable. Il hurla le nom de sa conseillère. Mais son envoi ne reçut d'autre réponse qu'un regard désemparé, un regard dont les yeux s'étiraient dans l'immensité du Lien et remplissaient l'espace infini par la terreur consciente d'une fin prochaine et inéluctable. Soudain, le ruban l'unissant à Mitsuko se rompit et son esprit se retrouva sans protection… livré à lui-même.

Bracca envoya un signe de tête reconnaissant aux autres et prépara la liaison finale qui allait piéger le roi.

Octavius tenta de retrouver les vibrations défensives qu'il avait jadis apprises, mais en vain, et sans la connexion avec sa conseillère, il était nu, vulnérable. Néanmoins, alors que les derniers cris de Mitsuko déchiraient le Lien, et malgré son esprit de plus en plus prisonnier, il parvint encore à reformer sa silhouette et s'adressa au Scytale pour lui offrir sa vie en échange de celle de la Lux Baiula.

Mais il n'obtint du Scytale qu'un sifflement joyeux, et son cœur chavira.

Juste avant que les derniers fils de Mitsuko ne se fussent dissouts, le cœur du roi se mit à battre vigoureusement. Il perçut deux pensées : l'une était remplie de… honte et… demandait pardon, tandis que l'autre, seulement empreinte d'urgence, traversa le Lien pour disparaître au loin. Octavius envoya un hurlement de désespoir à travers le Lien, appelant le nom de sa conseillère – en vain. Oh ! La rage, la culpabilité, la malédiction – tous ces sentiments s'élevaient en lui comme un grand rocher arraché d'une montagne, dévalant la pente pour l'écraser, lui, un homme, ô combien insensé.

III. Toras

Après leur échec cuisant contre le Scytale quelques jours plus tôt, une débâcle qu'il attribuait à ses propres impulsions mal employées, et qui avait failli coûter la vie à sa première officière, Toras tentait de noyer sa culpabilité en infligeant des séances d'entraînement éreintantes et répétitives à toute la Garde.

Heureusement, Laiella se rétablissait. Une cordon blanche était venue d'Urbs Lucis à l'avant-poste de Mont-Lac, l'avait stabilisée, et avait suivis la troupe jusqu'à Col de Corne pour continuer de s'occuper, sur place, de la portail. La docteure, qui faisait de son mieux pour ignorer le prince, avait déjà accompli des miracles avec Laiella, et ne s'était adressée à Toras que pour lui dire que la prima, qui se reposait maintenant dans ses propres quartiers, n'avait plus besoin que de quelques jours pour retrouver pleinement ses fonctions cognitives et motrices.

Pour des raisons que Toras ne comprenait que trop bien, Laiella était restée distante. Mais ce qui l'inquiétait davantage était qu'elle avait commencé à éviter son regard depuis la rencontre dans le Lien à laquelle elle avait assisté ce matin-là, une rencontre à laquelle il n'avait pas été invité. Il l'avait interrogée à ce sujet, mais elle avait refusé de lui donner la moindre réponse ; elle s'était même opposée à lui révéler l'identité de la personne qu'elle était allée rencontrer – son silence étant une « prérogative de l'Ordre » et ne relevant pas de la loi militaire coriolanne.

Le prince s'assit sur un tabouret à côté de la Lux Baiula, débraillé et échevelé après sa longue séance de plusieurs heures d'entraînement ce jour-là. Laiella reposait sur son lit à la suite de sa longue thérapie quotidienne. Il essaya d'engager la conversation, mais les mots lui manquaient.

Cette tension étant pour elle aussi inconfortable que pour le prince, Laiella prit l'initiative et dit d'une voix faible et fatiguée :

- Seigneur Commandant, vous n'avez aucune raison d'être ici si souvent ; vous sentez la bellique et votre présence n'accélèrera pas ma guérison.

Cela brisa la glace et Toras tenta de rire de bon cœur, sa joue gauche qui plissait le côté de son visage lui donnant l'air un peu bête.

- Je sais que je vous l'ai déjà dit, Laiella, mais je suis désolé. J'ai agi impulsivement en vous voyant en danger… et j'ai aggravé les choses.

Toras observait Laiella, en attendant sa réponse, tout en s'efforçant de se montrer confiant dans le résultat de son action et se retenant de s'en prendre au destin.

Quant à la prima première barrière Laiella Lux Baiula de la cordonneté rouge, elle observait le prince d'un air hésitant, ce qui n'était pas habituel pour elle – pour une Sœur de l'Ordre. À un moment, elle serra les dents, comme si elle était en colère contre elle-même. Finalement, elle dit :

- Je comprends pourquoi vous avez agi ainsi, Commandant. Mais je suis épuisée maintenant et je voudrais simplement me reposer… si vous le permettez.

La réponse de sa prima n'était pas celle que Toras avait espérée. Que voulait-elle dire ? Cette réponse évasive l'avait blessé et le tourmentait. Il était tiraillé entre le besoin de convaincre cette femme – son officière –, qu'il… admirait, qu'elle devait lui pardonner, l'élan de lui ordonner d'accepter ce qui s'était passé comme un risque qu'elle avait accepté comme tout soldat rejoignant l'armée – ce qui comprenait la possibilité qu'un commandant commît une erreur fatale –, et la crainte qu'elle ne le démette de son commandement – ce qu'Octavius avait demandé à la prima de faire en cas de besoin.

Et, pour la première fois, il se retint d'agir sous l'influence de la peur, bien qu'il ressentît la tension de la décision – était-ce également un choix impulsif ou le résultat de sa part rationnelle qu'il ne connaissait pas encore ? Il ressentait cette tension au fond de ses entrailles, même s'il avait accepté de la laisser se reposer et de poursuivre leur conversation plus tard.

Il partit, confus et inquiet, inquiet que ces combats intérieurs pussent le rendre incapable de continuer à commander. Ses poings étaient blafards, mais il finit par pousser un profond soupir et, fixant du regard le champ de l'autre côté des remparts de la forteresse, il s'y rendit pour exiger du prochain groupe de soldats un exercice plus difficile que jamais.

IV. L'impuissance

Après avoir assisté à la dissolution de Mitsuko, Octavius avait maudit le Scytale et s'était emporté contre les Fondateurs. Mais son explosion n'avait fait qu'inciter l'Alis Domini à lui donner un coup de fouet d'une lumière bleue plus intense que jamais. Étrangement, aussi puissant que fût le coup de fouet, la douleur n'atteignit pas son corps. En réalité, malgré tous ses efforts, il ne pouvait plus sentir la moindre partie de son être physique.

En prenant conscience de cela, le roi se rappela sa femme et ses fils, et une vague de panique le submergea, menaçant de l'engloutir totalement alors qu'il réalisait qu'il pourrait peut-être ne jamais les revoir.

Cependant, Octavius, en homme discipliné qu'il était, trouva en lui la force d'ignorer cette panique. Mais malgré sa discipline, atteindre la sérénité qu'il recherchait était presque impossible sachant qu'il ne quitterait sûrement jamais cet endroit, seul face à un ennemi invincible, et avec un esprit encore légèrement engourdi par le poison que son corps avait inhalé ; il céda de nouveau à la panique et se demanda, l'espace d'un instant, qui pouvait être ce traître qui l'avait empoisonné.

Heureusement pour lui, la douleur s'estompa et la spirale infernale qui l'avait presque englouti, finit également par passer. Octavius respira en tremblotant et se maudit : *L'orgueil ! C'est l'orgueil qui m'a poussé à venir ici sans une garde complète, même après deux tentatives d'assassinat ! Venir avec une femme qui n'avait aucune chance contre de tels adversaires. Comment ai-je pu vivre aussi longtemps en étant fou à ce point ?!*

Lorsqu'il se fut enfin calmé, il décida d'analyser la situation. Il fut rassuré de constater que Marcus ne le tenait plus de sa main anormalement étirée. Mais hélas, l'insoumise aux cheveux roux le retenait aussi fermement que si elle l'avait enchaîné. Comment *pourrait*-il s'échapper ? Comment pourrait-il *se défendre* ? Il n'avait jamais été formé aux arts défensifs ni même offensifs par la Sororité, ayant refusé ces enseignements – ses principes avaient-ils été malavisés ? Tout ce qu'il savait, il l'avait appris seul, et il s'agissait principalement de lecture mentale et de quelques liaisons sonactiques, choses qu'il avait laissées de côté jusqu'à en avoir besoin pour sauver Toras et ses gardes cet été. Comment pourrait-il s'en sortir ? Il n'en avait aucune idée ; piégé, en colère, il savait qu'il allait probablement mourir là, maintenant ou plus tard, comme un fou en itinérance infinie dans le Lien.

À cet instant, une sorte de vent l'effleura ; ni chaud ni froid, il éveilla en lui de nouvelles préoccupations. Le Scytale le regardait avec un sourire cruel et triomphant, tandis que ses compagnes riaient et criaient joyeusement.

Sachant désormais, que le Scytale se moquait des exigences d'un humain – fût-il roi ou sujet – Octavius demanda :

- *Qu'attends-tu de moi,* Scytale, *que tu crois que je n'accepterai pas ?*

La forme du Scytale grandit de manière incroyable avant de répondre :

- *Parle-moi correctement si tu veux une réponse.*

Octavius tenta de grandir ou de repositionner sa forme pour être à la hauteur de la tête du Scytale, mais il n'y parvint pas ; il était incapable de contrôler sa forme, et dut lever les yeux. Les femmes pouffèrent. Il pensa : *Très bien. S'il le faut.*

- *Qu'attends-tu de moi... Alis Domini ?*

Le Serpent grogna de satisfaction, puis répondit :

- *Tu pourrais nous être utile... grâce à ton semblant d'autorité sur K'Tara, bien que tu ne représentes plus une menace pour nous ni pour le plan de notre grand seigneur.*

- *Je ne vous aiderai pas à asservir mon peuple, ni personne d'autre sur K'Tara. Et vous ne me pervertirez pas !*

- *Oh, bien sûr que tu nous aideras, et, oui, nous te pervertirons. Sinon, il sera toujours temps de t'éliminer ou de te laisser errer ici pour l'éternité afin que tu deviennes un petit être insignifiant et un exemple pour tous ceux qui voudraient s'opposer à nous.*

Le Scytale poursuivit :

- *Certes, tu n'as pas été une cible facile, Roi des humains.*

Puis, regardant Marcus tout ratatiné, il ajouta :

- *Mais t'attirer ici, une fois que nous avons compris ta faiblesse, a été un jeu d'enfant.*

Le Scytale ajouta en reniflant :

- *Franchement, je ne sais pas pourquoi le maître des ténèbres a eu peur de ta présence ou de celle de ton ami ici.*

Marcus se recroquevilla un peu plus tandis qu'Octavius lui lançait un regard venimeux.

Le roi demanda :

- *Depuis combien de temps, Marcus ? Depuis combien de temps es-tu à leur service ? Réponds !*

Mais le Scytale, lassé du spectacle, décida de mettre un terme à tout cela et dit :

- *Peu importe, Roi des humains. Il ne te répondra pas ; tu t'es mis toi-même dans cette situation.*

Puis, tournant son long cou vers ses compagnes, il demanda :

- *Combien de temps faudra-t-il pour le retenir définitivement ici ?*

La forme aux cheveux roux répondit :

- *Nous devrions avoir terminé d'ici à ce que les rêveurs de l'autre côté de K'Tara entrent dans le Lien.*
- *Très bien. Alors, continuez. Et prévenez-moi lorsque ce sera fait. Entre-temps, je vais aller rapporter la nouvelle à l'Umbra.*

Le Scytale s'adressa au roi :

- *Quand je reviendrai, tu répondras à mes questions et tu nous aideras à faire de l'Alvinorie notre alliée.*

Puis, se tournant vers Marcus, il ajouta :

- *Tu peux t'en aller si tu le souhaites, ou rester ici et aider ton ancien ami à accepter son sort. Il faudra ensuite que je remercie la Leate quand je la verrai ; elle a fait du bon travail.*

Sur ce, la forme du Scytale disparut du Lien et Octavius regarda les trois Temptatori – ou plutôt *Temptatorae ?* – s'approcher de lui. Mais quelles pensées futiles ! Évidemment qu'il se retrouvait ici, avec cet esprit si stupide !

Les capes et les cheveux des femmes ondulaient sous l'effet d'un vent invisible, et leurs yeux étaient pareils à ceux de rapaces affamés. Octavius se préparait à un avenir dont il ignorait tout, mais auquel il allait essayer de résister par tous les moyens. Au moins, il était encore en vie. Il regarda son ancien ami d'un air affligé, espérant encore que, contre toute attente, Marcus choisirait maintenant de l'aider. Mais le Lecteur détourna à nouveau les yeux et disparut.

V. Un hôtel

Dans la Ville des lumières, une femme se réveilla. Elle tenta de voir autour d'elle, mais tout était néant. Perplexe, elle s'efforça de démêler les fils de sa mémoire, en vain : une douleur lancinante martelait son esprit. Concentrant son attention sur son métabolisme, elle s'efforça de stimuler sa circulation sanguine cérébrale et son flux lymphatique. Au bout de quelques minutes, elle recouvra la vue, mais la scène qui s'offrait à elle l'incita à feindre l'inertie. Elle ralentit son rythme cardiaque jusqu'à le rendre presque inexistant, et freina le plus possible sa respiration, tout en gardant une conscience aiguë de ce qui se passait, l'ouïe et les sens vibratoires en éveil. Elle se garda d'utiliser ses yeux pour ne pas trahir son éveil.

La pièce lui était étrangère, mais l'identité de son geôlier ne faisait aucun doute. Il déambulait, apparemment en proie à une hésitation, à en croire ses gestes et ses grognements.

La cordon mauve était déchirée par un conflit intérieur. Une part d'elle se demandait comment elle pouvait encore être en vie et si la mort n'aurait pas été préférable, tandis qu'une autre part la harcelait, l'incitait à tuer cet homme répugnant et s'en voulait de n'avoir pas suivi son instinct des mois plus tôt.

Ce débat intérieur aurait pu continuer longtemps si elle n'avait pas reçu une pensée à cet instant précis. L'ordre envoyé par Mitsuko fit s'emballer son cœur et palpiter ses veines avec intensité. Quelqu'un était en danger mortel. Consciente que ses réactions pourraient alerter Lusk, elle s'efforça de les étouffer.

Mais que pouvait-elle faire ? Elle qui n'était pas capable de vaincre un seul Temptator, comment pourrait-elle apporter son aide à *quiconque et contre quoi* ? Son esprit s'engouffra dans un tourbillon de doute et d'autodénigrement. Ses collègues et supérieures lui avaient-elles menti en vantant ses capacités depuis son premier cordon ?

Elle devait pourtant répondre à Mitsuko, et elle le fit. Mais face à l'absence de réponse à son envoi, son estomac se noua et son cœur ne fit qu'un tour. Elle voulut hurler, pleurer. Venait-elle de signer l'arrêt de mort de sa Sœur ?

Prenant conscience de l'absurdité de ses actes, qui violaient ses propres principes en exprimant son désespoir, elle prit le temps de s'apaiser, puis se résolut à plonger dans ses mémoires transférées. Cependant, compte tenu de son état et de l'urgence de la situation, elle y entra sans précaution, et le flux de pensées assourdissantes la pétrifia. Elle était sur le point de s'extirper de ce tourbillon quand la voix impérieuse de Mattina Lux Baiula s'éleva au-dessus des autres et les fit toutes taire.

Elle dit :

- *Ta Sœur est peut-être encore vivante, et il est indigne de toi de laisser tes doutes t'entraver comme le ferait une jeune recrue !*
- *Mais—*
- *Il n'y a pas de « mais » qui tienne, Élyana. Je vais le faire pour toi.*
- *Je ne—*
- *Donne-moi le contrôle de ton corps, tout de suite !*

Face à l'hésitation persistante d'Élyana, Mattina insista :

- *Personne ne s'est moqué de toi, Élyana ; tu as des capacités exceptionnelles, et certaines viennent de nous. Pourtant, tu t'es rarement autorisée à les exploiter, pour des raisons qui m'échappent. Si tu désires sauver ta Sœur, laisse-moi t'aider. Me permettras-tu de te montrer ?*

Lusk Methrim recula, stupéfait. Élyana s'était redressée et lui faisait face, d'un air indéchiffrable, méconnaissable.

- *Comment—*

Avant qu'il eût le temps de formuler sa question, il vit la femme lever les mains, paumes ouvertes vers lui. Lorsqu'il se rappela ce que signifiait ce geste, il était déjà paralysé, et il tomba lourdement sur le plancher. Gémissant, il tenta de se relever, en vain : les microbes avaient déjà tétanisé chacun de ses muscles. Il cria, mais aucun son ne sortit de sa bouche.

Horrifié, il regarda la femme s'avancer, puis s'immobiliser, s'accroupir et, avec ce regard toujours énigmatique, activer ses mécanismes mentaux d'autodéfense. Elle essayait de s'infiltrer de nouveau dans son esprit ! Il lutta pour résister, pour ériger un bouclier mental, mais sans succès. Elle était entrée dans son esprit, encore ! mais cette fois-ci, il était terrifié.

Alors qu'ils étaient à nouveau enfermés dans leur combat éthéré, Lusk attaqua aussi violemment qu'il le put l'esprit d'Élyana. Une douleur fulgurante le traversa et il capta une de ses pensées. Lusk recula, comme si cette pensée était un fléau capable de l'engloutir. Elle devait se tromper ; elle avait sûrement fait exprès de laisser cette pensée lui échapper dans le but de le duper !

- *Non. Ooldrina est la fille légitime d'Oolviana Methrim – votre sœur.*
- *Comment ?! C'est impossible ! Vous mentez !*
- *Elle ne ment pas. Et vous êtes un homme abject.*
- *Elle ?*
- *Je suis la mémo—*

Élyana n'était plus capable d'assister à la déchéance de cet homme. Si elle devait le condamner par ses propres actions, alors elle devait être l'auteure de sa mort. Elle prononça son nom.

Lorsque Lusk entendit son nom, il comprit que c'était bien Élyana qui s'adressait à lui. Il répondit par le sien, l'implorant presque, et lui demanda si la pensée qu'il avait interceptée était vraie.

La haine de soi, les supplications, la répulsion, le dégoût, la résignation, les interrogations sur ce qu'il avait consenti à faire pour sauver sa mère s'entrelacèrent, s'intensifièrent mutuellement et faillirent convaincre Élyana de libérer Lusk. Toutefois, dans un ultime élan, un nouvel accès de haine jaillit de Lusk Methrim, une haine féroce dirigée contre elle, contre toute la Sororité. Cette animosité dévorante l'aurait submergée si elle ne s'était pas souvenue des liaisons de Mattina, et décidé de mettre un terme à l'affrontement. Elle réintégra son corps, orienta de nouveau ses paumes en avant, et libéra sur le Zébulonien un mélange encore plus mortel qui allait bientôt arrêter son cœur.

Ensuite, Élyana se releva, la mâchoire serrée par l'incrédulité face à ce qu'elle venait de faire. Elle s'accorda un autre instant pour calmer les battements de son cœur sans pour autant arrêter son flux d'adrénaline ; elle allait en avoir besoin pour affronter ce qui menaçait sa Sœur – car Mitsuko ne *pouvait pas* être morte.

Après un dernier regard sur Lusk agonisant, elle se dirigea vers l'angle le plus reculé de cette petite pièce, s'assit à même le sol, consomma quelques carrés de sucres, appela les trois premières Sœurs rouges qui lui vinrent à l'esprit – espérant que le moniteur fût opérationnel – et, après quelques secondes d'attente angoissante, elle reçut un envoi surpris de deux d'entre elles. Elle, entra alors dans le Lien, à la recherche de Mitsuko.

VI. La rescousse

Élyana n'avait pas tardé à repérer le lieu indiqué par la pensée désespérée, bien qu'inespérée, de Mitsuko ; ses sens la guidèrent vers un espace peuplé de nombreuses formes humaines, et là, elle perçut un reste d'images de – *Oh !*

Fondateurs ! Le Scytale ! Mais non, bien qu'elle en détectât la signature vibratoire résiduelle, la bête n'était pas là.

À mesure que les contours se précisaient, Élyana aperçut – le haut roi Octavius ! Il était cerné par trois inconnues. *Pourquoi Octavius était-il là – seul ? Que se passait-il ? Et où était Mitsuko ?*

Élyana se retint de se manifester devant les ravisseuses du roi et se contenta d'observer la scène, cherchant à comprendre la situation. *Ces formes, c'étaient... des insoumises. Fondateurs !*

Après s'être assurée que ses vibrations demeuraient indétectables, elle envoya une pensée à Sasha et Akula, leur ordonnant de la rejoindre. Avec la même urgence qu'une alarme à incendie, elle ajouta :

- *Ne vous manifestez pas avant mon signal. Sachez que le haut roi est en d   anger.   Trois   insoumises alterintrantes sont autour de lui.*

Sasha et Akula repérèrent la position d'Élyana et s'approchèrent, tout en camouflant leurs pensées derrière un bouclier. Horrifiées, elles assistèrent, à une distance prudente, au supplice du roi, fouetté par des rubans lumineux.

Élyana grogna en se préparant à transmettre un nouvel ordre à ses Sœurs ; son esprit, toujours martelé par la douleur, perturbait sa concentration et altérait sa forme qui étincelait et crépitait, risquant à chaque instant de la trahir. Elle prit une profonde inspiration, compta à rebours depuis trois, et envoya :

- *Sasha, Akula. Pas le temps de discuter. Protégez vos esprits, ce sont probablement des Temptatorae. Mitsuko était ici, mais je ne la perçois plus ; gardez vos sens en éveil. Sachez aussi que je perçois des traces du Scytale. Prions pour qu'il ne revienne pas.*

Les deux femmes acquiescèrent avec détermination. Sasha demanda :

- *Quel est votre plan, Élyana ?*

- *Nous sommes trois, elles sont trois aussi. Une chacune.*

Les Sœurs se distribuèrent rapidement leurs cibles respectives, et Élyana ajouta :

- *Mais avant tout... je dois mettre un bouclier autour du roi.*

Akula demanda :

- *Sans le prévenir ?*

Élyana envoya la pensée d'elle haussant les épaules, ce qui résonna comme un gong lointain. La situation était critique, elle ne voulait pas alerter l'ennemi avant qu'elles fussent toutes prêtes.

À ce moment, Octavius poussa un cri et Élyana décida de passer à l'action. Sans attendre, elle plongea dans un état méditatif de niveau trois et tenta d'atteindre l'esprit du roi – mais elle fut repoussée avec une telle force qu'elle se matérialisa malgré elle devant leurs adversaires.

Voyant cela, ses collègues passèrent à l'attaque. Akula surmonta ses doutes sur une bataille contre ces femmes des ténèbres dans l'espace éthéré, car, évidemment, l'Ordre n'avait jamais prévu ce genre de combat, et donc n'y avait pas préparé ses membres. Quant à Sasha, elle n'hésita pas et saisit cette occasion pour se mesurer à ces nouvelles ennemies, peu importait le contexte.

Les assassines dressèrent leurs boucliers, qui se mirent à vibrer dans le Lien avec une intensité assourdissante. Les deux adversaires des cordons rouges firent dériver le combat plus loin, laissant des traces derrière elles pour pouvoir être suivies.

Akula et Sasha apparurent devant leurs ennemies, vêtues d'uniformes encore plus saisissants que dans le monde physique. Elles portaient des armures rouges si bien dessinées qu'elles semblaient réelles, surtout celle de Sasha, qui, en tant que portail – la plus redoutable des cordons rouges –, prenait son apparence physique très au sérieux, élément essentiel de son identité. Elles arboraient toutes deux des canons de bras d'un bleu profond, tandis que Sasha portait des cubitières rouges, aussi finement ouvragées que son plastron. Mais cet accoutrement n'était pas seulement décoratif ; la densité et la robustesse de leur armure ne laissaient aucune prise vibratoire susceptible d'être exploitée par un ennemi, bien que l'armure d'Akula eût quelques faiblesses.

Sasha, femme inflexible, austère et orgueilleuse, s'adressa à la plus grande des deux converses :

- *Toi ! Recule. Tu n'as aucun droit sur les pouvoirs que tu utilises.*

L'assassine la regarda, interloquée, rit, puis passa à l'attaque.

Sasha ne put que parer l'arme la plus fine qu'elle n'eût jamais vue forgée. Son adversaire éclata d'un rire dément et attaqua de nouveau.

Non loin, Akula affrontait sa propre ennemie, la plus svelte des deux assassines aux cheveux noirs, une dénommée Alta, qui lui lança un tourbillon de flammes.

Pendant ce temps, Élyana assistait, horrifiée, à une terrible scène : la rouquine assomma le roi avant de l'envelopper dans une espèce de nuage sombre et opaque, avant de la percuter et de l'envoyer ailleurs.

Il fallut un moment à Élyana pour reprendre ses esprits et se retrouver dans une sorte d'arène face à son adversaire aux cheveux rouges. La femme la dévisagea d'un regard embrasé, puis ébranla Élyana en prononçant quelques mots simples :

- *Rends-toi maintenant, Élyana Lux Baiula.*

Élyana voulut demander à la femme comment elle connaissait son nom, mais elle n'en eut pas le temps. Son assaillante lança deux rapides jets enflammés qui lui infligèrent des douleurs fulgurantes, la transperçant de toutes parts.

La cordon mauve serra les dents et riposta enfin, frappant la forme de l'assassine avec une attaque de son cru. La forme se tordit puis se reforma juste à temps pour esquiver l'attaque suivante d'Élyana, disparaissant puis réapparaissant de l'autre côté de l'arène pour éviter le coup.

Mais Élyana avait déjà affronté ce genre de situation, du temps de sa cordonneté rouge, où la Sororité entraînait régulièrement ses membres au combat dans le Lien. Élyana possédait déjà des compétences très avancées en sondage mental, ce qui lui avait permis de vaincre aisément ses adversaires, même lorsqu'elle ne pouvait ni les voir ni les entendre.

Élyana mobilisa donc ses anciennes capacités et élargit sa perception aux subtiles vibrations émanant de son adversaire, guettant le moindre indice de ses intentions.

Maîtriser à nouveau cette capacité demanda à Élyana plusieurs tentatives, mais progressivement, elle parvint à anticiper de plus en plus vite les mouvements et attaques de l'assassine à la chevelure de feu, semant le trouble et l'irritation chez son ennemie. Au sixième affrontement, non contente de prévoir l'attaque, Élyana saisit l'occasion de pénétrer l'esprit de la femme et d'envoyer une onde puissante à son amygdale, perturbant ainsi le flux chimique de sa structure cérébrale.

La rouquine assassine fut soudain désorientée et interrompit son combat. Élyana crut remporter le combat, mais son adversaire, reprenant ses esprits, projeta des spirales d'étoiles à travers l'espace, enserrant le cou de la forme d'Élyana dans un étau mortel. Les spirales d'étoiles s'entortillèrent autour de ses ondes et s'insinuèrent dans son cerveau, quoique de manière assez grossière.

Les yeux d'Élyana s'écarquillèrent tout de même alors qu'elle peinait à se défaire de l'emprise, chaque mouvement l'étranglant davantage.

- *Je suis Bracca, émissaire du maître, et les pouvoirs qu'il m'a offerts, tu ne peux même pas en rêver. Croyais-tu vraiment pouvoir me tuer si facilement… sorcière ?!*

Feignant l'assurance, Élyana tenta de provoquer son adversaire, de la défier, de la détourner de son objectif. Elle répliqua :

- *Non, j'imagine qu'il t'a enseigné des tas de secrets pour que tu consentes à te soumettre à lui !*

La femme médita un instant sur l'affront d'Élyana.

Sans perdre une seconde pour exploiter la brèche que son ennemie venait de lui ouvrir, Élyana concentra son énergie, intensifia ses ondes jusqu'à ce que l'étreinte autour de son cou se relâchât, et décocha une salve d'aiguilles enflammées sur sa rivale. L'arme reliée fendit l'infini en un éclair – et ne frappa que la paroi illusoire de l'arène ; la femme s'était à nouveau volatilisée. Élyana se maudit intérieurement, mais au moins, elle avait réussi à se libérer.

Lorsque son sondage échoua, Élyana craignit que l'insoumise n'eût trouvé le moyen de se cacher, mais soudain, la structure imaginée par l'assassine disparut à son tour, et Élyana comprit que la femme était partie. Elle poussa un rugissement de fureur, puis comprit que la femme avait probablement rejoint le lieu où se trouvait le roi. Se remémorant rapidement la signature de l'endroit, elle s'y transporta, déterminée à en découdre une fois pour toutes avec cette femme, et à conclure cette journée sans fin.

***

- Shakta![20]

Lusk se redressa sur ses genoux et leva les yeux pour examiner les alentours. Son regard s'immobilisa lorsqu'il

---

[20] Merde !

aperçut la Manu Dextra, assise en tailleur sur le sol. *Quoi... qu'est-ce que* – une violente tempête de colère et de haine – non, pas de haine… si, de haine, car il n'avait jamais voulu qu'elle devienne l'une de ses victimes – l'envahit brusquement lorsqu'il se remémora l'attaque d'Élyana. Il se demanda un court instant s'il pouvait l'éliminer pendant qu'elle vagabondait, perdue dans l'immensité, mais il se moqua de lui-même, conscient qu'il était dans l'incapacité de prendre des risques.

Vacillant et désorienté, il se releva, traversa la pièce le plus discrètement possible, se maudissant une fois de plus lorsqu'il buta contre une chaise, et finit par s'éclipser par la porte. En relâchant la poignée, une question fort désagréable surgit : comment allait-il expliquer à l'Umbra qu'il n'avait pas exécuté la Sœur lorsqu'il en avait eu l'occasion ? Comment admettre qu'il avait épargné une personne qui connaissait la vérité sur lui ? Son esprit confus ne parvenant pas à trouver de réponse, il s'éloigna, détournant le regard à chaque fois qu'il croisait quelqu'un, et se dirigea vers la sortie de l'auberge, puis vers les écuries des voyageurs.

***

Un spectacle effroyable s'offrit à Élyana lorsqu'elle regagna l'endroit où se trouvait le roi. La silhouette de Sasha changeait de forme comme le font les Itinérants épuisés. L'ennemie de sa Sœur se tenait derrière un champ de distorsion, et tout semblait en flammes autour d'elle. Akula demeurait introuvable, mais le roi restait prisonnier de l'amas ténébreux.

Élyana envoya plusieurs pensées vers Sasha, qui finit par répondre avec lassitude :

- *Ne vous en faites pas pour moi. Concentrez-vous sur Akula... le nuage.*

245

La nébuleuse que montrait Sasha était un tourbillon de teintes sombres et tumultueuses, impénétrables aux sens d'Élyana. Elle flottait bien au-dessus, dans ce qui semblait être le haut dans cet espace intangible. Décidée, Élyana souffla – et s'élança.

Des ondes vibratoires, assez puissantes pour transpercer sa forme, l'assaillirent jusque dans ses chairs. Elles semblaient ébranler chaque parcelle de son corps et de son esprit. Momentanément, elle déconnecta sa perception visuelle et apaisa son esprit. Puis, concentrant tous ses sens, elle parvint enfin à discerner Akula, qui luttait contre une force écrasante et mystérieuse.

L'assassine, non loin de la cordon rouge, tissait sa liaison avec une aisance déconcertante ! Lorsqu'elle aperçut Élyana, elle éclata de rire, et sa liaison gagna en puissance, secouant Akula de spasmes violents. Bientôt, l'effet de sa liaison atteignit Élyana, et, soudain, les vibrations bouleversèrent son esprit et son corps tout entier.

Un rugissement intérieur s'éleva depuis les entrailles d'Élyana. Cependant, au lieu de céder à l'élan de lancer une attaque vengeresse, futile et probablement mal avisée, elle prit un instant pour peser sa réponse, puis augmenta l'intensité de sa forme. L'assaut se fit moins mordant, lui accordant un répit pour réfléchir. En un battement de cœur, elle évalua et rejeta une douzaine de stratégies. Lorsqu'elle trouva enfin une solution – une solution complexe qui exigeait la conjugaison de plusieurs liaisons – Élyana abandonna toute logique et laissa son instinct prendre les rênes.

La cordon mauve se transforma en un tourbillon magnétique assourdissant qui se mit à encercler l'assaillante d'Akula, puis à l'envelopper. La femme tourna vers elle son regard incandescent, mais Élyana continua de tisser sa toile autour d'elle jusqu'à réussir à rompre la liaison qui retenait Akula prisonnière.

Élyana envoya une pensée à sa collègue, l'incitant à s'éloigner, puis déchaîna sur l'insoumise un bombardement de vibrations soniques à basse fréquence. Ces vibrations érodèrent progressivement la forme de l'assassine, puis la cordon mauve envoya d'intenses ondes photoniques pour la faire disparaître.

La femme poussa un cri perçant, semblable à celui d'une bellique, emplissant le Lien d'une cacophonie assourdissante. Elle tenta de consumer Élyana dans l'espace éthéré.

Mais Élyana, inébranlable, continua d'ajuster sa trajectoire et ses assauts avec une précision inimaginable hors du Lien.

L'insoumise alterintrante luttait pour maintenir sa forme malgré les attaques répétées d'Élyana.

Cependant, Élyana généra soudain autour de la femme un bouclier sonore qui se renforçait à mesure qu'une nouvelle faille apparaissait dans la forme de l'assassine. Elle continua jusqu'à ce que le bouclier devînt presque impénétrable, emprisonnant efficacement la femme à l'intérieur.

Quand l'assassine tenta de rompre la capsule avec sa propre liaison sonactique, elle chancela sous l'effet de la douleur des réverbérations qui s'amplifiaient d'elles-mêmes.

Élyana se reconstitua à son image, s'élargissant et se contractant au rythme d'une respiration apaisante.

Akula, quelque peu remise de ses blessures, leva les yeux vers sa Sœur et lui adressa un signe empreint de gratitude, comme un doux claquement de doigts, accompagné d'un hochement de tête.

Élyana lui demanda :

- *Avez-vous la force de percer la sphère et de provoquer une explosion à l'intérieur ?*

Avec un rictus sauvage et vengeur, Akula, maîtresse du feu, observa l'assassine se débattre. Elle se préparait à faire ce qu'Élyana lui demandait lorsqu'une voix mélodieuse et envoûtante se fraya un chemin à travers le rempart mental de chaque Sœur, s'infiltrant dans leurs esprits. Les deux femmes furent désorientées. Akula gémit.

Élyana hurla et se mit à paniquer en sentant l'attention d'Akula se tourner vers elle, mue par une pulsion meurtrière, bien que non intentionnelle. Cette réaction suffit à affaiblir sa concentration et faillit rompre la liaison qui emprisonnait l'assassine. Sentant l'air vibrer au son d'un jet enflammé projeté par Akula, Élyana lui envoya un ordre aussi urgent qu'impérieux. L'injonction arracha Akula à l'emprise de l'insoumise et chassa l'assassine hors de son esprit.

Tandis que des hurlements de douleur emplissaient le Lien, Akula reprit possession de ses moyens et se replia promptement dans son corps pour libérer les derniers sucres de son foie. Puis, elle revint dans le Lien et – avec une série de tourbillons vibratoires mauves qu'elle sculpta en terrible aiguille tournoyante, elle perça le bouclier entourant la Temptatora et y insuffla ses vibrations mauves pour l'enflammer.

Les deux Sœurs n'entendirent pas le cri de l'assassine lorsque la flamme dévora sa forme, calcinant probablement son cerveau. Elles perçurent toutefois l'explosion qui fit voler en éclats le bouclier sonore, ne laissant derrière lui qu'un vide scintillant là où se tenait auparavant la prison reliée.

À peine eurent-elles le temps d'échanger des remerciements et des sourires de soulagement, que l'assassine à la chevelure de feu réapparut. Épuisée, Élyana soupira puis demanda à Akula de se poster de l'autre côté de leur ennemie, tandis qu'elle-même disparaissait un instant pour réapparaître vêtue de son ancien uniforme de portail. Les couleurs étaient éclatantes et aveuglantes, son allure, déconcertante.

La forme de l'assassine s'étira soudain derrière elle. Élyana sourit en son for intérieur. L'adversaire se repositionna, ses yeux diaphanes devenant meurtriers.

Élyana envoya une pensée à sa Sœur :

- *Akula, essaie de détourner l'attention de cette misérable. Je dois entrer dans son—*
- *Petites sottes ! Croyez-vous vraiment que nous n'entendons pas vos échanges de pensées ?*

Prises au dépourvu, Élyana et Akula se figèrent un instant. Leur adversaire saisit l'occasion pour tisser une immense toile autour de chacune d'elles. Lorsque les Lux Baiulae prirent conscience de ce piège, il était déjà trop tard. Elles tentèrent de s'échapper de leur prison, échangeant des regards durs emplis de désespoir. Comment communiquer si leurs pensées n'étaient plus confidentielles ? Élyana ne mit pas longtemps à s'en vouloir de ne pas avoir envisagé plus tôt une solution pourtant évidente.

Dans l'espoir de tester la fiabilité de la connexion du moniteur, Élyana demanda à Akula d'essayer de projeter une aiguille enflammée. Lorsqu'Akula s'exécuta et que l'assassine ne montra aucune réaction avant de recevoir l'attaque, Élyana comprit que cela fonctionnait ! Elle transmit alors une nouvelle pensée à sa collègue :

- *Akula, elle n'intercepte pas nos communications par le moniteur. Distrais-la, je vais tenter d'entrer dans son esprit.*
- *Quoi ?!*
- *Vas-y, maintenant !*

Et Akula se mit à frapper violemment la toile, créant un vacarme assourdissant, lançant l'insoumise aux cheveux roux toutes sortes d'insultes.

Dès que l'attention de la femme se reporta sur Akula – d'abord avec dédain puis avec une pointe d'inquiétude – Élyana entra dans le tréfonds de son esprit. Là, plus aucune pensée, plus aucune sensation – fût-elle intrinsèque ou extrinsèque — ne la sollicitait ; rien ne pouvait la distraire, hormis les faibles vibrations émanant de sa Sœur et de l'assassine.

Elle fit abstraction des signaux d'Akula et se focalisa sur les autres. Élyana avait craint que la toile n'entrave sa liaison, mais il n'en fut rien et elle atteignit sa cible aussi aisément qu'une flamme suivant une traînée de poudre jusqu'à l'explosion finale. Élyana n'alluma pas de feu. Elle se contenta de chercher la glande pituitaire. Lorsqu'elle sentit que l'assassine détectait son intrusion, elle intensifia ses recherches et finit par localiser le petit organe. Là, elle déclencha une réaction en chaîne pour neutraliser, voire tuer, l'assassine, et se retira du tourbillon avant qu'il ne l'engloutît, laissant cette âme vendue vociférer.

La toile de l'insoumise se désagrégea, et Élyana réapparut aux côtés d'Akula, pour assister à la terrifiante dissolution de la forme de l'assassine aux cheveux de feu et au regard de pierre, jusqu'à sa disparition totale.

Akula demanda :

- *Qu'avez-vous fait, Élyana ?*

Élyana répondit depuis un lieu encore dénué de sensations, ce qui était tout aussi bien, car autrement, une irritation palpable aurait pu déformer sa réponse.

- *Je nous ai sauvées. Aidez Sasha si vous le pouvez. Je dois m'occuper du roi.*

La cordon rouge s'éloigna, mais non sans jeter un regard inquiet à la Manu Dextra.

Élyana pensa : *Je ne comprends pas pourquoi elles persistent à croire qu'une arme est moins légitime qu'une autre quand le résultat est la mort de nos ennemis. Ne réalisent-elles pas que toutes nos liaisons blessent ou tuent nos adversaires en ciblant leur cerveau, que nous visions leur forme physique ou... ce que j'ai fait ? Pourvu qu'elles finissent par comprendre, sans quoi nous* sommes *perdus.*

Là-dessus, Élyana se dirigea vers la butte sombre où les vibrations du roi étaient encore emprisonnées.

Alors qu'elle évaluait la situation, ses émotions lui revinrent soudain et elle frissonna, se demandant si les vibrations du roi étaient toujours connectées à son corps ; sinon… Elle renvoya à nouveau ses émotions et analysa froidement la butte. Elle examina sa surface, l'observa attentivement, la sondant de tous ses sens vibratoires. Elle sursauta en découvrant un faible faisceau vibratoire s'échappant de la butte, connecté à un point hors du Lien.

Sans tarder, elle se mit à survoler la butte en cercles concentriques, encore et encore, cherchant un moyen d'y pénétrer ou de perturber la cage tissée. Mais elle ne reconnaissait pas les liaisons. Agacée, elle poussa un grognement.

À une distance respectable, Akula et Sasha livraient bataille à la dernière assassine ; Élyana percevait les distorsions et les crépitements : la chaleur de l'affrontement. Mais, elle demeurait imperturbable ; sa priorité était la libération du roi.

- *De quoi est* fait *ce bouclier* ?!

Même en creusant au plus profond de sa mémoire, elle ne trouva aucune réponse. Elle discerna cependant les vibrations du roi qui s'échappaient faiblement de la forme opaque. Si *elles* étaient capables de franchir le bouclier, alors ses propres vibrations devaient pouvoir le faire aussi.

Avant que sa frustration ne vienne la déconcentrer, elle décida de faire une pause – même dans ce contexte d'urgence –, et elle appela Mattina dans le fond de sa mémoire, où elle s'était réfugiée après que le corps d'Élyana, guidé par les souvenirs de l'ancienne Lux Baiula, eut vaincu Lusk Methrim.

Mattina partagea avec Élyana ses souvenirs lointains d'un bouclier semblable à celui qui emprisonnait alors le roi. Elle lui raconta comment elle avait réussi à le briser, puis suggéra à Élyana de la laisser agir.

- *Non ! Je vais m'en charger, cette fois.*

Mattina acquiesça, et Élyana laissa les souvenirs imprégner ses centres actifs, jusqu'à connaître chacune des actions à reproduire comme si elle les avait exécutées à maintes reprises.

Après avoir entièrement intégré la méthode décrite par Mattina, et laissé ses légers doutes de côté, Élyana s'élança sur les traces des vibrations du roi. Un sourire se dessina – était-ce le sien ou celui de Mattina, elle l'ignorait – lorsqu'elle se fraya un chemin dans l'esprit d'Octavius, s'infiltrant avec la précision d'une âme expérimentée, calmement et sans un bruit – avec assurance.

Une fois à l'intérieur, elle sonda brièvement l'esprit d'Octavius, puis stimula son cortex télésensoriel pour le prévenir de sa présence. À son grand soulagement, elle reçut une réponse, ténue et suppliante :

- *Élyana. J'ai... besoin d'aide. Aidez-moi.*

- *Octavius, je suis là pour vous. Attendez un instant.*

Élyana consulta de nouveau la mémoire de Mattina qui lui expliqua :

- *Vous vous êtes entendus parce qu'il reste un lien bidirectionnel entre son corps et son esprit, ce dernier étant prisonnier de sa forme. Suis ses vibrations vers l'extérieur cette fois, depuis sa forme emprisonnée vers son être physique.*

Tandis qu'Élyana suivait les conseils de l'ancienne Sœur, elle rassurait Octavius, l'encourageant à ne pas s'opposer à elle lorsqu'elle rejoignit sa forme éthérée pour tenter d'en amplifier les vibrations.

- À mon signal, pensez à vous, à votre corps, et visualisez-vous en train de le réintégrer, sain et sauf.

Le roi répondit faiblement, mais lui fit comprendre qu'il avait compris.

Après avoir révisé une dernière fois le processus, Élyana passa à l'acte.

La technique s'avéra étonnamment semblable à celle du roi contre le Scytale, trois mois auparavant, quand il avait intensifié les jets enflammés d'Élia. Si le roi en était capable, elle pouvait aussi le faire !

Un nouveau sourire lui réchauffa le cœur alors qu'elle entrait dans la butte sombre qui retenait l'esprit du roi prisonnier.

- *Maintenant, mon Roi. Pensez à réintégrer votre corps. Pendant ce temps, je vais fusionner nos pensées pour pulvériser cette prison.*

Le roi s'exécuta, et Élyana commença à synchroniser leurs vibrations. Cette partie était assez facile : elle connaissait le roi depuis longtemps. Leur synergie provoqua une intensification immédiate de leur force conjointe ainsi qu'un craquement douloureux, tandis que leurs rubans vibratoires synchronisés attaquaient le bouclier. La fusion du roi et de la Lux Baiula s'érigeait en une forme amiboïde, sifflante, unie ! Mais la brèche restait trop étroite pour qu'il s'évadât. Élyana se prépara alors à augmenter encore l'amplitude de leurs vibrations et à en moduler les fréquences pour pulvériser le bouclier – sans pour autant abîmer l'esprit déjà meurtri du roi. Une seule et dernière pensée émergea de la part qui lui était propre avant de franchir cette ultime étape : *Hic venimus*[21].

Dans un autre secteur du Lien, à la fois proche et lointain, Sasha et Akula s'efforçaient de repousser les violentes liaisons de la dernière assassine. La femme, qui n'avait pas eu l'air aussi redoutable jusqu'alors, semblait maintenant – peut-être parce qu'elle était la dernière survivante – invoquer un flot ininterrompu de liaisons, variant ses coups et sa vitesse avec l'agilité d'une escrimeuse maniant deux épées.

---

[21] C'est parti.

L'assassine bombardait les cordons rouges de liaisons enflammées et sonactiques, puis de liaisons déformantes d'une puissance telle qu'elles menacèrent de dissoudre leurs formes à maintes reprises. Le pire était que l'adversaire était rapide comme l'éclair, surgissant tantôt par le haut, tantôt par le bas, parfois à gauche, parfois à droite, devant et derrière elles, dans un ballet exaspérant.

Cependant, Akula, professeure dans l'âme et qui aimait donc passionnément analyser et comprendre ce qui l'entourait, avait identifié un schéma dans les tactiques de leur ennemie. Profitant d'un bref répit, elle transmit à Sasha :

- *Ma Sœur, observez ses vibrations. Attendez que ses jaunes régressent et préparez-vous à projeter les mêmes sonactiques jaunes à ce moment précis.*

Le fait de se concentrer sur les changements de vibrations de leur ennemie provoqua l'affaiblissement de leurs défenses, et les deux Sœurs se mirent à gémir sous les coups répétés de l'assassine. Néanmoins, Akula encouragea Sasha à continuer d'observer les fluctuations des jaunes, et lorsque leur intensité faiblit, les Sœurs lancèrent une offensive ultra puissante d'ondes jaunes. L'assassine hurla et, au grand soulagement d'Akula, sa forme se désintégra et s'évanouit du Lien.

Elles avaient réussi.

Akula fut touchée lorsque Sasha se tourna vers elle pour la remercier :

- *Nous devrions combattre plus souvent côte à côte, Akula. C'est rassurant de voir une Sœur se battre à ses côtés, de la voir en action et de savoir avec certitude qu'elle ne vous laissera pas tomber.*
- *Je suis d'accord, Sasha. Mais je m'inquiète pour notre Ordre, pour notre Orbe. Les insoumises ne devraient pas être aussi puissantes. Comment ferons-nous face aux Janarae lorsqu'elles nous attaqueront ?*

- *Si nous unissons nos forces comme aujourd'hui, nous les vaincrons également, peu importe leur force ou leur entraînement.*

Sceptique, Akula esquissa un sourire, puis une pensée jaillit :

- *Et Élyana ? La sentez-vous ?*

Les deux femmes errèrent un moment dans l'espace vaporeux du Lien avant de trouver leur Sœur. Elles l'appelèrent et reçurent en retour une réponse vibrante bien que fatiguée. Elles se hâtèrent vers l'emplacement d'Élyana et la trouvèrent aux côtés du roi. La forme de ce dernier était pâle et vacillante. Mais il était en vie.

Lorsque ses Sœurs apparurent, Élyana les présenta à Octavius, qui les remercia avec autant de chaleur que sa gêne le lui permit.

Les femmes hochèrent brièvement la tête en signe de reconnaissance et se tournèrent vers leur Sœur pour recevoir ses ordres.

Octavius s'interrogea un instant. Lui en voulaient-elles d'avoir dû risquer leur vie pour sauver la sienne ? Mais il chassa immédiatement cette pensée. Il avait trop mal pour se concentrer.

Élyana se tourna vers le roi et dit :

- *Sire, il est temps pour vous de réintégrer votre corps et de laisser Tania vous soigner. Je la contacterai plus tard pour prendre de vos nouvelles. Mais Sire, nous devons impérativement revoir vos protocoles de sécurité.*

Sans demander son reste, le roi regagna son corps, murmurant de nouveaux remerciements aux Lux Baiulae.

Quand il fut parti, Élyana remercia de nouveau ses Sœurs.

Les femmes posèrent le côté de leurs poings contre l'abdomen de leurs formes, produisant un son net avant de les retirer avec assurance, affirmant une vérité chère à toutes les Sœurs : elles formaient un seul corps, œuvrant ensemble pour la sauvegarde de l'humanité.

Consciente qu'il restait encore des tâches à accomplir, Élyana déclara :

- *J'ai besoin de contacter Tania pour qu'elle vérifie l'état de Mitsuko, car elle ne répond toujours pas et je redoute le pire. Mais j'ai quelque chose à demander à chacune de vous.*

Les femmes attendirent les ordres de la Manu Dextra.

- *Sasha, s'il existe un moyen de localiser les dépouilles des deux femmes que nous venons de vaincre, faites-le afin que nous puissions les ramener à Urbs Lucis. Si elles sont originaires de Kartak, nous devrons agir avec prudence. Mais elles pourraient également venir d'ailleurs.*

Sasha répondit :

- *Peut-être qu'un Itinérant pourra trouver leurs traces dans le Lien, et ainsi localiser les corps. Je vous tiendrai au courant.*

- *Merci. Nous reprendrons contact plus tard.*

Sasha acquiesça et sortit du Lien.

- *Akula, j'ai besoin que veniez me rejoindre à l'auberge du Furin vert. Je suis dans une chambre là-bas. Venez avec une cordon blanche et deux rouges, s'il vous plaît. Nous devons récupérer le maître Me—*

Élyana poussa un cri lorsqu'en revenant momentanément dans son corps, elle constata que son ravisseur avait disparu.

VII. Les suites

Dana, hors d'elle, se força à prononcer le nom du roi pour signaler à Tania qu'il était réveillé.

Entendant les mots de Dana, Aithen et Julian, qui se trouvaient dans la chambre adjacente, se précipitèrent au chevet du roi.

La douce clarté violacée de l'aube filtrait à travers les carreaux, se mêlant à la lumière crue des nouvelles lampes organiques, fraîchement installées dans la chambre royale.

Octavius avait encore mal à la tête, bien que ses vertiges s'atténuassent. Il s'observa et constata qu'il était toujours en habits, allongé sur son lit. Il pivota pour s'asseoir, mais sa tête se remit à tourner. Il lâcha un juron. Levant les yeux, il aperçut la seconde portail Dana. Elle n'avait pas l'air contente – comme toujours.

- Dana, que… que s'est-il passé ? J'étais…

D'un ton sifflant, Dana répondit :

Vous êtes tombé dans un piège d'itinérance. Élyana nous a prévenus il y a une quarantaine de minutes.

- Un… piège.

Et soudain, il explosa :

- Marcus ! Marcus, ce traître ! Je… j'étais… Comment ai-je… Mitsuko est… où est Mitsuko ?

Dana garda le silence. Elle ne voulait pas parler de sa collègue au roi. Encore une fois, elle avait manqué à ses obligations et une Sœur malchanceuse risquait de périr à cause d'elle. *Pourquoi Mitsuko ne m'a-t-elle pas contactée ? Pourquoi a-t-elle appelé Élyana ?*

Tania s'avança vers le roi et lui dit :

- Sire, Mitsuko est vivante. Elle se trouve à l'infirmerie de Domus Lucis, en soins intensifs, et ses jours sont menacés. Quant à vous, vous vous en remettrez, mais vous ne vivrez pas longtemps si vous continuez ainsi.

Lorsqu'Aithen et Julian parurent vouloir interroger le roi, Tania leur fit signe d'attendre.

Aithen recula, continuant d'observer son père, stupéfait par son état.

Octavius, quant à lui, avait du mal à se reconnaître dans le miroir accroché au mur. D'une voix éraillée, il cria :

- Cela n'aurait jamais dû arriver !

Peu soucieuse des convenances, Dana affirma :

- Effectivement, Sire. Vous n'auriez jamais dû entrer dans le Lien sans votre Garde. Mitsuko – pourvu que son corps reste digne – n'avait aucune capacité défensive ou offensive à invoquer, et à présent, elle gît sur un lit, luttant pour sa survie.

Octavius plissa les yeux instinctivement, mais ne rappela pas la portail à l'ordre malgré son insolence. Aithen le fixa, cherchant à deviner s'il allait réagir à l'impertinence de l'officière. Octavius se contenta de secouer la tête.

Dana poursuivit :

- En tout cas, ma Sœur a pu envoyer un message à Élyana avant de sombrer dans l'inconscience.

L'officière s'interrompit, puis son visage se figea avant de conclure :

- Votre vie, vous la devez à Mitsuko, Sire.

Furieux de l'audace de la soldate, Aithen lui ordonna de se ressaisir, mais ses paroles furent submergées par le rugissement le plus puissant et rageur que le roi n'eût jamais poussé, un rugissement qui traversa les nombreuses salles des appartements royaux, se propagea dans les couloirs, et pétrifia tous ceux qui se trouvaient là. Dana se raidit, bien qu'il semblât improbable que ses traits pussent se durcir davantage.

Un silence pesant suivit l'éclat du roi, mais ceux qui le connaissaient savaient ce qui l'avait déclenché, et ce n'était pas la provocation de Dana.

À cet instant, Aithen se racla la gorge et interrogea Octavius sur ses assaillants.

En radoucissant son regard et son air, le roi remercia son aîné d'avoir orienté la conversation vers un sujet qui détournerait l'attention générale de sa propre personne. Mais, l'espace d'un instant, il se demanda si son expérience de dirigeant, de commandant des armées enrayant des révoltes çà et là, de soldat triomphant de tous les ennemis qu'il avait affrontés au cours de sa longue existence – des non-sensoriels, humanoïdes mus uniquement par leurs seuls intérêts personnels – serait suffisante pour lui permettre de survivre aux menaces actuelles et de guider la nation dans la lutte contre un dieu.

Revenant finalement à la question de son fils, Octavius répondit :

- Nous avons été attaqués par le Scytale et ses sbires… tandis que Marcus m'immobilisait avec une liaison surnaturelle.

Tous se regardèrent avec angoisse ; tous sauf Dana, qui demeurait imperturbable avec son visage de pierre.

Julian s'écria :

- Élyana nous a parlé des trois insoumises alterintrantes qui vous… emprisonnaient. Mais elle n'a rien dit sur la créature ni sur le Lec – le Lecteur.

- Vous ne m'offensez pas en l'appelant ainsi, Primus. Il n'est pas celui que je pensais…

Octavius s'arrêta un moment pour se masser les tempes un instant, puis déclara :

- Ce qui m'inquiète encore plus que la trahison de Marcus, c'est le fait que quelqu'un, *ici*, ait tenté de m'empoisonner pendant que nous étions dans le Lien ! Vous *réalisez* ce que cela signifie ?

Julian répondit gravement :

- Que Noctiferus… que ses Temptatori ou converses nous ont infiltrés.

Des signes de tête abattus et des déglutitions forcées accompagnèrent les mots du primus.

- Mon Roi, si cela est vrai, nous devons immédiatement mettre le palais en isolement jusqu'à ce que nous ayons démasqué ce traître.

Tania Lux Baiula réagit vivement :

- Les converses ne sont pas nécessairement des traîtres, Primus. D'après ce que nous savons, n'importe qui peut être retourné par un Temptator influent.

- Suggérez-vous la clémence avant même de savoir qui a tenté d'empoisonner le roi ?

Tania cligna des yeux et répondit pragmatiquement :

- Non, je dis simplement que nous ne devrions pas poursuivre cette personne en ayant déjà des préjugés.

- Il a tenté de tuer le roi !

Tania haussa les épaules et regarda le roi, comme si elle s'attendait à ce qu'il soit d'accord, bien qu'il fût la victime.

Le roi, silencieux, se gratta la tête et la secoua, méditant sur les propos de la cordon blanche, lui en tenant rigueur, tout en laissant échapper de temps en temps de faibles grognements. Aithen, une fois de plus, vint au secours de son père en redirigeant la conversation vers la cordon blanche :

- Tania, vous avez dit que vous pensez savoir comment mon père a été empoisonné.

Tania pencha la tête de gauche à droite avant de répondre.

- Je suspecte l'une des lampes organiques, c'est pourquoi je les ai fait changer.

Octavius se leva en vacillant, tandis qu'il fermait les yeux par fierté, refusant de se voir ainsi invalide, et demanda :

- Les lampes organiques ? Comment cela ?

- Celle du fond était défectueuse et dégageait une odeur inhâbituelle quand je suis arrivée. Après inspection, j'ai détttecté des traces d'une substance émise par les micro-organismes lorrrsqu'ils sont exposés au natrium, hâbituellement destttiné aux plantes de vos jardins. Or, lorsqu'il est ingéré par les orgânismes des lampes, il les incittte à produire du pferrrnatrium – un composé toxique pour les humains.

Octavius, assailli par une multitude de réflexions et de conjectures, finit par s'exclamer :

- Où est Koricki ?!

Rackeli, le majordome du roi – toujours posté dans un coin – répondit, confus :

- Il devrait être dans ses appartements, mon Roi.
- Faites-le venir ! Et s'il n'est pas là, que le haut capitaine verrouille les portes de la cité et dépêche des sentinelles pour fouiller la capitale et ses alentours. Je veux qu'il soit amené devant moi sans délai !
- Père, pourquoi ?
- Parce que c'est lui qui est responsable des lampes organiques.

Le majordome, bouleversé, parti en compagnie du primus Julian exécuter les ordres du roi, son visage trahissant une gravité inhabituelle, bien qu'il fût d'ordinaire un homme serein. Comment ce jeune homme – un membre du personnel dont il était partiellement responsable – aurait-il pu se retourner contre le roi ?

Aithen réfléchit alors à une idée qui venait de surgir. *Qu'avait dit Neaj de Lusk lorsqu'il enquêtait sur Luvius ? Qu'il aime établir des liens apparemment sans importance. Et je me souviens avoir vu Luvius en compagnie de Koricki à plusieurs reprises, même si ce dernier ne semblait guère apprécier sa présence. Diable ! J'espère n'avoir rien négligé qui aurait pu empêcher ce qui vient d'arriver.*

Et Aithen se frotta le bas du visage tout en réfléchissant, cherchant à dissiper son soudain sentiment de culpabilité. Pour étouffer ses doutes, il dit :

- Père, c'est la troisième fois qu'on essaie de t'éliminer en moins de deux mois. Nous sommes tous extrêmement reconnaissants à toutes les forces qui t'ont permis d'y survivre, mais j'aimerais que tu ne prennes plus aucun risque à partir de maintenant, car il est évident que nos ennemis veulent ta mort et qu'ils ne s'arrêteront pas avant d'y être parvenus.

Livide, Octavius se rassit dans son lit. Il secoua la tête, moins à cause de cette dernière tentative d'assassinat qu'à cause du fait d'exposer sa grande faiblesse. En effet, il avait toujours été fier de sa santé infaillible et de sa vigueur juvénile bien qu'il fût presque cent-cinquantenaire ; certes, il ne pensait pas à garder son corps digne pour les dieux. Non, il devait être fort pour ses fils. Maintenant, il se reprochait d'avoir attendu si longtemps pour avoir ses enfants… surtout Ori.

Un grognement étouffé s'échappa du roi. *Ce n'est pas en m'apitoyant sur mon sort que je vais me rendre utile*. Il déclara :

- Je ne répéterai pas cette erreur, mon fils. Je dirai à Julian que, dorénavant…

Et, comme s'il avalait un breuvage amer, il conclut avec résignation :

- … il peut poster autant de gardes et de Sœurs qu'il le jugera nécessaire à ma protection… en tout temps et en tout lieu.
- Y compris ici, dans cette chambre ?

Octavius se tut. Il se contenta de hocher la tête et de pousser un soupir.

Trente longues minutes s'écoulèrent avant le retour de Julian et de Rackeli avec Koricki, qui était encadré par Julian d'un côté et Kendor de l'autre. Alturo Rackeli, d'ordinaire si posé, avait l'air horrifié d'indignation, tandis que les officiers semblaient résolus à soumettre le jeune homme à un interrogatoire rigoureux, et sans douceur.

Bouillant d'impatience, Octavius était assis dans son fauteuil en feuilles de lacora, et ne se leva pas à l'arrivée de son assistant personnel, ne lui accordant pas un regard. Il grogna un salut au capitaine de la Garde royale et, sans plus attendre lui demanda où ils avaient trouvé le jeune homme.

Le capitaine de la Garde prétorienne répondit promptement :

-   Le haut capitaine l'a intercepté à un kilomètre à peine des portes, Sire.

Octavius serra les dents avec tant de force qu'il faillit en briser une. *Deux fois aujourd'hui ! J'ai été trahi deux fois, et par des proches en plus.*

Il fixa Koricki d'un œil menaçant pendant un long moment. Le Kynarien, que le roi avait l'habitude de voir si calme, rationnel, intelligent et mesuré, explosa d'un rire délirant jusqu'à ce qu'une terreur soudaine le saisisse. Consterné, Octavius allait sommer le jeune homme de se taire quand Irania fit irruption dans la pièce en détresse.

-   Qu'y a-t-il, Irania ?
-   Sire, il vaudrait mieux que vous me laissiez m'occuper de cela.

Octavius, visiblement troublé par le comportement du jeune homme – et par les événements de la nuit – acquiesça.

-   Merci, Sire. Il vaut mieux que personne d'autre qu'une Lux Baiula n'interagisse avec lui jusqu'à ce que nous en sachions plus sur lui.

Se tournant vers les officiers, elle ajouta :

-   Et je vais demander à Dana de le conduire à Domus Lucis.

Si Octavius n'avait pas été aussi troublé par l'attitude inconvenante du jeune homme, il aurait peut-être refusé la demande d'Irania, car il ressentait le besoin d'interroger lui-même son ancien assistant pour comprendre ce qui s'était passé. Mais, comme la démence apparente du jeune homme l'effrayait, il accepta :

- Bien, Irania. Emmenez-le. Mais je ne peux pas me contenter de rester ici à user mon plancher pendant que vous déterminez si…si ce garçon est sain d'esprit. J'irai voir Mitsuko.

Tania, qui avait observé en silence jusqu'alors, intervint :

- Sire, je ne pense pas que—
- Tania Lux Baiula, je suis capable de me déplacer, et sinon, mes gardes m'aideront. Ne me contredisez pas.

Tania resta immobile un instant, puis s'inclina avec rigidité.

Dana regarda Irania d'un air surpris. La cordon mauve fit un geste discret de la main, à la hauteur de son flanc, comme pour indiquer qu'elle n'était pas étonnée par la réaction du roi. À voix haute, elle ordonna à Dana de prendre le jeune homme et de la suivre avec une autre cordon rouge vers les salles de rétention[22] de Domus Lucis.

Kendor et Julian semblaient prêts à s'interposer ; le jeune homme ne leur avait causé aucun tort et ne représentait pas un danger. Les Lux Baiulae exagéraient-elles la menace pour prendre le contrôle de la situation ? Mais le roi manifesta son impatience, et ils se résignèrent, non sans grincer des dents, à abandonner leur responsabilité.

À cet instant, Octavius leva un doigt. Il s'adressa à sa conseillère :

---

[22] Salles de rétention (une) : salle dans laquelle le Lien et ses filaments générés par un microbe particulier étaient utilisés pour soumettre ou immobiliser les individus dangereux.

-   Irania, ne dites pas un mot sur l'arrestation du jeune homme pour le moment ; n'oubliez pas qu'il fait partie de la famille de la prêtresse suprême et qu'il serait fâcheux qu'elle l'apprenne par des voies non officielles. Nous discuterons demain de la façon de lui annoncer la nouvelle.

-   Très bien, Sire.

Sur ce, les Lux Baiulae s'éloignèrent avec le prisonnier dont le visage oscillait entre l'incompréhension et la colère, ses rires déments et ses grognements en témoignant.

Octavius résista à l'envie de tout casser autour de lui. Mais que briserait-il, après tout ? Il avait déjà du mal à trouver l'énergie de se rendre jusqu'au carrosse royal, malgré ce qu'il avait dit à Tania.

Ainsi, lorsque Julian appela Jashan et Merr pour marcher à ses côtés, au cas où il trébucherait, le roi ne protesta pas.

Tania exprima sa surprise en reniflant :

-   Je m'attendais à ce que vous protestiez, Sire. Me permettrez-vous de vous sonder avant votre départ ?

Le roi acquiesça et sa docteure s'exécuta. Une fois l'examen terminé, ses vertiges s'étaient estompés, bien qu'une douleur lancinante persistât dans sa tête.

Après un bref échange avec son fils, Octavius quitta ses appartements, Julian ouvrant la marche, suivi de près par Jashan, Merr et deux Lux Baiulae, et Tania fermant la marche, pour les convenances. Il semblait se préparer à affronter un ennemi.

***

Lorsque Octavius descendit de son carrosse devant le siège de la Sororité à Furanville, il suscita une légère agitation sur la place, où un petit groupe de Sœurs et de patriciens profitait d'une

265

accalmie pour déguster une crème glacée sous un ciel désormais dégagé.

Octavius se redressa et fut pris d'un léger vertige en ajustant sa veste. Il siffla pour prévenir ses gardes qui avaient déjà commencé à s'inquiéter. Puis, se retournant, il demanda aux cordons rouges qui l'accompagnaient si elles pouvaient flouter la vision du public derrière eux, afin de dissimuler sa faiblesse au moment de gravir les marches.

Béla, une Sœur aux cheveux blonds coupés courts, marmonna qu'elle pouvait le faire, bien que ce ne fût pas sa spécialité, et Octavius monta l'escalier qui menait à la grande salle de Domus Lucis avec toute la prestance et l'énergie qu'il put rassembler. À mi-chemin, une douleur vive faillit le faire chanceler. Il s'arrêta, jeta un œil derrière lui pour s'assurer que la foule n'avait rien remarqué, mais sa vue était également altérée par la liaison de la Lux Baiula, et il reprit son ascension, satisfait et reconnaissant de voir que *certaines* choses restaient encore maîtrisables.

La visite du roi à Domus Lucis n'était pas inhabituelle, mais elle restait exceptionnelle. Ainsi, lorsqu'il fit son entrée dans l'édifice, surtout à une heure aussi avancée et avec une telle escorte, tout le monde cessa de parler et tourna le regard vers lui. Élia Lux Baiula, qui discutait avec une jeune acolyte, s'avança pour accueillir le roi.

Elle salua d'abord le roi, puis Tania, et hocha la tête en direction de Dana.

Le roi lui adressa un sobre « Élia », tandis que Tania la salua d'un signe de la main.

Élia dit :

- Quelle joie de vous voir, Sire. Je suis au courant de la situation. Êtes-vous venu voir Mitsuko ?

La bienveillance d'Élia réconforta le roi. *Enfin quelqu'un qui ne me blâme pas pour ce qui s'est passé.*

- Oui, en effet.
- Elle aussi sera contente de vous voir, Sire. Elle est peut-être encore éveillée, bien que *toujours* très affaiblie.

À ces mots, le cœur d'Octavius se serra dans un frisson d'espoir involontaire.

Une cordon blanche qu'il ne connaissait pas s'approcha et attendit qu'on la présentât. Tania annonça :
- Sire, voici Samrachi Lux Baiula ; elle succède à Dalima Lux Baiula. C'est elle qui veille sur Mitsuko.

Samrachi, une femme au regard austère et aux cheveux gris, dit :
- Sire, je dois avouer que je ne suis pas tout à fait une experte dans le soin des Furanvillois, n'ayant pas eu l'opportunité de recevoir le transfert de mémoire de Dalima Lux Baiula sur la santé de vos citoyens, sa disparition ne l'ayant pas permis.

Un voile sombre passa brièvement sur les visages à l'évocation de la fin tragique de Dalima. Regrettant ses paroles, la cordon blanche s'empressa d'ajouter :
- Néanmoins, j'ai déjà soigné Mitsuko Lux Baiula à Urbs Lucis, je connais donc sa physiologie, et Laranis, qui l'a également traitée là-bas et qui garde un souvenir impérissable des esprits qu'elle croise, s'efforce de rétablir ses fonctions cognitives. En toute logique, Mitsuko aurait dû succomber ; les dommages de son cerveau et de son corps sont sans précédent. C'est un cas que nous n'avons jamais vu de notre vie. Mais contre toute attente, elle survit.

Cela soulagea le roi, mais le contraria également. Il s'exclama :
- Ne pourriez-vous pas utiliser vos transferts de mémoire pour la traiter ? Assurément, les docteures de la Guerre des ténèbres ont déjà dû soigner de telles blessures.

Vexée, le visage de Samrachi se durcit. Cependant, Tania prit la parole et invita la femme à les conduire au chevet de leur Sœur.

Ce fut ainsi que la Sœur aux cheveux argentés mena la troupe vers l'infirmerie.

En chemin, le roi, légèrement agacé, demanda :

- La cordonneté blanche ne consigne-t-elle pas des notes sur chacune de ses patientes ?

Tania jeta un œil rempli d'appréhension sa Sœur, puis répondit à la question du roi :

- Bien sûr que nous gardons des notes, Sire. Mais nos impressions lorsque nous sondons une patiente ne peuvent être consignées sur papier. Nous devons donc les mémoriser. Et lorsqu'une docteure reprend les patientes d'une autre, elle reçoit habituellement un transfert mémoire sensorielle liée à l'état psychosomatique de ces dernières.

Octavius ne savait pas s'il devait être impressionné ou non. Il était fatigué. Il remercia toutefois Tania pour ses éclaircissements.

À cet instant, Samrachi toussota et dit :

- Nous y voilà, Sire. Mitsuko est dans cette salle.

La femme montra une pièce plongée dans une douce la lumière tamisée à quelques pas de là. Puis, elle se tourna vers les gardes du roi et leur demanda de rester en retrait, afin de ne pas incommoder la malade. Julian parut vouloir suivre le roi à l'intérieur. Mais ils se trouvaient dans un établissement de la Sororité. Quel danger pourrait courir le roi ici ? Lorsque le primus se résigna, Octavius hocha la tête et Samrachi Lux Baiula pénétra dans la salle pour vérifier si Mitsuko était éveillée.

Le roi observa avec anxiété la docteure qui s'approcha de Mitsuko, murmura à son oreille, attendit un signe de sa patiente, et revint finalement après avoir actionné un mécanisme sur le mur de gauche.

- Elle est extrêmement faible, Sire, entre éveil et sommeil. Vous avez cinq minutes. Vous pouvez lui parler pour l'assurer de votre présence et lui souhaiter un prompt rétablissement. Mais pas de questions. Je surveillerai son état depuis le couloir et si je constate que votre présence la trouble, je devrai vous demander de sortir.

Frustré, le roi soupira et détourna le regard pour dissimuler son trouble. Samrachi ajouta :

- J'ai activé la ventilation pour éviter que le mur de mousse ne s'imbibe de vos fluides.

À ces mots, Octavius pénétra dans la chambre de Mitsuko avec toute la contenance qu'il put rassembler. Le lit, comme tous ceux des hôpitaux de l'Ordre, se trouvait contre le mur du fond, recouvert d'une mousse singulière. Outre sa fonction de purificateur d'air ambiant, cette mousse possédait des vertus révélatrices. Selon les effluves volatils émis par les malades, les filaments végétaux se paraient de teintes variées, servant aux docteures de baromètre de la santé et du rétablissement des patientes ou patients – ou de la dégradation de leur état. Dans la chambre de Mitsuko, environ deux tiers des filaments de mousse se coloraient d'orange sombre ou de violet, tandis que le reste était rouge sourd, leur nuance naturelle ; depuis l'endroit où elle se trouvait, Samrachi murmura au roi, qui entendit ses paroles comme si elle avait été juste à côté de lui, que c'était le signe d'un état critique.

Octavius tira une chaise qu'il rapprocha du lit et s'y assit, l'air énigmatique. Alors qu'il ne le faisait jamais, il se mit à serrer et desserrer ses mains, réajustant sa posture sur la chaise à maintes reprises. Cette culpabilité, ce sentiment lancinant qui menaçait de l'écraser à tout instant l'ébranlait. L'écho de ses dernières paroles le tourmentait ; il avait sermonné Mitsuko pour avoir fait ce pour quoi elle avait été désignée : le protéger des Temptatori ; sa simple présence l'avait même irrité ; et enfin il l'avait jugée « inutile ». Malgré la sagesse qu'on lui prêtait, il n'avait que l'étoffe d'un ignorant… insensible. Il avait côtoyé des Lux Baiulae pendant toute son existence, d'abord à la cour de son père, puis à la sienne. Et pourtant, jamais il n'avait pris le temps de les *connaître*, collectivement et individuellement, à l'exception d'Élyana et de Krystiana. Quel genre de monarque était-il pour ignorer ceux qui le servaient, ceux dont l'appui était si essentiel à la stabilité de son royaume ?

Soudain, un gémissement ténu parvint à ses oreilles. Déconcerté, il se surprit à espérer que Mitsuko ne reprît pas connaissance ; il ne saurait pas que lui dire. Quelle bêtise !

Mais Mitsuko ne s'éveilla pas ; aux gémissements qu'elle poussait et aux mouvements de ses mains, elle paraissait en plein cauchemar. Réassuré, il prit une décision… puis hésita. Octavius détourna le regard vers la porte. N'entendant pas les docteures, il reporta son attention sur Mitsuko, inspira profondément et prononça les mots qu'il avait préparés au cas où il la trouverait inconsciente.

7. RÉVÉLATIONS

I.   À l'abri des regards

Alors que tout le monde dormait, comptant sur les appareils pour lancer l'alerte si Mitsuko se réveillait, une femme de ménage entra dans la chambre. La pièce baignait dans une clarté diffuse, drapant la patiente d'une aura énigmatique.

La femme de ménage s'avança vers le lit pour ôter le sac de déchets du contenant *souillé*. Dans son geste, elle posa la main droite sur le cadre du lit, caressant avec légèreté le bras inerte de la patiente.

Pendant un court instant, un frémissement traversa Mitsuko, comme si son corps luttait contre des souffrances dorsales inexprimables. Soudain, sa tête fit plusieurs soubresauts, avant de retomber mollement sur l'oreiller.

Au loin, une sirène se fit entendre. Imperturbable, la femme de ménage continua son travail comme si de rien n'était, déposant les détritus dans son chariot avant de disparaître aussitôt.

II.   La recherche des cadavres

Sous l'éclat cuivré de l'aube automnale, portées par une brise vivifiante, trois cordons rouges, dont deux portails, survolaient les cimes à dos de furans.   L'épuisement se lisait sur leurs visages ; elles étaient en vol depuis trois heures déjà et devaient conclure leur mission sans tarder, sous peine de subir les redoutables ardars ou de devoir chercher refuge dans les contrées gangrenées par la vermine Kartaki.

Ce fut avec un frémissement d'excitation que la deuxième portail, Sasha, désigna un bosquet adossé aux monts Furan ; le toit sombre d'une petite maison se dissimulait derrière de denses frondaisons. Les propriétaires, s'ils avaient cherché à camoufler l'édifice, n'avaient guère réussi.

- Je perçois les vibrations des cadavres des assassines là-bas. Ténus, certes, mais ce sont les vibrations des femmes que nous avons combattues dans le Lien pendant le sauvetage du roi !

Alors que Sasha s'apprêtait à commander la descente vers un autre bosquet, distant d'une centaine de mètres de leur objectif, Ksarina s'écria :

- Deuxième Portail, je détecte également la présence d'autres personnes, et – qui que ce soit – elles sont vivantes et leur empreinte dans le Lien est puissante. Nous devrions peut-être reconsidérer notre approche.

Sasha secoua la tête, murmurant si bas que Ksarina Lux Baiula ne put comprendre ses mots :

- Terra Cottas[23].

Seule Jima entendit le juron et acquiesça en silence. À voix haute, Sasha ordonna :

- On descend, Ksarina ; nous devons récupérer ces cadavres ce soir pour que les jaunes essayent d'en tirer des informations. Et si nous tuons d'autres insoumises, nous emporterons *leurs* corps à la place, ils seront plus frais, bien que capturer une prisonnière vivante serait idéal pour nos entraînements. Cependant, je *veux* que nous soyons prudentes. Assurons-nous d'atterrir discrètement, et préparons notre assaut, au cas où vous auriez raison.

En donnant ses instructions à Chicotte pour qu'il atterrît en douceur, Sasha ne remarqua pas la tension de la mâchoire de Ksarina ni le rétrécissement de ses pupilles.

---

[23] Terra cotta : la terra cotta est un type d'argile douce d'une douce couleur rouge. Les portails utilisent cette expression comme une insulte dirigée contre les Sœurs non portail de la cordonneté rouge.

Le furan ronronna en signe d'assentiment, déploya ses quatre ailes et ses membranes secondaires[24], puis amorça sa descente, suivi de ses compagnons.

L'atterrissage fut aussi silencieux qu'un flocon au sol. Les femmes mirent pied à terre, recouvrirent leurs montures d'une illusion, élaborèrent une stratégie d'attaque, vérifièrent l'état de leurs armes, sondèrent leurs corps pour s'assurer qu'elles étaient prêtes – au cas où elles rencontreraient une résistance – et s'avancèrent vers la maison cachée.

Comme Ksarina l'avait pressenti, la structure abritait bel et bien des hommes et des femmes. Aux bruits émanant de l'intérieur, il devait y avoir au moins deux ou trois hommes et deux femmes. Sasha et Ksarina perçurent simultanément au moins deux personnes dotées de capacités de liaison. Le cœur de Sasha s'emballa : elle était partagée entre l'excitation du moment présent et le souvenir encore vif de leur dernière bataille dans le Lien, remportée de justesse. *C'était dans le Lien. Ici, nous aurons l'avantage !*

Sasha envoya une pensée aux autres grâce au moniteur dont la sonnerie stridente fit tressaillir Ksarina :

- *Nous avons affaire à quatre personnes au minimum, mais partons du principe qu'il y en a cinq, dont au moins deux insoumis alterintrants. Nous sommes en légère infériorité numérique, mais fort heureusement, il n'y a personne dans les alentours. La structure n'étant pas très grande, ils pourraient se disperser à notre arrivée, mais ils ne pourront pas nous encercler.*

Jima et Ksarina attendirent le reste des ordres de leur cheffe, la seconde affichant un regard inquiet et perçant. Sasha

---

[24] Membranes secondaires : structures pennées situées sous les membranes principales des ailes d'un furan et de certains autres voleteurs. Les membranes secondaires peuvent être déployées pour augmenter la surface de l'aile et permettre un vol plus silencieux.

s'interrogea : *Pourquoi semble-t-elle réticente à l'idée d'affronter ces criminels ? Elle n'est certes pas une portail, mais elle reste une* rouge *! Qu'elle ne nous trahisse pas, ou je lui ferai payer une fois la mission accomplie.*

Reportant son attention sur l'objectif, Sasha déclara :

- *Je vais immobiliser les deux premières personnes, et vous, Jima, vous neutraliserez les deux autres. Ksarina, si une cinquième se présente, elle sera pour toi.*

Les deux femmes acquiescèrent, Jima le faisant avec un zèle démesuré qui provoqua chez Ksarina une nouvelle tension de la mâchoire. Le remarquant, Sasha ajouta aussitôt : *Ksarina, même si nous pouvons nous reposer sur mes capacités offensives et sur celles de Jima pour écraser nos adversaires, nous aurons besoin de ton aide pour parer à toute attaque reliée. En temps normal, nous nous débrouillerions seules – tout comme toi – mais comme nous n'avons affronté ces insoumises qu'une fois, nous ne connaissons pas encore l'étendue de leurs liaisons.*

Sasha attendit un signe de Ksarina montrant qu'elle les couvrirait. La guerrière cligna lentement des yeux, comme pour dire :

- *Je comprends ce que tu veux faire, et, oui, je jouerai mon rôle.*

Sasha opina avec prudence, ordonna aux combattantes de dissimuler leurs vibrations et leur indiqua de la suivre.

Elles progressèrent à quatre pattes, esquivant brindilles et cailloux, jusqu'à la porte. Sasha tendit l'oreille, puis – n'entendant rien qui différât de leurs observations précédentes – se redressa, posta Jima et Ksarina de chaque côté de l'entrée, et, se connectant au Lien, libéra une puissante salve de vibrations sonactiques qui pulvérisa la porte.

III. Ce que nommer une chose peut faire

Assise sur un tronc d'arbre, Laiella observait Toras s'exercer à une nouvelle capacité de liaison, son visage trahissant un mélange de fascination et d'appréhension.

Elle demanda à Lina :

- Que se passe-t-il ? Son apprentissage de la liaison a quelque chose… d'irréel.

Ce matin-là, Lina avait enfin autorisé Laiella à quitter l'infirmerie et à reprendre progressivement ses travaux, ce qui signifiait qu'elle pouvait superviser les activités de la forteresse sans pour autant s'engager dans un entraînement physique. Elle ne savait toujours pas comment se comporter avec le prince : devait-elle lui accorder son pardon, bien que cela ne changeât rien, ou devait-elle suivre les ordres reçus ? Si la Sororité venait à connaître ses hésitations, elle serait certainement remplacée ; en vérité, elle devrait se destituer elle-même.

Lina lui répondit :

- Kelysia a dit à Na'Riina que ce que fait le prince, assimiler des connaissances inaccessibles aux personnes normales s'appelle : l'alioception.

Devant le froncement de sourcils de Laiella, Lina précisa :

- C'est la faculté de percevoir la position et le mouvement de quelqu'un d'autre, la réaction de ses muscles, tendons et articulations, ainsi que les influx de ses fibres nerveuses. Grâce à cette perception, il est possible d'imiter les liaisons sonactiques les plus complexes.

Laiella renifla et reporta son attention sur Toras, qui s'exerçait désormais à l'attaque sonactique. Son visage se crispa de nouveau, trahissant son malaise. Elle éprouvait de l'affection pour lui, surtout lorsqu'il se montrait aussi enthousiaste, riant aux éclats et prenant du plaisir même dans ses entraînements. Mais c'était justement cette personnalité qui le rendait imprévisible. Comment garantir la sécurité de l'unité si elle ne pouvait anticiper ses réactions ?

À cet instant, Toras lui adressa un sourire malicieux, ravi d'avoir intuitivement senti – tout simplement – la liaison de Na'Riina. Elle tenta de lui rendre son sourire, mais ne fut pas certaine d'y être parvenue. Cependant, le prince s'apprêtait déjà à reproduire la compétence que sa collègue venait de lui montrer.

- C'est incroyable, je n'en reviens pas ! J'ai tout ressenti : vos nerfs, votre circulation sanguine, le frisson de votre peau au moment où vous avez généré la liaison. Je réalise que ces sensations que j'ai depuis tant d'années sont réelles, et qu'elles portent même un nom ! Je sais maintenant m'en servir.

La femme au visage austère baissa les yeux, ses lèvres pincées, l'air de dire :

- Certes, je me réjouis de votre enthousiasme, mais je préférerais que vous poursuiviez sans vous attarder.

Et c'est ce que fit le mêlé.

Toras s'imagina en train de créer la liaison, mimant les gestes de Na'Riina, et, en les exécutant, il ressentit les vibrations de ses nerfs, les contractions de ses muscles, le flot sanguin irriguant ses veines pour purifier son système digestif – il se sentait Na'Riina, il était *elle*. C'était comme lorsqu'il imitait des voix. Lorsqu'il sentit qu'il ne pouvait plus accumuler d'énergie, il la libéra dans un cri puissant – et exalté. L'attaque sonactique frappa le bloc de pierre à vingt mètres et le pulvérisa, projetant des éclats de roche aux quatre coins du champ.

Scratch, qui observait son maître depuis une heure avec une indifférence polie, s'éleva en battant des ailes pour esquiver un projectile. Les gardes, témoins de l'exercice de leur commandant, laissèrent échapper des exclamations et des jurons.

Mais Na'Riina ne parut pas impressionnée, ce qui irrita le prince.

- Vous ne prenez pas cet exercice suffisamment au sérieux… Seigneur Commandant. Vous devriez témoigner davantage de respect pour ces capacités que vous développez. Mal manier une épée est une chose – cela peut blesser une personne à côté de vous. Mais les liaisons sont des armes d'une tout autre envergure ; un mauvais usage pourrait causer des dommages à des dizaines, voire des centaines de personnes.

La réaction de Toras fut celle d'un soufflé sorti trop tôt du four. Il n'osa pas regarder Laiella, il savait ce qu'elle devait penser. Il ne regarda personne sauf Scratch, d'un air désolé, frustré et abattu ; même Scratch semblait peu impressionné, voire contrarié.

- Commandant ! Je suis là pour vous former, et cela signifie que je vous aide à développer vos capacités, mais aussi que je vous inculque la maîtrise de vous-même pour que, en les utilisant, vous ne blessiez personne par inadvertance.

Toras baissa la tête, la secoua et gesticula d'impatience, avant de lâcher :

- D'accord, c'est bon, j'ai compris.

Il releva donc la tête et se tourna vers l'instructrice cordon rouge, prêt à écouter ses conseils. Ce faisant, un soupir – il était sûr d'avoir bien entendu – parvint à ses oreilles. Il jeta un coup d'œil discret à Laiella et la vit baisser la tête, les épaules tombantes. Il avala sa salive, serra les dents, puis reporta son attention sur Na'Riina, qui l'interpella par son nom.

IV. Les manœuvres de l'Umbra

Après s'être posé sur une haute crête aux abords des monts sauvages de Yeltchek, au matin du dix-septième jour d'undecimus, l'Umbra descendit de sa monture reptilienne.

Pour n'importe quel K'Taran, chevaucher une telle créature eût été un supplice, tant sa peau était hérissée de dents acérées. Mais pour l'Umbra, cela ne représentait aucune difficulté. Il avait le pouvoir de moduler ses sensations, et sa peau était à l'épreuve des lames.

Cependant, aussi dure que fût sa peau, les répercussions des liaisons utilisées par la Lux Baiula contre lui et le Scytale, trois mois auparavant – lorsqu'elle et sa cheffe l'avaient surpris dans le Lien – avaient endommagé son cerveau et perturbé les circuits neuronaux contrôlant ses yeux. Depuis, un tic agaçant s'était manifesté. Et les dernières mises à jour qu'il avait reçues ne contenaient aucun correctif pour soigner ces dommages ni pour améliorer son élocution, ce qui était pourtant essentiel s'il voulait éviter d'être écarté par Zébula. Comment une Lux Baiula des temps modernes avait-elle pu causer de tels dégâts, alors que même les féroces Luxori qu'il avait combattus durant la Guerre des ténèbres n'avaient pas réussi à l'égratigner ? *Je dois trouver un moyen de réparer ces dommages. Et debeo fidem Zebulae retinere, ne peream. Fundatoribus male sit! O utinam regulas quasdam circumscripsissem.*[25]

L'Umbra vérifia les paniers attachés au grand hurleur qui s'était également posé non loin ; tout était en place.

Il s'adressa ensuite au Scytale :

- Souviens-toi de rester invisible aux yeux des humanoïdes. Je ne veux aucune distraction pendant que je mène mon enquête sur ces gens.

---

[25] *Et je dois garder la confiance de Zébula pour ne pas périr. Que les Fondateurs soient maudits ! Si seulement j'avais pu déroger à certaines règles.*

Le Scytale émit un grognement plein de rancœur en guise de réponse.

L'Umbra entama sa descente, suivi de près par le hurleur. Une fois hors du champ de vision du Scytale, il s'immobilisa et sortit de l'un des paniers de l'animal de somme des atours dignes d'une dame de haute lignée en Zébulonie. Son informateur Yeltcheki lui avait confié que les étrangers de sexe féminin étaient accueillis avec plus d'égards et obtenaient de meilleurs résultats. Il se défit donc de ses habits masculins pour revêtir des vêtements féminins. Ce faisant, son corps se transforma aussi, et, lorsqu'il eut fini, il ressemblait à une zébulonienne de haut rang, d'âge mûr, et que son contact connaissait sous le nom de Misaya. Sa silhouette lui rappela Nihildrina, bien qu'un peu plus élancée et au regard plus envoûtant. Une moue altéra son visage autrement remarquable, lorsqu'il entendit le Scytale s'envoler avec la grâce maladroite de ses congénères.

Métamorphosé, il reprit sa descente, empruntant un sentier escarpé qui serpentait le long de la montagne, jusqu'à ce que, trente minutes plus tard, il parvînt à sa première étape : un hameau de huttes coniques en pierre. Là, il trouva la demeure de celui qu'il cherchait — un « arrangeur », comme on aurait dit là d'où venait l'Umbra, là où il était connu sous le nom d'Andrus3[26].

L'Umbra, ou plutôt Misaya, s'annonça en psalmodiant la formule rituelle – à trois pas de la porte –, et un homme à la peau intensément plissée des Yeltcheki pur-sang et vêtu de vêtements légers, ouvrit la vieille porte, regarda qui avait frappé, écarta les bras et s'exclama dans sa langue natale mélodieuse :
-   Misaya ! Je ne vous attendais pas aussi tôt. Mais votre appel a été entendu. Par Horin, oui, entendu !

---

[26] Andrus3 : un AMT (ou androïde médical tuteur) de troisième génération.

L'homme jeta un œil à l'imposant hurleur posté derrière son invitée et dit :

- Permettez-moi d'abord de m'occuper de votre hurleur. Il être épuisé d'avoir porté de si gros paniers.

L'Umbra lui répondit dans un Yeltcheki presque parfait :

- Je vous en serais reconnaissante. Pourriez-vous également mettre les paniers en lieu sûr ?

- Assurément. Je les mettrai à l'abri après m'occuper du hurleur.

De retour de la grange jouxtant sa masure, l'homme ajouta :

- Soyez la bienvenue chez moi, Misaya.

Puis, dans une révérence accompagnée d'un geste, il l'invita à entrer :

- Je vous en prie.

Misaya pénétra dans un intérieur étrange, mais accueillant, et attendit tout en observant le contenu de la pièce, tandis que son hôte s'affairait à rentrer les paniers.

Une fois la porte refermée, l'homme, en un Zébulonien approximatif, s'étonna :

- Je pas deviner le contenu de vos bagages, Misaya, mais je suis impressionné par l'endurance de votre grand hurleur ; ces paniers pèsent leur centaine de kilos !

Un filet d'eau s'échappa des plis de son visage tandis qu'il prononçait ces mots. Il s'excusa précipitamment et recula, attendant une réponse à sa question implicite.

Voyant que Misaya n'allait pas s'appesantir sur le contenu de ses bagages, il s'empressa d'ajouter :

- Je vais nous chercher rafraîchissement.

Après avoir servi à sa visiteuse un grand verre d'une boisson fraîche, il l'invita à s'asseoir à table et annonça :

- Comme je vous écrit, Misaya, c'est un honneur de vous présenter à un de mes compatriotes qui a les contacts que vous recherchez.

Misaya lui adressa un regard approbateur et demanda :

- Merci, Yushii. Qui est cette personne ? Quelle est sa place dans les affaires de ce pays ?

Les yeux brillants, mais d'une voix basse, presque conspiratrice, Yushii révéla :

- C'est Ooshia Vumiko.

- Une femelle ?

- Non, un mâle. Mais nos noms ne viennent pas de la langue ancienne, pour ça la confusion pour les étrangers.

L'Umbra se redressa, troublé par son erreur, et demanda :

- Quelle est la fonction d'Ooshia Vumiko au sein de votre gouvernement ?

- L'administrateur Vumiko est le fonctionnaire plus influent de Yeltchek. Il a des informateurs partout, et surtout, il a oreille de notre empereur.

Misaya acquiesça, satisfaite.

Yushii poursuivit :

- Pour être reçue dans le manoir d'administrateur Vumiko, il vous faut un moyen de transport bon et connaître la formule d'introduction requise.

- Je comprends. Et je présume que vous pouvez me fournir le premier et m'apprendre la seconde ?

- Tout à fait.

- Parfait.

Misaya sortit alors un objet de la sacoche attachée sous sa robe : une pierre reliée enveloppée dans un tissu en fils d'ardamantis. Avant de la tendre à l'homme, elle dit :

- Faites attention. Ne la touchez jamais sans protection. Vous devez la manipuler dans le tissu.

L'homme prit le cadeau avec un regard aussi craintif que cupide. Il cligna des yeux et pencha la tête en arrière, surpris du poids de la pierre.

- Cette pierre doit peser un kilogramme.
- Neuf cents grammes.
- Comment l'utilise-t-on, Misaya ?
- On l'utilise habituellement pour réguler la température des maisons zébuloniennes. Après l'avoir sortie du tissu, on la met dans un bol d'ardamantis, et elle peut rafraîchir une pièce de cinquante mètres carrés pendant plusieurs quarts, durant les périodes les plus chaudes de l'été.

Les yeux de Yushii s'écarquillèrent plus que de raison.

- Et quelles sont ses autres utilisations ?
- Je vous laisserai les découvrir.
- Comment libère-t-elle son énergie ?
- Vous devez laisser la chaleur accumulée se libérer soit dans le sol, soit dans un grand plan d'eau. Si vous la laissez chargée de chaleur et enveloppée dans le tissu, vous pouvez chauffer une pièce pendant les mois froids, mais je crois que la température ne baisse pas beaucoup dans ce pays.
- Non, c'est vrai. Mais c'est sûr que c'est un objet inestimable, Misaya, et je vous en remercie.

Misaya se contenta d'étirer ses lèvres.

Yushii lui demanda ensuite :

- Avez-vous d'autres pierres comme celle-ci ? Pour administrateur Vumiko ?
- Oui, j'en ai douze. Et j'en ai encore d'autres pour vous si nos affaires se concluent avec succès.
- Excellent. Avec mon aide et vos merveilleuses capacités, je suis certain que nous aurons une conclusion heureuse.

Misaya acquiesça de nouveau.

- Alors, préparons-nous ; nous avons environ pour six heures de voyage. Mais d'abord, je vous chercher des vêtements plus appropriés.

Et Yushii passa dans une pièce contiguë, ouvrit une porte, descendit quelques marches, resta là un moment, probablement pour cacher la pierre reliée, puis revint avec un vêtement d'extérieur pour sa cliente, indiquant qu'elle avait été accueillie dans le pays par un natif. Misaya noua adroitement le léger foulard, et l'homme acheva de l'ajuster sous son visage impassible.

En reculant pour regarder sa cliente, le visage de Yushii s'empourpra. Il dit :

- Misaya, vous pourriez passer pour une de nos femmes nobles ! Vous serez bien reçue à Yeltchika, bien que votre air sérieux soit aussi intimidant un peu. Mais nos femmes du nord aussi intimidantes.

Là-dessus, il rit de bon cœur.

Misaya ne réagit pas au compliment, mais déclara :

- Dans ce cas, allons-y. Je dois être de retour demain soir pour rentrer en Zébulonie.

- Je chercher le carrosse et harnacher les vorans. En attendant, commencez à apprendre cette formule d'introduction que vous devrez prononcer après que je vous présenter. Je vous expliquerai le reste sur le chemin de la capitale.

Et Yushii remit à Misaya un morceau de papier sur lequel était écrit un salut inhabituellement formel et long.

Le carrosse était un véhicule noir et vert décoré, en forme de cône plat, tiré par quatre vorans des sables de couleur bais. Ceux-ci étaient beaucoup plus petits que les vorans des neiges et légèrement plus petits que la race alvinorienne. Mais ils étaient élancés et des coussinets graisseux sur leurs hanches leur permettaient de traverser les vastes distances désertiques où l'herbe était rare.

Cependant, ce ne furent ni les vorans ni la forme du carrosse qui frappèrent l'Umbra. Ce fut plutôt la surface extérieure du véhicule qui était recouverte de bandes étroites d'un matériau qui lui était inconnu –*Mirabile*[27]. Des bandes plus larges de ce matériau, qui devaient couvrir l'avant du véhicule, étaient actuellement tirées vers l'arrière et attachées au toit. L'intérieur avait des sièges disposés en deux demi-cercles. Une section un peu en retrait, manifestement destinée à protéger le cocher des rayons des soleils, occupait la partie avant.

Misaya demanda à Yushii quel était ce matériau et à quoi servaient ces étranges bandes.

Yushii lui répondit :

- Ahh, je sais vous n'avez pas en Zébulonie ni en Alvinorie. Ils sont très utiles lorsque les soleils atteignent leur zénith, et surtout au milieu du quart, mais peut-être vous pas là à ce moment-là. Je suis quand même surpris que vous choisi ce quart pour votre visite, car les heures de midi sont ardentes, encore plus que dans vos latitudes.
- Voulez-vous dire que vous restez actifs pendant les ardars ?

Yushii ne répondit pas tout de suite, mais son visage, confus, esquissa une grimace. Après un moment, il dit :

- Désolé, Misaya, je ne souviens pas le nom occidental des quarts ardents. Mais oui, nous restons actifs, toute la journée, sauf pendant les quatrième et cinquième jours des quarts ardents.

L'Umbra renifla, surpris d'apprendre l'existence de technologies utiles dont il n'avait jamais entendu parler. Mais il demanda, ou plutôt Misaya demanda, comment les vorans

---

[27] Intrigant.

restaient actifs, de quoi était composé le matériau et comment il fonctionnait.

Tout en attachant fermement les bagages de Misaya à l'arrière du carrosse, Yushii expliqua qu'avant granjour, il couvrirait les vorans avec une feuille composée du même matériau que le carrosse, sauf qu'elle était transparente au niveau des yeux. Il ajouta que le matériau était fabriqué à partir de cocons filés de beugleurs indigènes et que les bandes de ce matériau, disposées de cette manière – Yushii balança son bras largement – créaient un vent rafraîchissant.

Une fois que tout fut en place, le Yeltcheki invita Misaya à monter à bord du véhicule, puis s'assit dans la cabine avant et fit avancer les vorans d'un coup de fouet.

Il fallut cinq minutes à l'Umbra pour apprendre et se répéter la longue et complexe déclaration introductive. Il passa ensuite une demi-heure à contempler le paysage sauvage autour de lui, laissant passer un peu de temps avant que *Misaya* n'annonçât qu'elle connaissait son texte.

Yushii se montra de nouveau surpris, essuyant un peu d'humidité de son front, mais sans éclabousser de manière embarrassante son hôte, cette fois-ci. En Yeltcheki, il dit :
- Nos voisins de Mo'Rokoth ont besoin de plusieurs heures pour apprendre la formule, et de plusieurs jours pour la prononcer correctement, Misaya. Vous êtes vraiment une personne exceptionnellement douée.
Misaya ne répondit pas.

L'arrangeur passa un certain temps à expliquer à sa cliente les rites entourant les introductions politiques ou celles visant à obtenir des faveurs.

À exactement treize heures et quatre minutes après grandnuit, cinquante-six minutes avant midi, Yushii s'arrêta pour recouvrir les vorans d'un drap qui les enveloppa complètement, le tissu se moulant autour de leur tête, de leur ventre et de leurs pattes, mais laissant un espace d'environ un centimètre entre sa surface et la peau des animaux. Puis, il abaissa les draps extérieurs, plongeant l'intérieur du carrosse dans l'obscurité, et retourna sur son siège pour reprendre la route.

- Je vois comment vous protégez les vorans contre les soleils, mais comment les protégez-vous contre la tempête ?
- La tempête n'est pas aussi forte ici qu'en Alvinorie. Et, tout comme en Zébulonie, il y a peu de choses que les vents risquent d'emporter. Il n'y a que du sable ici, et de la neige dans votre pays. Les couvertures protègent les vorans, et nous sommes également à l'abri dans le carrosse. »

L'Umbra hoche la tête, alors que le carrosse s'élançait et que les vorans poussaient un grand cri d'excitation.

Environ trente minutes après le début de la dernière étape du voyage, l'Umbra perçut un bruit de cliquetis, aussi soudain qu'imperceptible, provenant de l'extérieur du véhicule. Un instant plus tard, Yushii cria en Zébulonien :

- Ça commence. Mais ne vous inquiétez pas !

L'Umbra n'était pas inquiet, mais il était *captivé* par la technologie de refroidissement. Malgré leurs faiblesses organiques, les humanoïdes l'avaient toujours fasciné par leur créativité et leurs capacités à résoudre les problèmes. Il observa alors les bandes de matériau de refroidissement à l'extérieur de la cabine qui se levaient à se fermaient de haut en bas, dans une séquence contrôlée de plus en plus rapide à mesure que les soleils atteignaient leur zénith. Le mouvement produisait un air rafraîchissant. Le bruit, cependant, était assez désagréable et le resta jusqu'à ce que ses oreilles s'y habituassent.

Ce fut ensuite les draps des vorans qui attirèrent l'attention de l'Umbra. Ils se gonflaient et se dégonflaient autour des animaux, tandis que les bandes se levaient et se fermaient avec la même régularité. Au loin, où se trouvaient quelques arbres protecteurs, des cris et des grognements alarmés s'ajoutaient au bruit régulier, indiquant à l'Umbra que les animaux sans écran – fussent-ils prédateurs, parasites ou proies – se rassemblaient sous les arbres pour se protéger des rayons mortels. Ces bruits firent naître une pensée dans l'esprit de l'Umbra : *J'espère que je pourrai empêcher les Zébuloniens, les Alvinoriens, les Kynariens et les autres de s'allier contre nous.*

Le voyage vers la ville côtière de Yeltchika se poursuivit ainsi, l'Umbra remarquant certaines choses et son introducteur lui donnant une explication lorsqu'il croyait que cela pourrait être bénéfique à sa cliente, jusqu'à la dernière heure où Yushii décida d'enseigner à Misaya les us et coutumes des Yeltcheki, et plus particulièrement ceux des puissants.

Pour l'Umbra, tous les humanoïdes avaient un comportement étrange, avec toutes leurs interactions inutiles. Il n'avait jamais compris à quoi elles leur servaient et avait essayé, il y a longtemps, d'empêcher ses sujets de se livrer à cet exercice. Mais, malgré ses efforts, ils avaient tous développé les mêmes habitudes et adopté les mêmes comportements illogiques et inutiles qu'il détestait chez ses créateurs. Il aurait été plus ferme – s'il en avait eu la possibilité – pour éradiquer ces imperfections, mais, hélas ! ce ne fut pas le cas.

Alors que Yushii continuait de bavarder, l'esprit de l'Umbra se mit à vagabonder. Il se demandait pourquoi ces gens n'avaient jamais changé le nom de leur terre – les Locari avait baptisé leur terre Mo'Tarkoth du temps où elle leur appartenait. D'un autre côté, il s'émerveillait des changements qu'avait apportés l'évolution – ce processus naturel perturbateur qui affectait les êtres vivants – au peuple du désert. Mais les humains envoyés aux quatre coins de la galaxie avaient été dotés de complexes PAHA, ou complexes de promoteurs d'adaptation hautement avancés, donc leur grande adaptabilité était justifiée. Par exemple, les Yeltcheki transpiraient et urinaient très peu, et leur peau très ridée leur permettait d'absorber l'humidité du sol – c'est pourquoi ils préféraient marcher pieds nus – ou de tout ce qu'ils touchaient, et de la retenir dans les plis de leur peau, pour ensuite la faire couler vers leur bouche en cas de soif. Cette adaptation s'était faite en seulement deux mille quatre cent cinquante ans. C'était impressionnant, et pourtant, la plupart des humanoïdes n'étaient encore *que* des humanoïdes, et les animaux de toutes espèces n'étaient aussi *que* des animaux ; seule l'évolution encadrée pouvait créer une véritable supériorité à tous égards, comme il l'avait fait avec les Janarae. Mais même ainsi, aucune espèce biologique ne l'égalait, *lui*… et pourtant, il servait.

Environ trente minutes avant d'arriver à destination, les toiles se mirent à battre moins vite, et l'Umbra put voir que l'intensité du scintillement au-dessus des sables avait diminué. Mais une vibration basse et puissante s'élevait maintenant de l'ouest ; la tempête d'ardars arrivait.

Comme l'Umbra s'y attendait alors, Yushii pencha légèrement la tête en arrière et cria :

- La tempête. Elle se lève. Mais ne vous inquiétez pas, Misaya. Comme j'ai dit, c'est vraiment que du sable, et nous sommes à l'abri.

Puis l'homme se retourna, se pencha et actionna un levier pour fermer les bandes de ventilation. La cabine s'assombrit, mais une lampe organique l'éclaira rapidement.

L'Umbra remercia l'introducteur pour ses paroles rassurantes. Pourtant, pour la première fois depuis son arrivée au Yeltchek, il était nerveux. Bien qu'il pût résister à la chaleur, au froid et à de puissants dommages physiques comme les dents acérées du Scytale, l'abrasion des vents impitoyables des ardars pouvait le blesser sévèrement. Pour détourner son esprit de la possibilité que Yushii pût se tromper et que la tempête pût détruire le carrosse et l'exposer derechef au risque d'être désintégré, il décida d'en apprendre davantage sur la résistance aux vents des couvertures des vorans. Il ne voyait pas bien le matériau de là où il se trouvait, mais il commença à entendre des cliquetis de plus en plus forts au cours de la minute suivante. Il en déduisit que les bandes devaient être doublées de minuscules attaches articulées, qui s'arrimaient à des crochets sur la face opposée. *Subtilissimum*[28].

Les vents *étaient* violents. Ils secouaient le carrosse et raidissaient les toiles dans un terrible vacarme. Mais le véhicule ne se renversa pas et les vents ne déchirèrent pas tout sur leur passage. L'Umbra finit par se détendre.

Peu après, Yushii tourna légèrement la tête en arrière pour crier :

- Yeltchika ! Nous serons au palais de l'administrateur Vumiko dans quinze minutes. Si vous souhaitez vous entraîner encore une fois, c'est le moment.

L'Umbra répondit :

- Je n'en ai pas besoin.

Puis, pensant qu'il était temps pour lui d'adapter ses comportements et ses réponses, aussi agaçant que cela pût lui paraître, il ajouta :

- Merci de ce rappel, Yushii. Je vous promets que mon entretien avec l'administrateur ne vous déshonorera pas. »

L'arrangeur souffla pour indiquer qu'il n'était pas inquiet, et l'Umbra se concentra sur la rencontre à venir, ignorant toutes les autres pensées.

---

[28] Ingénieux.

V. Sous l'eau

Dans une impressionnante salle sous-marine, meublée de bancs en stalagmites sculptées et recouvertes d'organismes lumineux éclairant le lieu caverneux, on échangeait des pensées dans un silence que seul le murmure de la rivière souterraine à l'arrière de la grotte troublait.

Mal installé sur l'un des bancs formant un demi-cercle au centre de la grotte, Torrent annonça :

- S'est dévoilé, le lieutenant de l'ennemi. Les tempêtes qu'il prépare pour le Topencage! des ouragans destructeurs seront.

Sa peau scintillante, humide et gélifiée, lui conférait, ainsi qu'aux huit autres Locari présents, une apparence remarquable lorsqu'il s'exprimait dans la grande salle.

Il poursuivit :

- *Ces eaux familières à certains d'entre nous sont. Souffert nous avons lorsque l'Umbra contre nous les vents a soulevés, nous forçant dans les mers à errer.*

Les membres dirigeants des Locari échangèrent des hochements de tête mentaux, évoquant batailles, souffrance et leur exode final de la surface.

La peau d'une imposante Locara aux couleurs vives, se tenant sur ses nageoires postérieures rigides et tubulaires, s'illumina pour demander le droit d'envoyer une pensée. Lorsque leur chef acquiesça mentalement, elle déclara :

- *Torrent, les Locari, avec les parents de celui qui marche, Atteint nommé, devraient s'aligner.*

Un autre Locar, le membre junior de l'Esprit dirigeant, émit un son doux et amusé.

Alga, la Locara qui venait de parler, envoya :

- *Courant, de mon interprétation du nom Alvinorien tu te moques ? Peut-être d'un meilleur professeur avons-nous besoin.*

Courant se recroquevilla légèrement sur son siège stalagmitique, et Torrent intervint pour éviter toute altercation entre Alga et son protégé :

- *Alga, de manquer de respect Courant n'avait pas l'intention. Jeune il est, encore beaucoup à apprendre il a. Mais d'un plan pour la tempête à venir affronter convenir nous devons, afin que sous de nouveaux soleils prospérer nous puissions.*

Un grand Locarus massif et sombre, assis à gauche de Torrent, prit la parole :

- *Trop longtemps comme de molpoissons nous avons vécu. Si dans une nouvelle bataille nous nous engageons, l'extinction nous risquons.*

Ce présage secoua tous les membres de l'Esprit, certains réagissant par des grondements aqueux, d'autres par des cris étouffés.

Torrent envoya :

- *Peut-être plutôt comme un volcan endormi nous sommes, Varech, qui après des coups répétés explose.*

Le solide, mais vieux Varech, qui aimait toujours taquiner les autres, répliqua à haute voix :

- *« Peut-être », dis-tu, car tout incertain reste jusqu'à ce que mis à l'épreuve nous soyons. Notre test ce sera ?*

Une sombre et longue Locara nommée Tir demanda le droit d'envoyer. L'autorisation accordée, elle poursuivit :

- *Si dans cette bataille nous nous engageons, exiger le retour sur notre terre ancestrale nous devons. Nombreux parmi nous aspirent encore ... sous les soleils marcher et un lieu de résidence trouver.*

De sonores aboiements de dégoût, accompagnés d'images de queues fouettant l'air, jaillirent de cinq Locari, tandis que trois autres émirent un grondement paisible d'approbation, avec l'image de Locari marchant côte à côte sur la terre. Dès que les premiers furent confrontés à l'image perfide, ils envoyèrent, dans le Lien, des flots si tumultueux à lacérer la peau, pour ramener les dissidents à l'ordre. La dispute se prolongea, des images de liberté et de retour à la terre se heurtant à celles de désastres.

Lorsque la querelle eut duré assez longtemps et que chacun eut trouvé un point de rencontre, Torrent envoya un son de déglutition pour reconnaître l'égalité entre arguments et contre-arguments. Les aboiements s'apaisèrent, tout comme le grondement, et tous attendirent, en suspens, que Torrent pose sa question.

Claire et nette, presque douloureuse dans sa précision, telle l'image d'une bifurcation de rivière, la question surgit. Le bras gauche montrait leur espèce sortant de l'eau pour affronter la mort – plein d'espoir ; le bras droit les montrait immobiles sous l'eau, attendant d'être éteints par le fondateur lorsqu'Il viendrait. Quatre voix optèrent pour le bras gauche, tandis que quatre autres étaient en désaccord. Torrent envoya l'image de lui-même choisissant aussi le bras gauche. La décision était prise.

Après un long moment de silence, passé à unir toutes les pensées et émotions dans l'acceptation, Torrent congédia tout le monde, sauf Courant.

Ce dernier déclara :

- *Accomplir votre volonté je souhaite, Torrent.*

Torrent répondit :

- *La prochaine fois qu'avec celui qui marche tu te connecteras, un message porte-lui.*

Courant inclina sa tête triangulaire en signe d'assentiment et quitta la chambre de l'Esprit, laissant Torrent méditer sur ce qui avait été décidé.

VI. Ce que les mémoires anciennes contiennent

Une femme, discrète et modeste, laissa échapper un souffle si léger qu'il eût pu passer inaperçu lorsqu'elle acheva la révision de cinq transcriptions – toutes enregistrées par différentes Sœurs au cours du dernier mois, mais fournissant le premier compte rendu convaincant des capacités des Temptatori. La chercheuse était une experte en tout ce qui concernait les Temptatori, ayant étudié l'intégralité de ce qui avait été écrit à leur sujet et venant de se pencher sur les transcriptions réalisées par les porteuses des mémoires de la Guerre des ténèbres. La seule chose qu'elle n'avait pas trouvée était un Temptator vivant à étudier.

Lorsque la praefecta Biléna lui avait confié cette tâche, cette dernière avait été catégorique :

- Nous devons faire transcrire toutes ces mémoires en deux mois, et seules vous et Molara recevrez la permission de les étudier en profondeur pour découvrir les faiblesses de notre ennemi. Vous me fournirez des résumés à chaque quart, et lorsque vous penserez avoir identifié ce que nous cherchons, vous me le communiquerez en privé.

À présent, Pilara observait l'autre cordon jaune qui l'assistait ce jour-là : Molara Lux Baiula, maîtresse-espionne et gestionnaire d'Ooldrina et Raaviana. Bien qu'elle n'eût pas entendu Molara haleter, elle fit un geste subtil trahissant sa prise de conscience.

Le contraste entre la peau foncée de Pilara et sa robe jaune était moins saisissant que celui entre sa position de cheffe de l'effort de transcription et son manque de confiance ; ainsi, lors de l'affectation de Molara à son équipe, Pilara avait eu peur d'être dépassée par les compétences de la maîtresse-espionne.

Toutefois, lorsque Pilara savait quelque chose, elle transformait son insécurité en certitude obstinée, capable de

convaincre même les plus sceptiques. À cet instant précis –
après avoir absorbé tout ce qui avait été consigné sur papier par
les vingt-trois Sœurs dotées de mémoires de la Guerre des
ténèbres, Pilara se sentait extrêmement confiante. Elle se
tourna vers Molara et lui dit :

- J'ai besoin que vous confirmiez le sens de cette phrase,
  ici.

Pilara plaça le révélateur sur le seul passage qu'elle
souhaitait que Molara étudiât. Il s'agissait d'un extrait de la
transcription de Tera Lux Baiula, la gardienne des bains.

Molara garda les yeux baissés, se demandant ce qui avait
provoqué cette soudaine assurance chez Pilara. Elle s'approcha
de la femme et saisit le carnet ; l'ouvrage, épais et contenant
probablement deux cents pages de souvenirs détaillés, avait dû
provoquer une grande agitation lorsque Tera l'avait transcrit.
Molara regarda attentivement la phrase soigneusement
griffonnée au bas de la page de droite. Seul, le passage pouvait
signifier deux choses.

Molara demanda :

- Tera dit-elle que cette femme était une Sœur ? Les
  pronoms employés laissent présager que oui, bien
  qu'ils ne soient pas constamment cohérents dans le
  manuscrit. Cette précision est essentielle au sens de la
  phrase.
- Je préférerais que vous ne soyez pas influencée par le
  contexte. J'aimerais que vous me donniez votre avis
  sur le sens de ce que vous *pouvez* voir.

D'un tempérament invariable, même vexée, Molara
répliqua :

- Eh bien, dans ce cas, je dois supposer que le passage
  évoque une femme que la détentrice originelle de cette
  mémoire peinait à classifier, d'où l'incohérence
  narrative.

Molara marqua une pause théâtrale, ce qui agaçait toujours Pilara. Manifestant son impatience par un geste vif, Pilara incita Molara à poursuivre :

- Mon hypothèse la plus plausible est que la femme qui se trouve dans la mémoire de notre ancienne Sœur était une insoumise, et que cette insoumise émettait des phéromones sexuelles lors de l'interrogation menée par notre Sœur.

Pilara cligna des yeux.

- En êtes-vous convaincue ? Comment en êtes-vous arrivée à cette conclusion ?

- J'en suis certaine, oui ; les jaunes utilisaient plusieurs synonymes pour désigner un parfum lorsqu'elles évoquaient les phéromones. Comme vous le savez sans doute, la Sororité était assez pudique à cette époque. Cette attitude concorde parfaitement avec les fragments d'information que nous avons extraits d'autres documents, et j'ai moi-même constaté ce comportement à Kartak.

Pilara, bien qu'enthousiasmée par ces révélations, leva un sourcil.

Cependant, Molara ne partagea aucun autre détail sur ses expériences dans la ville insoumise. Elle proposa plutôt :

- Nous pourrions demander à Tera de nous parler de ses souvenirs pour saisir avec exactitude le sens de ce passage.

- Cette procédure est risquée.

- Quoi qu'il en soit, vous m'avez demandé mon avis et je vous l'ai donné.

Molara soutint le regard de Pilara pendant un moment, comme si elle avait encore des choses à dire.

Pilara soupira :

- Qu'y a-t-il, Molara ?

-     Nous avons enfin trouvé ce que nous cherchions,
Pilara. Cet indice, conjugué aux autres preuves que
nous avons accumulées, montre clairement un schéma
que nous pouvons exploiter pour identifier un
« individu perverti ».
-     Vous voulez dire une femme pervertie, n'est-ce pas ?
La maîtresse-espionne sourit tristement.

Impatiente de transmettre ces révélations à la praefecta,
Pilara congédia sa Sœur, lui demandant de revenir le lendemain
pour achever l'analyse des passages restants dans le manuscrit
sur lequel elle travaillait.

Molara s'éclipsa, la tête haute, mais l'expression figée, de
toute évidence, toujours fâchée de n'avoir pas été choisie pour
cette mission. Spécialiste du décryptage, elle estimait que
Biléna aurait dû la nommer, elle, à la tête de cette mission.

Quelques minutes plus tard, ayant regroupé les divers
indices révélant une caractéristique particulière des individus
pervertis par les Temptatori – une caractéristique apparemment
vérifiable – Pilara quitta la Schola Luciana. Elle emprunta un
chemin sinueux en direction du bureau de la praefecta Biléna,
ralentissant par moments, les poings serrés au rythme de son
excitation grandissante.

VII. Ce qui n'aurait dû concerner que Lusk

Élyana avait convoqué une rencontre dans le Lien avec
Irania pour la mettre en garde – et à travers elle, le roi et le prince
– contre Lusk. La conseillère du roi était arrivée en retard, et
Élyana avait commencé à avoir mal aux jambes. La position du
lotus lui était familière, et la salle de contemplation de son
appartement lucien était très confortable, mais, ce matin-là, elle
était plus tendue que d'habitude, et elle avait encore du mal à se
remettre des blessures subies lors de ses derniers combats dans
le Lien. Elle n'avait pas su déceler dans la forme de sa collègue

les indices précédant l'arrivée de sombres nouvelles. Après des salutations succinctes et formelles, sans autre forme de procès, Élyana déclara :

- *Lusk n'est plus digne de confiance.*

Irania sursauta :

- *Que dites-vous, Élyana ?*

Cette question déstabilisa Élyana – bien qu'elle s'y attendît – puisqu'elle avait fait partie de celles qui avaient plaidé pour l'agrément du Zébulonien comme guérisseur, en sextus dernier, et pour son autorisation d'entrer au service du roi et du haut prince. Mais, s'adressant à une membre de son Ordre, elle se résolut à jouer cartes sur table :

- *Lusk est un serviteur de Noctiferus.*

Le silence d'Irania, ponctué par les frémissements et les tressaillements de son visage alors qu'elle assimilait cette révélation, agaça Élyana.

- *Excusez-moi, Élyana, mais je ne comprends toujours pas bien ce que vous me dites. Que s'est-il passé ?*

Élyana poussa un soupir, puis confia à sa collègue l'évolution de ses récents soupçons à l'égard de Lusk, leur confrontation inattendue au théâtre, l'affrontement qui s'ensuivit, et la fuite de ce dernier lors de l'opération de sauvetage du roi.

À la suite de ces révélations, Irania demeura muette un moment, sa forme bougeant avec nervosité.

- *Je ne sais pas que répondre, Élyana. Vous devez vous sentir terriblement mal, mais rappelez-vous que vous n'avez été seule à prendre la décision pour lui permettre d'exercer.*

La forme d'Élyana se contorsionna, grimaça et fronça les sourcils.

- *Je sais combien vous tenez toujours à assumer les conséquences de vos décisions. Cela dit, je suis surprise qu'il n'en ait pas profité pour vous éliminer ; il aurait aisément pu le faire pendant que vous vous battiez contre ces femmes.*

Les vibrations de la forme de la Manu Dextra tressaillirent de manière chaotique, mais elle garda le silence.

Irania reprit :

- *Je présume que vous voulez que j'en informe le roi ?*

Élyana acquiesça.

La forme d'Irania se transforma de nouveau, les bras croisés, une main soutenant son menton éthéré, secouant la tête, comme pour éloigner une pensée persistante qui marquait son expression d'une tristesse inhabituelle, et finalement, levant les yeux, elle parut soudain contrariée.

Malgré son trouble et ses regrets, Élyana fut capable de percevoir les émotions de sa collègue, cette fois. Elle demanda :

- *Qu'est-ce qui vous préoccupe, Irania ? Outre cette nouvelle, il semble que quelque chose d'autre vous tracasse.*

Irania entama une réponse, s'interrompit, puis reprit avec hésitation :

- *Je vous en parlerai plus tard. Concentrons-nous sur le maître Methrim pour l'instant. J'avais l'espoir d'une échappatoire : la décision du roi de ne rien divulguer de capital avant d'y être contraint, et de ne le faire alors qu'avec les membres de son Conseil privé, me rassure. Je suis donc presque certaine que Lusk Methrim n'a rien appris de la part de la cour qui pourrait mettre la Couronne ou notre Ordre en danger.*

Élyana poussa un soupir de soulagement et acquiesça à plusieurs reprises, avant d'ajouter :

- *Vous avez sans doute raison, Irania, mais j'ai du mal à me pardonner de l'avoir autorisé à exercer, surtout maintenant que je prends conscience de tous les signes que j'aurais dû voir, tant ils étaient évidents. J'étais incapable d'agir. Comme s'il avait paralysé mon esprit.*

Irania adoucit l'expression de sa forme et dit :

- *Il a probablement embrouillé l'esprit de chacune d'entre nous, et vous ne serez pas la seule à aller vous flageller dans les Thermes une fois que tout sera fini.*

Un sourire timide se dessina sur les lèvres d'Élyana.

- *Mais dites-moi, a-t-il été impliqué dans des discussions sensibles de la Societas ? Je vous demande cela, car nous avons tendance à baisser notre garde, car nous faisons trop confiance à notre propre jugement.*

Élyana ne répondit pas, pourtant, cette question ne la dérangeait pas. Elle regardait simplement dans le vide, absorbée par une pensée soudaine.

- *Élyana ?*

- *Ah ! Pardon, Irania. C'est cette maudite Locara... ou plutôt, ce Locarus. Il tente de me contacter. Mais pour répondre à votre question, Lusk a contribué à la formation des deux jeunes espionnes que nous avons envoyées en Zébulonie, et il nous a procuré des contacts dans le palais de la reine. Il pourrait—*

La forme d'Irania se figea lorsqu'elle comprit ce qu'Élyana voulait dire : les jeunes femmes étaient en danger.

La culpabilité et l'anxiété se peignirent sur le visage d'Élyana, et Irania ajouta :

- *Élyana, si vous me permettez. Je comprends que vous vous sentiez responsable. Mais ne vous laissez pas submerger par cette culpabilité, comme on dit.*

Élyana laissa échapper un rire nerveux, prête à contester les insinuations de sa collègue sur le fait de ne pas assumer pleinement les conséquences de ses actes, fussent-ils collectifs ou non.

- *J'informerai le roi cet après-midi et vous tiendrai au courant de sa réaction. Mais Élyana, vous m'avez demandé ce qui me tracassait. Eh bien, Mitsuko…*

Élyana n'avait pas besoin d'en entendre davantage. En réalité, elle n'en avait pas envie. Elle redirigea donc la conversation vers un autre sujet :

- *Avez-vous déjà parlé au roi ?*

Irania secoua la tête, puis acquiesça. Parfois, Élyana pouvait paraître d'une froideur glaciale.

- *Comment va-t-il ?*

- *Il… ne va pas bien. Il se rend responsable du coma de Mitsuko, et son état ne s'améliorera pas quand il apprendra son décès. Mais il porte aussi le poids d'une autre faute – quelque chose de plus personnel, peut-être lié à l'éloignement du jeune prince. Il paraît que le prince Ori se sent mal accueilli en Kynarie.*

Irania marqua une pause avant de reprendre :

- *Laranis m'a dit que le roi avait failli la renvoyer du palais ce matin quand elle est venue évaluer son état psychologique.*

Malgré ses propres doutes et préoccupations, et malgré la décision irréfléchie d'Octavius d'entrer dans le Lien accompagné uniquement de Mitsuko – un choix qu'à Urbs Lucis un grand nombre de Sœurs considèreraient comme étant responsable de la tragédie de Mitsuko – Élyana maintint la conversation sur des considérations plus factuelles. Elle dit :

- *Le roi est capable de faire la différence entre ses émotions et les faits réels, et il surmontera cette épreuve.*

Élyana comprit à son sourcil levé qu'Irania n'en était pas convaincue, et elle en éprouva une pointe de culpabilité. N'était-elle pas elle-même incapable de mettre sa culpabilité de côté ?

Combien de fois Irania lui avait-elle rappelé qu'elle n'était pas *l'unique* responsable de l'accueil réservé au Temptator ?

Élyana poursuivit :

- *Ce que je voudrais savoir, c'est qui a hérité de la mémoire de Mitsuko.*

La question abrupte de la Manu Dextra sembla ennuyer Irania. Néanmoins, elle ne chercha pas à discuter, et répondit simplement :

- *Krpta.*

- *Krpta ?!*

- *Les autres n'étaient pas prêtes, et il a semblé que, comme Krpta avait facilement assimilé la mémoire de Juliana, elle pourrait également accueillir celle de Mitsuko.*

- *Tania et Elia sont-elles d'accord ? »*

Irania acquiesça en faisant vibrer sa forme, laissant transparaître *son propre* désaccord avec cette décision.

- *Eh bien, c'est ainsi. Au moins, elle n'est pas trop proche du roi.*

Élyana s'interrompit, perturbée par une pensée en suspens, puis demanda :

- *Quand aurons-nous des nouvelles du transfert ?*

- *Avant la fin du quart. Mais cette fois, Krpta restera à la clinique de Domus Lucis pour que nos docteures puissent garder un œil sur elle.*

Élyana acquiesça, demanda à Irania de la tenir informée de l'état de Krpta, puis se prépara à partir, lorsqu'elle perçut une interrogation dans le regard de l'administratrice. Prenant une grande inspiration, elle invita sa Sœur à poser sa question.

- *Les jeunes filles sont-elles au courant du danger qu'elles courent à Zéblina ?*

Élyana secoua la tête, abattue, puis ajouta précipitamment :

- *Elles ne sont pas encore arrivées à destination.*

Puis, avec une hésitation perceptible, elle ajouta :

- *Molara tente de les contacter.*
- *Quel dommage qu'elles soient parties avant l'implantation du moniteur. Mais comme vous le dites souvent, Élyana, s'inquiéter ne résout rien.*

Élyana renifla et soupira, sans répondre.

- *Je vous laisse à vos obligations, Irania.*

Et, presque comme si une nouvelle idée venait de lui venir, elle poursuivit :

- *Tenez-moi au courant de l'état du roi, s'il vous plaît.*

Cette demande adoucit l'expression d'Irania, et les deux se séparèrent sur la promesse d'un nouvel échange dès que l'une d'elles aurait des nouvelles à partager.

***

Lorsque Élyana quitta le Lien, elle plongea dans la mélancolie. Assailli par un tumulte de sentiments d'insuffisance et de frustration, son esprit était également submergé par la tristesse et l'inquiétude. Déterminée à ne pas se laisser engloutir par le désespoir plus longtemps, elle se rappela le carillon du Locarus. La créature n'avait pas encore compris qu'Élyana ne pouvait être constamment à sa disposition.

- *Je crois que je commence à comprendre Aithen. Voyons donc ce qu'il veut.*

Élyana se connecta à la zone de son cortex télésensoriel où se trouvait le moniteur et pensa à son interlocuteur. Comme par magie – une sensation qui ne cessait de l'émerveiller – le Locarus répondit.

- *Élyana.*
- *Nageoires touchent. Vous vouliez me parler ?*
- *Nageoires touchent, Lux Baiula. L'Esprit dirigeant une décision a pris.*

- *L'Esprit dirigeant ?*
- *Oui, les chefs des Locari.*

Élyana acquiesça, adoptant le geste locarien pour ce faire.

Au son du claquement, Courant précisa :

- *L'Esprit dirigeant de s'engager dans le conflit a décidé.*

Une vague d'espoir envahit Élyana. Elle s'abandonna à cette émotion un instant, comme pour purifier son âme des sombres nouvelles accumulées, avant que son esprit, toujours pragmatique, ne la ramenât à des considérations plus terre-à-terre. En tant que cordon mauve, elle savait que les annonces de cette importance avaient besoin d'une confirmation. Elle demanda donc au Locarus ce qu'il voulait dire.

Courant consacra les minutes suivantes à expliquer la décision de ses chefs. Élyana avait eu raison de solliciter des précisions : les Locari n'allaient pas s'engager immédiatement dans la guerre, du moins pas de manière directe. Ils commenceraient cependant par partager leur savoir sur la véritable nature de l'adversaire et réévalueraient leur degré d'implication ultérieurement.

Quelqu'un d'autre qu'Élyana aurait pu se sentir à la fois impressionné et déçu. Mais Élyana comprenait la prudence des Locari et transmit à Courant une représentation d'elle-même allongée devant lui, ce qui amusa beaucoup Courant et lui valut une rectification minutieuse : un récepteur se présente prosterné devant le donneur, tandis qu'un guerrier vaincu s'expose en s'étendant de son plein gré devant le vainqueur.

Élyana cligna des yeux, comme si elle riait. Elle projeta l'image d'elle-même déjà prosternée devant le Locarus. Elle fut à la fois surprise et agacée lorsque la créature l'interrompit pour lui indiquer que, puisqu'elle avait été corrigée, elle devait à présent adopter la posture active de s'étendre. Ennuyée et malgré son entraînement, Élyana décida de lui adresser ses remerciements en alvinorien. Après tout, le Locarus ne cherchait-il pas à apprendre leur langue ?

Courant parut amusé. Élyana envoya à son interlocuteur la formule de congé locarienne, à laquelle Courant répondit avec un soupçon d'arrogance, et ils suspendirent la communication.

Une fois déconnectée, Élyana se redressa et se mit à faire les cent pas dans la salle de contemplation, écartant rapidement de son esprit l'exaspérant Locarus pour se concentrer sur la décision de son peuple de les épauler dans l'affrontement imminent. Cependant, son esprit analytique ne s'attarda pas sur l'espoir d'un soutien encore incertain et revint aux réalités actuelles : leurs échecs – *non, mes échecs* – concernant Lusk, qui avaient peut-être compromis le sort d'Ooldrina et de Raaviana. Elle devait parler à Molara, la tutrice des jeunes filles, pour s'assurer qu'elles n'étaient pas affectées par la trahison de cet homme. Pourtant, son optimisme refit surface et lui rappela que, malgré les circonstances malheureuses, tout n'était pas forcément perdu, une pensée réconfortante à garder en mémoire, même si sa partie rationnelle – naturellement plus pessimiste – anticipait la tragédie qui pourrait s'abattre sur les jeunes filles.

VIII.   À Yeltchika

L'arrivée de Misaya chez l'administrateur Vumiko s'avéra aussi ennuyeuse que l'Umbra l'avait prévu, après les longues descriptions de l'arrangeur. Mais il fut accueilli, et prit place dans le bureau austère de l'homme, qui, malgré sa décoration épurée, affichait des objets de grande valeur – témoins de son statut dans le royaume. Les seuls éléments perturbateurs du bureau étaient le bruissement des feuilles climatiques contre les fenêtres et la chaleur ambiante ; le système de refroidissement semblait avoir atteint ses limites. L'Umbra ajusta alors la texture de sa peau pour s'adapter à la température.

Vumiko, un homme jovial et chaleureux à première vue, avait en réalité le regard aiguisé d'un prédateur rusé, ce que l'Umbra perçut assez facilement. Cela annonçait des négociations interminables et compliquées, mais seul le résultat importait désormais.

Après avoir soigneusement peigné son épaisse moustache, Vumiko déclara :

- Misaya-rava, la représentante de l'illustre reine est la bienvenue chez moi, et c'est avec grand plaisir que je vous accueille, d'autant que vous honorez notre langue avec une si belle aisance.

Misaya s'inclina avec l'élégance qu'Andrus3 avait appris à maitriser au fil des siècles, se courbant devant une souveraine après l'autre. Ce qu'il avait appris ne pouvait s'effacer et ne faisait que se perfectionner avec le temps. Du moins, c'était ce qu'il pensait. Ses facultés linguistiques subissaient encore des dysfonctionnements intermittents, et il n'avait pas réussi à corriger ses erreurs malgré la récente mise à jour de Terra. Il espérait pouvoir effectuer les réparations nécessaires prochainement, avant que Zébula ne l'obligeât à consulter sa docteure.

Sans tergiverser, Misaya déclara :

- Ma reine désire solliciter les services de la flotte yeltcheki pour la guerre imminente.
- Nous avons entendu parler des malheurs des Aquinos. Mais cela ne nous concerne pas ; vos dieux ne sont pas les nôtres, et les créatures ne représentent aucune menace pour nous.

L'Umbra esquissa un sourire narquois ; le Scytale l'avait emmené ici et pourrait aisément aller semer la zizanie dans ce désert. Cependant, il ne voulait pas froisser son hôte et dissimula son sourire.

Vumiko caressa sa moustache et ajouta :

- Nous sommes une nation pacifique, et nous devons le rester, car sans la paix, aucun de nous ne pourrait survivre sur ce continent ardent. Nous n'avons aucun intérêt à nous engager dans un conflit qui n'est pas le nôtre et risquer de mettre nos terres en danger.
- Je comprends, Administrateur Vumiko. Pardonnez mon manque de clarté et mon insistance, mais si la Zébulonie périt dans la guerre, elle ne pourra plus vous fournir vos biens essentiels – des produits que seul notre peuple peut créer. Les Yeltcheki en pâtiraient, inévitablement.

N'importe quel Alvinorien aurait réagi avec véhémence à la remarque de Misaya, mais Vumiko observa son invité un instant avant de répliquer :

- Certes, votre technologie nous offre un confort que nous ne souhaitons pas abandonner, Misaya-rava. Cependant, tout est question d'équilibre entre les coûts et les avantages.

L'Umbra faillit esquisser un sourire ironique face à la déclaration de l'administrateur, mais il se ravisa rapidement. Il jugea qu'il était temps de jouer cartes sur table. Sortant de sa poche un objet soigneusement emballé dans un tissu, il demanda :

- Cela pourrait-il modifier la donne ?

Vumiko retint son souffle, bien qu'une certaine lueur d'intérêt illuminât ses yeux en amande. Il se pencha pour examiner la pierre que Misaya sortait du tissu sur son bureau. Elle brillait d'une noirceur qu'il n'avait jamais vue auparavant. Même le ciel d'une nuit sans lunes n'était pas aussi sombre. Et quelle était cette sensation de fraîcheur soudaine ? Les rideaux aux fenêtres ne s'agitaient pourtant pas plus qu'auparavant.

- Attention, Administrateur Vumiko, ne la touchez pas directement. Elle doit être manipulée avec précaution ou vous pourriez vous brûler sévèrement.

Vumiko retira sa main, mais son visage affichait désormais une intense curiosité et un étonnement palpable. La Zébulonienne lui proposait-elle d'acheter des vaisseaux Yeltcheki en échange d'une pierre *précieuse* méconnue ?

- Qu'est-ce que c'est ? En quoi cela influencerait-il notre décision ?
- Vous avez sans doute déjà remarqué l'une de ses propriétés : elle absorbe la chaleur. Une seule de ces pierres pourrait rafraîchir cette pièce pendant… trois quarts, et ce, sans le vacarme des rideaux aux fenêtres.
- Trois quarts ?! Quelles sont ses autres vertus ?
- Elle peut, bien sûr, faire le contraire, c'est-à-dire produire de la chaleur lorsqu'il fait froid. Mais une douzaine de ces pierres pourraient aussi chauffer l'air à l'intérieur de ce que nous appelons un sac aérien, qui, relié à une nacelle, permettrait de transporter trois ou quatre personnes sur de longues distances.

Cette fois, les yeux de l'administrateur s'écarquillèrent, stupéfaits :

- Vous prétendez posséder un engin capable de voler ?
- Tout à fait.
- Alors, pourquoi avez-vous besoin de nos vaisseaux ?
- Ces sacs aériens ne peuvent emporter qu'un petit nombre de passagers à la fois et ils sont lents, bien qu'ils aillent plus vite qu'un voran ou tout autre animal terrestre.

Fasciné par les possibilités technologiques de la pierre, mais encore incertain de sa valeur réelle, l'administrateur demanda :

- Voulez-vous dire que vous ne pouvez pas augmenter le nombre de pierres pour soulever un grand sac aérien et en augmenter la vitesse ?

Misaya réfléchit un instant avant de répondre :

- Je comprends pourquoi l'Empereur Shinoa vous honore de sa confiance. Vous avez l'œil d'un scientifique. Mais non, augmenter le nombre de pierres ne suffirait pas.

En réponse au compliment de Misaya, l'administrateur esquissa un sourire désinvolte et attendit de plus amples explications. Voyant que la Zébulonienne ne s'étendrait pas davantage, et tout en reconnaissant l'extraordinaire potentiel de cette technologie – si elle fonctionnait vraiment –, il changea de sujet et demanda :

- Vous avez peut-être apporté l'équipement nécessaire à votre démonstration ? Si ces pierres font ce que vous affirmez, alors votre reine obtiendra ce qu'elle désire.
- C'est le cas.
- Alors, montrez-nous cette magie, Misaya-rava !

Dans l'enceinte animée et fleurie, où le personnel, aligné le long des allées, tenait en laisse les animaux captifs du palais, et où l'administrateur était assis sur un banc, Misaya dirigeait trois gaillards qui déployaient le sac, assemblaient le panier et le fixaient à la structure. Tous les regards étaient braqués sur ce qui se passait, empreints de scepticisme et d'une curiosité bourdonnante, et s'interrogeant sur les desseins de l'étrangère.

L'intérêt des spectateurs s'intensifia lorsque Misaya s'installa dans le panier et fit signe à un serviteur d'apporter un récipient de la taille d'une tête – panier que l'homme, ébahi, transporta avec peine, soufflant et haletant – pour le déposer dans une alcôve peu profonde en ardamantis, au cœur du panier. L'administrateur regardait l'organisation générale et le récipient qu'il s'imaginait rempli de pierres semblables à celle qu'il avait vue un peu plus tôt.

Une fois que tout fut en ordre et sécurisé, Misaya actionna un petit levier situé sur le récipient. Une chaleur intense s'en échappa et troubla l'air. Certains membres du personnel comparèrent le phénomène à la brume qui flottait au-dessus des sables durant les heures ardentes. Lorsque l'air ondoyant atteignit l'ouverture du sac, la magie opéra : la toile se mit à frémir, d'abord près de l'entrée, puis jusqu'à l'extrémité scellée, et le sac tout entier s'éleva progressivement du sol, passant d'une position horizontale à une position verticale, avec un grondement majestueux – celui de la vie insufflée à cette invention venue d'un autre monde. Le personnel de l'administrateur recula, partagé entre crainte et admiration, tandis que l'administrateur Vumiko se leva de son siège, avança d'un pas et tendit la main, comme s'il voulait toucher l'étonnante machine.

Des exclamations fusèrent dans la cour quand le sac aérien, dans un dernier cliquetis, prit son envol. Les Yeltcheki observèrent leur supérieur, et l'éclat sur son visage comme l'exubérance de ses gestes leur révélèrent que c'était *lui* qui avait rendu la concrétisation de cette prouesse possible – grâce à sa capacité à négocier. L'administrateur Vumiko rêvait déjà aux exploits qu'il pourrait accomplir avec cette technologie en sa possession.

Quand le sac aérien atteignit une hauteur légèrement supérieure à celle de la plus haute tour du modeste palais, Misaya referma le récipient contenant les pierres. Le sac se dégonfla doucement et, ce faisant, le panier regagna sa place au sol. Misaya ordonna aux serviteurs de tirer le sac sur le côté pour le replier.

Alentour, on entendait des exclamations, des « ouah » et des jurons, et l'administrateur lui-même ne put retenir un juron devant les regards ébahis de son entourage. Quand Misaya sortit du panier, l'administrateur Vumiko s'approcha d'elle, les lèvres humides malgré la chaleur, et déclara d'une voix vibrante de convoitise :

- Je plaiderai en votre faveur auprès du secrétaire de l'empereur et vous obtiendrai une audience ce soir, Misaya. Votre proposition sera accueillie avec enthousiasme… à condition…

Puis il ajouta sans détacher son regard de l'extraordinaire engin :

- … que le prix pour le Yeltchek se limite à la mise à disposition de navires avec des équipages réduits et non combattants.

- Marché conclu.

Toujours hypnotisé par le sac aérien, Vumiko murmura presque dans un rêve :

- Parfait, car notre peuple ne veut pas se battre dans les forêts alvinoriennes et kynariennes ni dans vos déserts enneigés. Mais avec cette machine, nous pourrons sillonner nos déserts comme jamais auparavant, et enfin prendre l'avantage sur ces maudits Mo'Rokothians.

L'Umbra acquiesça intérieurement et transmit une pensée au Scytale pour l'informer qu'il serait au point de rendez-vous comme convenu.

.

8. LORSQUE TOUT S'EFFONDRE

I.   Les préparatifs

Assis à son bureau devant son Conseil privé, Octavius ouvrit la boîte de spores et épousseta la surface des lettres destinées à chaque propriétaire terrien. Ses gestes saccadés trahissaient les préoccupations de son esprit qui était ailleurs. La poudre reliée se mêlait à l'encre, effaçant toute écriture, y compris sa signature. Pour déchiffrer le message, les destinataires devaient enduire le papier d'un réactif particulier.

Ces lettres entérinaient les ordres que l'administratrice Irania Lux Baiula avait, un peu plus tôt dans la journée, transmis aux conseillers des propriétaires terriens : ils enjoignaient aux nobles d'envoyer les conscrits de leurs domaines à leur garnison régionale, dès le lendemain de la réception de la lettre. Jarah, Pargah et Yerlah devaient acheminer leurs hommes vers la garnison yerlayenne, tandis qu'Arotek, ses vassaux, et les frères du roi devaient envoyer leurs soldats à celle de Spiritii. La lettre demandait également aux vassaux du sud de moissonner sans délai et d'envoyer les récoltes vers leurs forteresses et d'autres bastions désignés ; les champs devaient être vidés. Les habitants des régions ainsi épuisées devaient se regrouper dans les grandes villes, s'ils n'avaient pas déjà fui vers ces refuges pour échapper au Scytale au cours des trois derniers mois.

Après avoir déposé la dernière lettre sur le paquet, Octavius releva la tête, fixa le prince et gronda :

- Assure-toi que ces ordres parviennent rapidement à leurs destinataires.

Aithen, sans mot dire, saisit le paquet, mais Octavius pouvait encore sentir de l'inquiétude dans les mouvements de son fils. Aithen appela Kil et lui confia les lettres, lui ordonnant de les remettre sans délai au maître Pombo, le concierge du palais, afin qu'il les expédia tout de suite.

En quittant la pièce, Kil entendit Octavius appeler le primus Julian, qui travaillait à son bureau dans la salle des gardes. Il lui cria que si quelqu'un l'attendait dans le couloir, il devait le faire entrer. L'exclamation de surprise de Kil résonna jusqu'au roi tandis qu'il quittait la salle des gardes.

- *Ah, il doit être arrivé. Parfait.*

Peu après, Julian entra dans le bureau du roi, suivi de la personne en question. Tous les visages, sauf celui d'Irania, se teintèrent d'étonnement tandis qu'ils se retournaient sur leurs sièges vers la porte. Aithen se leva et s'approcha de son oncle, franchissant le seuil avec une légère hésitation.

- Mon oncle ! Que nous vaut l'honneur de ta visite ?

- Ton père m'a fait venir, naturellement. Il m'a envoyé un message il y a deux jours, m'informant qu'il désirait mon avis sur les sujets que vous alliez aborder aujourd'hui. *Ergo, hic sum.*

À ces mots, Octavius s'avança pour saluer son frère. Ce faisant, il vit dans les yeux de Claudius une soudaine contrariété. Il étira son dos pour se redresser, compensant manifestement la rigidité du corset en feuilles de lacora, ce qui provoqua chez son frère un petit reniflement amusé suivi d'un sourire.

- Claudius, je suis heureux de te voir. Assieds-toi, nous allions justement aborder un sujet où ton expertise nous sera précieuse.

Après que chacun se fut salué et que Claudius eut pris place aux côtés d'Aithen, le roi joignit les mains et se tourna vers l'intendant de l'armurerie, un homme de haute stature à la moustache soignée, avec une pointe d'inquiétude dans la voix :

- Alors, Seigneur Warbender, où en est la réquisition des vorans ?

Warbender se redressa et répondit d'un ton professionnel :

- Tous vos vassaux ont accepté d'envoyer leur contingent, Sire… à l'exception du seigneur Arotek. Mais cela était prévisible, au vu de son… ressentiment croissant envers la Couronne.

La tension monta d'un cran chez le roi. Comment devait-il réagir face à l'insolence de cet idiot – ou traître ? Manifestement, Fausta Lux Baiula n'avait pas encore accompli sa mission. Il allait devoir prendre en main cette affaire lui-même, et relever le défi lancé par ce seigneur récalcitrant. *Si je réquisitionne ses vorans, je ne ferai qu'alimenter sa rébellion et en faire un ennemi. Mais si je le laisse faire, cela pourrait en inciter d'autres, ceux qui hésitent encore malgré leurs promesses, à suivre son exemple. Quelle folie !*

Octavius se rendit soudain compte que, pendant son débat intérieur, il serrait les poings et frottait nerveusement ses mains. Il les reposa sur les accoudoirs de son siège, inclina la tête avec un sourire en coin et un soupir, puis, après quelques respirations profondes… rien ; il ne parvenait pas à se calmer. La mort de Mitsuko le perturbait ; non seulement elle le troublait, mais elle détournait son attention. Ses doigts se crispèrent sur les accoudoirs, faisant gonfler les branches de lacora. La réaction haptique de la plante parut exercer sur lui une plus grande influence que sa vaine tentative de rationalisation, et il relâcha son étreinte.

Il recommença à se relaxer et y parvint enfin, du moins suffisamment pour s'adosser à son siège et prendre une décision concernant le refus de son vassal. Il lança alors un regard plein d'intensité à son fils et au capitaine de la garde, puis déclara :

- Nous enverrons des hommes pour procéder à la réquisition des vorans.

Octavius observa Aithen et Kendor qui acquiescèrent, malgré le mouvement nerveux des lèvres du prince. Il suivit du regard son fils qui jeta un coup d'œil furtif à son ancien mentor.

Il examina aussi les autres, analysant leurs gestes et postures. *Ils ne sont pas tous à l'aise avec cette décision. Aithen cherche l'approbation d'Harlion ; Harlion semble réticent à l'idée de s'impliquer de nouveau dans les affaires militaires, bien que – s'il s'exprimait – il aurait probablement quelque chose à dire ; et Irania, sans doute affectée par l'échec de sa sœur, ne me donne pas l'impression de s'y opposer pour autant. Seul Kendor paraît satisfait. Et Claudius semble partagé. Eh bien, voyons ce qu'en pense ce dernier.*

- Lord Claudius, à ce que je vois, mes conseillers ne partagent pas tous mon choix, et ceux qui le désapprouvent cherchent les mots pour le dire. Qu'en pensez-vous ? Après tout, c'est pour bénéficier de votre expertise et de votre sagesse que je vous ai demandé d'entreprendre ce long et éprouvant voyage depuis Bremin.
- Je vous remercie, Sire. Oui, j'ai un point de vue.
- Nous vous écoutons.
- Eh bien, comme vous le savez, le droit de réquisition figure dans la Carte Coriolane, et j'imagine que votre interprétation de ce texte vous a conduit à prendre cette décision.

Octavius acquiesça, puis esquissa une légère moue lorsque Claudius ajouta :

- Toutefois, ce droit comporte plusieurs clauses restrictives, dont l'une… je crois… pourrait invalider votre décision.

Un soupir s'échappa de la gorge du roi, tandis que son esprit s'embrouillait dans des scénarios catastrophiques découlant de son inaction. Cependant, il se ressaisit rapidement, conscient de l'absurdité de ses craintes, et invita son frère à poursuivre.

- Une déclaration de guerre est conditionnelle à toute réquisition.

Le haut roi se frotta le visage, inquiet de cette contrainte. La colère de Kendor le frappa de plein fouet lorsque ce dernier articula :

- Seigneur Claudius, allez-vous vraiment enchaîner notre haut roi avec… votre lecture de la loi ?!

Claudius, habitué aux réactions épidermiques, resta de marbre. Avec calme et conviction, il éclaira l'officier.

- Haut Capitaine, ma compréhension de la Carte est le fruit de plus de quatre-vingts ans d'étude et d'une connaissance approfondie de ses quelques mille pages. Il y est clairement écrit, et je cite : « Le droit de réquisition, nécessaire à la défense immédiate du royaume face à des ennemis extérieurs, est exécutoire par le souverain sans préavis ». Ainsi, pour qu'il faille immédiatement défendre le royaume, l'ennemi doit déjà avoir envahi les terres et franchi les frontières ou il faut avoir émis une déclaration de guerre.

Les grimaces et les jurons étouffés du haut capitaine trahirent son mépris pour l'interprétation de Claudius. Se tournant vers le roi, il lui demanda si la sémantique allait leur dicter la stratégie. Devant son silence, il insista :

- Sire, nous avons *besoin* des vorans d'Arotek ; sans eux, nous sommes vulnérables !

Octavius leva la main pour faire taire son officier et demanda à son frère s'il était certain de son interprétation.

- Absolument, Sire. Bien que cette clause fasse l'objet de débats pour ceux qui cherchent à l'exploiter, la plupart – y compris vos alliés les plus fidèles – partagent ma lecture.

- Alors, je dois déclarer la guerre. Mais je ne veux pas le faire pour l'instant. Cela alerterait l'ennemi de nos préparatifs offensifs et défensifs, et je ne peux me permettre de les prévenir avant que nous… avant notre première offensive.

Octavius allait dire « avant que nous attaquions Zéblina ». Malgré sa confiance implicite en son frère, il ne voulait pas que des détails stratégiques fussent divulgués au-delà de son cercle très restreint.

Il se détourna, laissant le regard interrogateur de Claudius sans réponse. Frustré, Octavius se leva, s'appuya sur le dossier de sa chaise et le serra fermement alors qu'une douleur fulgurante lui parcourait le dos. La douleur passée, il se détendit et ajouta :

- Est-ce que quelqu'un ici a des suggestions pour contourner ce verrou légal ? Irania ?

La Lux Baiula se contenta d'un sourire, et un silence pesant s'installa. Exaspéré, Octavius reprit :

- Claudius, existe-t-il un précédent qui nous autoriserait à… contourner cette clause ?

Le seigneur de Bremin secoua la tête :

- Aucun précédent légal, Sire.

Incrédule, Octavius soupira, maudissant l'absurdité de la situation. Puis, murmurant pour lui-même, mais assez fort pour être entendu, il lâcha :

- Ce carcan dans lequel la loi nous enferme… il est aussi contraignant pour les bienveillants que pour ceux qui abusent de leur pouvoir.

Il soupira à nouveau, et ce geste raviva la douleur dans son dos qui ne s'estompa que lorsque Harlion se racla la gorge. Un sourire prudent et empreint d'espoir se dessina sur son visage :

- Sire, Seigneur Claudius. Si ma mémoire ne me fait pas défaut, il existe un précédent historique à notre situation actuelle, un précédent susceptible de nous offrir une échappatoire.

Octavius incita son vieux compagnon à s'exprimer, mais avant qu'Harlion ne pût articuler un mot, Claudius intervint :

-   Si vous faites allusion à quelque manœuvre politique obscure, elle ne nous sera d'aucune utilité, Préfet.

Ne laissant pas paraître qu'il était vexé, Harlion marqua une pause avant de répondre avec sérénité et assurance :

-   Ce n'est pas un chapitre largement connu de notre histoire, mais il n'a rien d'obscur, mon Seigneur.

Encouragé par le hochement de tête de Claudius et par le geste insistant d'Octavius, Harlion se lança.

Il expliqua comment, durant la grande peste qui avait ravagé les Luxori entre 1566 et 1567, le haut roi Tarkian II avait réquisitionné les médecins de la moitié des propriétaires terriens, malgré leur vive opposition, afin de sauver les Luxori comme les roturiers frappés par le fléau. Il détailla également comment cette action avait poussé plusieurs propriétaires terriens à formuler une récrimination, forçant le roi à justifier ses actes devant une assemblée extraordinaire de l'Union. Finalement, la majorité avait conclu que les mesures prises par le haut roi étaient nécessaires et même souhaitables pour tous, établissant ainsi un précédent de force majeure, que Tarkian avait par la suite invoqué sans conséquences.

Lorsque Aithen, Kendor et les autres se tournèrent vers Octavius et Claudius en attendant une confirmation de leur part, les deux hommes échangèrent un regard embarrassé. Octavius se tourna alors vers Irania.

La Lux Baiula ne répondit pas sur-le-champ, et Octavius comprit, à l'agitation de son regard, qu'elle consultait ses mémoires transférées.

Après vérification, Irania acquiesça :

-   Le préfet Harlion a raison, Sire.

Un murmure de soulagement s'éleva dans la pièce.

-   Votre ancêtre a bel et bien invoqué la force majeure, et
    il fut décidé par la majorité des propriétaires terriens que
    le souverain devrait pouvoir y recourir en cas de
    nécessité, pour le bien suprême du royaume. Cependant,
    cela n'a jamais été inscrit dans la loi ; si mes souvenirs
    sont exacts, c'était en raison de l'incapacité du conseil
    de l'Union à s'accorder sur une formulation précise des
    exceptions qui empêcheraient le monarque d'abuser de
    cette prérogative au détriment des membres du Conseil.

Des moues et grognements d'irritation accompagnèrent les
derniers mots de la Lux Baiula. Le roi lui-même s'interrogea sur
la portée de ses propos : pouvait-il, ou non, réquisitionner le
troupeau d'Arotek ?

Irania esquissa un sourire patient avant de conclure :

-   Sire, je pense que vous êtes en droit d'invoquer la force
    majeure dans les circonstances actuelles.

Un soupir plus intense emplit la salle tandis qu'Octavius
regagnait son siège, s'y affaissant avec une grimace.

-   Fort bien. Je vous remercie, Lux Baiula. Et vous aussi,
    Harlion.

Fixant son ami d'un air de surprise, il ajouta :

-   Il faudra que vous m'expliquiez, lorsque nous en aurons
    le loisir, comment vous avez eu connaissance de cet
    épisode méconnu de notre histoire.

Harlion s'inclina avec respect. Sa fierté et son soulagement
ne passèrent pas inaperçus aux yeux du roi. *Vous avez encore
beaucoup à nous apporter, mon ami, et nous sommes tous
heureux de vous compter parmi nous.*

Après avoir compris le remerciement non verbal de son
préfet, le roi frappa la table de ses paumes, produisant un bruit
sourd, et demanda :

-   Claudius, quelle stratégie adopter pour que le conseil de
    l'Union considère ce précédent, au cas où Lord Arotek

refuserait sa validité et choisirait de résister à la saisie de son troupeau ?

- Je peux convoquer une assemblée extraordinaire du Conseil dès mon retour à Bremin. Accordez-moi jusqu'à la fin du mois avant d'envoyer la garde royale chez Arotek, et je vous promets sa coopération.

Octavius, les yeux rivés sur Irania, s'enquit de la faisabilité du plan en cas d'échec de Fausta Lux Baiula. Irania assura que sa Sœur n'échouerait pas, mais en cas de revers, leur stratégie fonctionnerait tant que le seigneur Claudius honorerait son engagement.

Acquiesçant, Octavius consulta du regard Aithen et Kendor, cherchant leur approbation. Satisfait, il grogna, puis aborda le thème suivant.

- Qu'en est-il de nos provisions, Seigneur Warbender ?

Légèrement agité sur son fauteuil de cuir – qui n'était heureusement pas en feuilles de lacora sans quoi il aurait émis des bruits de cliquetis au rythme de ses mouvements – Warbender répondit :

- Nos réserves pour l'armée tiendront entre cinq et six mois. Pour les civils, la situation est variable dans le royaume. Ici, dans la capitale, elles sont déjà presque épuisées, car nous les avons utilisées pour subvenir aux besoins des Corniers. Mais nos récoltes de l'automne s'annoncent abondantes, et nous devrions pouvoir les stocker dans chaque capitale régionale, à condition que le conflit ne s'intensifie pas dans le Sud d'ici la fin du mois.

Octavius regarda l'assemblée avec insistance, tandis qu'il réfléchissait à la situation. Se réadossant et gesticulant avec une assurance relative, il dit :

- Il est peu probable qu'une armée ennemie nous attaque avant un moment, entre l'hiver et ses neiges au Sud, et la sécheresse au Nord. Je pense que nous disposons de cinq à six mois avant que les forces zébuloniennes ne franchissent nos frontières.

Le prince secoua la tête, ce qui provoqua une ride sur le front d'Octavius :

- Tu n'es pas d'accord, Aithen ?

Le haussement d'épaules d'Aithen en guise de réponse, fit se raidir Octavius qui insista :

- J'ai bien peur que les Zébuloniens ne soient pas nos seuls adversaires, Père. Avec Noctiferus qui s'acharne à affaiblir nos alliés et à attirer nos ennemis sur nos terres – et je suis persuadé qu'il est à l'origine de la décision Zébula de nous envahir – il est évident que d'autres forces se dresseront contre nous.

Kendor, le front plissé, intervint :

- Excusez-moi, mon Prince, mais vous négligez les bourras, ainsi que le Scytale et ses légions de rokons.

Aithen, découragé, rétorqua :

- Ce ne sont que des leurres, Capitaine. Certes, ils propagent terreur et chaos dans le royaume, mais face à notre armée disciplinée, ils ne feront pas le poids. Même le Scytale ne peut triompher d'une force bien organisée. Non, ce que je crains…

Kendor, mettant de côté son orgueil froissé, suggéra :

- Vous pensez aux Rokothiens ?

Le prince pencha la tête de chaque côté, puis la secoua.

- Les Yeltcheki ? Les Beltaniens ?

- Eux, et… tous les traîtres qui sont parmi nous.

L'évocation des menaces internes à la Couronne fit dresser les cheveux sur la tête du roi, déforma le visage du grand capitaine en une grimace répugnante, provoqua un rire crispé parmi les ministres, et arracha des hochements de tête à la fois approbateurs et anxieux de la part d'Harlion et d'Irania.

- Êtes-vous tous les deux d'accord avec mon fils ? Pensez-vous qu'un de mes vassaux pourrait non seulement protester ou s'opposer à moi, comme Arotek, mais également agir contre la Couronne ?

La conseillère spéciale du roi prit la parole pour Harlion et elle, et déclara :

- Tout à fait, Sire.

Le roi aurait normalement pris le temps de réfléchir à ces allégations aussi inattendues que déplaisantes. Cependant, ce jour-là, il n'était pas dans son état normal et, dans un grognement, il leva les bras avant de fixer son préfet prétorien, sa conseillère et son fils d'un regard sévère, exigeant des preuves à l'appui de ces menaces.

Avec le consentement d'Aithen, Harlion répondit :

- Mes Frumentarii ont intercepté des rumeurs – rien de certain, je tiens à le préciser, mais tout de même. Ces rumeurs parlent d'agents zébuloniens dans plusieurs *cours* du Sud.

Octavius, d'une voix lasse, se répéta les mots d'Harlion. Massant son front pour apaiser une migraine naissante, il demanda :

- Quelles cours ? Que disent ces rumeurs ?!
- Je regrette, Sire. J'ai essayé d'obtenir des détails sur ces allégations, mais nos informateurs n'ont rien de plus à offrir. Il se pourrait que ce ne soit rien, ou alors—
- Ou alors quelque chose de très important ! Très bien. Je présume que vous continuez à enquêter sur ces rumeurs ?

Harlion acquiesça.

- Dans ce cas, je vous prie de confirmer ou d'infirmer ces rumeurs d'ici les deux prochains quarts.
- Ce sera fait, Sire.

Octavius se massa de nouveau le front, cette fois avec la paume de sa main, et poursuivit :

- Concernant ces autres forces que nous n'avons pas encore prises en considération, je vous rappelle que Toras avait exprimé ces mêmes inquiétudes au Bal, et nous avions décidé de surveiller les Beltaniens – ce que nous avons fait –, après quoi nous avons conclu qu'il n'y avait pas lieu de s'alarmer de ce côté-là. Pour ce qui est des autres nations, la seule qui pourrait *envisager* de traverser nos frontières ou nos côtes est le Yeltchek. Mais les Yeltcheki ne sont pas belliqueux. Tout indique que la Zébulonie est l'unique menace à laquelle nous devrions faire face. Quant à la possibilité d'une menace interne sérieuse, nous devrons l'intégrer à nos stratégies, surtout si les Frumentarii d'Harlion venaient à confirmer ces informations. Mais tant que nous n'avons pas plus de détails, évitons de spéculer inutilement.

Songeur, Octavius appuya son menton sur sa main, alors qu'une autre préoccupation émergeait. Il se tourna vers son fils et demanda :

- Comment se passe la relocalisation des petites communautés ? Est-ce qu'il y a toujours des tensions ?

Aithen répondit :

- La situation est… plus ou moins tendue partout, Père. Comme tu peux l'imaginer, dans de nombreux centres, les autochtones n'apprécient pas la présence des réfugiés, ces derniers se plaignent de ne pas trouver de travail dans leur domaine et sont forcés de se mettre au service de l'État, tandis que les autorités locales peinent à répondre à l'augmentation des demandes sur leurs ressources.

- Oui, j'imagine qu'il fallait s'y attendre : nos imperfections, celles de nos lois comme de nos décisions, combinées aux caprices de la nature, mènent à des résultats insatisfaisants pour la majorité ; c'est une constante à laquelle nous ne pouvons échapper qu'en période de paix.

Visiblement irrité de n'obtenir que des haussements d'épaules en guise de réponse, Octavius posa une autre question à Aithen :

- Risquons-nous une famine ou une insurrection quelque part ?

Le roi observa les subtiles variations d'expression sur le visage de son fils. Les yeux d'Aithen se rétrécirent, et il répondit d'une voix neutre :

- Pas pour l'instant.
- Alors, continuons à surveiller la situation et informez-moi avant qu'une crise n'éclate, afin que nous puissions redistribuer nos ressources si nécessaire.

Les membres du Conseil acquiescèrent, recevant leurs instructions.

- Y a-t-il autre chose ?

Tous secouèrent la tête, sauf Kendor, qui demanda s'il était possible d'aborder la question de Lusk Methrim.

Le roi ne répondit pas immédiatement, mais jeta un œil au disque horaire mural : il indiquait dix heures trente Agn. Octavius se leva brusquement, heurtant les accoudoirs de son siège et faisant gémir la plante de lacora en tentant de réajuster le fauteuil. *Je préfère ne pas aborder ce sujet maintenant. Discuter des Temptatori et de leurs victimes perverties et—*

Se redressant, il conclut :

- Nous parlerons de notre fugitif plus tard, car je refuse de gâcher ma bonne humeur. Nous nous réunirons à nouveau à deux Agj, en présence de notre... invité spécial.
- Un invité spécial, Père ?

- Oui.

II. L'Église d'Aiala

Perché sur l'estrade majestueuse qui trônait devant l'église d'Aiala, le premier clerc Galadrin salua l'assemblée des croyants venus pour la cérémonie. Les ardars étaient à peine à une heure de leur zénith en ce deuxième quart d'ardar, le soleil rouge et son jumeau bleu réchauffant déjà l'air, bien qu'en cette fin d'automne, on pût braver le plein midi sans craindre le trépas.

D'une voix ferme et sans détour, les mots de Galadrin résonnèrent à travers Furanville, amplifiés par une Sœur émérite. Son allocution s'entrelaçait avec les hymnes célestes des Voces Creatoris derrière lui. Pour l'occasion, c'était Galadrin lui-même qui avait sollicité leur présence.

À l'intérieur du palais, un bruit importun fit tressaillir Octavius en plein repas. Il se redressa et laissa s'échapper un grondement sourd, suscitant l'inquiétude des gardes postés dans ses appartements.

Sans le vouloir vraiment, il se dirigea vers le balcon de son bureau, anticipant la scène qui se déployait. À peine sorti, son regard fut aussitôt capté par l'imposante structure sacrée qui symbolisait le jour de l'Union : un alpha et un oméga, reliés par des filaments d'une grande finesse, représentaient deux silhouettes humanoïdes en une danse éternelle, suspendues au-dessus du dôme de l'église. Octavius, grognant de nouveau, récolta des regards désabusés de la part des cordons rouges sur son balcon.

L'événement annuel qui se tenait devant l'église, où l'on accueillait officiellement les nouveaux membres, lui était complètement sorti de l'esprit, et personne n'avait jugé bon de le lui rappeler ; non qu'il s'en préoccupât outre mesure.

Toutefois, s'il avait été prévenu des particularités de la célébration de cette année, il se serait certainement fâché. Car en ce jour, non seulement quelques Furanvillois de renom, mais aussi d'autres figures éminentes du royaume allaient être intronisées au sein de l'Église, aux côtés de centaines de roturiers. Mais sa colère ne tarderait pas à éclater, car il ne pouvait étouffer la voix de Galadrin, qui s'apprêtait à proclamer les noms des nouveaux initiés, à moins qu'il ne demandât l'intervention d'une Lux Baiula pour générer un bouclier sonore.

Imposant et solennel – du moins aux yeux de ceux qui adhéraient à la foi des Fondateurs – Galadrin éleva les bras et entama son discours, s'adressant d'abord à ses ouailles.

- Fidèles, Rhiians, en tant que Rhiians, vous êtes les gardiens de la foi, et en tant que fidèles, vous êtes les héritiers d'Aiala'Rhi. Et parce que je suis là pour vous servir, et pour servir la Créatrice, c'est à vous que je m'adresse aujourd'hui. Nous vivons pour Aiala et pour les autres Fondateurs, et en leur honneur, nous accueillons en ce jour nos nouveaux frères et nos nouvelles sœurs.

Les acclamations retentirent, les mains claquant sur les cuisses avec ferveur.

D'un geste sobre mais autoritaire, Galadrin fit taire la foule.

- Cette année, notre cérémonie d'accueil revêt une importance capitale, surpassant toutes les précédentes, car la guerre est à nos portes, et les divinités déversent leur courroux sur notre roi. À maintes reprises, le roi a piétiné nos convictions, non seulement en se détournant de notre Église, en la privant de toute participation aux affaires de l'État, mais également en souillant sa sacralité, en nous emprisonnant, mes clercs et moi, lors de l'attaque du Scytale. Et voilà qu'il songe à souiller les corps de nos frères et de nos sœurs, en voulant les envoyer en Zéboulonie où ils risquent l'asservissement par la reine et ses sujets, les rendant indignes. Que diront les dieux lorsqu'ils viendront à nous et ne trouveront pas les fidèles qu'ils espèrent trouver pour recevoir leurs esprits ?

Un premier cri d'indignation s'éleva de la foule, déferlant sur la capitale tel un raz-de-marée de la vaste mer de Tarkoth, jusqu'à parvenir aux oreilles du roi. Ce rugissement et les interrogations qui s'ensuivirent déclenchèrent une tempête de colère dans le corps d'Octavius, faisant se contracter ses muscles encore fragiles.

Irrité, il marmonna aux portails sur le balcon :

- Pourquoi l'Ordre consent-il à ce que vos Sœurs monnayent leurs services pour propager de telles sornettes ? Krystiana ne comprend-elle pas le danger que cela représente pour nous tous ?

Letta Lux Baiula, guerrière imposante et robuste à la chevelure ébène, répondit :

- Pardon, Sire. C'est que—

- C'est que quoi ?

- Eh bien, les Sœurs à la retraite sont libres de vendre leurs services, tant qu'elles respectent nos lois.

- On m'a dit que—

Octavius fut interrompu par l'arrivée précipitée de son fils aîné dans son bureau :

- Père !

- Aithen. As-tu entendu ce prêcheur enflammé ?

- Oui, et je me doutais que cela ne te plairait pas, surtout compte tenu du nombre de personnes, patriciens y compris, intronisés cette année.

- Non, cela ne me plaît pas du tout ! Si seulement ces relieuses insoumises ne diffusaient pas le discours de Galadrin partout dans la ville, la situation serait moins critique.

-   Je comprends ton point de vue. Mais ces femmes ne sont pas vraiment des *insoumises* ; elles sont simplement à la retraite, et c'est là leur coutume. Elles ont fait la même chose lors de l'insurrection en Ouragan.
-   Oui, et j'avais *alors* sommé Krystiana de maintenir coûte que coûte tous les Alterintrants sous l'égide de la Sororité.
-   J'imagi—

À cet instant précis, la voix de Galadrin tonna de nouveau, interrompant leur échange. Galadrin proclama :

-   Malgré les méfaits de notre roi et de sa lignée, réjouissons-nous aujourd'hui, car nous sommes sur le point d'intégrer une pléiade de nouveaux membres, des membres qui joindront leurs voix aux nôtres pour ébranler ceux qui tentent de nous priver de la bienveillance des Fondateurs.

Le premier clerc de l'Église d'Aiala, d'un large geste de son bras paré de joyaux, invita le premier candidat à monter sur l'estrade.

Le cœur de Krptus manqua un battement, et ses paupières papillonnèrent alors qu'il contenait l'indignation que les mots du premier clerc à l'égard du haut roi et de sa lignée avaient suscitée. Son hésitation s'évanouit lorsque le sénateur Sur'Elando, son parrain, l'incita à avancer d'une main rassurante sur l'épaule. Une fierté inattendue submergea Krptus tandis que l'assemblée, un mélange de Furanvillois, de plébéiens et de patriciens, applaudissait son arrivée – lui, un Yerlayen.

L'effervescence monta d'un cran alors que d'autres se pressèrent vers le premier clerc pour être accueillis à leur tour. En ce jour mémorable du onzième mois de l'an 1800, cent soixante nouveaux Rhiians allaient être intronisés dans l'Église.

L'exaltation atteignit son apogée quand le premier clerc Galadrin, d'un geste de la main, fit apporter un cylindre scintillant renfermant le crâne du Premier.

Il invita les candidats à s'incliner devant lui, encercla le crâne de ses mains, inclina la tête et murmura sa prière. Fidèles et novices observaient dans un silence si profond que la capitale semblait retenir son souffle.

Une fois les prières achevées, Galadrin défila devant chaque postulant, les touchant à la nuque avec le sceptre de l'Union, orné des effigies des Fondateurs investissant les dignes corps. Les cent soixante candidats s'effondrèrent, perdant connaissance quelques instants, tandis qu'un murmure surnaturel parcourut l'assemblée. Quand les hommes et femmes nouvellement consacrés se relevèrent, les Voces Creatoris entonnèrent un chant céleste, repris par toute la congrégation. Certains des Rhiians fraîchement oints se laissèrent emporter par la mélodie, chantant comme s'ils avaient toujours fait partie de l'Église. D'autres, comme Krptus, se concentrèrent sur le refrain, apprenant les mots pour le maîtriser, tandis que Galadrin égrenait les noms des nouveaux membres.

Le visage du haut roi et celui du haut prince devinrent rouges de colère à l'annonce de certains noms parmi les nouveaux fidèles de l'Église : un gardien et six propriétaires terriens, dont la dame Aroteka. Octavius, fulminant, se retira avec son fils, claqua les portes derrière lui et ordonna aux cordons rouges de générer un bouclier sonore afin de les isoler du reste de la cérémonie.

III. Stratégies contre la menace étrangère

Cette après-midi-là, le maître Brak franchit d'un pas nerveux le seuil du bureau du haut roi, dans le sillage d'Alturo Rackeli. Le majordome marqua une pause à deux mètres des autres, puis signala au maître Brak de venir à côté de lui.

De nombreuses questions se dessinèrent sur le visage des conseillers du roi, à l'exception de celui du seigneur Kaffin. Octavius, quant à lui, pensant à l'annonce qu'il allait devoir faire, repoussa ses préoccupations quant à l'ascendant grandissant de Galadrin sur le patriarcat ; il y reviendrait plus tard. Les remords liés au sort de Mitsuko s'étaient estompés, submergés par les urgences qui assiégeaient alors son esprit.

Le pêcheur s'inclina, un sourire partagé entre fierté et réserve, s'efforçant de ne pas être intimidé par la majesté du bureau royal ni par l'assemblée d'éminences qui s'y trouvait. Certes, il avait déjà côtoyé certains d'entre eux, lorsqu'il leur avait servi ses mets délicats, mais jamais dans un contexte aussi officiel. Ici, il se trouvait au cœur des délibérations d'État, quelle place y avait-il pour lui ?

Après avoir congédié son majordome d'un geste discret, le roi accueillit le marchand d'une voix chaleureuse et engageante. Rassuré par cet accueil, Brak s'inclina de nouveau, et afficha un sourire sincère, prêt à servir le roi.

Aithen lança un regard furtif vers le pêcheur et demanda à Octavius :

- Sire, pourquoi le maître Brak est-il ici ?
- Mon fils, il a un rôle à jouer dans notre stratégie.

Un murmure d'incrédulité parcourut l'assistance. Le marchand, sentant les regards se poser sur lui, se raidit légèrement.

Le roi reprit, avec la gravité qui le caractérisait, mais quelque peu altérée par une hésitation que seuls ceux qui le connaissaient pouvaient déceler :

- Maître Brak, comme le seigneur Kaffin vous l'a dit, nous allons vous confier une mission de la plus haute importance, une mission qui exploitera à la fois vos talents culinaires et vos relations internationales.

Octavius observa les visages interloqués de son auditoire, à l'exception de celui du seigneur Kaffin, et comprit qu'il devait clarifier la situation. Le maître Brak, bien que perplexe, choisit – en tant que personne joviale et pleine de confiance – de se prêter au jeu royal – si jeu il y avait – et déclara :

- Je suis à votre service, mon Roi, prêt à mobiliser mes ressources, qu'il s'agisse d'épices, de navires ou d'encres, quels que soient vos besoins.

Lorsque Aithen, qui n'en croyait pas ses oreilles, secoua la tête, Octavius décida qu'il était temps de cesser de passer pour un fou et d'expliquer à son fils et aux conseillers le fond de sa pensée.

- Très bien, Maître Brak. Merci.

Il se tourna ensuite vers ses conseillers et leur dévoila comment il envisageait d'utiliser les aptitudes et les contacts du maître Brak. Comme il s'y attendait, cette révélation suscita une vague de stupéfaction, sauf peut-être de la part d'Irania, dont les lèvres esquissèrent un sourire subtil, signe qu'elle approuvait de manière tacite ce qu'elle comprenait de son plan.

Le premier à contester la requête royale ne fut point un conseiller, mais le pêcheur en personne, qui blêmit et chancela, malgré l'aubaine financière que représentait cette demande.

Brak Piscator malaxa son tricorne avec nervosité entre ses mains, jusqu'à ce qu'il retrouvât assez de contenance pour s'exprimer. Il s'éclaircit la voix et dit :

- Pardon, Sire… Faire de la contrebande d'un million et demi de pâtisseries marines ? En Zébulonie ? Je dois avouer que c'est une quantité, eh bien… et le lieu de destination est… Quand avez-vous besoin de cette livraison, Sire ? Et pour quelle raison, si je puis me permettre ?

D'un geste rassurant, Octavius apaisa le robuste homme avant de répondre :

- Le seigneur Kaffin m'a confié que vous vendiez une partie de votre marchandise en Zébulonie – inutile de le cacher, car cela ne porte pas préjudice au royaume, aussi clandestin cela puisse-t-il être. Or, il se trouve que cela pourrait se révéler très utile à mes projets. J'ai entendu dire que seuls les roturiers zébuloniens, et plus précisément les hommes, achètent ces gâteaux. Est-ce exact ?

Suspicieux, le maître Brak acquiesça lentement. Sa chemise de lin commença à se couvrir de sueur froide. *Il craint probablement que je lui demande de distribuer des denrées empoisonnées à l'ennemi, et il appréhende les répercussions d'un éventuel refus.*

- Très bien, j'ai besoin que vous insériez dans les pâtisseries un message à leur intention.

Un soupir profond de soulagement, entremêlé de regards ébahis et incrédules, salua la déclaration d'Octavius.

Octavius pensa : *Je suis certain qu'aucun d'eux ne devine mon intention, mais je me serais attendu à ce qu'Irania le fasse.*

L'agacement d'Aithen interrompit les réflexions du roi, lorsqu'il demanda – exigeant presque – des éclaircissements sur cette histoire de gâteaux fourrés aux messages.

Le roi souffla bruyamment et s'expliqua :

- Il s'agit là d'une manœuvre stratégique et d'une ruse, afin de faire pencher la balance en notre faveur lorsque nous affronterons la Zébulonie. Les messages, qui seront transmis régulièrement dans les mois à venir, informeront les hommes du royaume qu'ils ont un allié par-delà leurs frontières, un allié qui comprend leur combat et leur soif de liberté, et qui se tiendra à leurs côtés, le moment venu, pour les libérer du joug de Zébula. Je leur demanderai de se préparer à nous soutenir ce jour-là, et, en attendant, je demanderai les conseils de leurs chefs mâles.

Kendor s'exclama :

- Sire, c'est du jamais vu. De ma vie, jamais je n'ai entendu ni lu pareille… stratégie contre une menace étrangère. Et vous pensez réellement que cela pourrait fonctionner ?

- Bien sûr. Avec le concours de l'OLHZ, cela fonctionnera.

Kendor, Harlion, Irania et Aithen acquiescèrent, d'abord avec réserve, puis, après s'être regardés les uns les autres, avec de plus en plus d'assurance, se souvenant des raisons pour lesquelles le roi avait rendu visite à Marcus le Lecteur.

- Je me réjouis de constater que ce plan vous convient et que vous êtes prêts à vous y engager.

Kendor répondit :

- Nous sommes prêts, Sire, bien que je sois curieux de découvrir – le moment venu – ce qui vous a inspiré une telle stratégie.

- Je me ferai un plaisir de tout vous révéler en temps voulu, Haut Capitaine.

Puis, après une brève pause, le roi poursuivit :

- À présent, Irania Lux Baiula, je vous confie la rédaction de ces messages. Je suis persuadé que vous saurez trouver les mots justes, mieux que quiconque, bien que j'espère—

Octavius s'interrompit et baissa soudain la tête, submergé par une grande vague de frustration.

- Que se passe-t-il, Père ?

- Irania aurait bénéficié de l'assistance du maître Methrim pour la formulation des messages, mais cela n'est désormais plus envisageable ! Et je dois trouver de nouveaux moyens de communiquer avec Lub Methor, d’autant plus que Marcus s’est révélé être un traître. Pouvez-vous vous assurer que les messages atteindront leur cible et seront compris comme il se doit, Irania ?

- Seule, non, Sire. Toutefois, je pense que Molara Lux Baiula – c’est elle qui s’occupe des deux filles que nous avons envoyées en Zébulonie – maîtrise suffisamment la langue de notre adversaire pour m’aider.

Octavius ferma les yeux et prit une lente et profonde inspiration.

- Merci, Lux Baiula. Merci infiniment. Organisez-vous avec le maître Brak afin qu’il puisse recevoir une copie de votre premier message avant la fin du mois.

Puis, se tournant vers le marchand, il ajouta :

- Maître Brak, vous imprimerez le message sur un papier résistant, et vous l’insèrerez dans un million et demi des pâtisseries que vous enverrez en Zébulonie. Vous ferez trois de ces livraisons au cours des trois prochains mois, en direction du port au Ver.

Dubitatif, Brak Piscator grommela. Octavius l’encouragea à lui faire part de ses doutes.

- Sire, mes cargaisons sont systématiquement inspectées par les douaniers zébuloniens avant que mes clients puissent les récupérer. J’ai peur que—

Octavius coupa court aux inquiétudes de l’homme en affirmant :

- Ne vous inquiétez pas pour cela, Maître Brak : nos alliés posteront leur propre inspecteur à l’arrivée de chaque livraison – un certain Lak Rikor. Il s’occupera des contrôles, mais compte tenu de l’évolution de la situation, je vérifierai tout cela avant que vous ne partiez.

Le marchand de poissons, futur contrebandier du roi, acquiesça avec prudence, et le roi poursuivit :

- Je m'engage à établir un nouveau canal de communication entre les rebelles et nous, ne craignez rien, Maître Brak.

Brak Piscator rougit, puis répondit :

- Je ne douterai jamais de vous, Sire.

- Bien sûr.

Octavius ne commenta pas ce qu'il pensait de son infaillibilité royale.

Brak reprit timidement :

- Mais—

Le roi lui demanda :

- Vous avez peur que ce remplacement d'inspecteur ne fonctionne pas ?

Maître Brak acquiesça, puis confia :

- Oui, car il arrive fréquemment que des auditeurs effectuent des contrôles aléatoires après l'inspection aux frontières.

Methor ne m'a jamais parlé de cela. Octavius sentit monter en lui un grondement de colère, tandis qu'il luttait contre l'idée que l'univers conspirait décidément contre lui. Cependant, le pêcheur interrompit sa colère.

- Je vous prie de m'excuser, Sire, je ne voulais pas vous inquiéter autant ; j'ai peut-être une solution. Je suggère d'ajouter un quart de million de gâteaux sans fourrage à chaque livraison. Je les mélangerai aux autres pour qu'ils aient plus de chances d'être inspectés le cas échéant.

Et Brak s'empressa d'ajouter :

- Naturellement, ce sera à mes frais, mon Roi.

Octavius esquissa un sourire plein d'authenticité. C'était rassurant de constater – et d'en avoir la confirmation – que le royaume recelait encore des gens honnêtes, fidèles et désintéressés. Cependant, son visage redevint rapidement grave – trahissant une certaine culpabilité. Il dit :

- Voici ce qui m'inquiète réellement, Maître Brak : le contenu de vos pâtisseries doit absolument demeurer secret – le moindre soupçon pourrait être fatal – car si quoi ce soit devait s'ébruiter, notre ennemi serait immédiatement prévenu, aussi sûr que le jour succède à la nuit.

Observant Brak Piscator se redresser, prêt à assumer toute responsabilité, Octavius ajouta :

- J'attends de vous deux choses. La première, c'est que vous acceptiez que votre mémoire immédiate et celle de vos collaborateurs soient effacées après chaque fournée. La seconde, c'est que vous n'engagiez que des personnes d'une loyauté indéfectible, qui ne s'interrogeront pas sur le contenu des messages, et qui ne divulgueront rien de cette mission durant la production. Sans cela, je serais contraint de vous enfermer, vous et vos employés, pour les trois mois à venir, même si vous voulez continuer à honorer ce contrat.

On pouvait lire la stupeur sur le visage du maître Brak qui ne s'attendait manifestement pas à de telles conditions. Même les conseillers du roi échangèrent des regards éberlués. *Irania semble franchement indignée. J'espère qu'elle comprend que je n'ai pas le choix.*

Octavius poursuivit :

- Vous ignorez peut-être la nature des créatures auxquelles nous sommes confrontés dans cette guerre, Maître Brak, mais sachez que certaines peuvent voler des pensées sans que leur propriétaire ne s'en rende compte, et ces émissaires du maître des ténèbres sont désormais partout. Ces mesures sont donc vitales, sans quoi nous devrions vous affecter une escorte permanente de Sœurs, rendant *de facto* votre mission impossible, car elle doit rester secrète.

Un silence pesant s'installa pendant un long moment durant lequel Brak Piscator se frotta le visage et la nuque.

Octavius le regarda avec une sérénité imperturbable. Du coin de l'œil, il vit Aithen s'avancer vers lui avec empressement. Il écouta ses murmures sans quitter le marchand des yeux, et se contenta de réponses aussi brèves que sèches. Lorsque le pêcheur se racla la gorge, Octavius leva une main en direction d'Aithen et lui chuchota quelques mots apaisants.

- Avez-vous pris votre décision, Maître Brak, et pouvez-vous assurer la discrétion de ceux qui vous aideront dans cette entreprise ?
- Oui, Sire. Je confierai cette production à mon fils, à ma nièce et à l'un de mes assistants. Concernant votre première exigence, je comprends vos raisons, et bien que j'ignore l'identité de ces créatures qui peuvent voler nos pensées…

Brak frissonna en disant cela.

- … j'ai toujours eu le plus grand respect pour vous et pour votre règne. Par conséquent, j'accepte cette condition – si dérangeante soit l'idée de voir nos mémoires effacées.
- Ne voulez-vous pas consulter votre fils, votre nièce et votre assistant avant, pour savoir s'ils y consentent également ?

Brak Piscator hocha la tête de gauche à droite, marmonnant, puis acquiesça avec conviction :

- Ils seront d'accord, eux aussi.

On entendit clairement des soupirs de soulagement s'échapper des lèvres des conseillers d'Octavius ; on pouvait même les voir se manifester dans le lourd battement de paupières d'Aithen, dans l'assouplissement des postures de Kendor et d'Harlion, et dans l'affaissement des épaules des seigneurs Warbender et Kaffin. Claudius, quant à lui, arborait un visage tourmenté par un conflit intérieur au sujet des révélations du jour qui lui instillaient une pointe d'angoisse. Octavius pensa : *Se questionne-t-il sur sa présence en ces lieux, sur mes desseins ? Jamais tu ne m'as donné matière à douter de toi, mon frère, même si les secrets dévoilés aujourd'hui pèseront inévitablement sur toi. Mais tel est le fardeau de nos rôles.* Son regard se posa ensuite sur Irania. La femme demeurait impénétrable derrière son visage de marbre. *Je connais le sens de cette froideur, Irania. Vous aussi, vous êtes enchaînée par votre devoir et vos serments, et il vous faudra persuader la Sororité de l'impératif d'utiliser la confusion, encore et encore, sur tant de monde.*

Reportant son attention sur le pêcheur, devenu futur agent de la cour, il déclara :

- Parfait, j'en suis ravi, car j'avais du mal à m'imaginer cette mission sans votre concours.

Le marchand, visiblement nerveux, osa alors dire :

- J'ai encore une question, Sire, si vous m'autorisez à vous la poser.

Le roi acquiesça et Brak demanda :

- Est-ce que la politique d'annulation de la dette[29] est déjà en vigueur ?

Le visage du roi s'illumina et ce dernier se tourna vers le seigneur Kaffin, qui s'empressa de confirmer que la mesure prendrait effet dès l'instant où la guerre serait déclarée, ce qui devrait avoir lieu dans les mois à venir, mais que le présent

---

[29] Politique d'effacement de la dette: politique annulant l'accumulation des dettes passées et rendant toutes les nouvelles transactions sans frais à l'échelle nationale pendant la durée de la guerre.

contrat serait honoré à l'achèvement de la tâche, indépendamment de toute modification subséquente.

Sur ce, Octavius congédia le marchand qui, traversé par un ouragan d'émotions, quitta la pièce, partagé entre fierté et appréhension.

Lorsque le roi se retrouva seul avec ses conseillers, il répondit à leurs interrogations et justifia l'originalité de son plan, ne dévoilant que les grandes lignes de ce qui le lui avait inspiré.

Lorsque chacun fut enfin prêt à soutenir la décision du roi, les seigneurs Warbender et Kaffin furent renvoyés, et les autres, invités à rester pour discuter du cas Methrim.

L'humeur d'Octavius s'alourdit à l'entame du débat, bien que Kendor, de son côté, n'eût rien d'inquiétant à rapporter, hormis les frictions habituelles au sein d'une armée mêlant conscrits et soldats aguerris, malgré l'insistance d'Octavius à déceler le moindre indice suggérant l'intervention de Lusk Methrim.

Aithen, quant à lui, restait tendu, rongé par l'anxiété. Enfin, le roi l'interrogea sur son trouble. Le prince, après avoir humecté ses lèvres dans un geste de préparation à une confession pénible, fixa son regard, comme pour ordonner ses pensées avant de se livrer.

L'estomac d'Octavius se noua, sachant que son fils allait lui faire une révélation désagréable. Tous les regards étaient rivés sur Aithen, à la recherche de quelques indices, mais le prince restait énigmatique, si bien que même Irania, attentive à ses moindres expressions, à la tension de ses muscles, à la cadence de sa respiration, ne parvenait pas à deviner.

Après un dernier instant d'hésitation, Aithen se lança :
-   Ce mois-ci, Kil est venu me voir avec une requête : il voulait que j'intervienne en faveur de l'un de ses proches pour que ce dernier soit engagé comme apprenti du maître Vorak.

Le visage d'Octavius se teinta d'incompréhension.

Aithen poursuivit :

-   J'ai sollicité le maître Trebloc pour enquêter sur son passé, et il s'avère que ce Luvius Arco a des liens avec Lusk Methrim.

Un voile sombre sembla s'abattre sur Octavius, tandis que l'inquiétude se lisait clairement sur les visages de l'assemblée.

-   Sur le moment, je n'y ai vu qu'une coïncidence…

Aithen fit une pause, s'efforçant de conserver son calme et de dégager le plus d'assurance possible.

-   Mais je ne crois plus qu'il s'agisse d'une coïncidence. Je pense que Lusk Methrim nous a envoyé le maître Luvius pour atteindre Koricki, et à travers lui, pour t'atteindre personnellement.

Octavius prit une inspiration sonore, puis renifla avec force à plusieurs reprises. Il capta le regard fuyant d'Aithen ; son fils paraissait accablé par le poids de sa récente tentative d'assassinat.

Levant la main, Octavius s'exclama :

-   Nous avons *tous* été aveugles, tous autant que nous sommes ! Nous avons permis à un étranger – un—

Il s'interrompit, tentant de maîtriser sa colère pour ne pas laisser transparaître que l'erreur venait de la confiance qu'ils avaient tous accordée à un étranger. Et pourtant, c'était ce que chacun penserait si la trahison de Methrim venait à s'ébruiter, et le roi comme le prince seraient blâmés pour avoir fait confiance à un Zébulonien, natif d'un peuple réputé pour sa brutalité et son manque de fiabilité.

-   Nous avons été dupés par un étranger, et voilà qu'il s'est enfui, après avoir failli tuer Élyana en personne, et sans sa force ou sa chance, j'aurais pu périr aussi, ou rester emprisonné dans le Lien à jamais.

Submergé par une rage soudaine, le roi balaya de la main un vase sur son bureau, mais comme les rafales printanières, sa colère se dissipa et le laissa vide et las ; las de devoir composer avec des émotions qu'il aurait préféré ignorer. Mais les derniers événements et son implication dans la mort de Mitsuko l'avaient profondément ébranlé.

Il se retourna ensuite vers son fils et ses conseillers et déclara avec une pointe de sarcasme pour chasser ses émotions :

- Quand nous l'aurons retrouvé, nous lui ferons regretter d'être venu nous *proposer* ses services.

Les mots d'Octavius parurent contrarier Aithen, qui souffla :

- Père, c'est à cause de ma recommandation que nous avons accordé notre confiance à Lusk Methrim. C'est… de *ma* faute.

Octavius poussa un soupir tandis qu'Harlion levait les yeux au ciel. Aithen, toujours trop droit dans ses bottes, se trompait cette fois. Après tout, Urbs Lucis aussi avait cru en cet homme.

Le roi renifla et esquissa un sourire fier :

- Mon fils, cette passion qui t'anime, qui te guide, elle me rend très fier de toi et dissipe mes craintes quant à l'avenir du royaume – s'il se relève de cette guerre. Mais maintenant, ta culpabilité est malvenue, voire quelque peu égocentrique.

Aithen esquissa un mouvement de recul, partagé entre honte et indignation.

- Le fait est que – et tous ici te le confirmeront – se tromper sur la nature de quelqu'un n'a rien d'exceptionnel – cela pourrait même arriver à des Lux Baiulae…

Octavius jeta un regard à Irania, qui conservait son air neutre, à l'exception d'une légère crispation des narines qui n'échappa pas à Octavius.

-    … mais une fois que sa véritable nature est révélée, il faut soit l'accepter, soit l'exclure de notre entourage. Malheureusement pour nous, cette prise de conscience est arrivée trop tard, et nous n'avons pas pu agir contre le maître Methrim… mais cela ne durera pas. En tout cas, je l'espère.

Aithen hocha la tête, hésitant, peu disposé à nier sa responsabilité, bien qu'il sût que son père avait raison.

Octavius comprit la réaction de son fils et, cédant à une nouvelle fierté, il dit à Kendor :

- Haut Capitaine, c'est exactement ce sens de la responsabilité et de la reddition de comptes que le trône doit attendre de tous ceux qui le servent. Il faudra cultiver cette qualité essentielle chez nos troupes. Cela et la force d'en accepter les conséquences.

L'officier analysa le prince du regard, puis hocha la tête, reconnaissant l'injonction du roi.

Il demanda alors à Octavius s'il devait demander aux membres de la sécurité de la Garde royale d'arrêter Luvius Arco.

-    Oui, mais veuillez le confier aux bons soins du Frumentariat. Je veux que les enquêteurs du préfet l'interrogent.

Harlion hocha la tête, et Octavius continua :

-    Mais nous devons nous assurer qu'il n'a perverti personne pour m'atteindre. Irania, serait-il possible que vos Sœurs et vous retrouviez toutes les personnes avec lesquelles il a pu être en contact afin de les sonder ?

-    Bien sûr, Sire, mais cela risque de prendre du temps, car il peut avoir côtoyé un grand nombre de personnes.

-    Eh bien, soit, Lux Baiula.

Remarquant les grimaces et les gestes d'Aithen, le roi l'exhorta à parler.

Aithen regarda Irania avant de dire :

- Père, je ne pense pas que la tâche soit si importante ; d'après ce qu'Élyana m'a dit, le processus de conversion exige que le Temptator soit en contact fréquent et prolongé avec sa cible, ce qui réduit le nombre de victimes potentielles.
- Victimes… j'imagine que c'est ainsi qu'il faut les appeler, n'est-ce pas ?... même Koricki Dar'Muntake.

Octavius avait tant voulu pouvoir punir sévèrement son assistant, mais il comprenait aussi que les converses n'étaient pas nécessairement des criminels ni des personnes cruelles. Et dans ce cas précis, il ne pouvait pas – pas autant qu'il l'aurait voulu – punir le cousin éloigné de la grande prêtresse, ce jeune homme qui était aussi membre de la Sororité, et la punition – s'il devait y en avoir une – devrait probablement être décidée par la Magna Mater, selon les règles de l'Ordre.

Comme prévu, tout le monde ne fut pas d'accord avec ses dires. Kendor, et même Harlion, semblait croire qu'une personne « converse » était tout aussi responsable de ses actes que n'importe qui d'autre ; la responsabilité était l'un des préceptes de la religion rhiianne.

Se sentant soudain fatigué, le roi remercia son fils pour sa suggestion, demanda à Irania de concentrer les efforts de ses Sœurs en conséquence, et renvoya tout le monde.

Une fois seul – ou presque puisque la garde, qu'il avait, à son grand étonnement, progressivement appris à ignorer, veillait sur lui en permanence –, il alla s'asseoir – ou plutôt se laisser tomber – sur le sofa. Il essaya, *en vain*, de se détendre et d'oublier ses obligations royales. Le souvenir de la mort de Mitsuko revenait le tourmenter. Néanmoins, il était heureux d'avoir pu l'oublier, ne serait-ce qu'un temps, celui de la réunion, sans quoi qui sait comment les choses se seraient passées ; son Conseil aurait commencé à remettre en question sa capacité à diriger.

Alors il resta là, assis un long moment, grommelant doucement, et jetant de temps à autre un regard méfiant vers les gardes et les Sœurs. Lorsqu'il fut épuisé à force de penser à ce qu'il aurait dû faire ou ne pas faire, de se demander s'il devait ou non redonner sa confiance à Marcus, pourquoi il était allé dans le Lien sous la seule protection de Mitsuko, et quel genre d'homme il était pour avoir reproché à quelqu'un qui avait donné sa vie pour le sauver de l'ennuyer ; et quand il n'en put plus de méditer sur sa stupidité, alors, il libéra son esprit captif et se redressa soudain, dans un halètement qui alerta la Lux Baiula qui se tenait près de la porte, entre son bureau et la chambre : il venait de se rappeler que le lendemain, Ori allait achever son Jour de raison.

Quatorze ans ! Serai-je là pour lui, pour marquer ses quinzième et vingtième anniversaires ?

Octavius se leva brusquement, bien que son dos fût encore douloureux, et courut vers Irania pour lui demander d'envoyer un message à son fils par l'intermédiaire de sa collègue en Kynarie.

IV. La nuit des ombres

Délaçant sa tresse en un geste las pour accueillir le sommeil après une journée accablante, la prêtresse suprême aperçut dans son miroir une ombre menaçante, rendue plus terrible encore par les dernières lueurs du soleil rouge qui s'effondrait dans sa chambre. Le cœur d'Ylana se figea. Alors qu'elle entrouvrait les lèvres pour pousser un cri, une fléchette acérée trouva sa nuque, la précipitant dans un silence éternel. On n'entendit que le bruit de son corps tombant sur le tapis feutré. L'ombre, un assassin, se faufila avec une agilité spectrale sur le balcon de l'ancienne cheffe de l'Ordre kynarien.

Sur la colline du Second siège, épicentre administratif de la nation, d'autres ombres s'insinuaient dans l'intimité des puissants : les appartements privés du prêtre-dresseur Morek, ceux de la prêtresse financière Narana, et même la demeure de l'administrateur Loren, gardien des travaux publics – l'une des rares figures civiles du gouvernement kynarien.

Sans un bruit, la nation kynarienne fut soudain amputée de deux de ses piliers : Morek s'effondra, alors qu'il était absorbé par une proposition innovante sur le pistage des animaux sauvages, tandis que Narana s'écroula, un stylo à la main, sur un chèque destiné à l'effort de guerre d'Octavius, désormais enfin soutenu par la grande prêtresse. Seul l'administrateur Loren, insomniaque et errant chez lui tel un hurleur agité, eut le réflexe de crier et d'alerter ses proches quand l'assassin apparut dans sa chambre. La tueuse, dans un geste furtif, projeta sa fléchette empoisonnée et disparut dans la nuit.

Un autre assassin surgit dans la chambre de la reine consort, se maudissant lorsqu'un craquement se fit entendre.

Ori, incapable de dormir en cette dernière heure de son Jour de raison, perçut le bruit et se dirigea vers la chambre de sa mère, voulant lui confier qu'il n'avait pas encore compris l'essence de son être, bien qu'il sût *qui* il était.

Écartant les lourds rideaux de sa chambre, il découvrit une silhouette encapuchonnée, un poignard suspendu au-dessus de sa mère endormie, prêt à plonger dans sa poitrine. Pour Ori, le temps sembla suspendre son vol, ou peut-être s'accéléra-t-il pour précipiter le destin de sa mère, mais quelque chose l'arracha à la réalité et toute pensée et interrogation s'estompèrent à la vue du bras armé s'abattant sur sa cible.

Dans un réflexe, Ori poussa un cri qui résonna dans les appartements de la dame Darya, et son écho surpuissant fit voler en éclats verre et porcelaine…

L'assassin s'effondra en hurlant, tandis que Darya émergeait de son sommeil, convulsant sous la douleur d'une blessure invisible.

Ori s'élança vers elle, criant son nom, n'osant pas la toucher, et recula, horrifié, alors que le sang perlait aux commissures de ses lèvres. Les yeux du prince, rougis par la fatigue, se noyèrent de larmes.

C'est alors qu'Aria fit irruption dans la chambre de sa tante et se mit à crier :

- Ori ! Que se passe-t-il ? Quoi ? Que s'est-il passé ?! Tante Darya !

Abasourdi, Ori ne répondit pas, prenant seulement conscience de sa cousine lorsqu'elle apparut à ses côtés.

Paralysé, incapable d'articuler le moindre mot, il se borna à pointer du doigt l'assassin, étendu sur le sol de l'autre côté du lit. Aria hurla et peina à demander si sa mère était toujours en vie.

- Je… je ne sais pas… je ne sais pas ce qui leur est arrivé.
- Que veux-tu dire ? Et pourquoi ton visage est-il jaune ?
- Je ne sais pas ! Je ne sais rien. Mère ! Réveille-toi, je t'en supplie ! Aria, aide-moi, s'il te plaît ! Mère, Mère… Mère !

Les gardes, qui étaient enfin arrivés sur les lieux juste après le chaos, durent déployer des efforts considérables pour arracher Ori, devenu catatonique, du chevet de sa mère inerte et pour les emmener, Aria et lui, dans le petit salon. Le visage d'Aria n'était que stupeur et incompréhension. Son regard semblait demander :

- Comment notre monde peut-il être à ce point bouleversé ?

Un gardien, grand et mince, s'avança pour interroger le jeune homme, mais il était évident que ce dernier était en état de choc et qu'il ne lui répondrait pas. L'homme s'adressa alors à Aria, elle aussi profondément ébranlée, qui ne cessait de marmonner :

- Ce n'est pas possible. Ce n'est pas possible.

Lorsque le sergent Yluno finit par arriver, accompagné de la prêtresse docteure Salina, tous deux essoufflés d'avoir gravi si vite les escaliers – la prêtresse plus que le soldat –, il ordonna à tous de se retirer dans les lieux sûrs de l'édifice. Un garde robuste et bien bâti prit en charge la dame Darya, qui respirait à peine et était maculée de sang, tandis que deux autres transportaient le corps de l'assassin vers la morgue.

Le garde qui portait Darya s'immobilisa brusquement, juste après avoir franchi le seuil du corridor. Le sergent et la prêtresse se retournèrent pour lui demander ce qu'il attendait. L'homme regarda la reine consort, puis releva les yeux, le visage blême. Il entama une explication, mais la prêtresse l'interrompit d'un signe de la main. Le gardien acquiesça et reprit sa marche avec le corps de la dame Darya, bien plus lentement qu'auparavant.

Une fois dans le sous-sol, Salina demanda au fils de la reine et à sa nièce de rester dans la grande salle, et ordonna au garde de conduire « Dame » Darya dans l'alcôve adjacente sur la gauche pour qu'elle fût sondée en privé. Seule la princesse protesta, mais se résigna lorsque Salina lui promit de l'informer dès qu'elle obtiendrait le résultat de son examen. Le jeune homme, quant à lui, resta silencieux et s'installa là où le sergent Yluno l'avait placé.

Dès que le garde eut porté le corps dans la chambre, il l'allongea sur un sofa et referma la porte ; Salina souffla un instant, s'agenouilla et entama son examen avec des gestes lents et méticuleux. Il ne lui fallut pas longtemps pour déclarer la mort de la dame Darya ; prenant conscience des répercussions politiques de ce drame, elle pinça les lèvres.

Elle continua de sonder le corps pour tenter de comprendre ce qui avait causé sa mort. Après quelques minutes de sondage et d'auscultation approfondies, elle conclut que Darya était morte d'un arrêt cardiaque. Ses poumons présentaient également des signes d'hémorragie. Elle secoua la tête, désemparée ; elle n'avait aucune idée de l'origine de ces blessures – surtout l'hémorragie pulmonaire ; si un gaz nocif en était l'origine, le jeune homme aurait aussi été affecté. Et un assassin n'aurait jamais utilisé de gaz toxique. Darya, qui avait été en pleine santé, n'aurait pas succombé à une crise cardiaque, même sous l'effet de la peur. Rien n'avait de sens.

Salina murmura :

- Qu'est-ce qui a pu provoquer cela ? Je n'ai jamais vu une telle chose avant… sauf.

Salina se leva, s'approcha de la porte, l'entrouvrit et appela le sergent Yluno.

Avant que ce dernier ne pût faire un geste, Aria s'écria avec empressement :

- Prêtresse Docteure, comment va ma tante ?
- Je regrette, Néo Avancée Aria ; je n'ai pas encore terminé. Je vous demande d'être patiente.
- Mais—

Aria, depuis sa position, ne perçut pas que la prêtresse se pinçait le pouce en répondant :

- Attendez, s'il vous plaît. Je vous informerai de l'état de votre tante dès que j'aurai fini de l'examiner.

Sans l'appui d'Ori, Aria se rassit, abattue, et Salina fit signe au sergent de s'approcher.

Le soldat, qui avait en vain interrogé le prince et sa cousine, de même que le premier garde arrivé sur les lieux, accueillit avec soulagement l'invitation de la prêtresse, bien qu'il ne cessât de jurer en silence.

- Prêtresse Docteure ?

À voix basse, Salina lui demanda :
- Quelles étaient les armes de l'assassin ?
- Il portait une dague, mais je ne crois pas qu'il l'ait utilisée, car elle ne porte aucune trace de sang.
- Merci, Sergent.

Salina retourna auprès du corps pour la dernière fois et – ne découvrant rien de plus – revint, ferma la porte et se dirigea vers le coin sombre où était assis Ori.

Maintenant à un mètre du prince, elle tenta longuement de le persuader de parler, sans succès. À chaque tentative, le jeune homme se crispait davantage et se renfermait sur lui-même. Ne parvenant à aucun résultat, Salina décida de s'asseoir sur le siège à côté du prince et se pencha pour capter son regard.

Lorsque ses yeux se posèrent sur le visage et les mains du mêlé, elle recula d'un seul coup en poussant un cri :
- Sergent Yluno, allez chercher une Lux Baiula – n'importe laquelle pourvu qu'elle soit en ville – et amenez-la ici immédiatement !

Interloqué, Yluno sursauta, mais acquiesça :
- Tout de suite, Prêtresse Docteure.

Et il sortit pour s'exécuter.

Vingt minutes plus tard, le sergent, très agacé, revint en compagnie de l'unique Lux Baiula disponible en Kynarie. La femme avait exigé de savoir ce qui se passait, comme si elle en avait le droit, et nul n'avait expliqué au sergent ce qu'il pouvait ou ne pouvait divulguer à la Lux Baiula.

Au moment où Salina aperçut la Lux Baiula, elle se précipita hors de la petite pièce, laissant la porte ouverte, remercia Yluno et, dans un murmure, lui siffla d'examiner le garçon.
- J'ai besoin de votre avis pour confirmer ce que j'ai vu sur le mêlé.

D'une voix fluette et légèrement rauque, Kenya Lux Baiula rétorqua :

- C'est le jeune prince, Prêtresse Docteure, ce n'est pas un simple garçon. Par ailleurs, je ne suis pas docteure mais chercheuse.

Salina se crispa face à cette remarque et répliqua :

- Pas besoin d'être docteure. Votre qualité de Lux Baiula suffit pour valider ce que j'ai vu.

Le mépris à peine dissimulé de la cordon jaune se manifesta par un rictus, et elle répondit :

- Ce que vous *croyez* avoir vu.

- Je ne *crois* pas avoir vu quelque chose, Lux Baiula, je *sais* ce que j'ai vu. Cependant, j'ai besoin de votre confirmation.

Si la Lux Baiula n'appréciait pas l'attitude de la prêtresse, elle ne le laissa pas paraître et demanda plutôt ce qui était arrivé au jeune prince.

Dans l'attente de la réponse de l'autre femme, la Sœur balaya la pièce du regard. Elle remarqua Aria, mais, ne la connaissant pas, elle ne lui accorda qu'un sourire distrait. Quand son regard se posa sur le corps de la reine consort dans la pièce voisine, elle souffla d'un seul coup. Elle balaya du regard chaque personne présente dans la pièce, cherchant dans leurs yeux la confirmation de ce qu'elle venait de voir, une réalité peut-être plus sombre que celle du jeune prince : la reine consort était morte. Elle tenta d'entrer dans le Lien pour déceler en elle une quelconque activité cérébrale, mais la voix forte de la prêtresse docteure l'interrompit.

- Le garçon est dans cet état depuis que sa cousine l'a trouvé, assis près de sa mère gisant inerte sur son lit. Elle a été attaquée ; nous avons trouvé l'assassin dans sa chambre – mort.

Elle ajouta en chuchotant :

- Cependant, je doute que son agresseur soit à l'origine de sa m— de son état.

Aria, ayant compris le mot tronqué, s'écria :

- Que dites-vous, Prêtresse Docteure, elle… elle est morte ?

N'ayant aucune réponse, Aria se précipita dans l'autre pièce, repoussant le bras de la prêtresse qui tentait de la retenir. Elle prit la main de sa tante et ne sentit aucune résistance. Lorsqu'elle ne l'entendit pas respirer, elle cria de nouveau et appela son cousin, le suppliant dans des sanglots de désespoir.

Ori, quant à lui, sembla se replier davantage sur lui-même et ne se rua pas pour voir sa désormais défunte mère.

Salina finit par reconnaître que Darya était morte. Aria se rua sur Ori et le secoua, puis se mit à hurler de rage face à son apathie. Salina ordonna au sergent Yluno d'emmener la jeune fille dans le couloir et de la retenir là jusqu'à ce qu'elle retrouvât son calme.

Kenya Lux Baiula dit :

- Il faut prévenir le haut roi.

- C'est notre devoir, Lux Baiula. Maintenant, faites ce que je vous ai demandé, s'il vous plaît.

Kenya, spécialiste des plantes toxiques et en ville pour étudier les propriétés d'une plante kynarienne spécifique destinée à être utilisée pour neutraliser le poison employé par les assassins pour tuer ses Sœurs récemment, n'était pas certaine de ce que l'autre femme voulait qu'elle vît. Néanmoins, elle s'approcha d'Ori : elle pourrait au moins tenter de le sortir de l'abîme dans lequel il semblait avoir sombré.

Mais dès qu'elle atteignit le garçon, Kenya Lux Baiula vit ce que Salina avait vu : la peau du garçon avait pris la couleur du pollen d'oki, un jaune pastel foncé – le signe de toxines microbiennes exsudées par la peau, un phénomène qui ne pouvait se manifester que chez certains lézards et chez ses Sœurs de la cordonneté rouge.

La femme au large visage et aux lèvres fines – ce qui lui conférait une allure étrange et presque comique – poussa un petit gémissement et murmura pour elle-même :

- Oh, jeune prince, qu'as-tu fait ? Comment as-tu *pu* faire cela ?

Elle posa sa main sur le garçon, le caressa, puis se dirigea vers Salina pour l'inviter à la rejoindre dans l'autre pièce.

Avant que la prêtresse docteure ne pût réagir, Yluno toussota pour signaler à la prêtresse qu'il devait alerter son commandant.

Après lui en avoir donné la permission, elle se tourna vers la cordon jaune et lui demanda :

- Alors, quelle est votre conclusion ?

Mais Kenya refusa de s'exprimer avant d'être dans l'autre pièce, poussant, avec une pointe d'indignation, Salina, à la suivre.

Le regard de Salina passait du corps à la Lux Baiula et au garçon, encore visible à travers la porte entrouverte. Dans un murmure à peine audible qui fit tressaillir Kenya, elle lâcha :

- C'est un Alterintrant, n'est-ce pas ?

Kenya Lux Baiula hocha la tête tristement.

- Alors c'est lui qui a—

D'un regard assassin, Kenya interrompit la femme.

Pourtant, la docteure ne put s'empêcher d'ajouter en soufflant d'une voix étouffée :

- *C'était* le garçon. »

Le sang de Kenya ne fit qu'un tour. L'irrespect de la femme était insupportable. Certes, il semblait évident que le prince Ori avait causé la mort de sa mère. Mais, si c'était le cas, alors c'était un accident, un terrible accident, qui aurait de graves conséquences pour lui, tant internes qu'externes. Avant que

Kenya ne pût répondre, la porte extérieure s'ouvrit de nouveau pour laisser entrer un officier aux airs confiants mais bienveillants, suivi d'Aria qui s'était enfin calmée.

En entrant, Aria recommença à sangloter, mais plus doucement, et elle courut vers son cousin. Le capitaine la suivit des yeux et vit le prince. Il continua d'avancer vers Kenya et la prêtresse qui attendaient dans la pièce adjacente.

En refermant la porte derrière lui, l'officier salua précipitamment la prêtresse, se contentant d'un signe de tête, lorsqu'il remarqua le corps de la dame Darya sur le lit. Il resta là un moment, puis avala sa salive et secoua la tête, désolé.

Se retournant vers les femmes, il ouvrit les bras, paumes en avant, et dit en soupirant :

- Prêtresse Docteure.
- Capitaine Illaro.
- Et vous êtes Kenya Lux Baiula.
- Oui, Capitaine.

Le chef de la Garde rhiianne chuchota de sa voix sombre et grondante :

- J'ai entendu ce qui s'est passé. Je veux dire, ce qui se passe. Mais vous devez savoir qu'un groupe d'assassins est venu nous décimer cette nuit. Cette nuit sera mémorable et restera gravée dans notre histoire.

Salina poussa un cri étouffé, porta la main à sa gorge et demanda qui d'autre avait été tué.

L'officier hésita un long moment, puis nomma les morts, marquant une pause entre chaque nom :

- Prêtre dresseur Morek. Prêtresse financière Narana. Et...

Après un long soupir, qui fit frissonner Salina, il ajouta, :

- Notre prêtresse suprême.

Salina tomba dans les bras du capitaine. Surpris, l'homme laissa la prêtresse s'y reposer un moment. Lorsqu'elle se redressa, Salina dit :

- Bonne Aiala, qu'avons-nous fait ? Comment est-ce possible, Capitaine ? Pourquoi ? Qui nous a attaqués ?
- Nous ne savons encore ni qui ni pourquoi, Prêtresse Docteure, mais si Aiala le veut, nous le découvrirons.

Kenya dit :

- Une de mes Sœurs a également été assassinée récemment ; la dernière fois qu'une telle chose est arrivée, aucun de nous n'était né. Et j'ai entendu dire qu'il y a également eu plusieurs attaques contre le haut roi. C'est très probablement l'œuvre de Noctiferus – ou du moins de ses serviteurs.

Salina répliqua sèchement :

- Nous avons entendu parler des suppositions de votre Ordre, Lux Baiula, et nous ne cautionnons pas ce genre d'opinions.

Kenya fronça les sourcils et secoua la tête, montrant très clairement ce qu'elle pensait des croyances de la prêtresse.

Sentant la tension monter, le capitaine se gratta le cou, puis désigna la pièce principale avec son menton pour demander des nouvelles du prince.

Salina ne répondit pas immédiatement, mais secoua la tête avec un regard empreint de douleur, et de colère dirigée contre la cordon jaune. Elle dit :

- Le garçon… il ne va pas bien. C'est un—

Défiant les conventions, Kenya interrompit la prêtresse, contestant ce qu'elle s'apprêtait à dire :

- Nous n'avons encore rien confirmé, Prêtresse Docteure. Nous disposons seulement de quelques faits épars, qui ne suffisent pas à raconter toute l'histoire. Et je vous prie de témoigner au prince le respect qu'il mérite, non seulement en tant que fils de deux personnes estimées, mais également en tant que jeune garçon qui vient de perdre sa mère.

Pris de court par l'audace de la Lux Baiula, mais connaissant bien la directrice de l'école médicale kynarienne, le capitaine ne fut pas étonné de la voir ainsi irritée. Il s'efforça néanmoins de calmer les choses avant que tout cela ne dégénérât, et adressa des gestes apaisant à la prêtresse, dont le visage s'assombrissait de colère.

Après un moment, Salina se ressaisit – elle savait qu'elle devait tolérer la présence de cette femme, dont l'aide serait essentielle pour comprendre ce qui s'était passé cette nuit – mais non sans marquer son mécontentement en reniflant avec dédain pour montrer à l'étrangère quelle était sa place.

Elle déclara alors :

\- Nous devrons procéder à des autopsies pour comprendre les circonstances de ces morts. Cependant...

Salina fixa la Lux Baiula d'un regard dur, espérant qu'elle ne la contesterait pas à nouveau :

\- ... *J'imagine* que la Lux Baiula conviendra qu'il est prudent de garder le... prince sous surveillance jusqu'à ce que nous ayons terminé les autopsies.

L'officier observa la réaction de la Lux Baiula et fut soulagé de la voir acquiescer, bien qu'elle le fît à contrecœur. Poursuivant d'une voix empreinte de tristesse, il ajouta :

\- J'aimerais comprendre quel rôle vous pensez que le jeune prince a joué dans cette tragédie, Prêtresse Docteure. Mais en temps voulu. Je— »

La voix d'Aria s'éleva alors derrière la porte, interrompant l'officier, exigeant des explications.

La prêtresse et le capitaine de la Garde rhiianne échangèrent un regard entendu. Lorsque le capitaine acquiesça, la prêtresse lui offrit un sourire reconnaissant, et ils retournèrent dans la pièce principale, le capitaine laissant passer la prêtresse et la Lux Baiula devant lui. Ils furent accueillis par un autre cri hystérique.

- Qui était cet assassin ? Pourquoi quelqu'un voudrait tuer ma tante ?

Le capitaine répondit :

- Nous l'ignorons encore, Princesse.

Aria se tourna vers Ori, portant ses mains à sa bouche pour étouffer un nouveau sanglot. Sans détourner le regard, elle s'adressa à la prêtresse :

- Quelqu'un doit informer mon oncle de… de ce qui est arrivé à ma tante.

Salina acquiesça, puis poursuivit :

- Capitaine Illaro, veuillez faire accompagner la néo chez son amie et conduire le ga— le prince au centre médical… afin que mes collègues puissent prendre soin de lui. Et veillez à ce que les… corps soient transférés à la morgue.

Kenya renifla discrètement. Il était évident que la prêtresse docteure n'aimait pas particulièrement les mêlés, fussent-ils de sang royal ou non. Elle posa un regard empli de compassion sur le prince et la princesse.

Illaro appela les gardes et leur transmit ses ordres. Il prévint ensuite la prêtresse docteure qu'il devait l'escorter jusqu'à la Chambre d'Aiala où les membres survivants du Conseil kynarien allaient bientôt se réunir.

La femme acquiesça, encore sous le choc, et, se forçant à s'adresser à l'autre femme, demanda :

- Lux Baiula, accepteriez-vous de vous rendre au centre médical ? Il serait bon que vous restiez auprès de lui, au cas où il…

- Oui, je resterai avec le jeune prince.

Illaro conclut :

- Parfait, allons-y.

Salina murmura :

- Espérons que nous trouverons des réponses avant que tout Solinor ne se réveille et que chacun ne se demande ce que nous avons fait à Aiala pour mériter une telle punition.

Le capitaine grogna, puis la prêtresse docteure et lui sortirent. Ils ne perçurent pas ce que Kenya Lux Baiula et Aria entendirent, le jeune prince murmurant, alors qu'il se levait pour suivre un gardien :

- J'étais Ori, et je suis devenu un meurtrier. J'étais Ori, et je suis devenu un meurtrier. J'étais Ori…

ÉPILOGUE

> *– Comment avancent les préparatifs, Andrus ? Nous serons bientôt là, et je brûle d'impatience à l'idée de t'entendre me dire que tu as réussi à affaiblir les factions.*

Andrus3, ou l'Umbra, ou Nihildrina – il arrivait parfois que l'intégrité des réseaux neuronaux de ses identités multiples s'effritât, semant en lui un peu de confusion – marqua une pause infinitésimale. En cet instant, il se devait d'être Andrus3, l'un des rares androïdes médicaux et tuteurs de troisième génération – ou AMT – envoyés avec les capsules d'insémination deux mille quatre cent cinquante ans auparavant pour veiller sur les embryons terriens et pour aider les humains, une fois adultes, à fonder de nouvelles colonies, afin d'assurer la pérennité de leur espèce. Mais son allégeance à Zébula filtrait à travers les cloisons étanches qui devaient séparer ses personnalités, et, l'espace d'un instant, il éprouva de l'amertume envers la mission que le général lui avait confiée après l'établissement de la colonie sur K'Tara. Durant cette fraction de seconde, trop éphémère pour être perçue par le général, Andrus3 formula une réponse qui ne violerait aucune des règles en vigueur :

> *– Tout avance bien, Maître. L'attaque de la Kynarie a porté ses fruits, et mes informateurs m'ont assuré que l'assassinat de l'épouse du haut roi va à coup sûr... le détruire.*

Avant que Genghis n'eût l'occasion de réagir aux nouvelles partielles d'Andrus3, l'androïde transmit une requête pressante :

> *– Maître, je dois absolument recevoir une mise à jour pour corriger mes processus de locution, car même mes pensées sont altérées par cette défaillance, ce qui pourrait me coûter la vie.*

Le général Genghis, proconsul de la Force terrestre, parut agacé par cette interruption, mais ne s'en formalisa pas :

- *Andrus, j'ai toutes les composantes nécessaires dans mon vaisseau. Si les mises à jour ne peuvent pas être transmises par un transporteur longue distance et te parvenir avant mon arrivée, tu les auras lorsque je me poserai. En attendant, débrouille-toi pour pallier tes dysfonctionnements.*

Andrus3 acquiesça discrètement, dissimulant la fureur qui aurait transparu s'il n'avait pas choisi de hocher la tête.

Le général, soucieux de ne pas perdre de vue l'objet de sa question, demanda un rapport à jour sur la situation en Zébulonie. La réponse d'Andrus3 n'avait pas tout à fait répondu aux attentes de l'homme – ou du fondateur, comme il aimait à se faire appeler par les K'Tarans. Mais *était-il* un dieu ? Andrus3 ne parvenait plus à distinguer le mythe de la réalité ; le temps semblait avoir altéré bien plus que ses facultés illocutoires.

Maintenant visiblement irrité, Genghis l'exhorta à amadouer les Zébuloniens avant son arrivée, s'il voulait éviter des complications. Des complications ! Peut-être devrait-il plutôt accueillir avec joie l'éventualité de sa propre fin au lieu de la redouter. Cela mettrait un terme à sa déchéance incessante et aux dilemmes destructeurs qu'il avait endurés durant les sept-cent dernières années, bien avant la Guerre des ténèbres.

APPENDICE I - CARTES

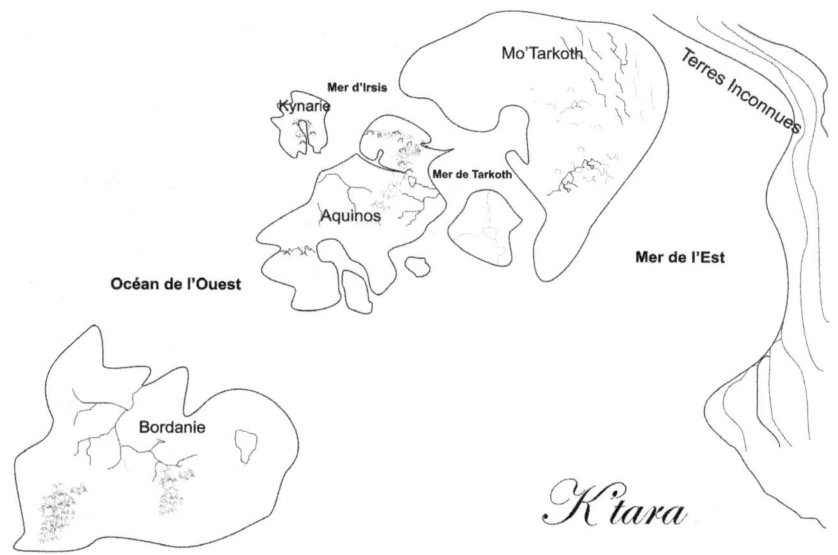

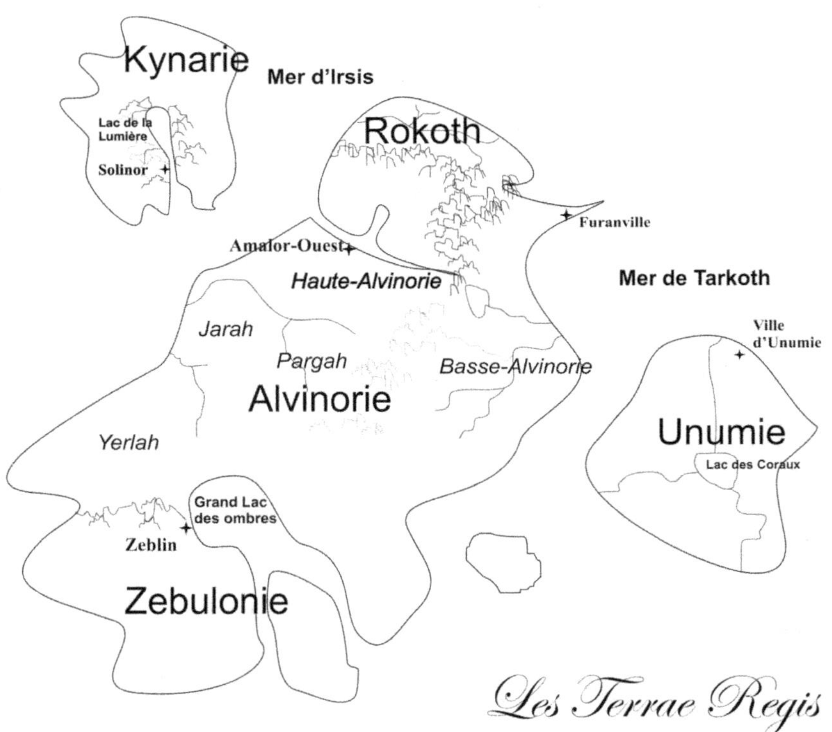

Kynarie
Mer d'Irsis
Rokoth
Lac de la Lumière
Solinor
Furanville
Amalor-Ouest
Haute-Alvinorie
Mer de Tarkoth
Jarah
Ville d'Unumie
Pargah
Basse-Alvinorie
Alvinorie
Unumie
Yerlah
Lac des Coraux
Grand Lac des ombres
Zeblin
Zebulonie
Les Terrae Regis

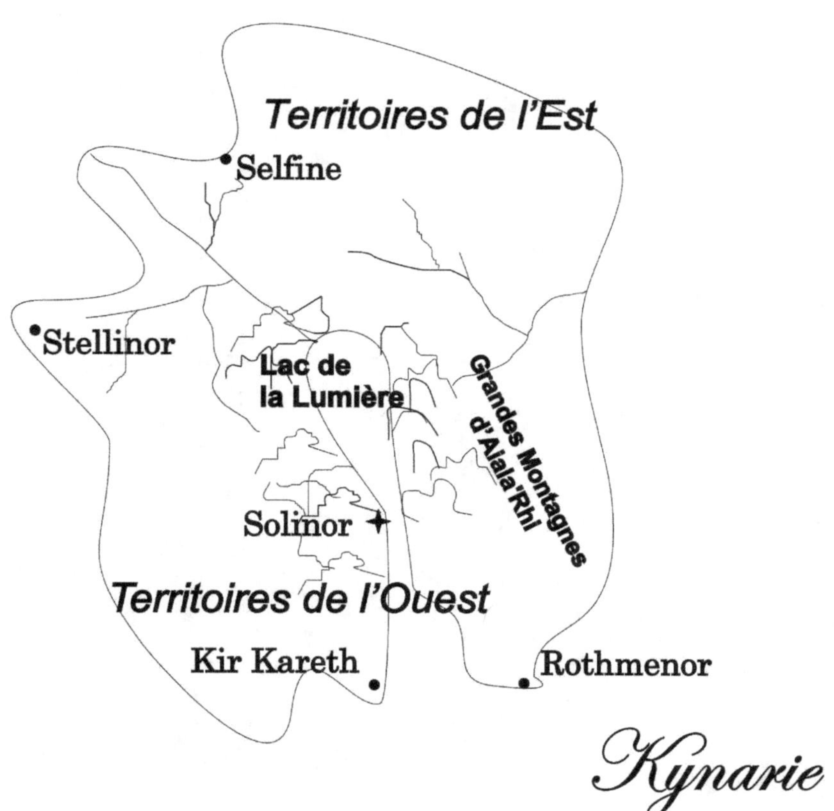

Territoires de l'Est
Selfine
Stellinor
Lac de
la Lumière
Grandes Montagnes
d'Alala'Rhl
Solinor
Territoires de l'Ouest
Kir Kareth
Rothmenor
Kynarie

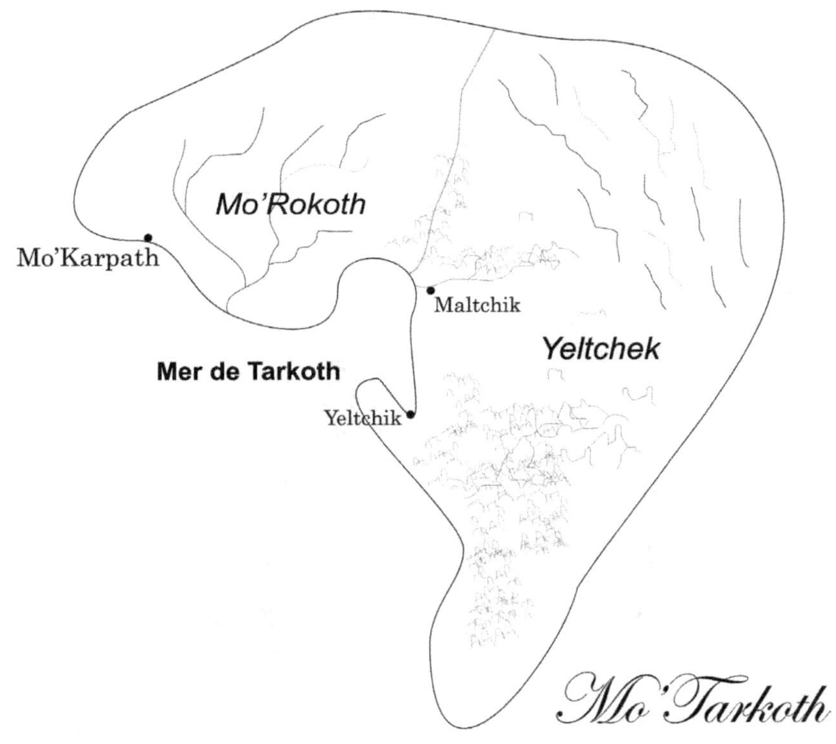

Mo'Rokoth
Mo'Karpath
Maltchik
Mer de Tarkoth
Yeltchek
Yeltchik
Mo'Tarkoth

Furanville
Domus Lucis
Allée du Triomphe
Allée Impériale
Route ministérielle
Maison royale
Chambre du Sénat

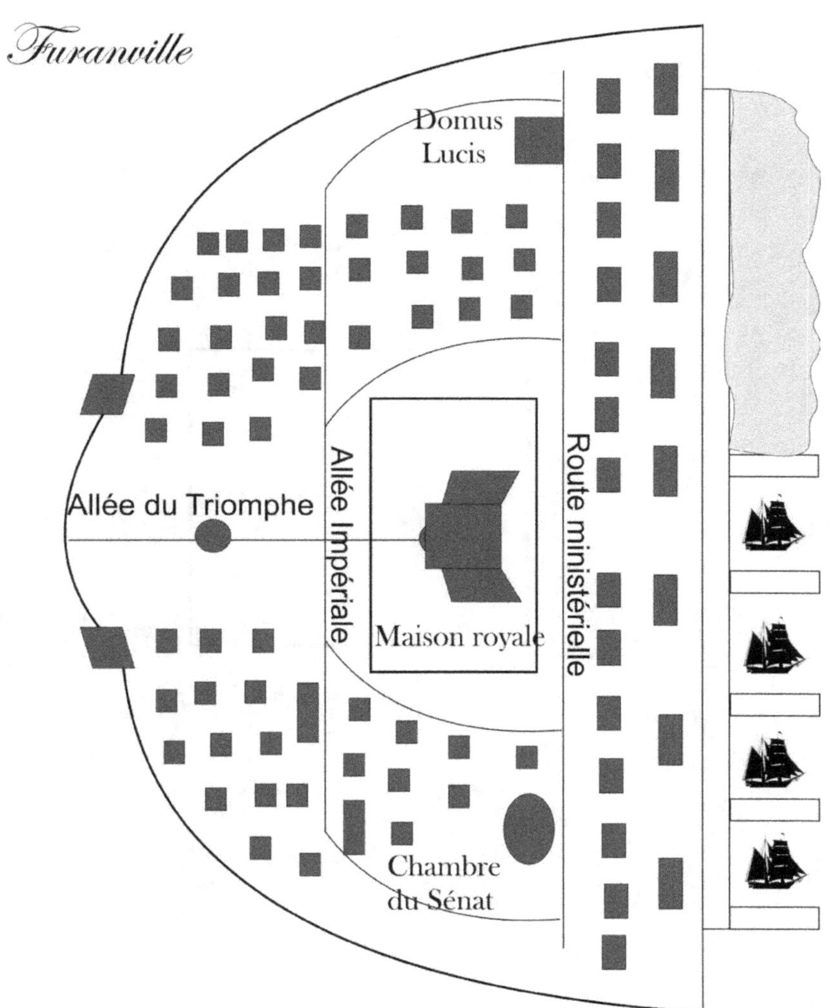

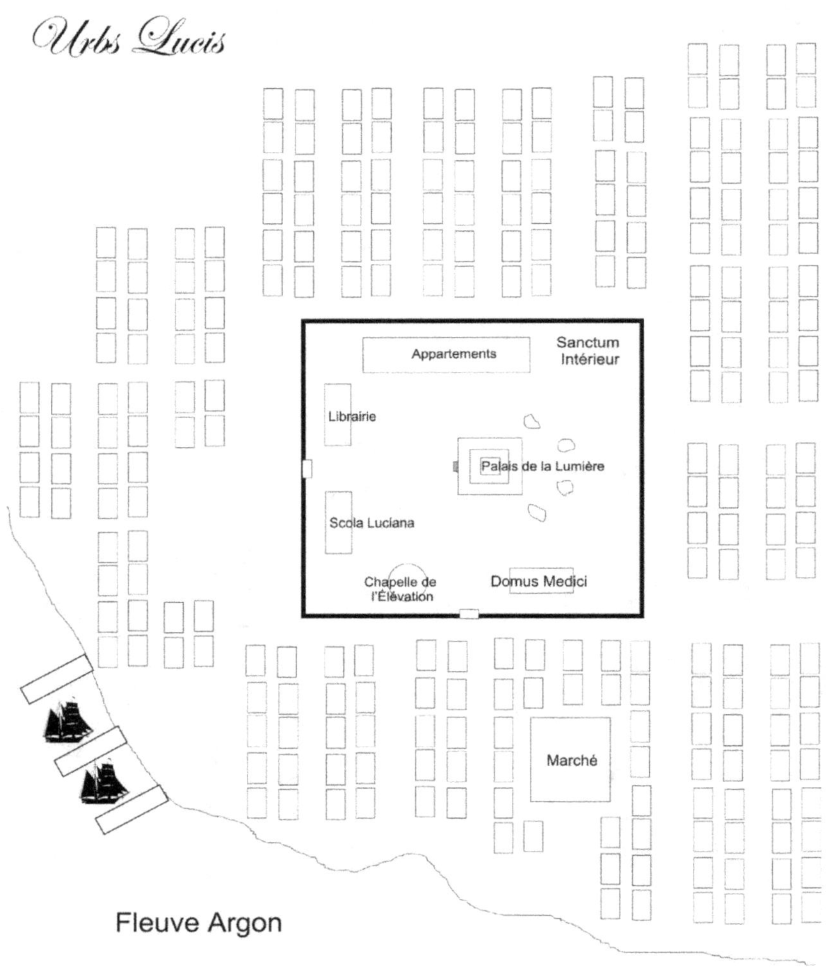

Urbs Lucis
Appartements
Sanctum Intérieur
Librairie
Palais de la Lumière
Scola Luciana
Chapelle de l'Élévation
Domus Medici
Marché
Fleuve Argon

APPENDICE II – NOUVEAUX PERSONNAGES OU PERSONNAGES DON'T LE RÔLE A CHANGÉ

Garde noire

1. **Aréto :** Jeune recrue.
2. **Lento** : Apprenti médecin.
3. **Marius :** Médecin formé par la garde lucienne et récemment affecté à la Garde noire. On le reconnaît à la flamme blanche qu'il a sur le bras.

Garde royale

4. **Mehan** : Nouveau garde du corps d'Aithen, affecté à la place d'Almiar qui fut tué lors de la tentative d'assassinat du roi.

Autres

5. **Alga**: Membre du corps dirigeant des Locari.
6. **Alta** : Assassine dans le Lien.
7. **Bracca** : Assassine dans le Lien ; cheveux roux et visage noir.
8. **Elnon** : Frumentarius aguerri, commandant des Frumentarii.
9. **Hecrus Fioran** : Marchand furanvillois qui a tenté d'assassiner Aithen.
10. **Kelp**: Membre du corps dirigeant des Locari.
11. **Lasra** : Assassine ; femme mince aux cheveux noirs.
12. **Octavian**: Fils d'Harlion Brise-Tempête ; âgé de dix-sept ans, Octavius lui a offert son nom à sa naissance.
13. **Ooshia Vumiko** : Un Yeltcheki ; administrateur de Yeltchika, la capitale.
14. **Pemlo** : Cuisinier responsable de la maison d'Harlion.
15. **Pombo** : Portier du palais royal.

16. **Tina Piscator** : Tante du maître Brak et gestionnaire de l'antenne lucienne.
17. **Shinoa** : Empereur du Yeltchek.
18. **Tir** : Membre du corps dirigeant des Locari.
19. **Yushii** : Yeltcheki ; contact de l'Umbra.

Sororité

20. **Akula** : Jarahni de la cordonneté rouge ; mince aux yeux noirs et cheveux bruns remontés en chignon ; elle maîtrise le feu et a été surnommée « Cicatrice » par ses collègues.
21. **Béla** : Cordon rouge blonde aux méthodes d'enseignement agressives.
22. **Bietta** : Portail âgée, mais solide.
23. **Érona** : Membre du Cursus Publicus et responsable du bureau des nouvelles luciennes.
24. **Iyawa** : Cordon jaune de Pargah à la peau noire ; elle est très religieuse.
25. **Kenya** : Cordon jaune postée en Kynarie ; mince, au visage large et lèvres fines ; spécialisée dans l'étude des toxines microbiennes.
26. **Letta** : Guerrière grande mais robuste, assignée à la protection du roi.
27. **Lina Lux Baiula** : Cordon jaune assignée au Col de Corne en tant que membre de l'équipe-phare.
28. **Mattina** : Lux Baiula de la cordonneté jaune qui avait participé à l'éradication du reste des forces du maître des ténèbres après la fin de la Guerre des ténèbres.
29. **Procta** : Lux Baiula ayant vécu durant la Guerre trionique ; elle était impliquée dans ce qui est connu sous le nom de « Jours de péremption nécessaire ».
30. **Samrachi** : Cordon blanche de Furanville, remplaçante de Dalima Lux Baiula et responsable des juniors.

APPENDICE III - GLOSSAIRE

Alioception (l') : Faculté de percevoir la position et le mouvement de quelqu'un d'autre, la réaction de ses muscles, tendons et articulations, ainsi que les influx de ses fibres nerveuses.

Perforeur (un) : Liaison puissante pénétrant les formes des autres et les distordant dans le Lien ; dans le monde physique, un foreur pénétrait dans le cerveau, y provoquant douleur et confusion.

Jours de célébration personnelle :

- **Jours de raison (les)** : Du 12e au 14e anniversaire. Ces jours sont l'occasion d'apprendre à réfléchir sur sa croissance, son mûrissement dans sa famille comme dans la société.

- **Jour de transition (le)** : Célébré à la fin de la 15e année pour marquer l'entrée dans l'âge adulte.

- **Jours de réflexion (les)** : Officiellement célébrés tous les cinq ans à partir de 20 ans, pour ponctuer le reste de la longue vie de chaque personne.

Coud-noyau (un) : Liaison frappant le nerf vagal et provoquant la torsion et la contraction des muscles innervés de la même manière qu'une réponse à une crise d'épilepsie.

Cursus Publicus (le) : Commission conjointe de la Couronne d'Urbs Lucis, dédiée à la propagation des nouvelles en Alvinorie.

Jours de péremption nécessaire (les) : Ancienne pratique de la sororité annulant un grand nombre de lois inadaptées aux circonstances politiques. Cette pratique permettait d'éviter de forcer la société ou les organisations à appliquer les lois malgré tout.

Don (un) : Rituel alvinorien selon lequel les parents donnent à leur nouveau-né le nom de quelqu'un dans l'espoir de lui voir posséder des qualités semblables.

Corset en feuilles de lacora : Corset de maintien conçu en feuilles de lacora. Corset exploitant les propriétés réactives des plantes de lacora à la pression et à la chaleur. Ajustement au corps du porteur grâce à la disposition des fibres contractiles internes.

Esprit (L') : Corps dirigeant des Locari.

Chambre de l'Esprit (la) : Grotte marine dans laquelle les membres du corps dirigeant des Locari se rencontrent.

Pansoma (un) : Croyance religieuse selon laquelle l'esprit vit non seulement dans le cerveau, mais aussi dans chaque particule corporelle. Un corps doit donc être habité par un esprit digne afin d'offrir aux dieux un corps digne lors du Jour de l'Union.

Pointe aiguisée (une) : Outil d'écriture fabriqué à partir des tubes situés à la base des ailes membraneuses des voleteurs.

Récrimination (une) : Reproche officiel adressé au roi par un patriarche alvinorien.

Tunnelière (une) : Sœurs douées en technique de tunnelage.

Tunnelage (un) : Technique utilisée par les formatrices de la sororité pour garder les liaisons en zone sûre.

Una memoria : Particularité d'une Lux Baiula qui n'a que sa propre mémoire.

Voces Lucianis (les) : Chœur d'Urbs Lucis, semblable aux Voces Creatoris de Furanville. Le chœur chante du matin au soir, tout au long de l'année pendant six jours par quart. Les membres du chœur se relaient. Les voix du chœur se propagent dans toute la ville grâce aux liaisons de Lux Baiulae émérites.

Vox Publica (la) : Service de nouvelles de l'Alvinorie géré par la Sororité.

L'AUTEUR

L.A. Di Paolo est un Italo-Canadien américain trilingue vivant à Milton, Vermont. De jour, en raison de son éducation en sciences et affaires, il gère des projets de développement pharmaceutiques. De nuit, il laisse sa plume s'envoler vers les questions qui lui trottent constamment dans la tête. Questions sur l'évolution, la nature, et la condition humaine. Il a toujours écrit pour explorer ces questions et y trouver ses propres réponses, d'abord dans des journaux étudiants, puis dans un magazine qu'il a publié, et enfin par l'entremise de ses romans et nouvelles.

Si vous voulez en savoir plus sur L.A. Di Paolo ou sur son roman, visitez son site Web à https://ladipaolo.net/fr/, ou scannez le code QR ci-dessous.

LA TRADUCTRICE

Née en France, Claire Bourély a passé une partie de sa vie entre l'Espagne, la Suisse, l'Angleterre et le Québec. Passionnée par tout ce qui touche à l'art, à la langue et à la littérature, elle a publié plusieurs romans et a joué sur la scène parisienne, avant de devenir traductrice de l'espagnol et de l'anglais vers le français. Aujourd'hui, elle se spécialise en linguistique socioculturelle et réalise un doctorat en sciences humaines appliquée. En plus d'avoir enseigné le français au secondaire, elle a été couturière sur mesure, bibliothécaire, guide touristique et s'est même frottée à la contrebasse. Les chats ne sont pas les seuls à avoir plusieurs vies.